L'OR BLEU

DU MÊME AUTEUR

RENFLOUEZ LE TITANIC, J'ai lu, 1979.

VIXEN 03, Laffont, 1980.

L'INCROYABLE SECRET, Grasset, 1983.

PANIQUE À LA MAISON-BLANCHE, Grasset, 1985.

CYCLOPE, Grasset, 1987.

TRÉSOR, Grasset, 1989.

DRAGON, Grasset, 1991.

SAHARA, Grasset, 1992.

L'OR DES INCAS, coll. « Grand Format », Grasset, 1995.

CHASSEURS D'ÉPAVES, Grasset, 1996.

ONDE DE CHOC, coll. « Grand Format », Grasset, 1997.

RAZ DE MARÉE, coll. « Grand Format », Grasset, 1999.

SERPENT *(en collaboration avec Paul Kemprecos),* coll. « Grand Format », Grasset, 2000.

ATLANTIDE, coll. « Grand Format », Grasset, 2001.

CLIVE CUSSLER
avec Paul Kemprecos

L'OR BLEU

Un roman tiré des dossiers de la NUMA

Traduit de l'américain
par
FLORIANNE VIDAL

BERNARD GRASSET
PARIS

L'édition originale de cet ouvrage a été publiée par Pocket Books (a division of Simon & Schuster, Inc.), en 2000, sous le titre :

BLUE GOLD

REMERCIEMENTS

Merci aux pilotes Bill Along, Carl Scrivener et « Barefoot » Dave Miller, de m'avoir si généreusement fait don de leur temps et de leur savoir.

Prologue

Aéroport de São Paulo, Brésil, 1991

LES DEUX TURBORÉACTEURS CAUSÈRENT une puissante secousse ; l'avion privé aux formes aérodynamiques s'éleva de la piste d'envol et s'élança vers les cieux voûtés surplombant São Paulo. Le Learjet gagna vite de l'altitude et se stabilisa à douze mille mètres au-dessus de la plus grande cité d'Amérique du Sud, avant de mettre le cap au nord-ouest à la vitesse de huit cents kilomètres heure. A l'arrière de la cabine, installé dans un confortable fauteuil, le professeur Francesca Cabral regardait par le hublot la couverture de nuages cotonneux. Elle semblait mélancolique. A peine l'avait-elle quittée qu'elle avait déjà la nostalgie de cette ville aux rues enfumées et à l'énergie grouillante. Sa ville. Un ronflement assourdi, provenant de l'autre côté de l'étroite allée séparant les deux rangées de fauteuils, interrompit sa rêverie. Elle jeta un coup d'œil à l'homme entre deux âges, vêtu d'un costume chiffonné, qui ronflait dans son coin, et se demanda avec un hochement de tête ce à quoi son père avait bien pu songer quand il avait engagé Phillipo Rodriques pour lui servir de garde du corps.

Après avoir extrait un dossier de sa serviette, elle griffonna quelques notes dans les marges du discours qu'elle prévoyait de donner à la conférence internationale du Caire, devant une assemblée composée de scientifiques, spécialistes de l'environnement. Elle avait déjà repris son brouillon une douzaine de fois, mais elle était du genre perfectionniste. Brillant ingénieur et professeur fort respecté, Francesca exerçait dans une discipline et un milieu dominés par les hommes. On y attendait d'une femme qu'elle se montre *plus* que parfaite.

Sur les pages, les mots se brouillèrent. La nuit précédente, Francesca s'était couchée tard. Elle avait dû s'occuper de ses bagages et rassembler les documents qu'elle comptait emporter. L'excitation l'avait empêchée de dormir. Elle regarda le garde du corps avec envie. Il valait mieux l'imiter et piquer un petit somme. Elle rangea son discours, inclina le dossier de son siège bien rembourré et ferma les yeux. Bercée par le murmure guttural des turbines, elle ne tarda pas à s'assoupir.

Et elle se mit à rêver. Elle flottait sur la mer, au gré des vagues molles qui la ballottaient telle une méduse. En haut, en bas. La sensation lui paraissait plaisante jusqu'à ce qu'une lame la soulève dans les airs et la précipite dans l'abîme, tel un ascenseur fou. Ses paupières s'ouvrirent, elle cligna des yeux et regarda autour d'elle. Elle éprouvait une étrange impression, comme si une main lui serrait le cœur. Mais tout semblait normal. La sono diffusait en sourdine les accents lancinants d'« Une note de samba » d'Antonio Carlos Jobim. Phillipo sommeillait toujours. Pourtant, elle ne pouvait se départir de son trouble. Quelque chose ne tournait pas rond. Elle se pencha et secoua doucement l'épaule du dormeur. « Phillipo, réveillez-vous. »

La main du garde du corps se porta vers le holster placé sous sa veste. L'homme s'éveilla aussitôt mais, lorsqu'il vit Francesca, se détendit. « *Senhora*, je suis désolé, dit-il dans un bâillement. Je me suis endormi.

— Moi aussi. » Elle se tut quelques secondes comme si elle tendait l'oreille. « Quelque chose ne va pas.

— Que voulez-vous dire ? »

Elle rit nerveusement. « Je n'en sais rien. »

Phillipo sourit en prenant l'expression un peu narquoise d'un homme dont la femme a entendu des cambrioleurs entrer dans la maison au beau milieu de la nuit. Il lui tapota la main. « Je vais voir. »

Il se leva, s'étira, puis s'avança vers la porte du cockpit et frappa. On lui ouvrit, il passa la tête. Francesca perçut quelques paroles chuchotées et un éclat de rire.

Lorsque Phillipo regagna sa place, il arborait un air radieux. « Les pilotes disent que tout est parfait, *Senhora.* »

Francesca remercia le garde du corps, se rassit et respira profondément. Ses peurs étaient idiotes. Pendant deux ans, elle avait travaillé jusqu'à l'épuisement et la perspective d'échapper bientôt à cette moulinette mentale lui avait flanqué la trouille. Elle s'était consacrée jour et nuit à ce projet ; sa vie sociale y avait été engloutie. Son regard tomba sur la banquette traversant toute la largeur de la cabine, au fond. Elle eut le réflexe d'aller vérifier si sa valise métallique était encore bien rangée entre les coussins du dossier et la cloison, mais résista à la tentation. Elle se plaisait à penser que cette valise était l'inverse de la boîte de Pandore. Quand on l'ouvrirait, des bienfaits s'en déverseraient, au lieu des fléaux consignés dans la légende. Sa découverte apporterait la santé et la prospérité à des millions de gens. La face de la planète en serait définitivement changée.

Phillipo tendit à Francesca une bouteille de jus d'orange bien glacé. Elle le remercia. Depuis qu'elle avait fait sa connaissance, elle avait appris à l'apprécier. Avec son costume marron tout froissé, ses cheveux poivre et sel dégarnis, sa fine moustache et ses lunettes rondes, Phillipo aurait pu passer pour un universitaire distrait. Francesca ne pouvait savoir qu'il avait mis des années à peaufiner cette apparence timide et empotée. Il possédait le don de se fondre dans le décor, comme un papier peint décoloré, ce qui le classait parmi les meilleurs agents des services secrets brésiliens.

Rodriques avait été soigneusement choisi par son père. Au début, l'insistance de ce dernier à la faire escorter par un garde du corps avait contrarié Francesca. Elle était bien trop vieille pour s'encombrer d'une baby-sitter. Mais quand elle comprit qu'il s'inquiétait fort légitimement de son bien-être, elle capitula. Elle soupçonnait pourtant son père de redouter davantage les chasseurs de dots que les véritables malfaiteurs.

Francesca appartenait à une riche famille, mais ce n'était pas sa fortune qui lui valait l'attention des hommes. Dans un pays où les cheveux noirs et les teints mats étaient la règle, elle constituait une exception. Ses yeux bleu profond, fendus en amande, ses longs cils et sa bouche presque parfaite lui venaient de son grand-père japonais. Sa grand-mère allemande lui avait légué ses cheveux châtain clair, sa haute taille et la détermination proprement teutone qui se lisait sur sa mâchoire délicatement sculptée. Elle savait depuis longtemps qu'elle devait en grande partie son élégante silhouette au pays dans lequel elle vivait. Le corps des Brésiliennes semble dessiné pour la danse nationale, la samba. Francesca avait affiné ces dons naturels en passant de nombreuses heures dans les salles de gym qu'elle fréquentait pour se délasser après le travail.

A l'époque où l'Empire du Japon s'était écroulé sous les retombées des deux champignons atomiques, Grand-Père Cabral occupait un poste de diplomate sans grande envergure. Il quitta le pays, s'installa au Brésil, épousa la fille d'un ambassadeur du Troisième Reich, au chômage comme lui, obtint la nationalité brésilienne et revint à ses premières amours, le jardinage. Il installa sa famille à São Paulo où il fonda une entreprise de jardins paysagers fort prisée des riches et des puissants. C'est ainsi qu'il développa des liens étroits avec certains personnages influents appartenant au gouvernement et à l'armée. Son fils, le père de Francesca, se servit de ces relations bien placées pour grimper dans la hiérarchie et atteindre sans trop d'efforts une position de premier plan au sein du ministère du Commerce. Sa mère, elle, poursuivait de brillantes études d'ingénieur quand elle abandonna sa carrière universitaire pour devenir épouse et mère. Elle ne regretta jamais sa décision, du moins pas ouvertement, mais se réjouissait fort que Francesca ait choisi de marcher sur ses traces.

Son père lui avait suggéré d'emprunter son jet privé pour se rendre à New York, où elle devait rencontrer des représentants des Nations unies, avant de s'embarquer sur un vol commercial à destination du Caire. Elle était heureuse de retrouver les Etats-Unis, même pour un court séjour, et elle aurait voulu faire en sorte que l'avion aille plus vite. Ses années d'études d'ingénieur à l'université de Stanford, en Californie, lui avaient laissé des souvenirs aussi agréables qu'impérissables. Elle jeta un coup d'œil par le hublot et songea qu'elle ignorait totalement l'endroit où ils se trouvaient. Depuis que l'avion avait quitté São Paulo, les pilotes ne les avaient pas tenus informés de leur plan de vol. S'excusant auprès de Phillipo, elle s'avança vers le cockpit et passa la tête dans l'entrebâillement de la porte. « *Bom dia, senhores.* Je me demandais où nous étions et combien de temps durerait encore le vol. »

Le pilote, le capitaine Riordan, un Américain efflanqué aux cheveux blonds coupés en brosse, parlait avec l'accent du Texas. Francesca ne l'avait jamais vu, mais cela n'avait rien de surprenant. Pas plus que le fait que ce Riordan soit un ressortissant étranger. Il s'agissait d'un avion privé mais entretenu par la compagnie locale qui fournissait aussi les pilotes. « Bouanis diyass », dit-il avec un sourire en coin. Sa voix traînante à la Chuck Yaeger [1], son portugais médiocre heurtèrent les tympans de Francesca. « Désolé de ne pas vous avoir tenue au courant, miss. J'ai vu que vous dormiez et j'voulais pas vous déranger. » Il décocha un clin d'œil au copilote, un Brésilien bien charpenté dont la musculature laissait supposer qu'il passait un temps considérable à soulever des haltères. Ce dernier produisit un sourire narquois pendant que ses yeux détaillaient le corps de Francesca. La jeune femme eut l'impression de se retrouver dans la peau d'une mère qui surprend deux garnements sur le point de faire une bêtise. « Quel est notre horaire ? », dit-elle sur un ton de femme d'affaires. « Eh ben, nous survolons le Venezuela. On devrait arriver à Miami dans environ trois heures. On se dégourdira les jambes pendant qu'on fera le plein et, trois heures plus tard, nous serons à New York. »

En bonne scientifique, Francesca fut attirée par les instruments parsemant le tableau de bord. Remarquant son intérêt, le copilote ne voulut pas laisser passer l'occasion d'impressionner une jolie femme. « Cet avion est si futé qu'il peut voler tout seul pendant qu'on regarde le foot à la télé », dit-il en découvrant ses grandes dents. « Ne laissez pas Carlos vous en mettre plein la vue, fit le pilote. C'est le EFIS, le système électronique de vol. Les écrans remplacent les jauges que nous utilisions autrefois.

— Merci », répondit poliment Francesca. Elle désigna un autre cadran. « Ceci est un compas, non ? », ajouta-t-elle. « *Sim, sim* », lança le copilote, tout fier des progrès de son élève. « Alors pourquoi indique-t-il que nous allons presque plein nord? dit-elle en fronçant les sourcils. Ne devrions-nous pas nous diriger plus à l'ouest, vers Miami ? »

Les hommes échangèrent des coups d'œil. « Vous êtes très observatrice, *senhora,* fit le Texan. C'est tout à fait juste. Mais dans l'air, la ligne droite n'est pas toujours le moyen le plus rapide de joindre deux points. C'est à cause de la rotondité de la Terre. Quand on va des Etats-Unis en Europe, le chemin le plus court est courbe. Ici c'est pareil. Il faut aussi tenir compte de l'espace aérien cubain. J'voudrais pas défriser le vieux Fidel. »

---

1. Chuck Yaeger fut le premier pilote à franchir le mur du son *(N.d.l.T.).*

De nouveau, il y eut un bref clin d'œil et un sourire ironique.

Francesca hocha la tête pour les remercier. « Merci de m'avoir accordé un peu de votre temps, messieurs. Ce fut très instructif. Je vais vous laisser à votre tâche.

— Pas de problème, m'dame. Revenez quand vous voulez. »

Quand elle regagna son siège, Francesca fulminait. *Les imbéciles !* La prenaient-ils pour une demeurée ? La rotondité de la Terre, ben voyons !

« C'est ce que je vous avais dit, tout baigne, n'est-ce pas ? » s'enquit Phillipo, en levant les yeux du magazine qu'il lisait.

Elle se pencha par-dessus l'allée et baissa le ton pour lui répondre. « Non, ça ne baigne *pas du tout*. Je pense que l'avion a été détourné de sa route. » Elle l'informa de ce qu'elle avait lu sur le compas. « J'ai senti quelque chose d'étrange durant mon sommeil. Je pense que c'était le mouvement de l'appareil au moment où ils ont changé de cap.

— Vous vous êtes peut-être trompée.

— Peut-être. Mais j'en doute.

— Avez-vous demandé une explication aux pilotes ?

— Oui. Ils m'ont servi une histoire absurde. La distance la plus courte entre deux points ne serait pas la ligne droite en raison de la courbure de la Terre. »

Il leva un sourcil, apparemment surpris par ce commentaire, mais toujours pas convaincu. « Je ne sais pas... »

Francesca tenta de se souvenir d'autres faits insolites. « Vous vous rappelez ce qu'ils ont dit à propos des pilotes qu'ils remplaçaient, quand ils sont montés à bord ?

— Bien sûr. Ils ont dit que les pilotes avaient été appelés sur un autre boulot et qu'ils avaient bien voulu les dépanner. »

Elle hocha la tête. « Etrange. Pourquoi ont-ils évoqué spontanément ce sujet ? C'est comme s'ils avaient voulu éluder les questions que j'aurais pu leur poser. Mais pourquoi ?

— J'ai une certaine expérience de la navigation, dit Phillipo pensivement. Je vais vérifier par moi-même. » De nouveau, il s'avança à petits pas vers le cockpit. Elle entendit un rire d'homme et, quelques minutes plus tard, le garde du corps revint, le visage éclairé d'un sourire qui s'évanouit dès qu'il se rassit. « Dans le cockpit se trouve un instrument qui montre le plan de vol originel. Ils ne suivent pas le chemin normal. Vous aviez raison pour le compas, aussi, dit-il. Nous ne sommes pas sur la bonne route.

— Mais que diable se passe-t-il, Phillipo ? »

Une expression grave assombrit les traits du garde du corps. « Votre père vous a caché une chose.

— Je ne comprends pas. »

Phillipo jeta un coup d'œil vers le cockpit fermé. « Il a eu vent de certaines rumeurs. Rien d'assez sérieux pour qu'il puisse craindre pour votre sécurité, mais il préférait me savoir près de vous au cas où vous auriez besoin d'aide.

— On dirait que nous allons avoir *tous les deux* besoin d'aide.

— *Sim, senhora.* Mais hélas nous devons nous débrouiller seuls.

— Possédez-vous une arme ? dit-elle abruptement. — Bien sûr », répondit-il, légèrement amusé d'entendre une question aussi rude dans la bouche de cette femme charmante et cultivée. « Vous voudriez que je les abatte ?

— Ce n'est pas ce que je voulais dire – non, bien sûr que non, fit-elle d'un air maussade. Avez-vous une idée ?

— Une arme ne sert pas qu'à tirer, précisa-t-il. On peut l'utiliser pour intimider, pour menacer et obliger les gens à faire ce qu'ils ne veulent pas faire.

— Comme de nous emmener dans la bonne direction ?

— Je l'espère, *senhora.* Je vais aller les voir et leur demander poliment d'atterrir sur l'aéroport le plus proche, en disant que l'ordre vient de vous. S'ils refusent, je leur montrerai mon arme en leur précisant que j'aimerais autant ne pas avoir à l'utiliser.

— Vous ne *pouvez pas* l'utiliser, dit Francesca affolée. Si vous faites un trou dans la carlingue à cette altitude, la cabine sera dépressurisée et nous mourrons tous en l'espace de quelques secondes.

— Un bon point pour nous. Ils n'en auront que plus peur. » Il lui prit la main et la serra. « J'ai promis à votre père de veiller sur vous, *senhora.* »

Elle hocha la tête comme si ce geste avait eu le pouvoir de les débarrasser de leurs problèmes. « Et si je me trompais ? Si ces pilotes étaient juste d'honnêtes travailleurs ?

— Alors c'est simple comme bonjour, dit-il avec un haussement d'épaules. Nous lançons un message radio, nous atterrissons sur l'aéroport le plus proche, nous nous rendons au bureau de police, nous éclaircissons les choses et puis nous continuons notre voyage. »

Ils interrompirent leur conversation. La porte du cockpit s'était ouverte et le capitaine en avait franchi le seuil. Il avançait lentement, contraint de baisser la tête à cause du plafond bas. « Vous nous en avez raconté une bien bonne, fit-il avec son sourire bizarre. Vous en avez d'autres comme ça ?

— Désolé, *senhor* », dit Phillipo. « Ben, moi j'en ai une pour vous », répliqua Riordan en lui lançant un regard endormi de sous ses paupières lourdes. En revanche, il n'y eut rien d'apathique dans la façon dont il passa la main dans son dos et brandit le pistolet enfoncé dans sa ceinture. « Donne ça, dit-il à Phillipo. Et mollo. »

D'un geste brusque, Phillipo écarta les pans de sa veste afin que le holster ajusté à son épaule soit bien visible, puis il sortit son arme en la tenant du bout des doigts. Le pilote la glissa dans sa ceinture. « Graziass, amigo, dit-il. Toujours agréable d'avoir affaire à un vrai professionnel. » Il s'assit sur un accoudoir et, de sa main libre, alluma une cigarette. « Mon collègue et moi on a discuté, et on pense que vous avez tout pigé. On s'est dit que, la deuxième fois, vous étiez venu pour nous surveiller, alors on a décidé de tout avouer pour qu'il n'y ait pas de malentendu.

— Capitaine Riordan, que se passe-t-il ? demanda Francesca. Où nous emmenez-vous ? »

— Ils disaient que vous étiez une fine mouche, fit le pilote avec un gloussement. Mon associé n'aurait jamais dû se vanter comme il l'a fait. » Deux filets de fumée sortirent de ses narines. « Vous avez raison. Nous n'allons pas à Miami, nous nous dirigeons vers Trinidad. »

— *Trinidad* ?

— J'ai entendu dire que c'était joli là-bas.

— Je ne comprends pas.

— C'est comme ça, senyoreeta. Il va y avoir une réception de bienvenue pour vous à l'aéroport. Ne me demandez pas de qui il s'agit, parce que j'en sais rien. Tout ce que je sais, c'est qu'on nous a engagés pour vous amener là-bas. Les choses étaient supposées aller comme sur des roulettes. On devait vous faire croire à des ennuis mécaniques et atterrir d'urgence.

— Qu'est-il arrivé aux pilotes ? » s'enquit Phillipo. « Ils ont eu un accident », dit-il avec un léger haussement d'épaules. Il jeta son mégot sur le sol. « Voilà la situation, miss. Restez tranquille et tout se passera bien. Quant à vous, *cavaleiro*, vos patrons risquent de vous faire des problèmes à cause de moi et j'en suis désolé. Maintenant, je peux vous attacher, mais je ne crois pas que vous tenterez quelque chose de déraisonnable, à moins que vous ne soyez capables de piloter cet avion vous-mêmes. Ah oui, j'oubliais. Debout, mon vieux, et tourne-toi. »

Pensant qu'on allait le fouiller, Phillipo se laissa faire sans protester. L'avertissement de Francesca arriva trop tard. Le canon du pistolet décrivit un cercle dans un brouillard argenté et s'écrasa sur le crâne du garde du corps, juste au-dessus de l'oreille droite. Le craquement ignoble fut recouvert par le cri de douleur de l'homme qui se plia en deux et se recroquevilla sur le sol.

Francesca bondit de son siège. « Pourquoi avez-vous fait cela? lança-t-elle d'un air de défi. Vous avez son arme. Il ne pouvait pas vous faire de mal.

— Désolé, miss. J'ai toujours aimé prendre mes précautions. » Riordan enjamba la forme prostrée dans l'allée, comme s'il s'agissait d'un sac de pommes de terre. « Rien de tel qu'un crâne brisé pour dissuader un homme de vous chercher des noises. Il y a une trousse de secours là-haut dans la cloison. Vous allez prendre soin de lui. Ça vous occupera jusqu'à l'atterrissage. » Il toucha sa casquette, fit demi-tour et referma la porte du cockpit derrière lui.

Francesca s'agenouilla près du garde du corps, imbiba d'eau minérale des serviettes en tissu et nettoya la plaie au cuir chevelu, avant de la comprimer pour arrêter l'hémorragie. Puis elle aspergea d'antiseptique la blessure et la peau écorchée tout autour, emplit de glace une autre serviette et pressa la poche improvisée sur la tempe de l'homme pour éviter qu'elle ne gonfle.

S'asseyant près du blessé, Francesca tenta de rassembler les morceaux du puzzle. Elle écarta l'idée d'un enlèvement contre rançon. Personne ne déclencherait une telle opération sans une bonne raison, et cette raison n'était autre que le procédé qu'elle venait d'inventer. Ceux qui avaient manigancé cette folie souhaitaient obtenir davantage qu'un modèle à l'échelle et des documents explicitant ses recherches. Sinon, ils auraient cambriolé son laboratoire ou dérobé ses bagages à l'aéroport. Non, ils avaient besoin que Francesca interprète ses découvertes. Son procédé était à ce point ésotérique, révolutionnaire, qu'il ne correspondait à aucune norme scientifique connue. C'était d'ailleurs la raison pour laquelle personne n'y avait pensé avant elle.

Toute cette histoire n'avait pas de sens ! Dans un jour ou deux, elle offrirait son invention aux pays du monde entier. Sans contrepartie. Pas de brevets. Pas de droits d'auteur. Pas de royalties. La gratuité absolue. La colère couvait dans sa poitrine. Ces individus sans pitié étaient en train de l'empêcher d'améliorer la vie de millions de personnes.

Phillipo grommela. Il revenait à lui. Il cligna des paupières et fit un effort pour accommoder. « Vous allez bien ? » dit-elle. « Je souffre comme une bête. J'en déduis que je suis vivant. Aidez-moi à m'asseoir, s'il vous plaît. »

Francesca passa son bras autour de lui et le hissa jusqu'à ce qu'il appuie son dos contre un siège. Elle attrapa une bouteille de rhum dans le bar, la déboucha et la porta aux lèvres de l'homme qui en prit une petite gorgée, parvint à ne pas la recracher, puis en avala une bonne rasade. Il resta un moment immobile pour voir si ses entrailles tenaient le choc. Quand il constata qu'il ne vomissait pas, il sourit. « Ça va aller. Merci. »

Elle lui tendit ses lunettes. « Je crains qu'il ne les ait cassées quand il vous a frappé. »

Il les écarta. « Ça n'est que du verre blanc. Je vois très bien sans. » Le regard qu'il posa sur Francesca n'était pas celui d'un homme effrayé. Il jeta un coup d'œil sur la porte du cockpit. « Combien de temps suis-je resté inconscient ?

— Vingt minutes, peut-être.

— Bien, il reste du temps.

— Du temps pour *quoi* ? »

Sa main glissa vers sa cheville. Quand elle remonta, elle tenait un revolver à canon court. « Si notre ami n'avait pas été si impatient de me flanquer ce furieux mal de crâne, il aurait découvert ceci », annonça-t-il avec un sourire qui tenait de la grimace.

Décidément, l'homme qu'elle avait devant elle n'avait plus rien de commun avec l'universitaire distrait de tout à l'heure. La joie de Francesca fut tempérée par la sombre réalité. « Que pouvez-vous faire ? Ils possèdent au moins deux armes, et nous ne savons pas piloter.

— Pardonnez-moi, *Senhora* Cabral. J'ai encore manqué de franchise envers vous. » Prenant un air presque coupable, il avoua :

« J'ai omis de préciser que je servais dans l'armée de l'air brésilienne avant de rejoindre les services secrets. S'il vous plaît, aidez-moi à me relever. »

Francesca resta sans voix. Quels autres lapins cet homme allait-il sortir de son chapeau ? Elle lui tendit la main et le tira jusqu'à ce qu'il se dresse sur ses jambes vacillantes. Une minute plus tard, son corps semblait investi d'une force et d'une détermination nouvelles. « Restez là jusqu'à ce que je vous dise quoi faire », ordonna-t-il sur le ton d'un homme habitué à ce qu'on lui obéisse.

Il s'avança et ouvrit la porte. Le pilote jeta un coup d'œil pardessus son épaule et dit : « Eh ! Vise un peu qui nous revient du pays des morts vivants. Je crois que je ne t'ai pas cogné assez fort.

— Il fallait réussir du premier coup », répliqua Phillipo en appuyant le canon de son revolver sous l'oreille du Texan assez violemment pour lui faire mal. « Si j'abats l'un de vous, l'autre pourra quand même piloter. Lequel des deux je choisis ?

— Nom de Dieu, tu disais que tu lui avais pris son flingue ! » s'écria Carlos. « Tu as la mémoire courte, *cavaleiro* », fit calmement le pilote. « Si tu nous tues, qui pilotera l'avion ?

— Moi, *cavaleiro*. Désolé, mais je n'ai pas mon brevet de pilote sur moi. Il va falloir que tu me croies sur parole. »

Riordan tourna légèrement la tête et vit un sourire glacial se peindre sur le visage du garde du corps. « Je retire ce que j'ai dit sur les vrais professionnels, fit Riordan. Et maintenant, qu'est-ce qu'on fait, mon vieux ?

— Donne-moi les deux armes. L'une après l'autre. »

Le pilote tendit son pistolet à Phillipo, puis celui qu'il lui avait pris. Le garde du corps les passa à Francesca qui l'avait rejoint et se tenait à présent derrière lui. « Allez, debout, ordonna-t-il tout en reculant vers la cabine. Lentement. »

Riordan échangea un coup d'œil avec le copilote et se leva de son siège. Utilisant son corps pour masquer son geste, il baissa rapidement la main, paume ouverte. Le copilote hocha la tête de manière presque imperceptible. Il avait compris.

Le pilote suivit docilement Phillipo dans la cabine, comme tiré par un lasso imaginaire. « Je veux que tu te couches à plat ventre sur la banquette », commanda le garde du corps en pointant son arme sur la poitrine de Riordan. « Ça alors, et moi qui rêvais d'une sieste ! », s'exclama le pilote. « C'est très aimable à toi. »

Francesca s'était écartée de l'allée pour permettre aux deux hommes de passer. Phillipo lui demanda d'aller chercher quelques sacs-poubelle en plastique rangés sous un siège à l'avant. Il avait l'intention de s'en servir pour attacher le pilote. Une fois Riordan immobilisé, il n'aurait plus que le copilote à surveiller.

La cabine mesurait environ quatre mètres de long. Dans cet espace restreint, Phillipo dut faire un pas de côté pour laisser passer Riordan. Il en profita pour lui rappeler de ne rien tenter car, à cette distance, il ne risquait pas de le manquer. Riordan hocha la tête et se dirigea vers l'arrière. Ils n'étaient qu'à quelques centimètres l'un de l'autre lorsque le copilote fit basculer l'avion sur son aile gauche.

Riordan s'attendait à la secousse, mais ne savait pas qu'elle se produirait à cet instant précis ni qu'elle serait si violente. Il perdit l'équilibre et se trouva projeté sur un siège ; son crâne heurta l'appuie-tête. Phillipo, quant à lui, fut soulevé par le choc. Il traversa la cabine et atterrit sur le corps de Riordan.

Dégageant sa main droite, le pilote écrasa son énorme poing sur la mâchoire du garde du corps. Presque assommé, Phillipo vit les étoiles tourner au-dessus de sa tête, mais réussit à garder fermement son arme en main. S'apprêtant à frapper de nouveau, Riordan ramena son bras en arrière. Phillipo para le coup avec le coude.

L'un comme l'autre avaient l'expérience du combat de rue. Phillipo enfonça ses ongles dans les yeux de Riordan qui répliqua en lui mordant la partie charnue de la main. Le garde du corps décocha un coup de genou dans l'aine de Riordan, et quand le pilote ouvrit la bouche, avança brusquement la tête, lui broyant le cartilage du nez. Il aurait pu avoir le dessus si le copilote n'avait choisi ce moment précis pour pencher l'appareil sur son aile droite.

Les deux hommes furent projetés de l'autre côté de l'allée et se retrouvèrent sur le siège opposé. A présent, l'Américain était dessus. Phillipo tenta d'assommer Riordan avec le canon de son arme, mais le pilote lui saisit le poignet des deux mains et le lui tordit. Phillipo était fort, mais pas assez pour répondre à cette double agression. Le canon pivota et s'approcha de son ventre.

Les mains sur l'arme, le pilote s'acharnait à la diriger vers Phillipo qui, lui, parvint presque à en reprendre le contrôle. Mais ses mains étaient gluantes du sang qui jaillissait du nez de Riordan. D'un violent mouvement tournant, le pilote s'empara du pistolet, glissa le bout de son doigt sur la détente et la pressa. On entendit un craquement assourdi. Le corps de Phillipo eut un soubresaut puis s'affaissa au moment où la balle s'enfonça dans sa poitrine.

L'avion se redressa, le copilote ayant rétabli sa position. Riordan se leva et partit en titubant vers le cockpit. Soudain, il s'arrêta et se retourna, sentant que quelque chose ne tournait pas rond.

L'arme qu'il avait abandonnée derrière lui était calée sur la poitrine du garde du corps. Phillipo tentait de la maintenir afin d'ajuster son tir quand Riordan chargea comme un rhinocéros blessé. Le pistolet tonna. La première balle atteignit le pilote à l'épaule. Le cerveau de Phillipo ne fonctionnait déjà plus quand son doigt appuya une deuxième fois sur la détente. Cette balle-là atteignit le pilote en plein cœur et le tua sur le coup. La troisième manqua complètement sa cible. Lorsque le pilote s'écroula sur le sol, l'arme avait glissé de la main de Phillipo.

La bataille qui s'était déroulée sur toute la longueur de la cabine n'avait duré que quelques secondes. Ayant été projetée entre les sièges, Francesca faisait la morte quand le pilote ensanglanté était retourné vers le cockpit. De nouveau, les tirs l'avaient obligée à se jeter à terre.

Passant prudemment la tête dans l'allée, elle aperçut le corps inerte du pilote puis rampa vers Phillipo, saisit le pistolet et s'approcha de la porte du cockpit, trop furieuse pour avoir peur. Mais sa colère se mua vite en horreur.

Le copilote avait basculé en avant, son corps toujours maintenu par sa ceinture de sécurité. Un projectile avait percé la cloison séparant la cabine du cockpit avant de pénétrer dans le dossier du siège occupé par l'homme. Voilà où avait abouti le troisième tir de Phillipo.

Francesca redressa le copilote dont le grognement la rassura quelque peu. Au moins, il était encore en vie. « Pouvez-vous parler ? » dit-elle.

Carlos bougea les yeux et murmura un « oui » rauque. « Bien. Vous avez été touché, mais je ne pense pas que la balle ait atteint un organe vital, mentit-elle. Je vais arrêter l'hémorragie. »

Elle alla chercher la trousse de secours en se disant que les soins d'un service d'urgence auraient été bien plus appropriés. Elle faillit s'évanouir en voyant le sang jaillir de la blessure qu'il avait au dos et former une flaque sur le sol. La compresse qu'elle appliqua devint immédiatement écarlate, mais contribua peut-être à stopper l'hémorragie. Impossible à dire. Elle était persuadée d'une chose : cet homme allait bientôt mourir.

Avec de terribles appréhensions, elle regarda les instruments qui luisaient sur le tableau de bord, comprenant que son sort était entre les mains de ce moribond. Cette pensée la paralysa. Il fallait qu'elle le maintienne en vie.

Francesca dénicha la bouteille de rhum et l'approcha des lèvres du copilote. Le liquide ruissela sur son menton. Le peu qu'il en avala le fit tousser. Il en redemanda. L'alcool redonna quelques couleurs à ses joues pâles et ses yeux ternes retrouvèrent un semblant d'éclat.

Elle colla ses lèvres contre son oreille. « Il faut que vous pilotiez, lui dit-elle d'un ton calme. C'est notre seule chance. »

L'homme sembla retrouver de l'énergie au contact de cette belle jeune femme. Ses yeux étaient à la fois pétillants et vitreux. Il hocha la tête puis avança une main tremblante vers la radio qui le mit directement en rapport avec le service de contrôle aérien basé à Rio. Francesca s'installa sur le siège du pilote et coiffa le casque. La voix du contrôleur aérien se fit entendre. D'un mouvement des yeux, Carlos demanda de l'aide. Francesca entreprit alors d'expliquer leur fâcheuse situation. « Que nous conseillez-vous de faire ? », demanda-t-elle.

Après un silence angoissant, la voix répondit : « Dirigez-vous immédiatement sur Caracas.

— Caracas est trop loin », coassa Carlos, rassemblant ses dernières forces pour parler. « Un endroit plus proche. »

Quelques instants s'écoulèrent.

La voix revint. « Il y a un petit aérodrome de province à deux cents milles de votre position. A San Pedro, près de Caracas. Pas d'approche aux instruments, mais les conditions atmosphériques sont parfaites. Vous pourrez y arriver ?

— Oui », trancha Francesca.

Le copilote tapota sur le clavier de l'ordinateur de vol. Avec toute l'énergie dont il disposait encore, il rechercha l'identificateur international pour San Pedro et l'entra en mémoire.

Guidé par la machine, l'avion se mit à virer.

Carlos émit un faible sourire. « Je vous avais bien dit que cet engin volait tout seul, *senhora* ! ». Ses paroles sifflantes semblaient sortir de la gorge d'un homme qui s'endort. De toute évidence, l'hémorragie l'affaiblissait toujours plus. Il allait mourir, ce n'était qu'une question de minutes. « Je me fiche de qui vole, dit-elle rudement. Contentez-vous de nous faire atterrir. »

Carlos hocha la tête et enclencha le profil de descente automatique sur l'ordinateur de vol, pour atteindre l'altitude de deux mille pieds. L'avion se mit à traverser les nuages. Bientôt ils aperçurent de longues taches vertes. Lorsque Francesca vit le sol, elle fut rassurée et terrifiée tout à la fois. Sa terreur grimpa encore de quelques degrés au moment où Carlos sursauta comme si un courant électrique lui était passé à travers le corps. Il agrippa la main de Francesca et la pressa dans une étreinte mortelle. « J'arriverai pas à San Pedro », fit-il dans un gargouillis. « Il le faut », dit Francesca. « Inutile.

— Bon Dieu, Carlos, vous et votre associé nous avez mis dans un fichu pétrin, et vous allez nous en sortir ! »

Il sourit faiblement. « Qu'est-ce que vous allez faire, *senhora*, me tirer dessus ? »

Les yeux de Francesca brillèrent. « Vous regretterez que je ne l'aie pas fait, si vous ne posez pas ce truc. »

Il remua la tête. « Atterrissage d'urgence. Notre seule chance. Trouvez un endroit. »

Devant le large pare-brise du cockpit, s'étalait une épaisse forêt tropicale. Francesca avait l'impression de survoler un immense champ de brocolis. De nouveau, elle examina l'étendue verdoyante. C'était impossible. *Attendre*. Les rayons du soleil frappèrent un objet brillant. « Qu'est-ce que c'est ? », demanda-t-elle en désignant la chose.

Carlos débrancha le pilote automatique, coupa les gaz, reprit les commandes et jeta un coup d'œil vers le reflet produit par le soleil scintillant sur une gigantesque cascade. Les courbes d'une étroite rivière se dessinaient devant eux. Elle traversait une clairière de forme irrégulière parsemée d'une végétation dans les tons ocre.

Comme s'il était lui-même branché sur pilote automatique, Carlos survola le secteur, le dépassa et amorça une boucle de trente degrés sur la droite. Il déplia les volets des ailes. Résolument, il prépara l'avion pour son approche finale. Ils se trouvaient à cinq cent cinquante mètres du sol et descendaient en vol plané. Carlos déplia davantage les volets des ailes afin d'amortir leur chute.

« Trop bas ! » grogna-t-il. Les cimes des arbres se précipitaient vers eux. Avec une force surhumaine née du désespoir, il parvint à redonner de la puissance aux moteurs. L'avion reprit de l'altitude.

Il n'y voyait plus grand-chose mais tenta quand même de se poser. Son cœur se serra. En fait de piste d'atterrissage, on pouvait difficilement imaginer pire. Le terrain creusé d'ornières était aussi minuscule qu'un timbre-poste. Ils volaient à deux cent cinquante kilomètres heure. Trop vite.

Un hoquet étouffé s'échappa de sa gorge. Sa tête dodelina sur son épaule. Du sang jaillit de sa bouche à gros bouillons. Ses doigts agrippés aux commandes de l'appareil se crispaient à présent dans une ultime étreinte, inutile. Avant de mourir, il avait réussi à équilibrer parfaitement l'avion. Cet homme connaissait son métier, il fallait au moins lui reconnaître cela. L'appareil demeura stable et, quand il heurta le sol, rebondit plusieurs fois comme une pierre ricochant à la surface d'un étang.

Lorsque le ventre de l'appareil entra en contact avec la terre, il y eut un bruit strident de métal tordu. Le frottement du fuselage contre le sol eut pour effet de ralentir l'avion qui avançait quand même encore à plus de cent cinquante kilomètres heure. Le métal entamait la terre comme le soc d'une charrue. Les ailes se détachèrent et les réservoirs explosèrent, laissant derrière eux deux traînées de feu noires et orange qui brûlèrent tout sur une distance de trois cents mètres. L'avion se précipitait vers un coude de la rivière.

Le jet se serait désintégré si, le long de la berge, le sol herbeux n'avait été recouvert d'une glaise molle et grasse. Dépourvu d'ailes, sa carlingue bleue et blanche maculée de boue, il ressemblait à une sorte de ver géant tentant de s'enfouir dans la vase. L'avion glissa sur la surface visqueuse et enfin s'arrêta net. Le choc projeta Francesca contre le tableau de bord. Elle s'évanouit.

Hormis le crépitement de l'herbe enflammée, le clapotis de la rivière et le sifflement de la vapeur produite par le contact du métal brûlant et de l'eau, il n'y avait aucun bruit.

Bientôt de longues ombres fantomatiques émergèrent de la forêt. Aussi silencieuses qu'une fumée, elles s'approchèrent de la carcasse disloquée de l'avion.

1

San Diego, Californie, 2001

A L'OUEST D'ENCINITAS, sur la côte Pacifique, le gracieux yacht *Nepenthe* se balançait au mouillage ; c'était le plus grand navire d'une immense flottille qui semblait inclure l'ensemble des voiliers et bateaux à moteur de San Diego. Avec ses lignes fluides et effilées, sa livarde s'élançant de sa proue comme un javelot et son imposte flamboyante, le *Nepenthe*, un clipper long de soixante-dix mètres, ne pouvait que susciter l'admiration. On aurait cru voir un navire de porcelaine voguant sur la mer de Delft. Sa peinture luisait comme si on l'avait astiquée et ses cuivres étincelaient sous le soleil de Californie. De la proue à la poupe, drapeaux et oriflammes claquaient au vent. De temps à autre, des ballons s'élançaient vers le ciel sans nuages.

Dans le spacieux salon de style Empire britannique, un quatuor à cordes jouait un air de Vivaldi pour une assemblée éclectique composée d'acteurs hollywoodiens en costume de soirée, de politiciens corpulents et d'animateurs de télévision filiformes qui tournaient autour d'une table d'acajou aux pieds épais, tout en dévorant pâtés, caviar beluga et crevettes comme s'ils n'avaient rien avalé depuis dix jours.

A l'extérieur, massés sur les ponts inondés de soleil, des enfants en fauteuils roulants ou penchés sur des béquilles croquaient dans des hot dogs et des hamburgers tout en profitant de l'air vivifiant de la mer. Une jolie femme d'une cinquantaine d'années passait parmi eux en s'affairant comme une mère poule. La bouche généreuse et les yeux bleu azur de Gloria Ekhart étaient fort connus du public. Des millions de personnes avaient vu ses films et suivi son sitcom à la télévision. Tous ses fans connaissaient sa fille, Elsie, la jolie demoiselle au visage couvert de taches de rousseur, dont le fauteuil roulant sillonnait le pont à toute vitesse. En pleine gloire, Ekhart avait abandonné sa carrière d'actrice pour consacrer sa fortune et son temps à aider des enfants comme la sienne. Un peu plus tard, les convives influents qui sifflaient du Dom Pérignon dans le salon seraient invités à sortir leur carnet de chèques pour financer la fondation Ekhart.

Ekhart avait le sens de la publicité. C'était elle qui avait loué le *Nepenthe* pour sa réception. En 1930, quand le vaisseau avait été lancé dans les chantiers navals G. L. Watson à Glasgow, il comptait parmi les plus gracieux yachts à moteur ayant jamais sillonné les mers. Son premier propriétaire, un comte anglais, le perdit à l'issue d'une partie de poker qui avait duré toute la nuit. Un nabab d'Hollywood en hérita. L'homme avait un penchant pour les cartes, les parties marathon et les starlettes mineures. Le yacht passa entre les mains d'une série de propriétaires, avant d'être transformé en bateau de pêche, reconversion qui n'eut qu'un temps. Empestant le poisson mort et les appâts, le yacht rouillé languissait au fin fond d'un chantier naval quand un magnat de la Silicon Valley le sauva de la démolition. Ayant dépensé des millions pour sa restauration, il tentait à présent de récupérer sa mise en le louant pour de grands événements comme cette collecte de fonds organisée par Ekhart.

Un homme portant un blazer bleu orné d'un badge officiel agrafé sur la poche de poitrine scrutait l'immense étendue verte du Pacifique au moyen d'une paire de jumelles. Il les éloigna, se frotta les yeux avant de reprendre son observation. Au niveau de la ligne d'horizon, de fins panaches blancs se détachaient sur le ciel bleu. L'homme baissa les jumelles, leva un aérosol muni d'une trompette en plastique et pressa trois fois sur le bouton.

Honk... honk... honk.

Le braillement strident du klaxon se répercuta sur l'eau comme le cri d'un jars monstrueux à la période du rut. La flottille reprit le signal et bientôt une cacophonie de cloches, de sifflets et de cornes emplit l'air et couvrit les piaillements des mouettes affamées. Des centaines de spectateurs se précipitèrent sur leurs jumelles et leurs appareils photo. Certains bateaux gîtèrent dangereusement sous le poids de leurs passagers qui s'agglutinaient tous sur un même côté. A bord du *Nepenthe*, les convives engloutirent d'un coup les petits-fours qu'ils tenaient en main et sortirent en masse du salon, armés de leurs coupes de champagne. Se protégeant les yeux, ils se mirent à observer au loin les panaches qui se déployaient comme des plumes à la queue d'un coq. Porté par la brise, on entendait un bruit rappelant celui d'un essaim d'abeilles furieuses.

Un hélicoptère décrivait des cercles à quelque trois cents mètres au-dessus du *Nepenthe*. A son bord, se trouvait un photographe italien au physique d'athlète. L'homme répondant au nom de Carlo Pozzi tapota l'épaule du pilote et désigna quelque chose au nord-ouest. A cet endroit, des sillons blancs parallèles marquaient la surface de l'eau, un peu comme si une immense flèche invisible l'avait éraflée. Pozzi vérifia l'attache de son harnais de sécurité, s'appuya d'un pied sur un patin et chargea une caméra de vingt-cinq kilos sur son épaule. Il savait d'expérience comment se pencher sans trop subir les assauts du vent. La puissante focale de sa caméra capta les lignes qui progressaient toujours. Il fit un panoramique de la gauche vers la droite, offrant ainsi aux spectateurs du monde entier une vue d'ensemble sur les douzaines de navires de course qui labouraient les flots. Puis il zooma sur les deux bateaux qui filaient en tête, quatre cents mètres devant leurs concurrents.

Les rapides embarcations rasaient la crête des vagues, leurs coques de douze mètres aux proues surélevées semblaient planer comme si elles tentaient d'échapper aux lois de la gravité. Le premier bateau était aussi rouge qu'une voiture de pompiers. Dans son sillage, moins de cent mètres derrière lui, le deuxième étincelait telle une pépite d'or. Ils ressemblaient davantage à des engins de combat intergalactiques qu'à des véhicules marins. Leurs ponts plats étaient flanqués de deux flotteurs, des coques de catamaran effilées comme des couteaux, prolongées par une double proue pointue et, à l'arrière, par des ailerons aérodynamiques, placés au-dessus des compartiments des moteurs. Deux verrières de type F-16 barraient le navire dans sa partie postérieure.

Coincé sous la verrière droite du bateau rouge, le visage figé par la détermination, Kurt Austin s'arc-bouta. Son catamaran de huit tonnes ne cessait de cogner contre une eau aussi dure que du béton. Contrairement aux engins terrestres, l'embarcation ne possédait pas d'amortisseurs pour atténuer les secousses. Chaque cahot parcourait le Kevlar moulé d'une seule pièce et la coque en composé de carbone avant de lui traverser le corps. Ses dents s'entrechoquaient et malgré ses larges épaules, ses puissants biceps et le harnais cinq points qui maintenait ses cent kilos, il se sentait comme un ballon de basket sous le dribble de Michael Jordan. Il lui fallait employer toute l'énergie de son mètre quatre-vingt-dix de muscles pour ne pas lâcher les manettes des gaz et garder son pied gauche fermement posé sur la pédale commandant les deux énormes moteurs turbos qui propulsaient le bateau comme la foudre à travers les flots.

Sous la verrière de gauche, José « Joe » Zavala était penché sur la barre, s'escrimant à maintenir le catamaran dans la bonne direction. Le petit volant noir auquel s'agrippaient ses mains gantées ne semblait pas adapté à cette rude tâche. Il n'avait pas l'impression de piloter un bateau mais de viser une cible. Sa bouche n'était qu'une ligne grimaçante. Ses grands yeux sombres avaient perdu leur habituelle vivacité. A travers le pare-brise en Plexiglas teinté, ils tentaient de décrypter les humeurs de la mer, guettant la variation des vents et jaugeant la hauteur des vagues. Le balancement vertical de la proue ne leur facilitait pas la tâche. Austin mesurait le comportement du bateau aux vibrations qui parcouraient littéralement son corps ; Zavala, lui, sentait les vagues et les creux à travers son gouvernail.

Austin aboya dans le micro de l'interphone reliant les deux cockpits. « Quelle est notre vitesse ? »

Zavala jeta un coup d'œil sur le cadran digital. « Un vingt-deux ». Puis il passa à la position GPS et au compas. « Impeccable. »

Austin consulta sa montre et posa les yeux sur la carte attachée à sa cuisse droite. La course longue de deux cent soixante kilomètres commençait à San Diego. Après avoir effectué deux virages en épingle à cheveux autour de Santa Catalina Island, les concurrents revenaient à leur point de départ, ce qui permettait aux milliers de spectateurs postés le long des plages d'assister à l'arrivée, le moment le plus intense de la compétition. D'une minute à l'autre, ce serait le dernier virage. Sur sa droite, à travers la verrière du cockpit couverte d'embruns, Austin vit s'élever une ligne verticale, puis une autre. Des mâts de voiliers ! La flottille des spectateurs formait une grande haie d'honneur au beau milieu de la mer. Une fois dépassés les plaisanciers, les concurrents rencontreraient la vedette des garde-côtes près de la bouée marquant le changement de direction et repartiraient pour le dernier tour de piste. Il jeta un rapide coup d'œil par-dessus son épaule droite et aperçut le reflet du soleil sur l'or. « Monte à un trente », ordonna Austin.

Les chocs de plus en plus violents faisant vibrer le gouvernail indiquaient que les vagues grossissaient. Zavala avait déjà remarqué les mouchetures blanches et les marbrures bien distinctes nappant la surface de l'eau, signe que le vent s'était levé. « Je suis pas sûr que ce soit le truc à faire », hurla Zavala au-dessus du vrombissement des moteurs. « Je vais donner un petit coup. Où est Ali Baba ?

— Il nous colle au train !

— Il est *dingue* de tenter le grand jeu maintenant. Il devrait se contenter de nous suivre et nous laisser tout prendre dans la figure comme il l'a fait jusqu'à présent. Et puis rentrer tout droit à l'écurie. La mer et le vent sont trop imprévisibles.

— Ali n'aime pas perdre. »

Zavala grommela. « OK, je monte à un vingt-cinq. On va peut-être le semer. »

Austin appuya du bout des doigts sur la manette des gaz et sentit l'engin bondir sous lui.

Un moment plus tard, Zavala annonça : « Un vingt-sept. On dirait que ça va. »

Distancé, le bateau doré accéléra pour calquer son allure sur celle de son concurrent. Austin pouvait lire l'inscription noire sur son flanc : *Flying Carpet*. Le pilote était caché derrière le verre teinté, mais Austin devinait qu'un grand sourire éclairait le visage du jeune homme barbu aux allures d'Omar Sharif. Fils d'un magnat de l'hôtellerie de Dubaï, Ali Bin Said faisait partie des adversaires les plus redoutables au sein de cette discipline sportive, l'une des plus dangereuses et des plus rigoureuses au monde, la course offshore de Class I.

Ali avait bien failli battre Austin l'année précédente, au Grand Prix Duty Free de Dubaï. Essuyer une telle humiliation dans son propre pays l'avait fortement agacé. Il avait donc renforcé la puissance des deux moteurs Lamborghini de la *Carpet*. Le groupe moteur de la *Red Ink* avait lui aussi bénéficié de quelques perfectionnements et gagné quelques kilomètres heure, mais Austin estimait que le bateau d'Ali valait bien le sien.

Lors de la réunion préparatoire organisée avant la course, Ali lui avait lancé, sur le mode de la plaisanterie, qu'ils luttaient à armes inégales puisque Austin pouvait compter sur l'Agence nationale marine et sous-marine pour apaiser les flots sur son passage. En tant que chef de l'Equipe des missions spéciales de la NUMA, Austin disposait des ressources d'un gigantesque organisme public. Mais il préférait ne pas jouer les rois Canute. Ali avait été battu non par des moteurs plus puissants mais par la parfaite cohésion et le travail d'équipe fourni par Austin et son partenaire de la NUMA.

Avec son teint hâlé et ses épais cheveux noirs toujours coiffés en arrière, Zavala aurait pu passer pour un maître d'hôtel dans un palace d'Acapulco. Le léger sourire qui ne quittait pas ses lèvres masquait la volonté de fer qu'il s'était forgée à l'Université quand il était boxeur poids moyen. Ce trait de caractère s'était affirmé depuis qu'il travaillait pour la NUMA. Ses nombreuses missions avaient constitué autant de défis à relever. Cet ingénieur de marine, homme éminemment doux et sociable, avait des milliers d'heures de vol à son actif. Il pilotait aussi bien des hélicoptères que de petits avions ou même des avions à réaction, et se glissait tout aussi aisément dans le cockpit d'un bateau de course. Austin et lui, quand ils collaboraient, étaient aussi minutieux et efficaces qu'une mécanique de haute précision. A la seconde même où l'arbitre avait levé le drapeau vert signalant le départ, Zavala avait pris la tête de la compétition.

Ils étaient très bien placés, dans un angle presque idéal, et avaient franchi la ligne de départ à deux cents kilomètres heure. Tous les bateaux avaient passé la ligne pleins gaz. Deux concurrents parmi les plus déterminés firent exploser leurs moteurs presque dès le début, un autre chavira au premier tournant, probablement le passage le plus dangereux dans ce genre de course, et le reste du peloton fut tout simplement relégué loin derrière les deux bateaux de tête. Le *Red Ink* dépassa les autres comme une fusée ; on aurait dit ses concurrents empêtrés dans du papier tue-mouches. Seul le *Flying Carpet* se maintenait. La première fois qu'il contourna Catalina Island, Zavala prit son virage autour de la bouée de telle sorte qu'Ali fut obligé de s'écarter. Depuis lors, le *Flying Carpet* ne cessait de combler son retard.

A présent, le *Carpet* s'envolait et remontait à la hauteur du *Red Ink*. Austin savait qu'Ali, à la dernière minute, avait opté pour un moteur plus petit et plus adapté aux mers agitées. Austin regrettait d'avoir choisi un gros moteur pour mer calme. Ali avait eu l'intelligence d'écouter son intuition plutôt que le bulletin météo. « Je passe un cran au-dessus ! », hurla Austin. « Il est à un quarante maintenant », lui répondit Zavala sur le même ton. « Le vent s'est levé. Il va décoller si on ne ralentit pas. »

Austin savait qu'un virage pris à vive allure représentait un risque. Les deux coques du catamaran glissaient à la surface de l'eau sans presque rencontrer de résistance. Le navire avait été conçu pour filer sur la crête des vagues, mais cette qualité pouvait devenir un handicap, le vent risquant de s'engouffrer sous la coque et la soulever comme un cerf-volant ou, pire, retourner complètement le bateau.

Le *Flying Carpet* se rapprochait toujours. Du bout des doigts, Austin actionnait adroitement les manettes des gaz. Il détestait perdre. Sa combativité, il l'avait héritée de son père, tout comme son physique de joueur de football américain et ses yeux aussi bleus que les fonds sous-marins baignant les récifs de corail. Un jour, il irait trop loin et sa détermination lui coûterait la vie. Mais pas aujourd'hui. Il relâcha les gaz. Cette manœuvre les sauva sans doute.

Devant eux, la mer s'enflait. Une vague d'un mètre quarante couronnée d'écume fonçait sur eux en grondant presque. Zavala la vit arriver de biais, pria pour qu'ils l'évitent et comprit aussitôt qu'il avait mal calculé son coup. Comme une griffe de chat, la vague accrocha l'un des flotteurs. Le *Red Ink* fut projeté dans les airs et se mit en vrille. Zavala réagit instantanément en barrant dans le sens du tournoiement, à la manière d'un automobiliste glissant sur une plaque de verglas. Le bateau retomba de travers, roula sur le côté si bien que les verrières des cockpits furent submergées, puis se rétablit après quelques embardées.

Ali ralentit mais, dès qu'il vit qu'ils étaient sains et saufs, poussa ses moteurs en abandonnant toute prudence. Il avait résolu de laisser Austin le plus loin possible derrière lui. Ignorant les conseils de son coéquipier, un vétéran nommé Hank Smith, Ali donna toute la puissance. L'énorme queue de coq décrivit dans l'air un arc de plusieurs dizaines de mètres et les deux moteurs creusèrent dans l'eau deux larges sillons identiques. « Désolé, cria Zavala. J'ai pris une vague. »

— Félicitations ! On est bons pour la deuxième place. »

Austin força l'allure et, faisant hurler les moteurs, se lança dans une poursuite sauvage.

A la verticale de la course, là-haut dans le ciel, le cameraman de la télévision italienne n'avait rien perdu de la scène. Le bateau de tête s'était laissé distancer. L'hélicoptère décrivit un large cercle et revint survoler la flottille pour se placer enfin au centre du chenal. Pozzi comptait filmer en gros plan le futur vainqueur passant en trombe devant les spectateurs et se dirigeant vers la bouée, puis la dernière ligne droite avant l'arrivée à San Diego. Le cameraman jetait un coup d'œil sur la mer, histoire de se repérer, quand il vit flotter un gros objet brillant et gris que léchaient de petites vagues. Un effet de lumière. Non, il y avait vraiment quelque chose. Il attira l'attention du pilote et lui désigna le secteur. « Bon Dieu, mais qu'est-ce que c'est ? » fit le pilote.

Pozzi dirigea la caméra vers l'objet et zooma en pressant un bouton. « C'est une *balena* », dit-il quand la chose se dessina nettement dans son objectif. « Sacré bon sang, parlez français.

— Comment dites-vous ? Une *baleine*.

— Ah ouais, répondit le pilote. Elles sont en pleine migration. Ne vous inquiétez pas, elle plongera dès qu'elle entendra les bateaux arriver.

— Non, fit Carlo en hochant la tête. Je crois qu'elle est morte. Elle ne bouge pas. »

Le pilote fit légèrement descendre son appareil afin de mieux se rendre compte. « Merde, vous avez raison. Il y en a une autre. J'en vois flotter trois – non, quatre. Bon sang ! Il y en a un peu partout. »

Il enclencha le canal d'appel. « Appel aux garde-côtes de San Diego. Ici l'hélicoptère de la télévision couvrant la course. C'est une urgence ! »

Une voix crépita dans la radio. « Cabrillo Point. Station des garde-côtes. Parlez.

— J'aperçois des baleines sur le trajet de la course.

— Des *baleines* ?

— Ouais, peut-être une douzaine. Je crois qu'elles sont mortes.

— Roger, fit le radio. Nous alertons la vedette de service pour qu'elle aille vérifier.

— Trop tard, trancha le pilote. Il faut que vous arrêtiez la course. »

S'ensuivit un lourd silence. Puis : « Roger. On va essayer. » Un moment plus tard, ayant reçu l'appel venant de la station, la vedette des garde-côtes quittait son poste à la bouée de virage. Les feux de son gyrophare orange s'épanouirent sur le bleu du ciel.

Ali ne vit cette lumière et la carcasse grise boursouflée qui flottait devant lui qu'au dernier moment. Trop tard. Il tourna le volant à fond, évita l'obstacle de quelques centimètres, parvint à contourner une autre carcasse mais ne put échapper à la troisième. Il vira, hurla à Hank de couper les gaz. Smith tira précipitamment sur la manette et la coque retomba d'un bloc à la surface. Le *Carpet* fonçait encore à quatre-vingts kilomètres heure quand il heurta la baleine qui explosa en répandant un air vicié avant de rebondir comme une énorme boule de graisse. Le bateau donna de la bande sur un de ses flotteurs, bascula, fit un tonneau et, par miracle, retomba à l'endroit.

Grâce à leurs casques, Ali et son coéquipier échappèrent à la fracture du crâne. A travers le brouillard qui obscurcissait sa vision, Ali tendit la main vers le volant et tenta de le bouger, mais le gouvernail ne répondait pas. Il appela son compagnon. Hank était affalé sur les manettes des gaz.

Le capitaine du *Nepenthe* était descendu sur le pont inférieur et discutait avec Gloria Ekhart quand soudain l'actrice se pencha sur le bastingage et dit en montrant quelque chose au loin : « Excusez-moi, capitaine. Que fait donc ce bateau doré ? »

Le *Flying Carpet* divaguait comme un boxeur groggy tentant de se réfugier dans les cordes. Puis les proues jumelles cessèrent de zigzaguer, le bateau rétablit sa trajectoire et gagna de la vitesse en se dirigeant droit vers le yacht. Le capitaine attendait que le catamaran vire de bord mais rien de tel ne se passa. Alarmé, il s'excusa d'un ton posé, fit un pas de côté et s'empara brusquement du talkie-walkie passé à sa ceinture. Son ordinateur mental était en train de calculer le temps qui leur restait avant que le bateau doré ne les percute. « Ici le capitaine, aboya-t-il dans l'appareil. Déplacez ce yacht !

— Maintenant, monsieur ? Pendant la course ?

— Vous êtes *sourd* ? Levez l'ancre et déplacez ce yacht. *Immédiatement.*

— Le déplacer ? Où cela, monsieur ? »

Ils avaient une chance sur mille d'échapper à la collision et son homme de barre s'amusait à poser des questions. « *En avant!* », hurla-t-il, sur le point de succomber à la panique. « *Bougez*, c'est tout ! »

Le capitaine braillait ses ordres comme s'ils avaient encore une chance de s'en sortir. Mais il savait qu'il était trop tard. Le catamaran avait déjà parcouru la moitié de la distance qui le séparait du yacht. Le capitaine entreprit de rassembler les enfants à l'autre bout du navire. Il pourrait peut-être sauver quelques vies, mais c'était peu probable. La coque en bois exploserait en mille morceaux, le carburant se répandrait, provoquerait une terrible déflagration et le *Nepenthe* irait par le fond en quelques minutes. Tout en agrippant le fauteuil d'une petite fille pour lui faire traverser le pont, il hurla aux autres de l'imiter. Trop terrorisée pour réagir, Ekhart regardait la torpille dorée foncer vers eux. Instinctivement, elle passa son bras autour des maigres épaules de sa fille et la serra contre elle.

2

AUSTIN NE FUT PAS SURPRIS de voir Ali perdre le contrôle de son bateau. Depuis le temps qu'il cherchait l'accident. C'était plutôt la nature de celui-ci qui l'étonnait. Le *Flying Carpet* vira fortement et dérapa sur l'eau qui jaillit en trombes d'écume puis, fidèle à sa réputation, il se mit à s'incliner, l'un de ses flotteurs hors de l'eau, comme une voiture de cascadeur penchée sur ses deux roues latérales. Le catamaran effectua un vol plané de plusieurs dizaines de mètres, retomba dans une monumentale gerbe d'eau et disparut un moment avant de refaire surface, son flanc droit dressé vers le ciel.

Austin et Zavala avaient atteint leur vitesse idéale. En se maintenant à cent soixante kilomètres heure, ils conservaient la tête du peloton sans pour autant renoncer à négocier avec l'état de la mer et des vents. Les vagues agitant la surface de l'eau étaient tantôt faibles tantôt moyennes, certaines plus longues que les autres, mais la plupart frangées d'écume. Rien à voir avec un vent de force 12 sur l'échelle de Beaufort, mais il fallait quand même se méfier. La mer restait imprévisible, elle pouvait se mettre à grossir soudainement et il fallait s'attendre à rencontrer encore quelques surprises, aussi surveillaient-ils attentivement les flots.

Après avoir décrit un large cercle, le *Red Ink* dirigea ses deux proues vers le bateau d'Ali. Zavala voulait savoir si ce dernier avait besoin d'aide. Le catamaran rouge franchit la crête d'une vague puis glissa au fond d'un creux. A ce moment-là, Zavala dut faire une embardée pour éviter un objet gris plus long que le hors-bord. Ensuite, il s'engagea dans une série de bordées, une sorte de slalom géant, afin de contourner trois autres gros monticules couleur ardoise. « Des baleines ! hurla Zavala tout excité. Il y en a un peu partout. »

Austin réduisit leur vitesse de moitié. Ils dépassèrent une autre carcasse inerte, suivie d'une plus petite. Sans doute un baleineau. « Des baleines grises, dit-il émerveillé. Tout un banc de baleines.

— Ça n'a pas l'air d'aller très bien pour elles », remarqua Zavala. « Pour nous non plus, ça ne va pas très bien », répondit Austin en abaissant les manettes des gaz. « On est en train de traverser un vrai champ de mines. »

Le bateau d'Ali n'avait pas cessé de dériver, ballotté par les vagues. Son moteur tournait dans l'air quand soudain, sa proue s'éleva, sa poupe s'enfonça et les pales de son hélice brassèrent furieusement l'eau. Le *Flying Carpet* se comportait comme un lièvre terrorisé par un chien de chasse. Il accéléra et, très vite, se mit à filer au-dessus des vagues en fonçant droit vers la flottille des spectateurs. « *Macho hombre !* » s'exclama Zavala, plein d'admiration. « Il emboutit une baleine et repart aussitôt signer des autographes. »

Austin lui aussi crut qu'Ali s'en allait saluer la foule de ses admirateurs. Le bateau fendait les flots comme une flèche d'or sur le point de se ficher au centre de sa cible. Du regard, Austin traça sur l'eau une ligne invisible, prolongeant la trajectoire du *Flying Carpet* jusqu'au flanc du grand navire blanc, ancré sur le passage de la course. A en juger d'après ses lignes gracieuses, ce vaisseau était un yacht de luxe. Austin admira la façon dont ses concepteurs avaient allié forme et fonctionnalité dans le tracé de sa coque de bois. De nouveau, il jeta un coup d'œil au bateau d'Ali qui accélérait toujours, filant droit vers le yacht.

Pourquoi ne se sont-ils pas arrêtés ? Pourquoi n'ont-ils pas fait un détour ?

Austin savait que la coque d'un bateau de course était plus résistante que du métal. En revanche, le gouvernail et l'arbre de transmission étaient fragiles. Si l'arbre avait été endommagé, le gouvernail était à présent impossible à manœuvrer. Bon, alors quoi ? Même avec une direction faussée, il leur restait encore la possibilité de couper les moteurs. Et si jamais l'homme installé aux commandes des gaz était dans l'incapacité de le faire, le pilote pouvait toujours utiliser l'interrupteur d'urgence, qu'on activait manuellement. Le bateau avait violemment heurté une baleine, mais ce choc n'était rien face à l'impact de l'eau contre la coque au moment où elle était retombée de tout son poids. Même équipés de casques et de harnais de sécurité, Ali et son équipier avaient dû être sérieusement secoués. Ça, c'était la version optimiste. Si l'on choisissait l'autre version, ils étaient sans doute évanouis. Il revint au yacht et vit les jeunes visages qui s'alignaient sur les ponts. Grands dieux, des gosses ! Le yacht était rempli de gosses.

Le pont grouillait d'activité. Les passagers du yacht avaient compris que le bateau de course se précipitait sur eux. L'ancre était en train d'émerger de l'eau, mais à moins que le navire ne prenne soudain son envol, la catastrophe était inévitable. « Il va lui rentrer dedans ! » dit Zavala, plus étonné qu'inquiet.

La main d'Austin sembla bouger d'elle-même. Il abaissa les manettes du bout des doigts, les moteurs rugirent et le *Red Ink* bondit comme un pur-sang pourchassé par une abeille. Zavala fut surpris par la brusque accélération mais agrippant plus fermement le gouvernail, il dirigea le *Red Ink* vers le bateau fou. Austin et son coéquipier communiquaient de manière intuitive. Ce don leur avait sauvé la vie plus d'une fois, au cours des nombreuses missions accomplies dans le cadre de la NUMA. Austin rabattit les manettes vers l'avant. Le catamaran se mit à planer et bondit comme une fusée. Ils allaient deux fois plus vite que le *Carpet* dont ils s'approchaient en biais. L'interception n'était qu'une question de secondes. « Garde-nous parallèles à lui et reste à sa hauteur, ordonna Austin. Quand je crierai, tu lui donneras un petit coup à tribord. »

Les synapses du cerveau d'Austin émettaient assez d'énergie électrique pour éclairer toute une ville. Le *Red Ink* escalada une vague, fut projeté dans les airs et retomba au milieu d'une gerbe d'eau. Le yacht avançait lentement. Ce déplacement risquait d'augmenter leur marge d'erreur, mais pas de beaucoup.

Les deux bateaux se trouvaient presque côte à côte. Zavala démontra son incroyable talent de pilote en rapprochant le *Red Ink* de son concurrent malgré les vagues qui s'élargissaient dans le sillage de l'autre catamaran. Austin attendit qu'ils rejoignent le *Carpet,* le dépassent, puis doucement rabattit les manettes pour adapter leur vitesse à celle de l'autre. Seuls quelques mètres les séparaient.

L'esprit d'Austin avait rejoint cette zone intermédiaire située entre le penser et l'agir. Il n'était que pur réflexe, chacun de ses sens en alerte. Impossible d'émettre une pensée rationnelle sous le tonnerre assourdissant des quatre puissants moteurs. Il ne faisait plus qu'un avec le *Red Ink* ; ses muscles et ses tendons reliés à l'acier et au Kevlar appartenaient au bateau tout autant que les pistons et l'arbre de transmission. Les mouvements des deux catamarans n'étaient pas synchronisés ; quand l'un était en haut l'autre était en bas. Austin modula la vitesse du *Red Ink* jusqu'à ce qu'ils ressemblent à deux dauphins nageant en parfaite harmonie.

En haut.

En bas.

En haut. « Maintenant ! » hurla-t-il.

L'espace séparant les deux bateaux se resserra. Plus que quelques centimètres. Zavala tourna le gouvernail vers la droite. C'était une manœuvre délicate. Si on l'effectuait de manière trop brutale, les deux coques risquaient de s'accrocher l'une à l'autre et les bateaux enchevêtrés seraient propulsés dans les airs, ce qui aurait des conséquences mortelles. Lorsque les coques se rencontrèrent, il y eut un son creux et un crissement émis par le composé au carbone soumis à rude épreuve. Puis les deux catamarans rebondirent l'un sur l'autre et s'écartèrent. Zavala ramena le sien et le maintint fermement dans la position voulue. Le volant avait tendance à lui échapper des mains.

Austin mit les gaz. Le bruit des moteurs était assourdissant. De nouveau, les bateaux se heurtèrent. Il avait l'impression de chevaucher un énorme taureau. Finalement le *Flying Carpet* dévia sur la droite. Ils s'écartèrent une fois encore. Pris au jeu, Zavala fit de nouveau s'entrechoquer les deux catamarans, détournant toujours plus le bateau fou de sa course. « Dégage, Joe ! »

Le chemin que suivait à présent le catamaran d'Ali le conduisait droit vers la flottille mais il ne risquait plus d'emboutir la poupe du yacht. En le voyant arriver sur eux, les bateaux des spectateurs s'éparpillèrent comme des feuilles mortes dans le vent. Austin savait qu'en faisant dévier le *Flying Carpet*, le *Red Ink* se comporterait comme la boule blanche au billard. Il n'avait pu estimer le temps nécessaire à la manœuvre qu'il venait d'effectuer. A présent, Joe et lui fonçaient vers le yacht qui se déplaçait toujours. Dans quelques secondes, ils l'emboutiraient. Ils pouvaient voir l'expression horrifiée des gens alignés sur le pont. Le *Red Ink* filait à l'allure excessive de cent kilomètres heure. S'il coupait les moteurs, ils racleraient quand même les flancs de bois du vieux navire. « Et maintenant ? » hurla Joe. « Continue ! », tonna Austin.

Zavala marmonna un juron inaudible. Il avait une confiance aveugle dans son coéquipier et le savait capable de les sortir de cette situation délicate, mais parfois les faits et gestes d'Austin défiaient toute logique. Zavala estima peut-être qu'ils couraient droit au suicide, mais n'en montra rien. S'il avait suivi son instinct, il aurait viré de bord en s'en remettant à la chance. Pourtant, il poursuivit inexorablement leur course insensée comme si le navire de soixante mètres qui bouchait son champ de vision, tel un grand mur blanc, n'était qu'un mirage. Il serra les dents et se crispa en prévision de l'impact. « Baisse-toi, ordonna Austin. Rentre la tête. Je vais le *stuffer.* »

Lui-même se pencha et mit pleins gaz ; en même temps, il déploya les gréements et les ailerons. Cette manœuvre était déconseillée en règle générale. Elle se produit lorsqu'un bateau émerge d'une vague avant de s'enfoncer dans la suivante. Mais la forme la plus redoutable de *stuff* restait ce qu'on appelait le *sous-marin,* terme illustrant parfaitement la position d'un bateau s'engageant à grande vitesse dans un *stuff.* Austin n'avait aucunement l'intention d'y échapper, au contraire il *comptait* dessus. Il retint son souffle. Le catamaran piqua brutalement du nez, ses proues s'enfoncèrent et, poursuivant sa course oblique, il disparut sous la surface comme une taupe s'enfouit dans la terre. Toujours propulsé par ses moteurs tournant à plein régime, le *Red Ink* se transforma donc en engin submersible, alors que rien ne l'y préparait.

Ils glissèrent sous le yacht, mais ne purent éviter d'en frôler la coque. Les verrières des cockpits furent arrachées. Il y eut un craquement inquiétant et un bruit d'eau. Les hélices passèrent quelques centimètres au-dessus de leurs têtes. Puis le catamaran franchit l'obstacle et se retrouva de l'autre côté. Bondissant hors de l'eau tel un gigantesque poisson volant écarlate, ses moteurs calèrent en produisant une sorte de bredouillement mécanique puis il s'immobilisa au milieu d'un nuage de fumée violette.

La structure interne du bateau était conçue pour pouvoir résister au passage d'une horde d'éléphants. Les verrières, elles, étaient plus fragiles. Les deux couvertures de Plexiglas avaient disparu et les cockpits s'emplissaient d'eau, tandis que le bateau roulait sur les vagues.

Zavala toussa et cracha l'eau salée qui lui emplissait la bouche. « Ça va ? » demanda-t-il. Sur son beau visage hâlé, se lisait la plus grande perplexité.

Austin ôta son casque, révélant par ce geste une épaisse chevelure couleur platine, presque blanche. Il regarda les marques laissées par les hélices du yacht sur le pont du catamaran et comprit qu'ils l'avaient échappé belle. « Encore de ce monde, répondit-il, mais décidément je ne pense pas que le *Red Ink* soit un véhicule amphibie. »

Zavala sentit l'eau lui mouiller la taille. « C'est le moment d'abandonner le navire.

— Considère cela comme un ordre », dit Austin en desserrant son harnais. Ils s'extirpèrent du catamaran tant bien que mal et sautèrent à la mer. Pour obtenir leur permis, les pilotes doivent passer un test de natation. Un bateau de plaisance s'arrêta à leur hauteur. On les hissa à bord, tout dégoulinants, quelques minutes avant que *le Red Ink* n'aille par le fond. « Qu'est-il arrivé au bateau doré ? » demanda Austin au propriétaire du petit yacht, un fumeur de pipe entre deux âges qui était venu à San Diego pour assister à la course et vivait à présent une aventure dépassant largement ses attentes. Du tuyau de sa pipe, il désigna quelque chose au loin. « Par là-bas. Le type s'est jeté au milieu de la flottille. Je sais pas comment il a pu éviter les bateaux.

— Ça vous ennuierait si on allait y jeter un coup d'œil ?

— Pas de problème », dit l'homme obligeamment, tout en tournant le gouvernail.

Quelques instants plus tard, ils rejoignaient le *Flying Carpet*. Ses verrières avaient été rabattues. A son grand soulagement, Austin vit que les hommes à l'intérieur étaient en vie, malgré le sang qui ruisselait du crâne d'Ali. Hank, quant à lui, avait l'air de tenir une sacrée gueule de bois.

Austin cria : « Etes-vous blessés ?

— Non », répondit Ali. Il n'avait pourtant pas l'air très convaincu de ce qu'il affirmait. « Qu'est-ce qui s'est *passé* ?

— Vous avez heurté une *baleine*.

— Une *quoi ?* » Quand il vit qu'Austin ne plaisantait pas, Ali se rembrunit. « Je suppose que nous n'avons pas gagné », dit-il d'un ton morne. « Ne faites pas cette tête », dit Austin. « Au moins votre bateau à vous ne repose pas au fond de la mer ». « Désolé », fit Ali d'un air triste. Puis une pensée lui vint et son visage s'illumina. « Alors, vous n'avez pas gagné non plus.

— *Au contraire* *, répliqua Austin. Nous avons remporté tous les quatre le trophée des types les plus vernis qui soient ».

Ali hocha la tête. « Allah soit loué », dit-il une seconde avant de s'évanouir.

---

* En français dans le texte.

3

Venezuela, au cœur de la forêt tropicale

AU-DESSUS D'EUX, les branchages formaient un épais couvercle masquant les rayons du soleil, de telle sorte que l'eau noire et lisse emplissant le lagon paraissait plus profonde qu'elle ne l'était réellement. Gamay Morgan-Trout avait lu quelque part que le gouvernement vénézuélien avait réintroduit des crocodiles mangeurs d'hommes de l'Orénoque dans leur habitat naturel. Elle eût préféré l'ignorer. Son corps agile effectua un saut de carpe et glissa sous la surface puis, dans un battement résolu de ses longues jambes, elle descendit vers les ténèbres de ce Styx tropical en se disant que les animaux préhistoriques, aspirés par le limon des puits de goudron de La Brea, avaient dû ressentir ce qu'elle éprouvait en cet instant. Elle alluma les deux lampes halogènes reliées à sa caméra vidéo Stingray et nagea vers le fond. Les algues qui dansaient sous elle ressemblaient à des épinards se balançant au gré du courant léger, comme au son d'une douce musique. Soudain, quelque chose lui frôla les fesses.

Elle fit volte-face, plus indignée qu'effrayée. Sa main se posa sur le poignard passé dans sa ceinture. A quelques centimètres de son visage, pointait un museau long et fin prolongeant une tête rose et un peu grotesque, dotée de deux petits yeux noirs. L'animal secoua son museau frétillant d'avant en arrière, comme un doigt qui s'agiterait en signe de réprimande. Gamay relâcha le manche de son poignard et repoussa le museau. « Gare à toi ! » Cette phrase sortit du détendeur dans un jaillissement de bulles sonores.

Le bec délicat s'ouvrit et un sourire amical découvrit des dents pointues. Une vraie grimace de clown. Puis le dauphin de rivière renversa la tête et regarda la jeune femme à l'envers.

Le rire de Gamay jaillit dans un gargouillis comparable aux bouillonnements annonçant l'éruption de l'Old Faithful. Du pouce, elle pressa sur la valve commandant l'arrivée de l'air dans son gilet de stabilisation. Quelques secondes plus tard, sa tête brisait la surface calme du lagon comme un diable surgissant de sa boîte. Elle se pencha en arrière dans son gilet gonflable, retira d'un coup sec l'embout de plastique coincé entre ses dents et fit un grand sourire.

Paul Trout était assis à quelque distance de là, dans son canot Bombard semi-rigide long de trois mètres. Faisant office de sécurité-surface, il avait suivi son épouse à la trace en observant le bouillonnement produit en surface. Surpris de la voir émerger de l'eau noire, il accueillit son hilarité d'un air perplexe. Les lèvres pincées, ne sachant comment réagir, il baissa la tête et l'observa par-dessus des lunettes invisibles. « Tu vas bien ? » dit-il, en clignant ses grands yeux noisette. « *Très* bien », répondit Gamay. Pourtant, elle n'en avait pas l'air. L'expression incrédule qui se peignit sur le visage de Paul lui redonna envie de rire. Elle but la tasse, s'étrangla et, à la perspective de se noyer à force de rire, sa gaieté redoubla. Elle replaça l'embout dans sa bouche. Paul se rapprocha d'elle en ramant et, se penchant par-dessus bord, lui tendit la main. « Tu es *sûre* que ça va ?

— Mais oui », dit-elle. Elle reprit contenance et cracha l'embout du détendeur. Puis elle ajouta, dans une quinte de toux digne d'un chien mouillé : « Je ferais mieux de monter dans le canot. »

Accrochée au bord, elle tendit son équipement de plongée à Paul qui saisit sa femme et hissa facilement ses soixante-cinq kilos dans le bateau. Avec son short kaki, assorti à sa chemise militaire épaulée et son chapeau mou à larges bords, il ressemblait à un explorateur typiquement british. Le gros papillon tropical perché sous sa pomme d'Adam n'était autre que l'une des cravates colorées dont il raffolait. Trout estimait avoir le droit à l'élégance quel que soit l'endroit où il se trouvait, même dans les profondeurs de la jungle vénézuélienne où le pagne est considéré comme la tenue officielle. Son accoutrement de dandy contrastait avec sa force physique. Sa carrure d'athlète, il l'avait acquise à l'époque où il était pêcheur à Cape Cod. Ses paumes avaient perdu leurs cals, mais il avait toujours la musculature qu'il s'était forgée au cours des années passées à tirer les filets. On la devinait derrière les plis impeccables de ses vêtements. Il savait également se mouvoir avec souplesse, malgré ses deux mètres. « Le profondimètre indique seulement dix mètres, ton hilarité n'est donc pas due à une narcose », dit-il sur le ton doctoral dont il était coutumier.

Gamay détacha ses cheveux mi-longs dont la teinte auburn avait poussé son père, grand connaisseur en vins, à lui donner ce prénom fleurant bon les cépages du Beaujolais. « Finement observé, mon cher, dit-elle en essorant l'eau de ses tresses. Je riais de mon erreur. Je pensais être la moucharde alors qu'en fait j'étais la *mouchardée.* »

Paul cligna les yeux. « Quel soulagement. Cette explication a l'intérêt d'éclaircir grandement les choses. Je sais ce qu'est un mouchard. En revanche, une *mouchardée...* »

Elle lui adressa un sourire éblouissant. « Cyrano le dauphin a pointé son nez de petit mouchard et me l'a collé sur les fesses.

— Je ne peux l'en blâmer ». Il lorgna son corps aux hanches étroites en soulevant les sourcils à la manière de Groucho Marx. « Maman m'a toujours dit de me méfier des hommes qui portent des cravates et se coiffent avec la raie au milieu.

— T'ai-je jamais dit que tu ressemblais à Lauren Hutton ? déclara-t-il en tirant sur un cigare imaginaire. Et que je suis attiré par les femmes qui ont un espace entre les dents de devant. C'est tellement sexy !

— Je suppose que vous dites cela à toutes les filles », fit-elle en déformant sa voix douce et fraîche pour imiter les accents rauques de Mae West. « Grâce à la petite caresse amoureuse de Cyrano, j'ai découvert une vérité scientifique.

— Que cet animal est un maniaque du nez ? »

Elle haussa le sourcil pour lui signifier qu'il n'était pas drôle. « Je ne crois pas, mais je n'en mettrais pas ma main au feu. J'ai appris une chose : les dauphins de rivière sont peut-être moins développés que leurs cousins des mers mais ils sont en règle générale plus affectueux. Ils sont aussi intelligents, joueurs et possèdent un certain sens de l'humour.

— Quand on est rose et gris, affublé de nageoires aux doigts bien apparents, d'un aileron dorsal proprement ridicule et d'une tête ressemblant à un cantaloup difforme, le sens de l'humour me semble indispensable.

— Observation biologique relativement pertinente venant d'un océanographe spécialiste des grandes profondeurs.

— Ce fut un plaisir. »

Elle l'embrassa de nouveau, sur les lèvres cette fois. « Je suis vraiment heureuse que tu sois ici. Et je te remercie du travail que tu as accompli pour établir le profil informatique de cette rivière. Ce fut un agréable dépaysement. Je suis presque triste de rentrer. »

Paul regarda la nature paisible qui les environnait. « Ça m'a beaucoup plu. Cet endroit est comme une cathédrale médiévale et les bestioles qui l'habitent sont vraiment marrantes, bien que je ne sois pas certain d'apprécier le genre de libertés qu'elles prennent avec ma femme.

— Cyrano et moi n'entretenons que des relations purement platoniques, dit Gamay en levant le menton d'un air hautain. Il a seulement voulu attirer mon attention pour obtenir une gâterie.

— Une gâterie ?

— Du *poisson.* » Elle se saisit d'une rame et tapa plusieurs fois sur le rebord du canot pneumatique. Il y eut une gerbe d'eau à l'endroit où le lagon rejoignait la rivière. Une bosse rosâtre assortie d'une longue nageoire dorsale s'avança vers elle en coupant la surface d'une ondulation en forme de V. Le dauphin tourna autour du bateau en émettant, par l'orifice marquant son dos, un son ressemblant à un éternuement. Gamay éparpilla quelques boulettes de poisson, le fin museau sortit de l'eau et les happa goulûment. « Nous venons de vérifier la véracité de ces légendes apocryphes racontant que les dauphins arrivent quand on les appelle. Je les imagine aisément en train d'aider les indigènes à pêcher, comme on a pu l'entendre dire.

— Tu as également prouvé que Cyrano n'a pas son pareil pour te soutirer des petits en-cas.

— Exact, mais ces créatures sont considérées comme des versions imparfaites des dauphins de mer, aussi est-il d'un grand intérêt à mes yeux que leurs cerveaux aient évolué plus rapidement que leur apparence physique. »

Pendant quelques minutes, ils regardèrent amusés le dauphin nager en cercle puis, s'apercevant que la lumière baissait, décidèrent de prendre le chemin du retour.

Tandis que Gamay rangeait son équipement, Paul fit démarrer le moteur hors-bord et les conduisit hors du lagon. Ils s'engagèrent sur la rivière agitée par un léger courant. L'eau d'encre prit bientôt une teinte vert pois cassé. Le dauphin continuait à aller et venir, mais quand il vit que c'en était fini des câlins, il vira à la manière d'un avion de combat regagnant sa base. Bientôt la jungle épaisse bordant la rivière laissa place à une clairière. Une poignée de huttes couvertes de chaume étaient groupées autour d'une maison de stuc blanc au toit de tuiles rouges et à la façade ornée d'une galerie, dans le style colonial espagnol.

Ils s'amarrèrent à une petite jetée, hissèrent leur équipement hors du bateau et se dirigèrent vers le bâtiment de stuc, escortés par une bande d'enfants indiens à demi nus. Les gamins furent chassés par la maîtresse de maison, une impressionnante matrone hispano-indienne armée d'un balai qu'elle brandissait comme une hache de guerre. Paul et Gamay entrèrent. Un homme aux cheveux argentés, âgé d'une soixantaine d'années et portant une chemise blanche à plastron brodé, un pantalon de coton et des sandales confectionnées à la main, se leva de sa table de travail, quitta la fraîcheur de son bureau et la pile de papiers sur laquelle il était penché pour s'avancer à grandes enjambées vers eux et les accueillir avec un plaisir évident. « *Señor* et *Señora* Trout. C'est bon de vous voir. Vous avez bien travaillé, j'en suis sûr.

— Très bien, docteur Ramirez. Merci, dit Gamay. J'ai eu la chance de pouvoir répertorier d'autres comportements de dauphins et Paul a fini de modéliser la rivière par ordinateur.

— Je n'avais que peu de choses à faire, en réalité, dit Paul. Il s'agissait surtout d'attirer l'attention des chercheurs qui participent au projet du Bassin de l'Amazone sur les travaux que Gamay effectue ici et obtenir d'eux qu'ils pointent le satellite LandSat dans cette direction. Je mettrai la dernière main à la modélisation par ordinateur quand nous serons rentrés chez nous et Gamay l'utilisera pour compléter son étude du biotope.

— Je vous regretterai. J'ai beaucoup apprécié que l'Agence nationale marine et sous-marine envoie ses experts sur un petit projet de recherche comme celui-ci. »

Gamay dit : « Sans ces rivières, leur faune et leur flore, il n'y aurait pas de vie océanique.

— Merci, *Señora* Gamay. Pour vous montrer ma reconnaissance, j'ai prévu un dîner afin de célébrer dignement votre dernière soirée ici.

— C'est très gentil à vous, dit Paul. Nous ferons nos bagages de bonne heure. Ainsi nous serons prêts à temps pour embarquer à bord du bateau de ravitaillement.

— A votre place, je ne m'inquiéterais pas trop, répondit-il. Il est toujours en retard.

— Eh bien, tant mieux, répondit Paul. Nous aurons plus de temps pour discuter de vos recherches. »

Ramirez partit d'un petit rire. « J'ai l'impression d'être un troglodyte. Je pratique encore la botanique à l'ancienne mode ; je cueille des plantes, je les conserve, les compare et j'écris des rapports que personne ne lit. » Son visage s'éclaira. « Nos petites créatures de rivière n'ont jamais eu de meilleurs amis que vous. »

Gamay dit : « Notre travail montrera peut-être que l'habitat des dauphins est menacé par la dégradation de l'environnement. On pourra alors tenter de remédier à cette situation. »

Il hocha la tête d'un air maussade. « En Amérique latine, les gouvernements agissent lentement sauf si l'occasion leur est donnée de se remplir les poches. Les causes louables s'enfoncent dans les marécages.

— C'est comme chez nous. Notre marais sans fond national s'appelle Washington DC. »

Ils éclatèrent de rire à cette repartie. Au même moment, la maîtresse de maison introduisit un indigène dans le bureau. L'homme petit et musclé portait un pagne et de grosses boucles aux oreilles. Ses cheveux de jais étaient coupés en franges et ses sourcils rasés. Il s'adressa au docteur sur un ton respectueux, mais son discours précipité et son regard fixe révélaient une forte émotion. Il ne cessait de désigner la rivière. Le Dr Ramirez s'empara d'un panama à larges bords suspendu à un crochet. « A ce qu'il semble, il y a un homme mort dans un canoë, dit-il. Excusez-moi, mais comme le premier représentant du gouvernement vit à cent cinquante kilomètres d'ici, il faut que j'aille enquêter.

— Pouvons-nous venir ? » dit Gamay. « Bien sûr. Je n'ai rien d'un Sherlock Holmes et les regards exercés de deux scientifiques seront les bienvenus. En plus, cela peut vous intéresser. Ce monsieur prétend que le défunt est un esprit errant. » Notant l'expression perplexe de ses hôtes, il ajouta : « Je vous expliquerai plus tard. »

Ils sortirent en hâte de la maison et dépassèrent les huttes pour gagner les berges de la rivière. Les hommes du village étaient réunis près de l'eau, dans le plus grand silence. Des enfants essayaient de voir ce qui se passait en regardant entre leurs jambes. Les femmes se tenaient en retrait. Quand le Dr Ramirez approcha, la foule s'écarta pour lui laisser le passage. Une pirogue sculptée était amarrée au quai. Elle était peinte en blanc hormis la proue, qui était bleue, et une bande, bleue elle aussi, traversant la coque sur toute sa longueur.

Un jeune Indien était couché sur le dos au fond de l'embarcation. Comme ceux du village, il avait des cheveux coupés au bol et ne portait qu'un pagne. La ressemblance s'arrêtait là. Les hommes du village tatouaient leurs corps ou teintaient de rouge leurs hautes pommettes pour se protéger des esprits malins censés ne pas discerner cette couleur. Le nez, le menton et les bras du cadavre étaient enduits d'une peinture bleu pâle. Le reste de son corps était complètement blanc. Lorsque le Dr Ramirez se pencha sur le canoë, son ombre effraya les mouches vertes agglutinées sur la poitrine de l'homme mort. Elles s'envolèrent en bourdonnant, révélant une plaie ronde et béante.

Paul retint son souffle. « On dirait une blessure par balle.

— Je crois que vous avez raison », répondit le Dr Ramirez. De ses yeux profondément enfoncés, il lui lança un regard grave. « Cela ne ressemble à aucune des blessures par javelot ou par flèche qu'il m'ait été donné de voir jusqu'à ce jour. »

Il se tourna vers les villageois et, au bout de quelques minutes de conversation, traduisit pour les Trout. « Ils disent qu'ils étaient en train de pêcher lorsqu'ils ont aperçu ce canoë flottant sur la rivière. A sa couleur, ils ont compris qu'il s'agissait du bateau d'un esprit errant et ont pris peur. Comme il paraissait vide, ils se sont approchés. Quand ils ont découvert le cadavre, ils se sont dit qu'il valait mieux le laisser dériver au fil de l'eau. Puis ils ont changé d'avis, craignant que l'esprit ne revienne les hanter pour les punir de ne pas lui avoir donné de sépulture décente. Ils l'ont donc ramené ici et s'en sont remis à moi pour débrouiller le problème.

— Pourquoi ont-ils peur de cet... esprit errant ? » demanda Gamay.

Le docteur pinça le bout de sa moustache grise en broussaille. « On dit que les Chulos, tribu à laquelle appartient ce monsieur, vivent au-delà des Grandes Chutes. Les indigènes prétendent que ce sont des fantômes nés des brumes. Ceux qui ont pénétré sur leur territoire n'ont jamais réapparu. » Il fit un geste désignant le canoë. « Ainsi que vous pouvez le voir, ce gentleman est constitué de chair et de sang, comme nous tous. » Il monta à bord de l'embarcation et se saisit du sac de peau posé près du cadavre. Les villageois reculèrent comme si la sacoche contenait les germes de la peste noire. Il s'adressa en espagnol à l'un des Indiens. Plus ils parlaient et plus l'homme s'énervait.

Soudain Ramirez se tut et se tourna vers les Trout. « Ils ont peur de lui », dit-il. De fait, les hommes du village revenaient d'un pas nonchalant vers leurs familles. « Vous seriez fort aimables de m'aider à hisser la barque jusqu'à la rive. J'ai réussi à les persuader de creuser un trou pour l'enterrer, mais pas dans leur propre cimetière. Par là-bas, de l'autre côté de la rivière, là où personne ne met jamais les pieds. Le chaman leur a promis de planter assez de totems sur sa tombe pour l'empêcher de se manifester. » Il sourit. « Cette aventure est une aubaine pour le chaman. Le voisinage de ce cadavre renforcera son pouvoir. Lorsque ses sortilèges se révéleront inefficaces, il arguëra que le fantôme est revenu. Nous laisserons le bateau dériver, ainsi l'esprit pourra le suivre. »

Paul observa la coque finement ouvragée. « C'est une honte de laisser perdre un si bel objet. Un chef-d'œuvre en matière de construction nautique. On est vraiment prêt à tout pour que la paix continue à régner. » Il agrippa l'une des extrémités du canoë. A eux trois, ils tirèrent, poussèrent et sortirent rapidement le bateau de la rivière. Ramirez couvrit le corps d'un tissu trouvé dans le bateau puis récupéra la sacoche grosse comme un sac de golf, dont l'ouverture était munie de lanières. « Ceci nous en apprendra peut-être davantage sur notre fantôme », dit-il en reprenant le chemin de la maison. Ils regagnèrent le bureau et posèrent sur une longue table la besace dont le Dr Ramirez desserra les lanières. Il l'ouvrit avec maintes précautions et jeta un coup d'œil à l'intérieur. « Il faut nous montrer prudents. Certaines tribus utilisent des flèches ou des dards de sarbacane empoisonnés. » Quand il le renversa, plusieurs autres sacs, de plus petite taille, glissèrent sur le bureau. Il en ouvrit un et en sortit un disque de métal brillant qu'il tendit à Gamay. « Je crois que vous avez étudié l'archéologie avant de devenir biologiste. Vous saurez peut-être de quoi il s'agit. »

Les sourcils froncés, Gamay examina l'objet plat et rond. « Un miroir ? Il semble que la vanité ne soit pas l'apanage des femmes. »

Paul lui prit l'objet des mains et le retourna pour examiner les marques qui s'étalaient sur son dos. Un sourire s'épanouit sur son visage. « J'en avais un presque pareil quand j'étais gosse. C'est un miroir qui sert à émettre des signaux. Regardez, il y a des points et des tirets. Cela ne ressemble à aucun code en morse que je connaisse, mais ce n'est pas mal. Vous voyez ces petits signes en forme de bâton ? Un code basique. Les types qui courent dans un sens signifient *viens*, quand ils vont dans une autre direction, cela veut dire *va*. Du moins, je le suppose. Et là, on voit un homme couché.

— *Reste où tu es* », proposa Gamay. « Je crois que tu as raison. Ces deux types armés de javelots signifient peut-être V*enez vous battre avec moi*. Le petit bonhomme et l'animal pourraient représenter la *chasse*. » Il émit un gloussement. « Ça vaut presque un téléphone cellulaire.

— C'est mieux, répliqua Gamay. Pas besoin de batterie et les communications sont gratuites. »

Paul demanda l'autorisation à Ramirez d'ouvrir un autre sac, ce que l'Espagnol lui accorda bien volontiers. « Un nécessaire de pêche, s'exclama Trout. Des hameçons de métal, une ligne. Hé ! s'écria-t-il en examinant une paire de pinces métalliques de facture rudimentaire. Je parie que ce sont des tenailles servant à arracher les hameçons.

— J'ai encore mieux », dit Gamay en vidant un autre sac dont elle retira deux cercles en bois reliés entre eux, chacun percé d'une ouverture garnie d'un matériau sombre et transparent. Elle attacha l'ustensile à ses oreilles au moyen d'anneaux en fibre végétale. « Des lunettes de soleil. »

Pour ne pas être en reste, Ramirez avait entrepris de fourrager lui aussi à l'intérieur des sacs. Il produisit une gourde longue d'une douzaine de centimètres, la décapsula et renifla. « Un médicament peut-être ? Je sens comme une odeur d'alcool. »

Sous la gourde pendaient un bol miniature, assorti d'une poignée de bois, une pierre plate et une roue irrégulière placée sur un axe rotatif. Paul considéra pensivement l'objet, puis le prit des mains de Ramirez. Il remplit le bol avec le liquide, rapprocha la poignée de bois et tourna la roue qui se mit à racler la pierre. Il y eut des étincelles et le liquide s'enflamma avec un bruit mat. « *Voilà* *, an-

* En français dans le texte.

nonça-t-il, visiblement fier de lui. Le tout premier briquet Bic. Tout aussi pratique pour allumer un feu de camp. »

Ils firent d'autres découvertes intéressantes. Dans l'un des sacs se trouvaient des herbes dans lesquelles Ramirez reconnut des plantes médicinales. Certaines lui étaient étrangères. Dans un autre, ils dénichèrent une plaque de métal pointue à ses deux extrémités. Lorsqu'ils la déposèrent à la surface d'un verre d'eau, elle se mit à tourner en se balançant jusqu'à ce que l'une des pointes indique le nord magnétique. Ils tombèrent également sur un cylindre en bambou. Quand on regardait à l'intérieur, les lentilles de verre qui y étaient enchâssées offraient un grossissement de huit fois. Il y avait aussi un couteau pliable dans un étui de bois. Leur dernière trouvaille consistait en un petit arc fait de bandes de métal entrelacées comme un ressort de voiture et courbées pour fournir un maximum de détente à la flèche. La ficelle de l'arc était constituée d'un fin câble métallique. L'objet ne ressemblait guère aux ouvrages primitifs qu'on s'attendrait à rencontrer dans la forêt tropicale. Ramirez fit courir sa main sur le métal poli. « Curieux, dit-il. Je n'ai jamais rien vu de semblable. Les arcs qu'utilisent les villageois sont de simples goujons tirés vers l'arrière et attachés par une ficelle rudimentaire.

— Comment ont-ils appris à fabriquer ces artefacts ? » dit Paul en se grattant la tête.

Gamay précisa : « Ce n'est pas tant les objets en eux-mêmes que le matériau employé. Où l'ont-ils trouvé ? »

Un ange passa. « Il y a une question plus importante, reprit Ramirez d'un air sombre. Qui l'a tué ?

— Bien sûr, fit Gamay. Nous étions tellement fascinés par ses merveilles technologiques que nous en avons oublié que ces objets appartenaient à un mort.

— Qui pourrait bien l'avoir tué ? Vous avez une idée ? » demanda Paul.

Le front de Ramirez s'assombrit. « Des braconniers. Ceux qui coupent et brûlent les forêts. Ces gens collectent des plantes médicinales et sont capables d'éliminer tous ceux qui se dressent sur leur passage.

— Comment un Indien solitaire pourrait-il constituer une menace ? » s'étonna Gamay.

Ramirez haussa les épaules pour exprimer son ignorance.

Gamay ajouta : « Je crois que dans une enquête pour meurtre, on est supposé examiner d'abord le corps.

— D'où tiens-tu ce genre de savoir ? » s'enquit Paul. « J'ai dû lire cela dans un roman policier.

— Sage conseil. Jetons-y un nouveau coup d'œil. »

Ils retournèrent à la rivière et dévoilèrent le corps. Paul le fit rouler sur le ventre. Dans son dos, le trou fait par la balle était plus petit, ce qui indiquait que l'homme avait été abattu par-derrière. Trout ôta doucement le pendentif gravé passé au cou du cadavre. Le bijou représentait une femme ailée tendant les mains devant elle comme s'il s'en déversait quelque chose. Il le donna à Gamay qui l'examina. La figure lui rappela certaines gravures égyptiennes illustrant la renaissance d'Osiris.

Paul observa de plus près les zébrures rougeâtres qui striaient les épaules du mort. « On dirait qu'on l'a fouetté. » Il le remit sur le dos. « Hé, regardez un peu cette étrange cicatrice », fit-il en indiquant une ligne fine et pâle marquant le bas de l'abdomen de l'Indien. « A première vue, je dirais qu'il a subi une appendisectomie. »

Deux pirogues accostèrent près d'eux, venant de l'autre rive. Le chaman, dont la tête s'ornait d'une rutilante couronne de plumes, annonça que la tombe était prête. Trout rabattit le tissu sur le cadavre. Il monta à bord du canot pneumatique avec Gamay qui prit le gouvernail et ensemble ils remorquèrent le canoë bleu et blanc de l'autre côté de la rivière. Trout et Ramirez portèrent le cadavre pendant quelques centaines de mètres à travers la forêt et l'enterrèrent dans le trou peu profond. Le chaman dispersa autour de la tombe des choses ressemblant à des morceaux de poulet séché puis annonça solennellement que l'endroit serait désormais tabou. Enfin, ils ramenèrent le canoë vide au milieu de la rivière, pour que le courant l'emporte. « Jusqu'où ira-t-il ? » demanda Paul en regardant l'embarcation bleue et blanche dériver lentement vers sa dernière destination. « Il y a des rapides non loin d'ici. S'il ne se brise pas sur les rochers ni ne s'accroche aux mauvaises herbes, il se peut qu'il continue sa course jusqu'à la mer.

— *Ave atque vale* », dit Trout en citant la phrase que les Romains adressaient à leurs morts. « Salut et adieu. »

Ils retraversèrent la rivière. Ramirez enjamba le bord du canot pneumatique pour prendre pied sur la terre ferme, et soudain glissa sur la rive mouillée. « Vous allez bien ? » fit Gamay.

Ramirez grimaça de douleur. « Vous voyez, les esprits malins ont déjà commencé leur œuvre. J'ai l'impression de m'être tordu quelque chose. Je vais mettre une compresse sur cette cheville, mais j'aurai peut-être besoin de votre aide pour marcher. »

Soutenu par les Trout, Ramirez se dirigea clopin-clopant jusqu'à la maison. Il déclara qu'il rendrait compte de l'incident aux autorités locales, sans trop compter sur une réponse. La plupart des habitants de ce pays considéraient encore qu'un bon Indien était un Indien mort. « Eh bien, dit-il d'un air réjoui, ceci étant fait, il faut à présent que je m'occupe de notre dîner. »

Les Trout regagnèrent leur chambre pour se reposer et se laver avant le repas du soir. Ramirez prit de l'eau de pluie dans une citerne couverte et la fit passer dans une canalisation reliée à la douche. De toute évidence, Gamay n'avait cessé de songer à l'Indien. Tout en s'essuyant, elle dit : « Tu te souviens de l'Homme des glaces qu'on a découvert dans les Alpes ? »

Paul avait enfilé un peignoir de soie et s'était étendu sur le lit, les mains croisées derrière la tête. « Bien sûr. Ce type de l'Age de pierre congelé dans un glacier. Et alors ?

— En étudiant les outils et les objets qu'il possédait, on a pu reconstituer son mode de vie. Les Indiens de cette région-ci vivent à l'Age de pierre. Leur ami au visage bleu ne correspond pas au modèle classique. Comment a-t-il appris à confectionner ces ustensiles ? Si l'on avait trouvé ce genre d'outils sur l'Homme des glaces, la nouvelle aurait fait la une de tous les journaux. Je vois ça d'ici : “L'Homme des glaces ne sort jamais sans son briquet Bic”.

— Peut-être est-il abonné à *Popular Mechanics*.

— Et à *Boy's Life* par-dessus le marché ! Pourtant, même s'il recevait chaque mois toutes les instructions nécessaires à la confection de ces objets parfaits, comment aurait-il pu trouver les métaux dont ils sont constitués ?

— Le Dr Ramirez éclairera peut-être notre lanterne durant le dîner. J'espère que tu as faim », dit Paul en regardant fixement par la fenêtre. « Je suis affamée. Pourquoi ?

— Je viens de voir deux indigènes porter un tapir jusqu'au barbecue. »

4

DÈS QU'AUSTIN FRANCHIT la grande porte vitrée de la base navale de San Diego, un bâtiment sombre et caverneux, ses narines furent assaillies par l'horrible odeur émanant des trois léviathans dont les carcasses éclairées par des projecteurs étaient étendues sur des chariots à plateau. Le jeune marin posté à l'intérieur, près de l'entrée, avait vu approcher cet homme aux larges épaules et aux étranges cheveux blancs, dont la forte personnalité lui fit supposer qu'il s'agissait d'un officier en civil. Lorsque Austin se présenta, le soldat se mit au garde-à-vous. « Marin Cummings, monsieur, dit le marin. Vous risquez d'avoir besoin de cela. » Il tendit à Austin un masque de chirurgien semblable à celui qu'il portait lui-même. « La puanteur est devenue insoutenable depuis qu'ils ont commencé à extraire les organes vitaux. » Austin remercia le jeune homme en se demandant quelle faute il avait bien pu commettre pour être assigné à une tâche aussi répugnante, et glissa le masque sur son nez. La gaze avait été aspergée d'un désinfectant parfumé qui n'oblitérait pas totalement l'odeur puissante mais atténuait quand même le réflexe de nausée. « Qu'avons-nous récupéré ? » s'enquit Austin. « Une maman, un papa et un bébé, dit le marin. Bon sang, il nous a fallu du temps pour les amener ici. »

Le marin n'exagérait pas, pensa Austin. Au départ, il y avait quatorze baleines. Récupérer leurs cadavres aurait constitué une entreprise phénoménale, sans parler des conflits de juridiction. Premier représentant du gouvernement à débarquer sur les lieux, le garde-côtes, conscient des dangers de la navigation, avait projeté de remorquer les baleines en pleine mer et de les couler en leur tirant dessus. Les reportages alarmants diffusés par la télévision avaient fait le tour du monde et ameuté les militants écologistes. Le regrettable sort de ces pauvres mammifères suscita leur colère. Si Los Angeles et tous ses habitants avaient sombré dans l'océan Pacifique, ils n'en auraient pas été plus révoltés. Ils voulaient des réponses, et vite. De même, le ministère de l'Environnement avait hâte de faire toute la lumière sur la mort de ces animaux protégés.

La ville de San Diego voyait l'incident d'un très mauvais œil. L'équipe municipale imaginait déjà ces énormes carcasses nauséabondes dérivant vers les plages, les marinas, les hôtels de la côte et les villas du front de mer. Le maire appela le député de son district qui s'avérait faire partie de la commission des finances pour les affaires navales et un compromis fut trouvé à une vitesse déconcertante. On ramènerait trois baleines à terre pour en pratiquer l'autopsie. Les autres seraient conduites au large et utilisées comme cibles de tir. Greenpeace protesta, mais le temps qu'ils mobilisent leur flotte de mosquitos, les baleines avaient été hachées menu par les canonniers de la marine.

Pendant ce temps, un remorqueur ramenait les baleines restantes à la base. Des grues de la marine hissèrent hors de l'eau les gigantesques dépouilles sanglées par des courroies improvisées et on les transporta vers un entrepôt disponible. Venus de plusieurs universités de Californie, des médecins légistes spécialistes des mammifères se mirent aussitôt au travail. On installa un laboratoire de fortune. Equipés de cirés, de gants et de bottes, les techniciens gravitaient tout autour des carcasses comme de gros insectes jaunes.

Ils avaient séparé les têtes des corps et retiré les tissus du cerveau avant de les transporter jusqu'aux tables de dissection pour effectuer des tests. Au lieu des plateaux en aluminium qu'on utilise pour autopsier les êtres humains, on se servait de brouettes. « Rien à voir avec la microchirurgie, pas vrai ? » observa Austin quand il entendit le bourdonnement des scies électriques résonnant sur les cloisons métalliques de l'entrepôt. « En effet, monsieur, dit le marin. Et je serai content quand ce sera terminé.

— Espérons que ça ne va pas tarder, marin. »

Austin se demandait bien pourquoi il avait quitté le confort de sa chambre d'hôtel pour assister à ce spectacle peu ragoûtant. Si la course n'avait pas fait un flop, qu'il ait gagné ou perdu, il aurait sabré le champagne avec les autres concurrents et les quelques jolies femmes qui gravitaient dans ce milieu comme de splendides papillons. Un nombre respectable de bouteilles avaient été débouchées mais Kurt, Ali et leurs équipes n'avaient pas le cœur à la fête.

Ali apparut avec un mannequin italien à un bras et une *mademoiselle* française à l'autre. Et pourtant, il ne semblait pas particulièrement heureux. En esquissant un sourire, Austin lui dit qu'il espérait le retrouver bientôt sur une autre course. Zavala confirma sa réputation d'homme à femmes en choisissant une beauté aux cheveux châtains parmi la troupe de groupies venues assister à la finale de la course. Il l'emmena dîner en lui promettant de lui narrer dans ses moindres détails l'aventure périlleuse qu'il venait de vivre.

Austin demeura parmi les convives assez longtemps pour ne pas paraître impoli, puis sortit téléphoner au propriétaire de la *Red Ink*. Son père attendait son coup de fil. Il avait regardé la finale de la course à la télévision et savait qu'Austin était sain et sauf mais que le bateau, lui, reposait au fond de l'océan.

Austin père était le riche propriétaire d'une compagnie de sauvetage en mer basée à Seattle. « Ne te tracasse pas pour ça, dit-il. Nous en construirons un autre, encore meilleur. Mais celui-là, il faudra peut-être l'équiper d'un périscope. » En ricanant, il raconta avec un luxe de détails aussi attendris qu'inutiles la nuit où Austin, adolescent, avait froissé l'aile de la Mustang décapotable qu'il lui avait prêtée.

La plupart des courses de grand prix se disputaient en Europe et ailleurs, mais le père d'Austin tenait à ce qu'un bateau fabriqué en Amérique gagne dans des eaux américaines. Il paya la conception et la construction d'un nouvel engin rapide qu'il appela *Red Ink* à cause de l'argent qu'il lui avait coûté et constitua un équipage et une équipe technique de premier ordre. Son père avait déclaré avec sa brusquerie habituelle : « Il est temps qu'on leur botte le cul. On va construire un bateau qui montre à ces clampins qu'on peut gagner avec du matériel américain, un savoir-faire américain et un pilote américain. Toi. »

Il mobilisa toute une série de sponsors et, grâce à leur poids financier, obtint la création d'une course de haut niveau sur le territoire des Etats-Unis. Les organisateurs de championnats nautiques furent trop heureux de saisir la chance qui leur était offerte d'exploiter le vaste potentiel que représentait le public américain. C'est ainsi que le Grand Prix SoCal vit le jour.

Quand Austin lui annonça qu'il souhaitait prendre un congé, dès que possible, pour pouvoir disputer les épreuves de qualification, le directeur de la NUMA, l'amiral Sandecker, grommela et lui répondit qu'il craignait qu'il ne se blesse lors d'une course. Austin lui fit poliment remarquer que ces compétitions comportaient certes leur part de danger mais que, comparées aux missions délicates que Sandecker lui confiait, en tant que chef de l'Equipe des missions spéciales de la NUMA, elles faisaient plutôt figure de promenades en barque. Puis il sortit sa carte maîtresse en faisant vibrer la fibre patriotique de l'amiral. Sandecker lui donna sa bénédiction et déclara qu'il était grand temps que les Américains démontrent aux autres habitants de la planète qu'ils pouvaient se mesurer aux meilleurs d'entre eux.

Après avoir discuté avec son père, Austin regagna la salle de réception mais se lassa vite de la gaieté artificielle qui y régnait et accepta avec empressement de monter à bord du *Nepenthe* pour y rencontrer Gloria Ekhart. Elle souhaitait le remercier. La chaleur et la beauté mature de l'actrice l'enchantèrent. Quand ils se serrèrent la main, elle ne le laissa pas partir tout de suite. Ils parlèrent un moment sans se quitter des yeux. Un instant, Austin, plein d'espoir, crut avoir séduit la femme qu'il avait adulée sur le grand et le petit écrans. Il se faisait des illusions. Se répandant en excuses, Ekhart le quitta bientôt pour s'occuper de ses petits protégés.

Se disant que décidément ce n'était pas son jour, Austin regagna son hôtel pour répondre aux appels de ses collègues de la NUMA et de ses amis. Il se fit monter un filet mignon qu'il savoura en regardant la retransmission de la course à la télévision. Les chaînes ne cessaient de repasser les scènes au ralenti. Austin, lui, se souciait davantage du destin des baleines mortes. Un reporter indiqua que trois d'entre elles allaient être examinées à la base navale. Austin oscillait entre la curiosité et l'ennui. D'après ce qu'il avait vu et entendu, les dépouilles des cétacés ne portaient aucune marque significative. Le sentiment d'échec qui ressortait de cette journée dépassait jusqu'aux regrets qu'il éprouvait d'avoir détruit le bateau paternel. Il heurtait son sens de l'ordre.

L'autopsie semblait tirer à sa fin. Austin demanda au marin de transmettre sa carte de la NUMA à un responsable. Le marin revint accompagné d'un homme très blond d'une quarantaine d'années qui se défit de son ciré et de ses gants maculés de sang mais conserva son masque de chirurgien. « Mr. Austin, dit-il en lui tendant la main. Jason Witherell du ministère de l'Environnement. C'est un plaisir de vous rencontrer. Je suis heureux que la NUMA s'intéresse à nous. Nous pourrions avoir besoin de vos ressources.

— Nous sommes toujours prêts à aider votre ministère, répondit Austin. Mon intérêt dans cette affaire est plus personnel qu'officiel. Je participais à la course aujourd'hui, lorsque les baleines ont fait leur apparition.

— J'ai vu les images au journal télévisé, fit Witherell en riant. Vous avez réalisé là une manœuvre d'enfer. Désolé pour votre bateau.

— Merci. Je me demandais si vous étiez parvenus à déterminer la cause de leur mort ?

— Bien sûr. Elles ont succombé au MPSE.

— Pardon ? »

Witherell répliqua d'un air satisfait : « Moi Pas Savoir Exactement. MPSE. »

Austin sourit avec indulgence. Il n'ignorait pas que les pathologistes cultivaient parfois un sens de l'humour assez loufoque. Cela leur permettait de conserver leur équilibre mental. « Pas la moindre petite idée ? »

Witherell dit : « Pour autant qu'on puisse le déterminer à l'heure actuelle, il n'existe aucune trace de traumatisme ni de toxines. Nous avons analysé les tissus dans l'espoir d'y découvrir un virus. Négatif, jusqu'à présent. L'une des baleines s'est prise dans un filet de pêche, mais cela ne semble pas l'avoir empêchée de manger. Cela ne l'a pas non plus blessée grièvement.

— Donc, pour le moment, vous ne possédez aucun indice qui puisse nous éclairer sur la raison de leur mort ?

— Oh si, nous savons *comment* elles sont mortes. Asphyxiées. Leurs poumons étaient très abîmés, ce qui a provoqué une pneumonie. Ces organes semblent avoir été endommagés par une chaleur intense.

— De la chaleur ? Je ne suis pas certain de bien comprendre.

— Je vais vous expliquer. Les baleines étaient en partie cuites de l'intérieur et leur peau couverte de cloques.

— Qu'est-ce qui aurait pu produire pareille chose ?

— MPSE », fit Witherell en haussant les épaules.

Austin médita sa réponse. « Si vous ne savez pas *quoi*, vous savez peut-être *quand* ?

— C'est difficile à déterminer avec précision. L'exposition initiale ne leur a peut-être pas été fatale instantanément. Les mammifères ont pu tomber malades plusieurs jours avant leur mort, sans que cela les empêche de continuer leur route le long de la côte. On peut imaginer que les petits ont été les plus durement touchés et que les adultes les ont attendus. Il faudrait tenir compte du temps que met un corps pour se décomposer et pour que les gaz issus de la putréfaction le fassent remonter à la surface.

— Donc si vous connaissiez leur itinéraire, vous seriez en mesure de déterminer où elles se trouvaient quand elles sont mortes. En ne négligeant ni le temps où elles se déplaçaient ni celui qu'elles passaient à se nourrir, de même que les courants, bien sûr. » Il hocha la tête. « Quel dommage que les baleines ne puissent nous dire d'où elles viennent. »

Witherell gloussa. « Qui vous dit qu'elles n'en sont pas capables ? Venez donc, je vais vous montrer. »

Ouvrant la marche, le fonctionnaire de l'Environnement passa devant les plateaux en évitant les flaques d'eau sanguinolente qui s'écoulait dans des rigoles. Au voisinage des baleines mortes, la puanteur vous prenait à la gorge, mais Witherell ne semblait pas incommodé. « Celle-ci est un mâle », dit-il en s'arrêtant près de la première carcasse. « Vous comprenez pourquoi on les appelle baleines grises. Leur peau est naturellement sombre, mais marbrée de cicatrices laissées par les bernaches et les poux de baleines. Nous l'avons un peu coupé en tranches mais au début, quand nous l'avons mesuré, ce spécimen faisait douze mètres cinquante. » Ils continuèrent jusqu'au plateau suivant qui contenait une version miniature de la première baleine. « Ce baleineau, un mâle également, n'a que quelques mois. Il y avait d'autres petits, aussi ne savons-nous pas si celui-ci appartenait à cette femelle. » Ils s'étaient arrêtés devant le dernier plateau. « Elle est plus grosse que le mâle. Comme les autres, elle ne porte aucun signe extérieur de blessure ou de lacération. En tout cas, rien qui explique sa mort. Voilà qui pourrait vous intéresser. » Il emprunta un couteau à l'un de ses collègues, grimpa sur le plateau et se pencha sur la nageoire de la baleine. Une minute plus tard, il sautait à terre et tendait à Austin un objet plat et carré fait de métal et de matière plastique. « Un transpondeur ? » s'enquit Austin.

Witherell commenta : « Chaque mouvement de cette brave dame était suivi par satellite. Si vous trouvez qui surveillait l'animal, vous apprendrez peut-être où et quand.

— Vous êtes un génie, Mr. Witherell.

— Juste un humble serviteur du gouvernement comme vous. J'essaie seulement de faire mon boulot. » Il soupesa le transpondeur. « Il va falloir que je conserve cet objet mais il y a un numéro de téléphone inscrit derrière. »

Austin nota les chiffres dans un petit carnet et remercia le pathologiste pour son aide.

Tandis que Witherell le raccompagnait vers la sortie, Austin lui demanda : « Dites-moi, selon quels critères avez-vous choisi d'examiner ces baleines-là et pas les autres ?

— Cela s'est fait par le plus grand des hasards. J'ai demandé à la Navy de prendre trois animaux représentatifs dans le tas. Je suppose que quelqu'un à bord a entendu ma demande.

— Si vous aviez eu toutes les carcasses à votre disposition, votre diagnostic aurait-il été plus aisé ?

— J'en doute, dit Witherell d'un ton morne. Toutes ces baleines ont succombé au même mal. Et de toute façon, il est un peu tard pour avoir des regrets. D'après ce que j'ai compris, après l'intervention de la Navy ce qui restait des autres cétacés n'aurait pas suffi à remplir une assiette de sushis. »

Encore cet humour de carabin. Jetant son masque de chirurgien dans une poubelle, Austin regarda une dernière fois les carcasses découpées. Quelle tristesse ! Voilà tout qu'il restait de ces magnifiques créatures marines. Il remercia Witherell et le marin Cummings avant de replonger dans l'air frais de la nuit dont il se gorgea les poumons à plusieurs reprises, comme pour laver son corps et sa mémoire de cette pestilence. De l'autre côté de la baie, un porte-avions éclaboussait les ténèbres de petites lumières semblables à celles d'une ville. Il roula jusqu'à son hôtel et, une fois arrivé, se dépêcha de traverser le hall pour regagner sa chambre. Il voulait passer inaperçu mais, sur son passage, le personnel et les clients froncèrent le nez, incommodés par l'odeur âcre de la mort.

De retour dans sa chambre, Austin jeta le pantalon kaki et la chemise qu'il portait dans un sac de blanchisserie. Il prit une longue douche brûlante, se lava deux fois les cheveux, passa un pantalon et un polo, s'assit confortablement, saisit le téléphone et composa le numéro inscrit sur le transpondeur. Comme il s'y attendait, il fut mis en relation avec une boîte vocale. Le gouvernement n'allait pas payer quelqu'un pour rester assis à attendre des nouvelles d'une baleine errante. Il pourrait s'écouler des jours avant qu'on ne lui réponde. Au lieu de déposer un message, il contacta les quartiers généraux de la NUMA près de Washington et, plus précisément, un service de renseignements téléphoniques branché vingt-quatre heures sur vingt-quatre. Le téléphone sonna une demi-heure après. « Mr. Austin ? Je m'appelle Wanda Perelli. J'appartiens au ministère de l'Intérieur. Quelqu'un m'a appelée de la NUMA pour me signaler que vous me cherchiez. Il paraît que c'est important.

— Oui, merci de votre coup de fil. Je suis navré de vous déranger à votre domicile. Avez-vous entendu parler des baleines grises retrouvées au large de la Californie ?

— Oui. Je me demandais comment vous aviez obtenu mon numéro.

— Il se trouvait sur le transpondeur fixé à la queue d'une baleine femelle.

— Oh mon Dieu ! Daisy. C'était son troupeau. Je la suis à la trace depuis trois ans. Elle fait presque partie de la famille.

— Vous m'en voyez désolé. Il y avait quatorze baleines en tout. Elle se trouvait par hasard parmi celles qui ont été repêchées. »

Elle poussa un profond soupir. « C'est une terrible nouvelle. Nous avons fait l'impossible pour protéger cette espèce et nos efforts commençaient à être couronnés de succès. Nous attendons le rapport du médecin légiste.

— Je reviens du laboratoire d'autopsie. Apparemment il n'y avait aucune trace de virus ni d'agent polluant. Les baleines sont mortes des suites des dégâts causés à leurs poumons par une chaleur intense. Vous avez déjà entendu parler d'une pareille chose ?

— Non. *Jamais*. Connaît-on la provenance de cette chaleur ?

— Pas encore. Mais si nous savions où se trouvaient les baleines ces derniers jours, nous pourrions éclaircir l'origine de l'incident.

— Je connais bien le troupeau de Daisy. Sa migration est tout à fait remarquable. Ces baleines accomplissent un voyage circulaire de seize mille kilomètres. Durant tout l'été, elles se nourrissent dans les mers arctiques, puis descendent vers la côte Pacifique et les lagons de reproduction du Mexique, en Basse-Californie plus exactement. Elles commencent à se déplacer aux environs de novembre ou décembre et arrivent dans ces eaux au début de l'année suivante. Les femelles pleines ouvrent le chemin, suivies des autres adultes et des jeunes, en file indienne ou deux par deux. Elles se rapprochent pas mal des côtes. Puis, en mars, elles remontent vers le nord. Il arrive que celles qui ont des petits attendent le mois d'avril pour repartir. De nouveau, elles suivent de près le rivage. Leur cheminement est très lent, moins de quinze kilomètres heure en moyenne.

— Lors de la réunion d'information qui a eu lieu avant la compétition, on nous a mis en garde contre les baleines, mais la course avait été programmée après le passage du dernier troupeau. Pour autant qu'on le sache, il n'y avait aucune baleine dans les parages.

— La seule explication qui me vienne à l'esprit, c'est que vous avez eu affaire à des retardataires. L'un des baleineaux était peut-être tombé malade. Si c'est le cas, le reste du troupeau a dû attendre quelque part qu'il se rétablisse.

— Le pathologiste formait la même théorie. Auriez-vous suivi leur migration ?

— Oui. Avez-vous un ordinateur portable à votre disposition ?

— C'est un objet dont je ne pourrais me passer.

— Bien. Donnez-moi votre adresse e-mail. Je vais aller chercher dans la banque de données et vous recevrez l'information que vous souhaitez à la vitesse de la lumière.

— Merci. Vous me rendez un fier service.

— Il se peut que vous ayez l'occasion de me le revaloir le jour où nous appellerons la NUMA à la rescousse.

— Contactez-moi personnellement, et nous ferons tout ce qui sera en notre pouvoir.

— Merci. Oh, mon Dieu, je n'arrive toujours pas à me faire à l'idée que Daisy soit morte. »

Austin raccrocha, ouvrit son portable IBM et le connecta à la ligne téléphonique. Quinze minutes plus tard, il consultait son courrier électronique. Une carte de l'ouest des Etats-Unis, du Canada et de l'Alaska apparut sur l'écran. Une ligne en pointillé partait de la mer de Chukchi, passait par le détroit de Bering, puis suivait la côte de l'Amérique du Nord jusqu'à l'extrémité de la péninsule de Basse-Californie, une langue de terre semblable à un doigt. La carte était intitulée « Itinéraire migratoire des baleines. »

Liées à la carte, il trouva des informations spécifiques sur les troupeaux de baleines existants. Austin fit défiler la liste jusqu'à ce qu'il trouve le fichier nommé « Daisy » qui donnait accès à une carte décrivant la route exacte du troupeau auquel appartenait la baleine femelle. Les cétacés avaient voyagé d'une seule traite jusqu'aux côtes de Basse-Californie, au sud de Tijuana où ils s'étaient arrêtés. Après une pause, ils sont repartis vers le nord, en se déplaçant plus lentement qu'avant. A un certain moment, ils se sont mis à tourner en rond, comme désorientés. Austin suivit du regard leur route tortueuse jusqu'au large de San Diego, où elle prenait fin.

Austin sortit du fichier des baleines et appela d'autres sites. Quelques minutes plus tard, il s'appuya au dossier de son siège et joignit les mains en tapotant le bout de ses doigts. La migration des baleines était normale jusqu'à ce qu'elles atteignent un certain secteur. A ce moment-là, quelque chose changeait. Il était en train de se demander ce qu'il convenait de faire à présent quand il entendit quelqu'un entrer. Zavala. « Ton rendez-vous galant est déjà terminé ?

— Ouais, je lui ai dit que je devais rentrer pour veiller sur mon compagnon de chambre malade. »

Austin prit un air alarmé. « Dis donc, tu ne te serais pas cogné la tête aujourd'hui ?

— Je dois admettre que passer *sous* un bateau fut une expérience mémorable. Je ne considérerai plus les règles nautiques de la même façon désormais.

— Eh bien, sache pour ta gouverne que je me sens bien. Par conséquent, tu peux retourner d'où tu viens et reprendre les choses là où tu les as laissées. »

Zavala s'affala sur le canapé. « Tu sais un truc, Kurt ? Il y a des moments où il faut savoir montrer de la retenue. »

Austin avait l'impression d'avoir devant lui un clone de Zavala, un être dépourvu de la légendaire libido qui le caractérisait. « Je suis parfaitement d'accord avec toi, dit-il prudemment. A présent, dis-moi la vérité.

— Elle a enfreint la règle de Zavala. Je ne sors jamais avec les femmes mariées.

— Comment as-tu appris qu'elle était mariée ?

— C'est son mari qui me l'a dit.

— Oh. Il était costaud ?

— A peine plus petit qu'une bétonnière.

— En effet. Dans ce cas, je crois que tu as pris la décision la plus raisonnable. »

Joe hocha la tête, guère convaincu. « Bon Dieu, elle était belle, dit-il dans un soupir. Où es-tu allé traîner ?

— J'ai assisté à une autopsie de baleine.

— Et moi qui pensais avoir passé un sale quart d'heure. Il doit exister des trucs plus marrants à faire à San Diego.

— J'en suis persuadé, mais j'étais curieux de savoir ce qui avait tué ces animaux.

— L'ont-ils découvert ?

— Leurs poumons étaient brûlés. Elles sont mortes de pneumonie.

— Bizarre, dit Zavala.

— C'est bien ce que j'ai pensé. Regarde un peu cette carte sur mon ordinateur. Je l'ai eue grâce à un satellite météorologique NOAA. Elle montre la température de l'océan. Tu vois ce petit décrochement rouge, dans les eaux côtières de la péninsule de Basse-Californie ? La température change brusquement.

— Tu veux dire que nos baleines sont tombées malades peu après avoir traversé ce secteur chaud ?

— Peut-être bien. Mais ce qui m'intéresse le plus c'est la cause de ce changement de température.

— Je suppose que tu vas me proposer de faire un petit tour au sud de la frontière.

— Je risque d'avoir besoin d'un interprète. Paul et Gamay ne seront pas de retour à Arlington avant plusieurs jours.

— *No problemo*. Je tiens absolument à garder le contact avec mes racines mexicaines. »

Il se leva et se dirigea vers la porte. « Où vas-tu ? » demanda Austin.

Zavala regarda la pendule. « La nuit ne fait que commencer. Deux célibataires beaux comme l'enfer et bien sous tous rapports, assis dans leur chambre à parler de baleines mortes et d'eau chaude. Pas bon pour la santé, *amigo*. J'ai vu une magnifique créature dans le salon quand j'y suis passé tout à l'heure. Elle semblait avoir besoin de compagnie.

— Je croyais que tu renonçais aux femmes.
— Un accès de délire dû à mes blessures. En plus, je crois qu'elle avait une amie, dit Zavala. Et il y a un bon orchestre de jazz, dans le salon. »

La passion d'Austin pour le jazz venait juste après son amour pour les belles femmes et les bateaux rapides. Une tequila au citron vert lui semblait une excellente façon de se remonter le moral. Sans parler d'une présence féminine. Son visage s'illumina d'un large sourire et il referma son ordinateur portable.

5

« CE REPAS VOUS PLAÎT-IL ? » s'enquit le Dr Ramirez.

Paul et Gamay échangèrent un regard. « Il est succulent », dit Gamay. Et curieusement, c'était la pure vérité, pensa-t-elle. Il faudrait qu'elle décrive ce dîner exotique à St. Julien Perlmutter, historien naval et fin gourmet. On leur avait servi des tranches de viande blanche, fines et tendres, épicées d'herbes locales et accompagnées de savoureuses patates douces baignant dans le jus de cuisson, le tout arrosé d'un vin blanc chilien fort respectable. Oh mon Dieu ! Elle avait séjourné dans la jungle si longtemps qu'elle s'était mise à apprécier le tapir rôti. Bientôt elle ne pourrait plus se passer des singes hurleurs.

Paul, en bon yankee, ne se gêna pas pour déclarer : « Je suis d'accord. C'est formidable. Jamais nous n'aurions pensé que cette bête bizarre serait aussi délicieuse quand nous avons vu ces hommes la sortir de la forêt. »

Ramirez posa sa fourchette. La perplexité se lisait sur son visage. « Une bête ? La forêt... Je crains de ne pas comprendre.

— Le tapir », hasarda Gamay d'un ton hésitant, tout en jetant un coup d'œil sur son assiette.

Ramirez semblait abasourdi. Soudain, sa moustache remua et il partit d'un grand rire en portant sa serviette à ses lèvres. « Vous pensiez... » Il s'esclaffa de nouveau. « Excusez-moi. Je manque à tous mes devoirs. Je m'amuse aux dépens de mes hôtes. Mais je vous assure que l'animal que vous avez vu, et que les hommes ramenaient de la chasse, n'est *pas* celui qui se trouve dans votre assiette. Pour notre festin, j'ai acheté un porc dans un village voisin. » Il fit une grimace. « Du tapir. J'imagine difficilement le goût que ça peut avoir. C'est peut-être bon, après tout. »

Ramirez remplit les verres et leva le sien pour porter un toast. « Vous me manquerez, mes amis. Votre compagnie fut des plus agréables, et les nombreuses discussions fort plaisantes que nous avons eues autour de cette table m'ont enchanté.

— Merci, dit Gamay. Ce fut une expérience fascinante pour nous. Mais je crois que nous avons vécu aujourd'hui notre journée la plus passionnante.

— Ah, oui, ce pauvre Indien. »

Paul hocha la tête. « Le raffinement de tous les gadgets qu'il transportait avec lui n'en finit pas de m'étonner. »

Ramirez écarta les mains. « Le Peuple des Brumes est une tribu mystérieuse.

— Que savez-vous de ces gens ? » demanda Gamay. Sa curiosité scientifique était en éveil. Avant qu'elle ne décroche son doctorat de biologie marine auprès de l'Institut océanographique Scripps, elle avait pratiqué l'archéologie sous-marine. Elle avait également suivi de nombreux cours d'anthropologie à l'Université de Caroline du Nord.

Ramirez prit une petite gorgée de vin, hocha la tête comme s'il réfléchissait à la question qui venait de lui être posée, puis ses yeux fixèrent un point dans l'espace tandis qu'il ordonnait ses pensées. Le bourdonnement et la stridulation de millions d'insectes tropicaux entrèrent par les fenêtres voilées. Ce concert nocturne fournissait une musique de fond convenant à merveille au récit des légendes de la forêt tropicale.

Sortant de ses pensées, Ramirez commença ainsi : « D'abord vous devez comprendre que les choses ont bien changé en quelques années. Aujourd'hui, nous sommes installés ici, dans cet îlot de civilisation, avec notre fourneau à gaz propane et notre générateur électrique, mais autrefois nous n'aurions pas survécu plus de quelques minutes, perdus dans cette partie de la jungle. La région était infestée d'Indiens féroces. Les chasseurs de têtes et les cannibales étaient monnaie courante. Tous ceux qui s'aventuraient ici, qu'il s'agisse de missionnaires prêchant la bonne parole ou de trappeurs, étaient considérés comme des intrus et se faisaient systématiquement tuer. Ces peuplades n'ont été pacifiées que tout récemment.

— Sauf les Chulos », l'interrompit Gamay. « Exact. Ils ont préféré se retirer au cœur de la forêt. Je dois confesser que j'ai appris plus de choses à leur sujet dans cette seule journée que durant les trois années que j'ai passées ici. Il m'est même arrivé de douter qu'ils *existent* réellement. Les autres Indiens évitent le secteur qui s'étend au-delà des Grandes Chutes. Ils disent que les gens qui pénètrent sur le territoire des Chulos n'en reviennent jamais. Vous l'avez vous-mêmes constaté tout à l'heure, leur crainte n'est pas feinte. Voilà le peu que je sais.

— Et la légende ? » s'enquit Gamay. « Ils ont la faculté de se rendre invisibles, dit Ramirez dans un sourire. Ils sont capables de voler. Et de traverser les obstacles solides. Ils tiennent plus du fantôme ou de l'esprit que de l'être humain. Les armes ordinaires sont impuissantes contre eux.

— Ce mythe semble avoir vécu. Nous avons bien vu une blessure par balle sur ce cadavre », fit remarquer Paul. « Certes, acquiesça Ramirez. Il court une autre histoire, encore plus curieuse. Ce serait une tribu matriarcale. Son chef est une femme. Une déesse.

— Une amazone ? » suggéra Gamay.

En manière de réponse, Ramirez sortit un objet de sa poche. Le pendentif que portait l'Indien mort. « Il s'agit peut-être de notre déesse ailée. Il est dit qu'elle protège sa tribu et que sa vengeance est terrible.

— Celle à qui l'on doit obéissance », articula Gamay d'un ton dramatique. « Pardon ? »

Gamay sourit. « Cette phrase est tirée d'un roman d'aventures que j'ai lu quand j'étais jeune. L'histoire d'une déesse qui vécut des milliers d'années sans vieillir. »

Paul saisit le pendentif pour l'étudier de plus près. « Déesse ou non, elle a bien mal protégé l'indigène que nous avons vu. »

Le vieil homme se rembrunit. « Oui, mais en même temps...

— Quelque chose ne va pas ? » dit Gamay. « Je suis un peu inquiet. L'un des hommes du village est venu me voir pour me dire qu'il semblait y avoir des problèmes dans la forêt.

— Quel genre de problèmes ? » demanda Paul. « Il n'en savait rien. Mais, selon lui, le meurtre de l'Indien n'y serait pas étranger.

— Comment cela ? » s'enquit Gamay. « Je n'ai aucune certitude ». Il garda le silence pendant quelques instants. « En ce moment même, dans la forêt, des êtres vivants périssent. Insectes, mammifères, oiseaux ne cessent de lutter pour leur vie. Une lutte terrible. Pourtant, de ce chaos sanglant émerge un équilibre. » On eût dit que ses yeux profondément enchâssés s'assombrissaient encore. « Je crains que le meurtre de l'Indien n'ait troublé cet équilibre.

— La déesse des amazones s'apprête peut-être à déclencher des représailles », fit Paul en lui rendant le médaillon.

Comme un magicien en pleine séance d'hypnose, Ramirez laissa le pendentif se balancer au bout de sa lanière. « En tant qu'homme de science, je dois m'en tenir aux faits. Et c'est un fait que quelqu'un dans le secteur possède une arme et n'hésite pas à s'en servir. De deux choses l'une, soit l'Indien est sorti de son territoire, soit un homme armé y a pénétré.

— Qui pourrait bien être cet homme ? En avez-vous une petite idée ? » demanda Gamay. « Peut-être. Avez-vous entendu parler de l'industrie du caoutchouc ? »

Les Trout hochèrent la tête en chœur. « Voilà une centaine d'années, les arbres à caoutchouc ne poussaient que dans la jungle amazonienne. Puis un savant britannique en a volé quelques graines qu'il a plantées sur un immense terrain dans l'Est. Aujourd'hui la même chose recommence. Le chaman qui nous a accompagnés dans notre cortège funèbre tout à l'heure joue un peu la comédie quand il prétend chasser les esprits du mal. En revanche, il connaît la valeur médicinale de centaines de plantes croissant dans la forêt tropicale. Des gens débarquent ici en se déclarant scientifiques, mais ce ne sont en fait que des pirates à la recherche d'herbes possédant des vertus curatives. Ils en vendent les brevets aux compagnies pharmaceutiques internationales. Parfois ils travaillent directement pour ces compagnies. Dans les deux cas, ces grands trusts s'enrichissent immensément alors que les indigènes qui ont perpétué ce savoir n'ont rien. Pire encore, certains individus se servent sans rien demander à personne.

— Vous pensez que l'un de ces “pirates” a torturé et abattu l'Indien ? », demanda Paul. « C'est possible. Quand des millions sont en jeu, la vie d'un pauvre Indien ne vaut rien. Pourquoi l'ont-ils tué ? Je l'ignore. Il est possible qu'il ait seulement vu quelque chose qu'il n'aurait pas dû voir. Ces secrets appartiennent aux habitants de la forêt depuis des générations.

— Tente-t-on d'arrêter les agissements de ces individus ? » dit Gamay. « C'est un vrai problème. Il arrive que des représentants du gouvernement aient partie liée avec les compagnies pharmaceutiques. Les enjeux sont immenses. Le gouvernement se soucie peu de ces peuples. Seul lui importe de vendre au plus offrant le savoir ancestral des indigènes.

— Donc la piraterie n'est absolument pas combattue !

— Pas vraiment. Les universités envoient des équipes de vrais scientifiques pour localiser les pirates. Ils font eux-mêmes des recherches sur les plantes, mais en même temps, ils discutent avec les Indiens et leur demandent s'ils ont vu des étrangers un peu trop curieux. Nos voisins brésiliens ont tenté d'arrêter le pillage des ressources génétiques. Ils sont allés jusque devant les tribunaux pour intenter une action contre un savant ayant catalogué les graines et les écorces que les Indiens utilisent dans un but curatif et l'ont accusé de voler le savoir du peuple indigène.

— Un grief difficile à prouver », nota Paul. « Je suis d'accord. Le Brésil tente également de réformer sa législation dans le but de protéger la bio-diversité. Nous faisons donc des progrès mais ils sont lents. Il s'agit de se battre contre des compagnies pharmaceutiques disposant de ressources qui se chiffrent en milliards de dollars. La lutte n'est guère équilibrée. »

Une pensée traversa l'esprit de Gamay. « Votre université participe-t-elle à cette mission ?

— Oui, avoua-t-il. Nous envoyons des équipes de temps à autre. Mais faire la police vingt-quatre heures sur vingt-quatre nécessite un argent que nous n'avons pas. »

Ce n'était pas la réponse que Gamay attendait, pourtant elle n'insista pas. « J'aimerais que nous puissions faire quelque chose.

— Vous le pouvez », répondit Ramirez avec un large sourire. « Je voudrais vous demander une faveur. Mais je vous en prie, ne vous sentez pas obligés de me l'accorder.

— Dites toujours », l'encouragea Paul. « Très bien. A quelques heures d'ici se trouve un autre campement au bord de la rivière. Le Hollandais qui vit là-bas ne possède pas de radio. Ils ont pu entendre dire qu'un Chulo avait été tué. En tout cas, on devrait le tenir au courant, si jamais il y avait des répercussions. » Il tendit la jambe. Sa cheville s'ornait d'un gros bandage. « Je peux à peine marcher. Il ne s'agit sans doute pas d'une fracture, mais d'une mauvaise foulure. Je me demandais si vous accepteriez de vous y rendre à ma place. Vous pourriez y faire un saut.

— Et le bateau de ravitaillement ? » demanda Gamay. « Son arrivée est repoussée, comme il fallait s'y attendre. Il fera halte pour la nuit et ne repartira que le lendemain matin. Vous devriez être rentrés à ce moment-là.

— Nous irions bien volontiers », dit Gamay. Quand elle vit le regard narquois de son mari, elle suspendit brusquement sa phrase. « Si Paul est d'accord.

— Eh bien...

— Oh, je suis navré. Ma requête a créé une dissension conjugale.

— Oh, non, fit Paul pour le rassurer. C'est simplement ma prudence naturelle. Je ne suis pas né en Nouvelle-Angleterre pour rien. Nous serions très heureux de vous aider, bien entendu.

— Splendide. Je demanderai à mes hommes de rassembler des vivres pour vous et du carburant pour mon bateau. Il sera plus rapide sur la rivière que votre canot pneumatique. Vous ferez l'aller-retour dans la journée.

— Je croyais que vous n'aviez que des pirogues dans ce village », s'étonna Gamay.

Ramirez sourit. « Elles suffisent à l'essentiel de mes besoins, c'est vrai, mais parfois on doit recourir à des moyens de transport plus efficaces. »

Elle haussa les épaules. « Parlez-nous de cet homme que vous appelez le Hollandais.

— En fait, Dieter est allemand. C'est un commerçant, marié à une femme de la région. Il lui arrive de venir par ici, mais la plupart du temps il envoie ses hommes une fois par mois avec une liste de denrées que nous transmettons au bateau de ravitaillement. Je trouve qu'il a un sale caractère mais ce n'est pas une raison pour qu'on ne le prévienne pas d'un danger éventuel. » Ramirez fit une pause. « Vous n'êtes pas obligés d'y aller. Après tout, cela ne vous concerne pas, et vous êtes des scientifiques, pas des aventuriers. Surtout la belle *Señora* Trout.

— Je pense que nous saurons nous débrouiller », répliqua Gamay en regardant son mari d'un air amusé.

Ce n'étaient pas des paroles en l'air. En tant que membres de l'équipe des missions spéciales de la NUMA, Paul et elle avaient dû accomplir nombre de missions dangereuses. Quelque séduisante qu'elle fût, Gamay n'était pas une fleur délicate. Enfant, elle avait été un vrai garçon manqué. A Racine, dans le Wisconsin, où elle était née, elle avait fait partie d'une bande de galopins. Et, depuis toujours, elle se sentait à l'aise dans la compagnie des hommes. « Eh bien, dans ce cas, tout le monde est d'accord. Après le dessert, nous prendrons un verre de cognac et irons nous coucher pour pouvoir être debout aux premières lueurs de l'aube. »

Quelques instants plus tard, les Trout avaient regagné leur chambre et s'apprêtaient à se coucher quand Gamay demanda à Paul : « Pourquoi as-tu hésité à aider le Dr Ramirez ?

— Pour deux raisons. D'abord le fait que ce petit voyage supplémentaire n'a rien à voir avec notre mission initiale. »

Paul esquiva l'oreiller qu'elle lui jeta à la tête. « Depuis quand te caches-tu derrière le règlement de la NUMA ? » s'exclama Gamay. « Je fais comme toi. Je m'en sers quand ça m'arrange. Je l'ai un peu malmené, ce règlement, mais jamais je ne l'ai transgressé.

— Alors contentons-nous de le malmener encore un peu. On dira que la rivière fait partie intégrante de l'océan et que, dès lors, tout cadavre humain qu'on y trouve doit faire l'objet d'une enquête de l'équipe des missions spéciales de la NUMA. Dois-je te rappeler que l'équipe a été formée précisément pour fourrer son nez dans des affaires qui n'intéressent personne d'autre ?

— Tu vends bien ta salade, mais ne surestime pas trop ton pouvoir de persuasion. Si tu n'avais pas suggéré de t'occuper de la chose, c'est moi qui l'aurais fait. En me basant sur des arguments tout aussi faibles, qui plus est. J'ai une aversion pour les gens qui tuent impunément.

— Moi de même. Par où pourrions-nous commencer ? As-tu une petite idée là-dessus ?

— J'y ai déjà réfléchi. Ne te laisse pas abuser par mon naturel taciturne. Tu sais bien que tous les habitants de Cape Cod sont ainsi.

— Je ne ferais jamais pareille chose.

— Pour revenir à ta première question, si j'ai hésité c'est que j'ai été *surpris*. C'était la première fois que Ramirez faisait allusion à ce bateau. Il nous avait donné l'impression de n'utiliser que des pirogues. Te souviens-tu du jour où il a vu notre malheureux canot gonflable ? Il a fait tout un cinéma parce qu'il le trouvait grand. Un jour que je furetais dans le coin, je suis tombé sur une cabane abritant un canot pneumatique. »

Elle se redressa sur un coude. « Un *canot pneumatique !* Pourquoi ne nous en a-t-il jamais parlé ?

— Je crois que la réponse est évidente. Il voulait que personne ne connaisse son existence. Je pense que notre ami Ramirez est un type plus complexe qu'il n'y paraît.

— J'ai la même sensation. Je pense qu'il avait vraiment l'intention de nous envoyer, nous les drôles de savants, sur une mission potentiellement dangereuse. Nous lui avons suffisamment parlé de l'équipe des missions spéciales pour qu'il sache ce que nous faisons quand nous ne répertorions pas les dauphins de rivière. Il souhaitait sans doute que la NUMA fourre son nez dans cette affaire.

— On dirait qu'il nous a bien manipulés, mais je ne suis pas certain qu'il ait agi uniquement par machiavélisme.

— J'ai une idée, dit Gamay. Il parlait d'universitaires se comportant comme des bio-policiers. Il est lui-même universitaire. Ne s'agirait-il pas d'une sorte d'appel du coude ?

— J'ai remarqué. » Paul s'étira et ferma les yeux. « Tu penses donc qu'il s'agit d'un bio-flic déguisé en botaniste ?

— Ça tiendrait debout. » Gamay médita une seconde. « Je dois avouer que mon principal intérêt dans cette enquête se trouve à l'intérieur des sacs que nous avons trouvés sur le Chulo. Cela m'intrigue qu'un Indien issu des confins de la forêt possède tous ces joujoux sophistiqués. Pas toi ? »

Aucun son ne lui parvint hormis un souffle paisible. Paul, qui possédait le talent de s'endormir sur commande, venait de l'exercer une nouvelle fois. Gamay hocha la tête, remonta le drap sur ses épaules et imita son mari. Ils se lèveraient avec le soleil et elle savait que la journée du lendemain serait longue.

6

LE DOUANIER MEXICAIN SE PENCHA à sa fenêtre et lorgna les deux hommes assis dans la camionnette Ford blanche. Ils portaient des shorts et des T-shirts élimés, des lunettes de soleil Foster Grant et des casquettes de base-ball marquées au logo d'une boutique d'articles de pêche. « La raison de votre visite ? » demanda le douanier à l'homme costaud qui était assis au volant. Sans se retourner, le conducteur désigna du pouce les cannes et le matériel de pêche entreposés à l'arrière. « On va pêcher.

— J'aimerais bien me joindre à vous », dit le douanier avec un sourire, et il leur fit signe de continuer vers Tijuana.

Tandis qu'ils s'éloignaient, Zavala qui occupait la place du passager, s'étonna : « Pourquoi jouer à James Bond ? On n'avait qu'à lui sortir nos cartes de la NUMA. »

Austin fit un large sourire. « C'est plus drôle comme ça.

— Encore heureux qu'on ne nous ait pas pris pour des terroristes ou des passeurs de drogue. Il est vrai que notre allure soignée ne correspond pas à ce genre de profil.

— Je préfère penser que nous sommes des maîtres du déguisement. » Austin regarda Zavala et hocha la tête. « En tout cas, j'espère que tu as emporté ton passeport américain. Je ne voudrais pas que tu restes coincé au Mexique.

— Pas de problème. Ce ne serait pas la première fois qu'un Zavala passerait la frontière en fraude. »

Dans les années 60, les parents de Zavala avaient quitté Morales, au Mexique, où ils étaient nés et avaient grandi, pour traverser à gué le Rio Grande. Bien qu'enceinte de sept mois, sa mère était bien déterminée à quitter le Mexique pour commencer une nouvelle vie dans El Norte avec son bébé. Ils cheminèrent jusqu'à Santa Fe, au Nouveau-Mexique, où Zavala vit le jour. Grâce à ses talents de charpentier et de sculpteur sur bois, son père réussit à se constituer une vaste clientèle parmi les riches qui se faisaient bâtir des maisons à la mode dans la région. Ces mêmes personnes usèrent de leur influence pour lui permettre d'obtenir sa carte verte et plus tard sa naturalisation.

La camionnette avait été empruntée à l'équipe technique de la *Red Ink* parce qu'on ne pouvait faire entrer de véhicules de location au Mexique. Ils quittèrent leur hôtel de San Diego, mirent cap au sud et traversèrent Chula Vista, la ville frontière mi-américaine mi-mexicaine. Une fois arrivés au Mexique, ils longèrent les bidonvilles tentaculaires de Tijuana, puis s'engagèrent sur la MEX1, la *Carreterra Transpeninsula*, l'autoroute qui traverse la Basse-Californie sur toute sa longueur. Après El Rosarita et sa concentration de boutiques de souvenirs, de motels et de baraques de tacos, le charivari commercial commença à s'espacer. Bientôt l'autoroute se trouva bordée sur la gauche de champs cultivés et de collines dénudées, puis ils aperçurent la baie d'émeraude qu'on appelle Todos Los Santos. Une heure environ après avoir quitté Tijuana, ils s'arrêtèrent à Ensenada.

Austin avait découvert cette ville vivant du tourisme et de la pêche à l'époque où il avait participé à la course à la voile Newport-Ensenada dont l'arrivée officieuse était fixée au Hussong's Cantina, un vieux bar miteux au sol couvert de sciure. Avant que la nouvelle autoroute n'amène jusque-là les touristes et leurs dollars, la Basse-Californie du Nord était vraiment une « frontière ». A sa grande époque, le Hussong's était fréquenté par les personnages locaux hauts en couleur, des types farouches. Des marins, des pêcheurs et des coureurs automobiles traînaient dans cette ville, dernier avant-poste de la civilisation avant La Paz, sur cette péninsule longue de mille trois cents kilomètres. Le Hussong's était l'un de ces bars légendaires, comme le Foxy's sur les Iles Vierges ou Capt'n Tony's à Key West, où tout le monde était allé boire un verre un jour ou l'autre. En pénétrant dans le café, Austin fut rassuré d'apercevoir quelques piliers de bar débraillés qui lui rappelèrent le bon temps où la tequila coulait à flots pendant que la police faisait la navette entre la cantina et la taule du coin.

Ils s'assirent à une table et commandèrent des *huevos rancheros*.

« Ah, divine nourriture ! » s'exclama Zavala en savourant une bouchée d'œufs brouillés nappés de sauce. Austin était resté à observer la tête d'élan morose suspendue au-dessus du comptoir. Il avait l'impression de l'avoir toujours vue là. Comment un élan avait-il bien pu arriver jusqu'au Mexique ? Toujours plongé dans ses pensées, il reporta son attention vers la carte de la Basse-Californie dépliée devant lui sur la table, près de la photo satellite indiquant la température de l'eau. « C'est là que nous allons, dit-il en désignant un point sur la carte. La température anormale se trouve au voisinage de cette anse. »

Zavala termina son repas avec un sourire béat puis ouvrit le guide Beadecker's du Mexique. « Il est dit ici que la *ballena gris* ou baleine grise séjourne dans ces eaux de décembre à mars pour s'accoupler et donner naissance aux petits. Elles peuvent peser jusqu'à vingt-cinq tonnes et mesurer entre trois et quinze mètres de long. Durant l'accouplement, le mâle maintient la femelle pendant qu'un autre mâle... » Il grimaça. « Je pense que je vais passer ces lignes. Ces baleines ont presque été exterminées par la pêche commerciale mais, en 1947, elles sont devenues une espèce protégée. » Il suspendit sa lecture. « Permets-moi de te poser une question. Je sais que tu respectes profondément tout ce qui nage dans la mer, mais je ne t'ai jamais considéré comme un amoureux des baleines. Pourquoi cet immense intérêt, soudain ? Pourquoi ne pas laisser se débrouiller le ministère de l'Environnement ou celui de la Pêche et de la Nature ?

— Bonne question. Je *pourrais* répondre que je veux découvrir ce qui se trouve à l'origine de la série d'événements qui ont abouti au naufrage du bateau de papa. Mais il existe une autre raison que je ne parviens pas à analyser. » Une expression pensive passa dans le regard d'Austin. « Cela me rappelle certaines plongées terrifiantes que j'ai vécues. Tu vois le truc ? Tu nages, tout semble aller pour le mieux, puis tes cheveux se dressent sur ta tête, tes tripes se tordent et tu as la désagréable impression que tu n'es pas seul, que quelque chose te regarde. Quelque chose d'*affamé*.

— Je comprends, dit Zavala d'un air rêveur. Mais en général, cela ne s'arrête pas là. Moi j'imagine que le requin le plus gros, le plus vicieux, le plus vorace de l'océan se tient derrière moi, en se disant que ça fait une paie qu'il n'a pas dégusté de la vraie cuisine mexicaine. » Il enfourna une autre bouchée de *huevos*. « Mais quand je regarde autour de moi, il n'y a rien, ou peut-être un vairon pas plus gros que mon doigt.

— La mer est enveloppée de mystères », dit Austin, le regard perdu dans le lointain. « C'est une devinette ?

— Dans un sens. Cette phrase est tirée de Joseph Conrad. "La mer ne change jamais, et ses œuvres, dans la bouche des hommes, sont enveloppées de mystères. " » Austin tapotait la carte du bout des doigts. « Des baleines meurent tous les jours. Certaines de mort naturelle. D'autres se prennent dans des filets de pêche et meurent de faim, ou elles finissent harponnées par un navire, ou bien empoisonnées parce que certaines personnes estiment normal d'utiliser la mer comme une décharge de produits toxiques. » Il fit une pause. « Mais l'affaire qui nous occupe n'entre dans aucune de ces catégories. Même sans l'entremise des humains, la nature ne cesse de se détraquer. Elle ajuste et réajuste constamment. Mais cela n'a rien d'une cacophonie. C'est comme une improvisation donnée par un bon groupe de jazz, Ahmad Jamal au piano solo, s'envolant tout seul pour rattraper sa section rythmique un peu plus loin. » Il éclata de rire. « Bon Dieu, je raconte n'importe quoi.

— N'oublie pas que j'ai vu ta collection de jazz, Kurt. Tu prétends donc qu'il y a une fausse note dans cette histoire.

— Je dirais plutôt une dissonance universelle. » Il s'accorda encore un instant de réflexion. « Je préfère ton analogie. J'ai la sensation qu'un gros salopard de requin est tapi quelque part dans l'ombre et se pourlèche les babines. »

Zavala repoussa son assiette vide. « Comme ils disent au pays, le meilleur moment pour pêcher c'est quand les poissons ont faim.

— J'avais cru comprendre que tu étais né au cœur du désert, *amigo* », lança Austin en se levant. « Mais je suis d'accord avec toi. Allons à la pêche. »

Après Ensenada, ils reprirent l'autoroute et foncèrent vers le sud. Comme au sortir de Tijuana, les zones commerciales se raréfièrent et disparurent. L'autoroute se réduisit à une route à deux voies qu'ils quittèrent après Maneadero pour suivre des routes de campagne longeant des champs cultivés, des fermes éparses et d'anciennes missions. Enfin ils arrivèrent dans une région rude et solitaire, parsemée de petites collines brumeuses qui plongeaient dans la mer. Faisant office de navigateur, Zavala vérifia la carte. « Nous y sommes presque. Juste après le tournant », dit-il.

Austin ne savait pas ce qu'il allait trouver. Et pourtant, lorsqu'ils franchirent le virage, il fut surpris de voir apparaître un écriteau aux lettres bien dessinées, leur annonçant en espagnol et en anglais qu'ils avaient pénétré sur le territoire de la Baja Tortilla Company. Il se gara sur le bas-côté de la route. La pancarte trônait au début d'une longue allée argileuse bordée d'arbres. Tout au fond, se profilait un grand bâtiment.

Austin se pencha sur le volant et remonta ses Foster Grants sur son front. « Tu es *sûr* que c'est le bon endroit ? »

Zavala tendit la carte à son coéquipier pour qu'il l'examine. « C'est bien là, affirma-t-il. On dirait que nous avons fait tout ce chemin pour rien.

— Peut-être pas, répliqua Zavala. Les *huevos rancheros* étaient succulents et j'ai un nouveau T-shirt Hussong's Cantina. »

Austin plissa les yeux. « Trop beau pour être vrai. La pancarte dit "Bienvenue à nos visiteurs". Pendant que nous y sommes, prenons-les au mot. »

La camionnette quitta la route et roula pendant une centaine de mètres jusqu'à un parking bien entretenu, couvert de gravier. L'emplacement réservé aux visiteurs était nettement indiqué. Plusieurs voitures immatriculées en Californie et deux autocars de tourisme étaient stationnés devant le bâtiment, une structure en aluminium ondulé dotée d'une façade en crépi, d'un portail et d'un toit de tuiles dans le style espagnol. Une odeur de pain au maïs s'engouffra par les vitres ouvertes de leur véhicule. « Une couverture diaboliquement intelligente, dit Zavala. Je ne m'attendais guère à voir une enseigne au néon annonçant : "Les types qui ont tué les baleines vous souhaitent la bienvenue."

— Nous aurions dû venir armés, dit Zavala avec une gravité feinte. On ne sait jamais, une tortilla sauvage pourrait nous sauter dessus ! J'ai entendu dire qu'un type s'était fait malmener par un burrito à Nogales...

— Garde ça pour le voyage de retour. » Austin descendit de la camionnette et, suivi de Zavala, s'avança vers la porte principale en bois sombre superbement sculpté.

Ils pénétrèrent dans un hall d'entrée blanchi à la chaux. Une jeune Mexicaine souriante installée derrière un comptoir les accueillit. « *Buenos días*, dit-elle. Vous avez de la chance. La visite de la fabrique de tortillas vient juste de commencer. Vous ne feriez pas partie d'un groupe de touristes en croisière, par hasard ? »

Austin étouffa un sourire. « Non, nous sommes venus par nos propres moyens. Nous passions dans le coin quand nous avons vu la pancarte. »

Elle sourit de nouveau et leur demanda de se joindre à un groupe de personnes du troisième âge, des Américains pour la plupart, et du Midwest de surcroît, à en juger d'après leur accent. L'hôtesse d'accueil, qui faisait aussi fonction de guide, les conduisit dans la boulangerie. « Au Mexique, le maïs a toujours été la principale source de subsistance, et les tortillas ont constitué la nourriture de base pendant des siècles, aussi bien pour les Indiens que pour les colons espagnols. » Ouvrant la marche, elle s'avança vers des sacs de maïs qu'on vidait dans des machines broyeuses. « Pendant de nombreuses années, les gens ont fabriqué leurs tortillas chez eux. Le grain était moulu pour donner de la farine. On le mélangeait à de l'eau pour produire la *masa*, puis on le roulait, le coupait, le pressait et le pétrissait à la main. Avec l'augmentation de la demande venant du Mexique et surtout des Etats-Unis, l'industrie de la tortilla s'est centralisée. Cela nous a permis de moderniser nos installations de production et d'obtenir des modes de fabrication plus efficaces et plus hygiéniques. »

Austin, qui traînait avec Zavala derrière les autres visiteurs, dit à voix basse : « Puisque le marché principal des galettes mexicaines se trouve aux Etats-Unis, pourquoi cette usine n'est-elle pas implantée plus près de la frontière ? Pourquoi les fabriquer si loin pour ensuite les transporter vers le nord par l'autoroute ?

— Bonne question, fit Zavala. Le commerce de la tortilla au Mexique est un monopole jalousement défendu par des types possédant d'étroites accointances avec le gouvernement. C'est une industrie qui pèse un milliard de dollars. Ils avaient peut-être de bonnes raisons pour installer cette usine si loin dans le Sud, mais pourquoi au bord de l'océan ? Un chouette endroit pour un hôtel de luxe mais pas pour une affaire comme celle-là. »

Le groupe passa devant les pétrins dont le contenu se déversait dans des machines qui produisaient des centaines de tortillas à la minute. Les minces galettes se déposaient sur des tapis roulants. Toute l'opération était supervisée par des ouvriers vêtus de blouses immaculées et coiffés de casquettes en plastique. La guide conduisait les visiteurs vers les secteurs réservés à l'emballage et au transport lorsque Austin aperçut une porte où des mots en espagnol étaient inscrits. « Réservé au personnel ? » demanda-t-il à Zavala.

Joe fit un signe affirmatif de la tête. « J'ai appris tout ce que je voulais savoir sur les burritos et les enchiladas. » Austin fit un pas de côté et tenta d'ouvrir la porte. Elle n'était pas verrouillée. « Je vais jeter un coup d'œil. »

Contemplant le physique imposant d'Austin et ses cheveux aux reflets argentés, Zavala dit : « Avec tout le respect que je dois à tes talents d'espion, on ne risque pas de te confondre avec les gens qui travaillent ici. Je serais moins voyant qu'un gringo de deux mètres arpentant les couloirs. »

Zavala avait marqué un point. « OK, va donc voir. Sois prudent. Je te retrouve à la fin de la visite. Si la guide demande où tu es, je dirai que tu as dû aller aux toilettes. »

Zavala lui fit un clin d'œil et se glissa par la porte entrebâillée. Il était persuadé de pouvoir se sortir de presque toutes les situations et prévoyait déjà de raconter qu'il s'était perdu en cherchant le *baño*. Il se retrouva dans un long couloir dépourvu de fenêtres. Pour seule ouverture, il y avait une porte d'acier, tout au bout, sur laquelle il colla l'oreille. N'entendant rien, il fit jouer la poignée. La porte était fermée à clé.

Il prit au fond de sa poche un couteau suisse amélioré qui aurait pu lui valoir d'être arrêté dans les pays où la possession d'outils de cambrioleurs est illégale. Les ustensiles habituels comme ciseaux, lime à ongles et ouvre-bouteille avaient été remplacés par des pics censés crocheter les serrures les plus courantes. Au quatrième essai, il entendit un déclic. La porte s'ouvrit. Derrière, commençait un autre corridor. Contrairement au premier, celui-ci comportait plusieurs portes. Elles étaient toutes verrouillées sauf une, qui donnait dans un vestiaire.

Les casiers étaient bien fermés et, s'il en avait eu le temps, il aurait pu les ouvrir avec ses pics. Il consulta sa montre. La visite allait bientôt se terminer. Sur le mur devant lui, s'alignaient des étagères où s'entassaient des blouses blanches bien pliées. Il en trouva une à sa taille et l'enfila. Dans une armoire à fournitures, il découvrit un bloc-notes. Il ressortit et s'avança vers une troisième porte, verrouillée elle aussi, qu'il parvint à ouvrir après quelques tentatives.

Il déboucha sur une plate-forme surplombant une vaste salle et se ramifiant en une série de passerelles qui croisaient un réseau de canalisations verticales et horizontales reliées entre elles. Un bourdonnement assourdi, comme celui d'une machinerie, emplissait l'air. Il n'en pouvait déterminer la source. Il descendit quelques marches. Les conduits sortaient du sol, avant de s'enfoncer à angle droit dans le mur. La tuyauterie de l'usine de tortillas, supposa-t-il. Sur un côté de la salle, une autre porte s'ouvrit sans difficulté. Il l'entrebâilla avec maintes précautions. Une brise venant de l'océan lui rafraîchit le visage.

Il eut un hoquet de surprise. Il se tenait sur une petite terrasse aménagée dans la paroi d'une falaise. Quelque soixante mètres plus bas, s'étendait un lagon. La vue était magnifique et, de nouveau, il se dit qu'on aurait mieux fait de bâtir un hôtel qu'une usine sur un site aussi remarquable. L'usine devait se trouver derrière lui, sur la falaise, mais de là où il était, il ne pouvait la voir. Encore une fois, il baissa les yeux. Sur le rivage, les vagues se fracassaient contre les rochers déchiquetés en formant des rides d'écume. Sur un bord de la terrasse, il remarqua un portillon donnant dans le vide. Pas la moindre trace de marches. *Bizarre*. A quelque distance du portillon, un rail de métal descendait le long de la falaise et disparaissait dans l'eau.

Il le suivit des yeux jusqu'au lagon où il aperçut une zone sombre. L'eau n'avait pas la même couleur à cet endroit-là, peut-être à cause du varech ou d'une autre plante marine flottant sur les rochers. Soudain il se produisit un bouillonnement intense, au pied de la falaise. Un gros objet brillant en forme d'œuf fit surface et se mit à escalader l'à-pic. Bien sûr ! Le rail servait à l'ascenseur. L'œuf continuait à monter. Dans quelques secondes, il arriverait près de lui. Zavala recula et se réfugia dans la grande salle aux tuyaux, en prenant soin de laisser la porte entrouverte.

L'œuf, une structure de verre ou de plastique fumé se confondant avec la paroi de la falaise, s'immobilisa au niveau de la terrasse. Une porte s'ouvrit et deux hommes en blouse blanche apparurent. Zavala se précipita vers les escaliers. Quelques instants plus tard, il avait rejoint le vestiaire où il se débarrassa de son vêtement, le plia aussi soigneusement que possible avant de s'engouffrer dans les corridors menant à la boulangerie. Personne ne le vit revenir dans le secteur ouvert au public. Il courut dans la direction qu'Austin et les touristes avaient prise. Le voyant approcher, la guide lui lança un regard interloqué et point trop aimable. « Je cherchais le *baño.* »

Elle rougit et dit : « Oh oui. Je vais vous l'indiquer. » Elle frappa dans ses mains pour solliciter l'attention du groupe. « La visite est bientôt terminée. » Elle tendit à chacun un paquet contenant quelques échantillons de tortillas et reconduisit les touristes dans le hall d'entrée. Tandis que les voitures et les autocars démarraient, Austin et Zavala échangèrent leurs impressions. « A en juger d'après ton regard, je suppose que ta petite expédition a été fructueuse.

— J'ai découvert *quelque chose*. Seulement je ne sais pas ce que c'est. » Zavala se lança dans un bref résumé de ses trouvailles. « Le fait qu'ils aient caché quelque chose sous l'eau laisse penser qu'ils ne veulent pas qu'on sache ce qu'ils fabriquent », dit Austin. « Si nous faisions une petite promenade ? »

Ils contournèrent l'usine mais, au bout de quelques pas, rencontrèrent une haute barrière grillagée surmontée de fils de fer barbelés. Dressée à plusieurs dizaines de mètres du bord de la falaise, la clôture les empêchait d'atteindre la mer. « C'est raté pour la vue sur l'océan, dit Zavala. Allons de l'autre côté de la baie, pour voir si nous pouvons passer. »

Les deux hommes regagnèrent le pick-up et repartirent sur la route. Plusieurs sentiers menaient à la mer, mais la barrière interdisait tout accès. Ils étaient sur le point de renoncer quand, sur l'un des sentiers, ils virent arriver un homme muni d'une canne à pêche et d'un panier rempli de poissons. Zavala l'interpella et lui demanda s'il était possible de descendre jusqu'à la rive. D'abord, l'homme se montra méfiant. Il devait croire qu'ils travaillaient pour l'usine de tortillas. Mais lorsque Zavala sortit un billet de vingt dollars de son portefeuille, le visage de l'homme s'éclaira et il devint plus bavard. Oui, il y avait effectivement une barrière mais on pouvait se glisser en dessous à un certain endroit.

Il les entraîna sur un chemin étroit traversant des buissons qui leur arrivaient à l'épaule, désigna un point du grillage et s'en retourna en serrant son billet dans son poing. Au niveau du sol, la barrière était recourbée et un trou apparaissait en dessous. Zavala se glissa aisément de l'autre côté, puis souleva le grillage pour permettre à Austin de passer. Ensuite, ils suivirent le sentier broussailleux et atteignirent enfin l'extrémité la plus méridionale du promontoire entourant le lagon.

Des traces de pas, sans doute laissées par les pêcheurs, descendaient le long de la pente la moins escarpée. Les hommes de la NUMA étaient plus intéressés par la vue dégagée sur l'anse. Sous cet angle, la charpente de métal sombre ressemblait à une redoute sinistre tout droit sortie de *Conan le Barbare*. Austin observa le bâtiment à travers ses jumelles qu'il pointa ensuite vers la falaise. A l'endroit où Zavala avait découvert le rail et l'ascenseur, la lumière du soleil se reflétait sur une structure métallique. Son regard dériva vers l'embouchure du lagon, là où les rouleaux se fracassaient contre les rochers, puis se reporta vers l'usine. « Ingénieux, dit Austin avec un petit rire. Implantez une grosse usine ici dans les broussailles, et tout le monde en parlera, notre ami pêcheur le premier. Mais laissez-la à la vue, invitez le public à la visiter librement chaque jour, et vous obtiendrez une couverture imparable pour une opération clandestine. »

Zavala lui emprunta ses jumelles pour observer la falaise qui leur faisait face. « Pourquoi un ascenseur amphibie ?

— Je n'ai pas de réponse, dit Austin en secouant la tête. Je pense que nous avons vu tout ce que nous devions voir. »

Espérant repérer les signes d'une activité humaine autour du bâtiment ou sur la falaise, ils traînèrent encore quelques minutes, mais le seul mouvement perceptible était celui des oiseaux de mer. Ils firent demi-tour. Un moment plus tard, ils repassaient la barrière. Zavala aurait aimé demander au pêcheur ce qu'il savait au sujet de l'ascenseur ou s'il avait remarqué quelque chose d'inhabituel dans le lagon mais, une fois l'argent empoché, l'homme avait disparu. Ils regagnèrent leur véhicule et roulèrent en direction du nord.

Austin conduisait sans parler. Zavala savait d'expérience que son partenaire concoctait un plan dont il ne lui exposerait les détails que lorsqu'il l'aurait entièrement élaboré. Après avoir dépassé Ensenada, Austin sortit de son mutisme : « Est-ce que la NUMA effectue encore ces essais en mer aux environs de San Diego ?

— Oui, je crois bien. J'avais justement l'intention d'aller voir comment les choses se passaient, après la course. »

Austin acquiesça d'un hochement de tête. Durant le voyage de retour, ils bavardèrent un peu, échangeant des anecdotes sur leurs aventures passées et leurs frasques de jeunesse au Mexique. La longue file de voitures massées à la frontière avançait à une allure d'escargot. Pour gagner du temps, ils sortirent leurs cartes officielles de la NUMA et franchirent rapidement la douane. De retour à San Diego, ils roulèrent en direction de la baie, garèrent la camionnette près d'une vaste marina municipale et longèrent une jetée où étaient amarrés des douzaines de bateaux à voile et à moteur. Au bout d'un quai réservé aux gros navires, mouillait un vaisseau d'environ vingt-six mètres de long. Sur sa coque bleu-vert étaient peintes en blanc les lettres « NUMA ».

Ils s'engagèrent sur la passerelle et, avisant un homme d'équipage qui bricolait sur le pont, lui demandèrent si le capitaine était à bord. Le marin les conduisit jusqu'à la passerelle de commandement, où un homme mince au teint olivâtre se tenait penché sur des cartes. Jim Contos était considéré comme l'un des meilleurs capitaines de la flotte de la NUMA. Fils d'un pêcheur d'éponges de Tarpon Springs, il naviguait depuis qu'il était en âge de marcher. « Kurt, Joe », fit Contos avec un grand sourire. « Quelle agréable surprise ! J'ai entendu dire que vous étiez dans les parages, mais je n'aurais jamais imaginé que vous honoreriez le *Sea Robin* de votre présence. Sur quel coup êtes-vous ? » Il jeta un coup d'œil à Zavala. « Je sais que tu es toujours sur un bon coup. »

Sur les lèvres de Zavala se dessina l'habituel petit sourire. « Kurt et moi participions à la course qui s'est disputée hier. »

Le visage de Contos s'assombrit. « Oui, j'ai appris ce qui était arrivé à votre bateau. Vous m'en voyez vraiment navré.

— Merci, dit Austin. Alors tu dois être au courant pour les baleines grises.

— En effet... une histoire fort étrange. Savez-vous ce qui les a tuées ?

— Nous pourrions le découvrir grâce à toi.

— Bien sûr, je ne demande qu'à vous aider.

— Nous aimerions emprunter le *Sea Robin* et le mini-sub afin d'effectuer une petite plongée au sud de la frontière. »

Contos éclata de rire. « Vous ne *plaisantiez* pas quand vous parliez d'une grande faveur. » Il réfléchit un instant puis haussa les épaules. « Pourquoi pas ? Nous allons bientôt terminer nos essais en mer. Si vous pouvez obtenir l'autorisation orale de faire des recherches dans les eaux mexicaines, je suis partant. »

Austin hocha la tête et appela immédiatement la NUMA. Au

bout de quelques minutes de conversation, il passa le téléphone cellulaire à Contos. Ce dernier écouta, approuva de la tête, posa quelques questions puis raccrocha. « On dirait que nous allons appareiller pour le Sud. Gunn a donné son feu vert. » Rudi Gunn était le directeur des opérations de la NUMA en poste à Washington. « Deux jours au plus. Il veut que Joe et toi rentriez rapidement. Il a du travail pour vous. Une chose, pourtant. Il n'aura pas le temps d'obtenir une autorisation du gouvernement mexicain.

— Si on nous interroge, nous dirons que nous nous sommes perdus », fit Austin d'un air faussement innocent.

Contos désigna le tableau de bord et son étalage impressionnant de voyants et de cadrans. « Ce sera difficile de leur servir une pareille histoire avec tout l'appareillage électronique équipant ce vaisseau. Le *Sea Robin* est peut-être laid mais rien ne lui échappe de ce qui se passe dans le monde. Si jamais nous sommes arraisonnés, nous laisserons le Département d'Etat arranger le coup. Quand voulez-vous partir ?

— Juste le temps d'aller chercher notre équipement. Pour le reste, c'est à toi de voir.

— Le départ est programmé à sept heures demain matin », dit-il. Puis il s'en fut distribuer ses nouveaux ordres à l'équipage.

Comme Austin revenait vers leur véhicule, il demanda à Zavala ce que Contos avait voulu dire quand il avait parlé d'un « bon coup » en s'adressant à lui. « Nous sommes sortis avec la même femme plusieurs fois », fit Zavala en haussant les épaules. « Y a-t-il une seule femme dans le district de Columbia avec laquelle tu ne sois pas sorti ? »

Zavala prit le temps de la réflexion. « Celle du président. Comme tu le sais, je m'interdis les femmes mariées.

— Soulagé de l'apprendre », fit Austin en s'installant au volant. « Mais si elle divorce, alors... »

Austin dit en démarrant : « Je pense qu'il est temps que tu me racontes l'histoire de ce type malmené par un burrito à Nogales. »

7

A L'OUEST, SOUS UN CIEL SANS NUAGE, l'hélicoptère vert canard McDonnell Douglas laissa derrière lui les pics escarpés de Squaw Mountain, frôla les eaux alpestres du lac Tahoe et fonça comme une libellule affolée en direction des côtes californiennes. Il plana un instant, avant de piquer sur un bouquet de hauts pins Ponderosa et de toucher la rampe d'atterrissage en ciment. Tandis que les rotors s'arrêtaient, une énorme Chevy Suburban vint se placer près de l'appareil. Le chauffeur, vêtu d'un uniforme assorti à la couleur de l'hélicoptère et à celle du SUV, en sortit pour accueillir l'homme élancé qui posait le pied sur la piste.

Le débarrassant de son nécessaire de voyage, le chauffeur dit : « Par ici, monsieur le député Kinkaid. »

Ils s'engouffrèrent dans le véhicule qui emprunta une allée de bitume traversant une forêt épaisse. Quelques minutes plus tard, ils s'arrêtaient devant un ensemble de bâtiments rappelant le légendaire château de William Randolph Hearst, mais version séquoia. Le soleil de cette après-midi finissante donnait aux tourelles, aux murs et aux donjons une silhouette fantastique. On avait dû raser toute une forêt d'arbres géants rien que pour en construire la façade. Ce vaste édifice cubique était sans doute le dernier exemplaire encore debout des anciennes cabanes en rondins bâties par les premiers immigrants. Une série de bâtiments annexes s'agglomérait tout autour du complexe principal, comportant deux étages.

Le député Kinkaid murmura : « Cet endroit est plus grand que le Mormon Tabernacle.

— Bienvenue au Walhalla », répondit le chauffeur d'un air détaché.

Il gara le véhicule devant la maison, prit le sac du député qui emprunta à sa suite un large escalier menant à une véranda aussi vaste qu'un terrain de bowling. Ils débouchèrent dans un immense hall aux murs recouverts de bois sombre, presque noir, puis empruntèrent une série de passages pareillement lambrissés et s'arrêtèrent enfin devant de hautes portes métalliques en ogive, ornées de bas-reliefs. « Je monte votre bagage dans vos appartements, monsieur. Les autres sont déjà installés. Votre siège porte une plaque marquée à votre nom. »

L'homme appuya sur un bouton enchâssé dans le mur. Les portes s'ouvrirent silencieusement. Kinkaid entra et retint son souffle en entendant le déclic des battants se refermer derrière lui. Il se trouvait dans une salle monumentale, haute de plafond, éclairée par les flammes d'une immense cheminée et de torches fichées dans les murs déjà encombrés de boucliers et de fanions, de javelots, de haches de guerre, d'épées et autres instruments de mort richement ornés, évoquant une époque où la guerre était un jeu de massacre se pratiquant au corps à corps.

Ces armes menaçantes faisaient pourtant pâle figure comparées à la chose qui trônait au centre de la pièce. Un bateau viking de plus de vingt mètres de long, avec des bordages de chêne arrondis prolongés d'une proue et d'une poupe profilées. L'unique voile carrée, faite de cuir, était déployée comme si elle attendait qu'une brise la gonfle par l'arrière. Près de la poupe, une passerelle permettait d'accéder au pont surmonté d'une longue table rectangulaire au centre de laquelle était fiché le mât.

Kinkaid était un vétéran de la Marine ; il avait fait le Vietnam et ne se laissait pas facilement impressionner. Il contracta les mâchoires d'un air déterminé, traversa le hall et s'engagea sur la passerelle. Une bonne vingtaine d'hommes étaient assis autour de la table. Interrompant leurs conversations, ils lui lancèrent des regards emplis de curiosité. Kinkaid s'installa sur le dernier siège vide et considéra ses voisins d'un air farouche. Il était sur le point de s'adresser à l'individu placé à sa droite quand, à l'autre bout du hall, les doubles portes s'ouvrirent brutalement.

Une femme entra et s'avança à grandes enjambées sous la lumière vacillante des torches. Grâce à ses longues jambes, elle franchit rapidement la distance qui la séparait du bateau. Sa combinaison verte moulante mettait en valeur son corps athlétique, mais le plus impressionnant chez elle c'était sa stature. Elle mesurait près de deux mètres dix.

Le corps et les traits de la femme étaient parfaits, mais aussi froids qu'un iceberg dont elle avait aussi le côté inquiétant. On l'aurait crue surgie de la banquise. Ses cheveux de lin, tirés en arrière et attachés en chignon, dégageaient son visage, révélant sa peau de marbre et ses grands yeux d'un bleu dur comme de la glace. Elle franchit la passerelle, monta sur le bateau et fit le tour de la table. D'une voix surprenante par sa douceur, elle salua chacun des hommes présents en les appelant par leur nom et les remercia d'être venus. Lorsqu'elle arriva à la hauteur du député elle s'arrêta, sondant son visage taillé à la serpe de ses yeux étonnants, et lui serra la main comme dans un étau. Puis elle se plaça devant le fauteuil à haut dossier, posé côté proue, et leur adressa à tous un sourire aussi glacial qu'enjôleur. « Bonsoir, messieurs », dit-elle d'une voix empreinte des riches tonalités qui sont la marque des grands orateurs. « Je m'appelle Brynhild Sigurd. Vous vous interrogez sans aucun doute sur cet endroit. Walhalla me sert de domicile et de quartier général, mais c'est aussi un hommage rendu à mes racines scandinaves. Le bâtiment principal est la reproduction agrandie d'une demeure viking. Les ailes sont consacrées à des usages particuliers. On y trouve des bureaux, des quartiers réservés aux invités, un gymnase et un musée abritant ma collection d'art nordique primitif. »

Elle leva un sourcil. « J'espère qu'aucun d'entre vous n'est sujet au mal de mer. » Elle attendit que les rires s'éteignent avant de poursuivre. « Ce vaisseau est la réplique du navire viking de Gogstad. Plus qu'une simple décoration, il est le symbole de ma croyance : pour moi, rien n'est impossible. Je l'ai fait construire parce que j'admire ces lignes magnifiques, mais surtout parce qu'il ne cesse de me rappeler que mes ancêtres vikings n'auraient jamais traversé les mers sans leur esprit aventureux et leur incroyable audace. Le génie de ce peuple aura peut-être quelque influence sur les décisions qui seront prises ici. » Elle demeura un instant silencieuse avant de poursuivre dans ces termes : « Vous vous demandez probablement pourquoi je vous ai conviés en ces lieux. »

Une voix grinçante s'éleva. « Je dirais que votre offre de nous remettre cinquante mille dollars ou d'en faire don à une association caritative de notre choix a sans doute pesé dans l'affaire, dit le député Kinkaid. Pour ma part, j'ai transféré cette somme vers une fondation scientifique qui s'occupe des anomalies congénitales.

— Je n'en attendais pas moins de vous, étant donné votre réputation d'intégrité. »

Kinkaid émit un grognement et se rencogna dans son siège. « Excusez-moi de vous avoir interrompue, dit-il. Je vous en prie, poursuivez votre, euh, fascinante présentation.

— Je vous remercie », fit Brynhild. « Vous, messieurs, venez de tous les coins de ce pays et représentez de très nombreux domaines d'activité. Parmi vous, on compte des politiciens, de hauts fonctionnaires, des universitaires, des membres de groupes de pression et des ingénieurs. Mais vous et moi possédons quelque chose en commun, une sorte de fraternité qui nous lie. *L'eau.* Une commodité qui, nous ne l'ignorons pas, va bientôt disparaître. Chacun de vous sait pertinemment que nous faisons face actuellement à la plus longue sécheresse de l'histoire de ce pays. N'est-ce pas votre avis, professeur Dearborn ? En tant que climatologue, auriez-vous l'obligeance de nous fournir votre opinion sur la situation ?

— J'en serais très heureux », répondit un homme entre deux âges qui semblait surpris d'être appelé à la rescousse. Il passa les doigts dans sa maigre chevelure rousse et dit : « Le centre et la partie méridionale de ce pays, de l'Arizona à la Floride, connaissent une sécheresse de moyenne à sévère. Presque un quart des quarante-huit Etats sont touchés. Cette situation risque fort d'empirer. En outre, l'eau des Grands Lacs n'a jamais atteint un niveau aussi bas. Une sécheresse prolongée débouchant sur une semi-désertification est tout à fait envisageable. Une mégasécheresse se prolongeant sur des décennies n'est pas à exclure. »

Il y eut un murmure autour de la table.

Brynhild ouvrit le coffret en bois posé devant elle, glissa la main à l'intérieur et laissa le sable s'écouler entre ses longs doigts. « La fête est finie, messieurs. Tel est l'avenir lugubre et poussiéreux qui nous attend.

— Avec tout le respect que je vous dois, Miss Brynhild, dit avec un accent traînant un homme originaire du Nevada, vous ne nous apprenez rien de neuf. Vegas sera bientôt en mauvaise posture. L.A. et Phoenix ne vont guère mieux. »

Elle joignit les mains comme pour applaudir. « Exact. Mais si je vous disais qu'il existe un moyen de sauver nos villes ?

— J'aimerais bien entendre ça », fit l'homme du Nevada.

Geste symbolique, elle referma le couvercle de la boîte d'un coup sec. « Le premier pas a déjà été franchi. Comme la plupart d'entre vous le savent, le Congrès a privatisé les compagnies distribuant l'eau de la Colorado River. »

Kinkaid se pencha sur la table. « Et vous-même, Miss Sigurd, savez certainement que je me suis opposé à ce projet de loi.

— Fort heureusement, vous n'avez pas obtenu gain de cause. Si cette loi n'était pas passée, l'Ouest aurait été condamné. Les réserves auraient été épuisées en l'espace de deux ans. Après cela, nous aurions dû évacuer la majeure partie de la Californie et de l'Arizona et une grande portion du Colorado, du Nouveau-Mexique, de l'Utah et du Wyoming.

— Je vous répondrai la même chose qu'à ces imbéciles de Washington. Privatiser le barrage Hoover n'augmentera en rien les réserves en eau.

— Là n'était pas la question. Le problème ne résidait pas dans les réserves en eau mais dans leur distribution. Cette eau était mal employée. En supprimant les subsides gouvernementaux et en transférant l'eau dans le secteur privé, on remédie au gaspillage. Et pourquoi cela ? Pour la plus simple des raisons : le gaspillage s'oppose à l'idée de profit.

— J'en reste à mon premier argument, s'obstina Kinkaid. Une chose aussi importante que l'eau ne devrait pas être contrôlée par des compagnies qui n'ont pas de comptes à rendre à la nation.

— La nation a laissé passer sa chance. A présent, le prix de l'eau sera fonction de l'offre et de la demande. Le marché imposera sa loi. Seuls ceux qui auront les moyens de payer l'eau en bénéficieront.

— C'est exactement ce que j'ai dit durant le débat. Les villes riches prospéreront pendant que les communautés pauvres mourront de soif. »

Brynhild resta inflexible. « Alors quoi ? Imaginez un peu que l'eau continue à être distribuée selon l'ancien système public et que les rivières s'assèchent. L'Ouest, tel que nous le connaissons aujourd'hui, deviendrait un désert aride. Comme notre ami du Nevada l'a fait remarquer, L.A., Phoenix et Denver se transformeraient en villes fantômes. Imaginez les amarantes poussées par le vent et s'engouffrant dans les casinos désertés de Las Vegas. Ce serait un désastre économique. Les marchés obligataires s'écrouleraient. Wall Street nous tournerait le dos. Quand on perd le pouvoir financier, on n'a plus d'influence à Washington. L'argent destiné aux travaux publics serait transféré dans d'autres parties du pays. »

Elle laissa sa litanie de désastres faire son petit effet sur son auditoire, puis continua. « Les habitants de l'Ouest nous rejoueraient *Les Raisins de la Colère*. Seulement au lieu de migrer vers l'Ouest et la Terre promise, les nouveaux pauvres entasseraient leurs familles dans leur Lexus et leurs berlines Mercedes pour s'abattre sur la côte Est. » Teintant d'ironie sa voix suave, elle ajouta : « Demandez-vous comment les habitants de la côte Est, déjà surpeuplée, réagiraient en voyant ces milliers, ces *millions* de chômeurs s'installer dans leurs quartiers. » Elle se tut pour ménager un effet dramatique. « Et si les habitants de l'Oklahoma refusaient de nous prendre sous leur aile ?

— Je ne les en *blâmerais* pas », dit un promoteur venu de Californie du Sud. « Ils nous accueilleraient de la même façon que les Californiens ont accueilli mes grands-parents : avec des fusils, des milices et des barrages routiers. »

Un propriétaire terrien de l'Arizona sourit d'un air gêné. « Si vous autres Californiens n'étiez pas aussi gourmands, il y aurait assez d'eau pour tout le monde. »

En l'espace de quelques minutes, tout le monde se mit à parler en même temps. Brynhild laissa le débat s'enfler avant de frapper du poing sur la table. « Cette vaine discussion est un bel exemple des chamailleries qui durent depuis des décennies. Autrefois, les fermiers s'entre-tuaient pour un point d'eau. Aujourd'hui, vos armes sont juridiques. La privatisation mettra fin à cette querelle. Nous devons cesser de nous entre-déchirer. »

Un applaudissement se répercuta à travers la salle. « *Bravo*, dit Kinkaid. J'apprécie votre éloquente performance, mais vous perdez votre temps. J'ai l'intention de demander au Congrès de réexaminer la question.

— Ce serait sans doute une erreur. »

Kinkaid était trop excité pour percevoir la menace sourdant sous ces paroles. « Je n'en crois rien. Je tiens de source sûre que les firmes ayant accaparé le système de la Colorado River ont déboursé des centaines de milliers de dollars pour faire passer cette loi inique.

— Votre information est inexacte. Nous avons dépensé des millions.

— Des millions. Vous... ?

— Pas moi personnellement. Ma compagnie, c'est-à-dire l'organisation chapautant les firmes que vous venez d'évoquer.

— Je suis sidéré. La Colorado River est sous *votre* contrôle ?

— Disons plutôt sous le contrôle d'une entité instituée dans ce but bien précis.

— *C'est un scandale !* Je n'en crois pas mes oreilles.

— Nous avons agi en toute légalité.

— C'est ce qu'ils disaient à Los Angeles quand le département des eaux de la ville a volé la Owen Valley River.

— Je ne vous le fais pas dire. Il n'y a rien de nouveau là-dedans. L.A. est devenue la ville désertique la plus grande, la plus riche et la plus puissante du monde. Et comment cela ? En envoyant une armée d'inspecteurs, d'avocats et de spéculateurs fonciers sur place, dans le but de s'approprier l'eau appartenant à ses voisins. »

Le professeur Dearborn prit la parole. « Pardonnez-moi, mais je crains que le député n'ait raison. Le cas de Los Angeles représente l'exemple même de l'accaparement impérialiste des réserves en eau. Si ce que vous dites est vrai, vous encouragez l'instauration d'un monopole.

— Laissez-moi vous exposer un scénario, docteur Dearborn. La sécheresse persiste. La Colorado River ne peut répondre à la demande. On meurt de soif dans les villes. Vous croyez peut-être que les juristes continueront à débattre de l'allocation de l'eau ? Non. En revanche, vous aurez des batailles rangées autour des points d'eau, comme au bon vieux temps. Pensez à cela. Les gens rendus fous par la soif envahiront les rues, s'attaquant à toute forme d'autorité. L'ordre public sera jeté à bas. Les émeutes de Watts feront figure de crêpage de chignon en comparaison. »

Dearborn opina du chef comme s'il était en transe. « Vous avez raison, articula-t-il, troublé. Mais, excusez-moi... cela ne me semble pas juste. »

Elle l'interrompit abruptement. « Il s'agit d'une lutte pour la vie, professeur. Nous mourrons ou nous survivrons, tout dépend de notre volonté. »

Défait, Dearborn se rencogna dans son siège, les bras croisés, et hocha la tête.

Kinkaid repartit à l'assaut. « Ne la laissez pas semer la confusion avec ses scénarios bidon, professeur Dearborn.

— On dirait que je n'ai pas réussi à vous faire changer d'avis. »

Kinkaid se leva et déclara : « Non, mais je vais vous dire ce que vous avez fait. Vous m'avez donné des armes pour le jour où je ressortirai la question devant le comité. Je ne serais pas surpris qu'une action antitrust soit intentée. Je parie que ceux de mes collègues qui ont voté en faveur du projet de loi sur la Colorado River verront les choses d'un autre œil quand ils sauront que tout le système va passer sous la coupe d'une seule et unique société.

— Je suis navrée d'entendre cela », dit Brynhild. « Vous serez sacrément plus navrée quand j'en aurai fini avec vous. Je veux quitter immédiatement votre petit parc de loisirs. »

Elle le contempla d'un air triste. Elle admirait la force même quand elle s'exerçait contre elle. « Très bien. » Elle prononça deux ou trois mots dans la radio qu'elle décrocha de sa ceinture. « Il faudra quelques minutes pour qu'on apporte vos bagages et prépare l'hélicoptère. »

La porte de la salle s'ouvrit et l'homme qui avait escorté Kinkaid peu de temps auparavant s'avança vers le député et le reconduisit.

Quand ils furent partis, Brynhild dit : « Certains considèrent cette sécheresse comme un désastre, mais j'estime, pour ma part, qu'elle représente une chance extraordinaire. La Colorado River n'est qu'une partie de notre plan. Jour après jour, nous nous approprions de nouvelles régies de distribution, à travers tout le pays. Chacun de vous, dans son propre domaine, est en mesure de contribuer au succès de nos objectifs. Vous tous ici présents serez récompensés au-delà de vos espérances. En même temps, vous agirez pour le bien commun. » Elle passa en revue les deux côtés de la table. « Quiconque souhaite partir maintenant est libre de le faire. Je vous demande simplement de me promettre que vous garderez le silence sur cette rencontre. »

Les invités échangèrent des coups d'œil, quelques-uns s'agitèrent, mais personne ne sauta sur son offre. Pas même Dearborn.

Des serviteurs apparurent comme par magie, posèrent des pichets d'eau et des verres devant chaque personne.

Brynhild considéra l'assemblée. « Vous vous rappelez William Mulholland, le grand responsable de l'approvisionnement en eau de Los Angeles. Il montrait Owens Valley en disant : "C'est là. Servez-vous !" »

Comme sur un signal, les domestiques remplirent les verres des invités puis se retirèrent.

Brynhild leva son verre et lança : « C'est là. Servez-vous ! »

Elle but une longue gorgée d'eau. Les autres l'imitèrent comme en un étrange rituel eucharistique. « Bon, fit-elle. Maintenant passons à l'étape suivante. Vous rentrez chez vous et vous attendez qu'on vous appelle. Quand on vous demandera quelque chose, vous obéirez sans poser de questions. Rien de ce qui s'est dit lors de cette réunion ne peut être divulgué. On doit même ignorer que vous êtes venus ici. »

Elle détailla chaque visage. « S'il n'y a pas d'autres questions, dit-elle sur un ton signifiant que le débat était clos, amusez-vous, je vous en prie. Le dîner sera servi dans la salle de réception dans dix minutes. J'ai engagé un chef cinq étoiles, je pense donc que vous ne serez pas déçus. Après le dîner, j'ai prévu un spectacle, une revue de Las Vegas, et ensuite on vous montrera vos chambres. Demain matin, vous partirez après le petit déjeuner, dans l'ordre où vous êtes arrivés. Je vous reverrai lors de notre prochaine assemblée, dans un mois jour pour jour. »

A ces mots, elle quitta la table, traversa la pièce à grandes enjambées, franchit les doubles portes par lesquelles elle était entrée, descendit un corridor et pénétra dans une antichambre. Deux hommes se tenaient là, jambes écartées, bras croisés dans le dos. Leurs yeux noirs enfoncés étaient rivés sur les écrans qui couvraient toute la surface d'un mur. C'étaient des jumeaux parfaitement identiques, vêtus l'un comme l'autre de vestes de cuir noir. Ils avaient la même silhouette trapue, de hautes pommettes, des cheveux blond foncé et un front proéminent. « Eh bien, que pensez-vous de nos invités ? dit-elle avec ironie. Est-ce que ces vers de terre accompliront leur tâche et ameubliront notre sol ? »

Les deux frères ne saisirent pas l'analogie ; ils n'avaient qu'une seule chose en tête.

S'exprimant avec un accent d'Europe de l'Est, l'homme sur la droite dit : « Qui voulez-vous...

— ... qu'on élimine ? » fit l'autre en terminant la phrase de son frère.

Leurs voix monocordes étaient en tous points semblables.

Brynhild sourit de satisfaction. Cette réponse la confortait dans la conviction qu'elle avait pris la bonne décision en sauvant Melo et Radko des griffes de l'OTAN. Sans cela, les tristement célèbres frères Kradzik auraient été traduits devant la Cour de Justice de La Haye pour crimes contre l'humanité. Les jumeaux, des sociopathes tout à fait classiques, auraient trouvé le moyen de s'illustrer même s'il n'y avait pas eu la guerre en Bosnie. Leur statut paramilitaire leur conférait une semi-légitimité. Ils avaient commis des meurtres, des viols et des tortures, au nom du nationalisme. On pouvait difficilement imaginer que de tels monstres fussent sortis du ventre d'une femme et pourtant, ils n'étaient pas dépourvus d'une certaine subtilité : chacun comprenait intuitivement ce que l'autre pensait. Ils étaient une seule et même personne, dans deux corps séparés. Leurs liens les rendaient doublement dangereux parce qu'ils pouvaient agir sans communication verbale. Brynhild avait cessé de s'adresser à l'un ou à l'autre séparément. « A votre avis, lequel doit-on éliminer ? »

L'un des hommes tendit une main dont les doigts, pareils à des serres, semblaient conçus pour torturer, et rembobina la cassette vidéo. Son frère désigna sur l'écran un homme vêtu d'un costume bleu. « Lui », dirent-ils dans un ensemble parfait. « Le député Kinkaid ?

— Oui, il n'a pas...

— ... aimé ce que vous avez dit.

— Et les autres ? »

De nouveau, la cassette défila et les frères désignèrent un point sur l'écran. « Le professeur Dearborn ? Quel dommage ! Mais votre intuition est probablement juste. Nous ne pouvons nous permettre de garder quiconque nourrit le moindre scrupule. Très bien, éliminez-le lui aussi. Faites votre travail le plus discrètement possible. Le comité directeur se réunira bientôt pour examiner nos plans à long terme. Je veux que tout soit réglé avant cela. Je ne tolérerai pas que se renouvelle l'erreur commise par ces imbéciles qui ont bousillé leur boulot il y a dix ans, au Brésil. »

Elle tourna les talons et sortit de la pièce, laissant les jumeaux seuls. Les deux hommes restèrent immobiles à fixer l'écran de leurs yeux luisants, avec l'expression vorace d'un chat choisissant le plus gros poisson rouge de l'aquarium pour son dîner.

8

Le paysage qui défilait le long de la rivière avait peu changé depuis que le Dr Ramirez, debout sur le quai, leur avait souhaité bon voyage en leur faisant de grands gestes d'adieu. Kilomètre après kilomètre, se déroulait le ruban sinueux de l'eau vert sombre. Un mur d'arbres impavide fermait les deux berges de la rivière. A un moment, ils durent s'arrêter. Des débris obstruaient le cours d'eau. Quand le vrombissement assourdissant du moteur cessa, ils furent soulagés. Ils enroulèrent des filins autour des rondins et des branches enchevêtrées et dégagèrent le goulot d'étranglement. Ce travail prit du temps, et l'après-midi se terminait lorsque les remparts feuillus s'entrouvrirent, leur permettant d'apercevoir de temps à autre les grands espaces et les prés cultivés de chaque côté d'eux. Puis la forêt s'éclaircit franchement, révélant un essaim de huttes en torchis.

Paul ralentit et dirigea la proue carrée du bateau entre les pirogues enfoncées dans la berge boueuse. Puis il accéléra un peu pour faire glisser le canot sur la rive et coupa le moteur. Ayant ôté la casquette de base-ball de la NUMA qu'il portait rabattue en arrière, il s'en servit pour s'éventer le visage. « Il y a quelqu'un ? »

Le silence surnaturel qui régnait en ces lieux formait un contraste saisissant avec l'activité du camp qu'ils venaient de quitter, où les indigènes vaquaient à leurs affaires d'un bout à l'autre de la journée. Cet endroit semblait abandonné. Les seuls signes d'occupation humaine récente étaient les filets de fumée grise sortant des cheminées. « C'est très étrange, dit Gamay. On dirait que la peste est passée par là. »

Paul ouvrit un coffre dont il sortit un sac à dos. Le Dr Ramirez avait insisté pour que les Trout lui empruntent un Colt à canon long. Avec des gestes lents, Paul plaça le sac à dos entre eux, glissa la main à l'intérieur, dégrafa l'étui du revolver et sentit le contact rassurant du métal. « Ce n'est pas la peste qui m'inquiète », répondit Paul d'un ton calme tout en observant les huttes silencieuses. « Je pense à l'Indien mort dans le canoë. »

Gamay, qui avait vu Paul fouiller dans le sac, partageait son inquiétude. « Une fois que nous aurons quitté le bateau, il sera sans doute difficile d'y revenir », dit-elle. « Attendons encore quelques minutes, histoire de voir ce qui se passe. »

Paul approuva d'un hochement de tête. « Ils font peut-être la sieste. Réveillons-les. » Il plaça ses mains en porte-voix et se mit à hurler : « Hééé ! » La seule réponse qu'il obtint fut l'écho de sa propre voix. Il fit une nouvelle tentative. Rien ne bougea.

Gamay dit en riant : « Ils doivent dormir à poings fermés pour ne pas avoir entendu un pareil braillement.

— Raté », dit Paul en secouant la tête. « Il fait vraiment trop chaud pour rester ici. Je vais aller jeter un œil aux alentours. Tu peux surveiller mes arrières ?

— Je garderai une main sur le revolver que nous a donné le Dr Ramirez et l'autre sur la manette des gaz. Ne joue pas au héros.

— Tu me connais mal. Le moindre problème et je rapplique ventre à terre. »

Trout extirpa son corps svelte du siège faisant face au tableau de bord et sauta sur le pont. Il savait que sa femme était parfaitement capable de le couvrir. Quand elle était jeune, à Racine, son père lui avait appris les secrets du ball-trap et elle se servait à la perfection de toutes sortes d'armes à feu. Paul prétendait qu'elle pouvait faire sauter l'œil d'une mouche en vol. Il balaya le village du regard, prit pied sur la berge et soudain se figea. Il avait vu quelque chose remuer dans l'ombre, à l'entrée de la plus grande hutte. Un visage était apparu subrepticement. Il le vit à deux reprises. Quelques secondes plus tard, un homme sortit en lui faisant des signes. D'une voix forte, il lança une sorte de salut et entreprit de descendre la pente en direction des Trout.

Quand il arriva au bord de la rivière, il essuya son visage humide avec un mouchoir en soie taché de sueur. Autour de son gros ventre, son pantalon de coton informe tenait grâce à une cordelette en nylon, et sa chemise à manches longues était boutonnée jusqu'à sa pomme d'Adam. Le soleil se reflétait dans le monocle rivé à son œil gauche. « Salut à vous », fit-il avec un léger accent. « Bienvenue dans le Paris des tropiques. »

Paul regarda les taudis minables qui s'étendaient derrière son interlocuteur. « Où est donc la tour Eiffel ? » demanda-t-il d'un ton badin. « Ah, ah ! La tour Eiffel. *Merveilleux !* Regardez là, on dirait presque l'Arc de Triomphe. »

Après leur long voyage dans la chaleur moite de la rivière, Paul n'avait plus très envie d'exercer son talent pour la repartie. « Nous cherchons un homme qu'on appelle le Hollandais », dit-il.

L'autre ôta son chapeau, révélant une touffe de cheveux blancs ébouriffés entourant une tonsure. « A votre service. Mais je ne suis pas hollandais. » Il se mit à rire. « Quand je suis arrivé dans ce trou pourri, il y a sept ans de cela, j'ai dit que j'étais "Deutsch". En fait, je suis allemand. Je m'appelle Dieter von Hoffman.

— Moi c'est Paul Trout et voici mon épouse, Gamay. »

Hoffman orienta son monocle vers Gamay. « Un beau nom pour une belle femme, dit-il galamment. On ne voit pas beaucoup de Blanches dans le secteur, belles ou pas. »

Gamay lui demanda pourquoi le village était si tranquille. Les lèvres rouges et épaisses de Dieter perdirent leur sourire. « J'ai conseillé aux villageois d'aller se cacher. On n'est jamais trop prudent avec les étrangers. Ils se montreront quand ils verront que vous venez en amis. » Il produisit le même sourire inexpressif. « Alors, qu'est-ce qui vous amène dans notre misérable village ?

— Le Dr Ramirez souhaitait que nous passions vous voir. Nous faisons partie de la NUMA, l'Agence nationale marine et sous-marine, précisa Gamay. Nous étions en train d'effectuer des recherches sur les dauphins de rivière et résidions chez le Dr Ramirez. Il nous a demandé si nous ne pouvions pas nous rendre ici à sa place.

— J'ai appris par le téléphone de brousse qu'un couple de scientifiques américains se trouvait dans le voisinage. Je n'aurais jamais imaginé que vous nous feriez l'honneur d'une visite. Comment va l'estimé Dr Ramirez ?

— Il aurait aimé se déplacer lui-même, mais il s'est blessé à la cheville et ne pouvait pas voyager.

— Quel dommage. J'aurais aimé le revoir. Eh bien, ça fait un bout de temps que je n'ai pas eu de la compagnie, mais ce n'est pas une raison pour que je manque à tous mes devoirs. Je vous en prie, descendez de ce bateau. Vous devez avoir chaud et soif. »

Paul et Gamay échangèrent des regards qui signifiaient, *C'est bon, mais soyons prudents,* et quittèrent le canot. Gamay passa sur son épaule le sac contenant l'arme avant de s'avancer vers le groupe de huttes disposées en demi-cercle au sommet d'un monticule. Dieter se mit à crier dans une autre langue et, de chaque hutte, se déversèrent en foule des Indiens, hommes, femmes et enfants. Ils sortirent timidement et restèrent là, à écouter sans rien dire. Sur un nouvel ordre de Dieter, ils reprirent leurs activités habituelles. Encore une fois, Paul et Gamay se lancèrent un coup d'œil. Dieter ne se contentait pas de conseiller ; il commandait le village.

Une Indienne d'une vingtaine d'années sortit de la plus grande hutte, la tête baissée. Contrairement aux autres femmes, qui ne portaient que des pagnes, son corps harmonieux était drapé dans un sarong rouge tissé à la machine. Dieter grogna un ordre et elle disparut par où elle était venue.

Sur la façade de la hutte perchée sur quatre piliers, un auvent abritait une table en bois de facture grossière et des tabourets taillés dans des rondins. Dieter désigna les tabourets à ses invités, s'assit sur l'un d'eux, retira son chapeau de paille puis se mit à éponger avec son mouchoir la sueur qui perlait sur son crâne. Enfin, il aboya quelque chose en direction de la hutte.

La femme en sortit, portant un plateau surmonté de trois tasses creusées elles aussi dans de petits rondins, qu'elle posa avant de reculer de quelques pas. Elle resta respectueusement en retrait, sans relever la tête.

Dieter brandit sa tasse. « A mes nouveaux amis. » Lorsqu'il avala, on remarqua un tintement caractéristique. « C'est parfait, dit-il. Vous entendez le doux son des glaçons. Vous pouvez remercier la science moderne de m'avoir permis de posséder une glacière portative fonctionnant au gaz. On n'a pas besoin de vivre comme ces Adam et Eve à la peau tannée. » Il engloutit d'un coup la moitié de son verre.

Paul et Gamay prirent quelques gorgées pour goûter. La boisson était fraîche, désaltérante et forte. Gamay regarda autour d'elle. « Le Dr Ramirez dit que vous êtes commerçant. Quelle sorte de marchandises vendez-vous ?

— Je comprends que pour un œil étranger cet endroit doit paraître minable, mais ces gens simples ont des dons artistiques assez raffinés. Je leur sers d'intermédiaire en distribuant leurs objets dans des boutiques de souvenirs ou autres. »

A en juger d'après la pauvreté de ce village, l'intermédiaire devait se réserver la part du lion, se dit Gamay. Sans se cacher, elle scruta l'espace qui l'entourait. « On nous a également dit que vous étiez marié. Votre femme est-elle loin d'ici ? »

Paul dissimula son sourire derrière sa tasse. Gamay avait parfaitement compris que la jeune indigène n'était autre que l'épouse de Dieter et elle n'appréciait pas la façon dont le Hollandais la traitait.

Après avoir piqué un fard, Dieter demanda à la femme de venir. « Je vous présente Tessa », grommela-t-il.

Gamay se leva en lui tendant la main. La jeune Indienne lui lança un regard surpris et, après un instant d'hésitation, la lui serra. « Enchantée de faire votre connaissance, Tessa. Je m'appelle Gamay et voici mon mari, Paul. »

Un sourire fantomatique traversa furtivement le visage sombre de Tessa. Sentant que si elle allait trop loin, Dieter se vengerait sur la jeune femme, Gamay hocha la tête et se rassit. Tessa recula pour reprendre sa place initiale.

Dieter dissimula sa contrariété sous un large sourire. « A présent que j'ai répondu à vos questions... quel est le but de votre pénible voyage ? »

Se penchant sur la table, Paul baissa la tête et le regarda au-dessus de lunettes inexistantes. « Une pirogue contenant le cadavre d'un Indien a accosté en amont de la rivière. »

Dieter écarta les mains pour souligner ses paroles. « La forêt tropicale est parfois dangereuse. Il y a vingt ans, ses habitants vivaient encore à l'état sauvage. Il est courant de trouver des Indiens morts, je suis navré de vous le dire.

— Cette mort-là n'était pas courante, répondit Paul. On lui a tiré dessus.

— Tiré dessus ?

— Et ce n'est pas tout. C'était un Chulo.

— C'est grave, en effet », reconnut Dieter. Ses mâchoires frémirent. « Tout ce qui a trait aux esprits n'amène que des ennuis.

— Le Dr Ramirez nous a précisé que la tribu était dirigée par une femme », dit Gamay. « Ah, on vous a raconté les légendes qui courent par ici. Très pittoresque, non ? Bien sûr, on m'a déjà parlé de cette déesse mythique, mais je n'ai jamais eu le plaisir de la rencontrer. »

Gamay demanda : « Avez-vous déjà croisé des membres de cette tribu ?

— Je ne les connais pas directement, mais il traîne des histoires...

— Quel genre d'histoires, Mr. von Hoffman ?

— On dit que les Chulos vivent au-delà de la Main de Dieu. Les indigènes appellent cet endroit les Grandes Chutes. Ils prétendent que les cinq cascades ressemblent à des doigts géants. Les rares indigènes qui ont osé s'approcher des chutes n'ont jamais réapparu.

— Vous disiez que la forêt était dangereuse.

— Oui, ils ont pu être dévorés par des animaux ou mordus par un serpent venimeux. Ou simplement se perdre.

— Et les étrangers ?

— De temps en temps, des hommes viennent chercher fortune dans le coin. Je leur offre l'hospitalité selon mes maigres moyens, je partage avec eux ma connaissance de la région et, plus important, je leur enjoins de rester hors du territoire des Chulos. » Il fit un grand geste avec les mains. « Trois expéditions ont ignoré mes mises en garde et toutes trois ont disparu sans laisser de trace. J'en ai référé aux autorités, bien évidemment, mais elles savent qu'il est impossible de retrouver quelqu'un que la forêt a englouti.

— Est-ce que certains de ces groupes cherchaient des végétaux qu'on emploie dans l'industrie pharmaceutique ? » s'enquit Paul. « Ils étaient en quête de plantes médicinales, de caoutchouc, de bois, de trésors et de cités perdues, pour autant que je sache. Ceux qui passent par ici partagent rarement leurs secrets. Moi, je ne pose pas de questions. »

Pendant que Dieter discourait, Tessa avait levé silencieusement la main vers le ciel. Il finit par remarquer ce geste étrange et les expressions perplexes des Trout. Son visage se durcit puis son sourire onctueux rejaillit. « Comme vous pouvez le voir, Tessa a été très impressionnée par l'un des groupes ayant transité par ici, il n'y a pas très longtemps. Ils cherchaient des spécimens et utilisaient un zeppelin miniature pour se déplacer au-dessus des arbres. Les indigènes avaient peur de cette machine, et moi aussi, je dois l'admettre.

— Qui étaient ces gens ? » demanda Gamay. « Je sais seulement qu'ils représentaient une firme française. Vous savez comme les Français sont secrets.

— Que leur est-il arrivé ?

— Je n'en ai pas la moindre idée. J'ai entendu dire qu'ils étaient partis. Peut-être ont-ils été capturés et mangés par les Chulos. » Il se mit à rire de bon cœur à cette idée. « Ce qui me ramène au but de votre visite. Je vous remercie beaucoup de me prévenir, mais à présent que vous connaissez les dangers qui vous guettent, je suis sûr que vous retournerez chez le Dr Ramirez, avec toute ma reconnaissance. »

Gamay regarda le soleil déclinant. Paul et elle n'ignoraient pas que, sous les tropiques, le soleil se couche aussi vite qu'une lame de guillotine s'abat sur le cou d'un condamné. « Il est un peu tard pour rentrer », remarqua-t-elle. « Qu'en penses-tu Paul ?

— Il serait dangereux de tenter un voyage de nuit sur cette rivière. »

Dieter fronça les sourcils puis, voyant qu'il ne les convaincrait pas, sourit et dit : « Eh bien, soyez mes invités. Après une bonne nuit de sommeil, vous pourrez repartir tôt demain matin. »

Gamay entendit à peine ses paroles. La tête de Tessa n'était plus baissée. Elle regardait franchement Gamay, les yeux grands ouverts, en remuant imperceptiblement la tête de droite à gauche. Paul aperçut son geste, lui aussi.

Ils remercièrent Dieter pour les rafraîchissements et son hospitalité et déclarèrent qu'ils allaient prendre des affaires dans le bateau. Tandis qu'ils s'avançaient vers la rivière, les indigènes reculèrent comme si le couple était entouré d'un champ de force invisible.

Gamay fit semblant de vérifier le niveau d'huile du moteur. « Tu as vu Tessa ? dit-elle. Elle nous mettait en garde.

— Il y avait de la terreur dans ses yeux, aucun doute là-dessus », ajouta Paul, en examinant la jauge. « Que devons-nous faire, à ton avis ?

— On n'a pas tellement le choix. Je ne suis pas très chaud à l'idée de passer la nuit ici, dans le Camp du Bonheur, mais je ne plaisantais pas tout à l'heure. Il serait fou de s'engager sur la rivière dans l'obscurité. Tu as des suggestions à faire ?

— Oui », répondit Gamay, en voyant une chauve-souris de la taille d'un aigle survoler la rivière dans la lumière du soir. « Je propose que nous dormions chacun notre tour. »

9

TANDIS QU'AUSTIN FENDAIT les eaux turquoise de Basse-Californie, à l'arrière d'un sous-marin de poche, il se demandait comment un photographe du National Geographic suivant une migration de baleines réagirait si jamais un homme chevauchant une botte géante apparaissait soudain dans l'objectif de son appareil. Perché sur l'engin comme un passager assis sur le strapontin d'un vieux roadster, Austin voyait la tête de Joe et ses épaules se découper sur la lumière bleue de l'écran de contrôle placé à l'intérieur du cockpit.

La voix métallique de Zavala crépita dans les oreillettes de l'émetteur-récepteur sous-marin d'Austin. « Quel temps fait-il dehors, cap'taine ? »

Austin frappa sur le dôme de Plexiglas et lui fit OK avec le pouce et l'index. « Beau..., dit-il. Un jour, ce truc remplacera l'homme. »

Zavala gloussa. « Contos sera ravi d'entendre ça. »

Le visage du commandant du *Sea Robin* rayonnait de fierté lorsqu'il avait montré à Austin le nouveau submersible posé sur son ber. Le mini-sub expérimental était merveilleusement compact. Le pilote s'installait dans la cabine pressurisée comme dans une voiture de course, les jambes allongées dans la coque de deux mètres cinquante. Deux flotteurs flanquaient la cabine miniature. A l'arrière, se trouvaient les réserves d'air et quatre propulseurs.

En effleurant le dôme transparent, Austin s'était exclamé : « C'est dingue. Ce machin ressemble vraiment à une vieille botte.

— J'ai bien essayé de vous avoir l'*Octobre Rouge*, dit Contos, mais Sean Connery s'en servait. »

Austin se garda de répondre. Très souvent, les gens de la NUMA nouaient des liens affectifs avec l'équipement high-tech qu'on leur confiait. Plus l'équipement était laid, plus intense était la relation. Austin ne voulait pas embarrasser Contos en lui expliquant qu'il savait que l'engin était en train de subir des tests sur la côte californienne où ses composants principaux avaient été assemblés. C'était lui qui avait commandé ce sous-marin de poche pour l'Equipe des Missions spéciales et Zavala en était le concepteur. La NUMA possédait des appareils plus rapides et capables d'atteindre de plus grandes profondeurs, mais Austin souhaitait un petit véhicule solide facilement transportable par hélicoptère ou par bateau. Il devra également être discret, avait précisé Austin, afin de ne pas attirer l'attention. Bien qu'il en ait approuvé les plans, c'était la première fois qu'il voyait le produit fini.

Zavala, brillant ingénieur de marine, avait supervisé la construction de nombreux engins sous-marins, habités ou pas. Pour celui-ci, il s'était inspiré du DeepWorker, un mini-sub commercial dessiné par Phil Nuytten et Zegrahm DeepSee Voyages, une compagnie de croisières organisant des expéditions d'aventures. Zavala en accrut la portée et la puissance, améliora son équipement scientifique et exigea que les instruments de bord soient assez performants pour pouvoir déterminer à quelle rivière, à quel glacier appartenait telle ou telle goutte d'eau prise dans l'océan.

A l'origine, on avait baptisé le sous-marin DeepSee en hommage à son prédécesseur et à sa fonction supposée de véhicule d'exploration. Lorsque l'amiral Sandecker entendit ce nom pour la première fois, il eut un mouvement de recul. Et quand on lui montra le modèle à l'échelle, son visage s'éclaira d'un grand sourire. « Ce truc me rappelle les Brogans que je portais quand j'étais enfant », déclara-t-il, en employant le vieux terme argotique désignant les fameuses chaussures montantes. Ce nom lui resta.

Le bateau de la NUMA croisait au sud de San Diego en direction des eaux mexicaines, sans s'approcher des côtes. Près d'Ensenada, le *Sea Robin* se mit à longer le rivage. Le navire dépassa plusieurs chalutiers, deux navires de croisière, et se retrouva bientôt à moins d'un kilomètre de l'embouchure de l'anse qu'Austin et Zavala avaient découverte quelque temps plus tôt, en passant par les terres. Austin se servit de ses puissantes jumelles pour observer les falaises déchiquetées et tout particulièrement la façade arrière de l'usine de tortillas. Rien d'extraordinaire. De grands panneaux plantés de chaque côté du lagon avertissaient les navigateurs de la présence de rochers affleurant à la surface de l'eau. Destinée à renforcer ces mises en garde, une ligne de bouées traversait l'embouchure.

Le *Sea Robin* mit le cap au-delà de l'anse et s'ancra dans une petite crique. Pendant ce temps-là, Zavala se glissait dans le sous-marin de poche pour effectuer les vérifications de dernière minute. Une fois le dôme verrouillé, la cabine était étanche. Elle possédait sa propre réserve d'air. Zavala avait gardé sa tenue confortable, composée d'un short et de son nouveau T-shirt violet de chez Hussong's.

En revanche, Austin avait enfilé une combinaison de plongée et s'était muni d'une bouteille de secours. Il grimpa à l'arrière du Brogan, les palmes posées sur les flotteurs, et s'affubla d'un harnais rapidement détachable, relié au sous-marin. On ferma hermétiquement le dôme. A son signal, une grue hissa l'engin dans les airs avant de le descendre jusqu'à la mer. Austin détacha le crochet retenant les filins et donna à Zavala l'autorisation de plonger. Quelques secondes plus tard, les flots se refermaient sur eux, dans une explosion de bulles.

Les turbines fonctionnant sur batterie commencèrent à émettre un ronronnement aigu. Zavala chercha un espace dégagé. Le sous-marin contourna des rochers déchiquetés, baignés par la mer, puis se dirigea droit vers l'embouchure du lagon. Conservant une profondeur de dix mètres, ils se déplaçaient à une allure confortable de cinq nœuds, bien en dessous de Mach 1, en se servant à la fois des observations visuelles d'Austin et des instruments de guidage du sous-marin. Austin gardait la tête baissée pour réduire la résistance de l'eau. Cette balade l'enchantait. Il appréciait tout particulièrement de voir les bancs de poissons richement colorés s'éparpiller à leur approche, comme des confettis soufflés par le vent.

Les poissons n'avaient pas qu'un intérêt esthétique. Leur présence signifiait que cette eau n'était pas impropre à la vie. Il gardait en mémoire que des forces inconnues avaient décimé des baleines, ces immenses créatures bien plus résistantes et plus adaptées à l'environnement marin qu'un chétif être humain. Les détecteurs placés dans la coque du sous-marin prélevaient des échantillons et testaient automatiquement l'état des eaux ambiantes. Pourtant, Austin savait qu'au moment où la machine leur signalerait l'apparition d'un danger, il serait peut-être trop tard pour réagir. « On approche de l'embouchure du lagon. En plein milieu », commenta Zavala. « Beaucoup de place de chaque côté. Filins d'amarrage venant d'une bouée de danger isolé à tribord. »

Se tournant vers la droite, Austin vit un filin noir et fin qui partait de la surface et se prolongeait jusqu'au fond de la mer. « Je l'aperçois. Tu ne remarques rien de bizarre ?

— Si », dit Zavala tout en dépassant le câble. « Pas de rocher sous la bouée.

— Je te parie une bouteille de Cuervos que toutes les autres bouées sont aussi factices que celle-ci.

— Je prends la bouteille mais je te laisse le pari. On n'aime pas trop les visiteurs par ici.

— C'est évident. Comment se comporte la guimbarde ?

— Elle est un peu secouée par le courant venant du lagon, mais à part ça on se croirait sur le Beltway », lança Zavala, faisant allusion à l'autoroute séparant Washington du reste du pays, tant du point de vue géographique que politique. « Elle se manœuvre comme un – *euh* – oh !

— Qu'est-ce qui ne va pas ?

— Le sonar détecte des cibles multiples. Des tas. A environ cinquante mètres droit devant. »

Austin s'était laissé bercer jusqu'à la béatitude par la douceur de leur promenade. Soudain, dans son esprit, apparut une ligne de gardes sous-marins placés en embuscade. « Des plongeurs ?

— Les battements du sonar sont trop faibles. Peu ou pas de mouvements. »

Austin plissa les yeux dans l'espoir de percer le bleu diaphane des fonds marins.

Suivant sa pensée, il demanda : « Quelle est la vitesse de pointe du Brogan, au cas où nous devrions nous tirer de là vite fait ?

— Sept nœuds, pédale au plancher. Il est plus fait pour les voyages verticaux qu'horizontaux, et nous transportons cent kilos de viande supplémentaires.

— Je contacterai Weight and Watchers dès notre retour », rétorqua Austin. « Avance lentement, mais tiens-toi prêt à mettre la gomme. »

Ils progressèrent à petite vitesse. Quelques instants plus tard, des douzaines d'objets sombres apparaissaient devant leurs yeux. S'étageant depuis la surface jusqu'au fond, ils circulaient de part et d'autre d'une sorte de grand mur.

Des poissons. « On dirait un filet, fit remarquer Austin. Arrête avant qu'on ne s'y empêtre. »

Le Brogan ralentit, s'immobilisa, et resta à se balancer sur place.

Par pur réflexe, Austin rentra la tête dans les épaules. Derrière lui, une silhouette fuselée avait surgi. Le requin passa au-dessus de lui, assez près pour qu'il aperçoive ses yeux ronds et blancs et calcule la taille du prédateur affamé. Il mesurait presque deux mètres. Ses mâchoires acérées s'ouvrirent puis se refermèrent en claquant sur un poisson dont la queue s'agitait encore. Puis, d'un battement de sa longue nageoire caudale, il disparut.

Zavala n'avait rien perdu de la scène. « Kurt, tu es OK ? » demanda-t-il.

Austin se mit à rire. « Ouais. Te bile pas. Tu penses bien que ce gars ne va pas s'en prendre à un vieil humain coriace alors qu'il dispose d'un succulent plateau de fruits de mer.

— Heureux de te l'entendre dire, parce qu'il a invité quelques amis à dîner. »

Plusieurs autres requins fonçaient droit sur eux. Ils cassèrent une petite croûte puis, lassés de fureter autour du sous-marin, s'en allèrent très vite. Il s'agissait moins d'une orgie que d'un rassemblement de becs fins sélectionnant les meilleurs plats inscrits au menu. Des centaines de poissons étaient coincés entre les mailles étroites du filet. Il y en avait de toutes les tailles, de toutes les formes, de toutes les espèces. Certains, encore vivants, tentaient vainement de se libérer et ne réussissaient qu'à attirer sur eux l'attention des requins. A d'autres ne restait plus que la tête. D'autres encore, plus nombreux, étaient réduits à une simple arête. « Personne n'est venu relever le filet », dit Austin. « Peut-être l'a-t-on placé là pour empêcher les petits curieux comme nous de s'introduire dans le lagon.

— Je ne crois pas », dit Austin, après un moment de réflexion. « Ce filet est en monofilament. On peut le percer avec de simples ciseaux à ongles. Pas de fils électriques, il ne semble donc pas y avoir de système d'alarme.

— Je ne comprends pas.

— Réfléchissons un peu. Le truc qui se trouve dans ce lagon a tué un banc de baleines. Si les gens du coin commençaient à voir des centaines de poissons flotter le ventre en l'air, ils auraient tôt fait de se poser des questions. Nos amis n'aiment guère la publicité. Voilà pourquoi ils ont tendu ce filet. Pour empêcher les poissons vivants d'entrer et les morts de sortir.

— C'est logique, reconnut Zavala. Et maintenant, qu'est-ce qu'on fait ?

— On continue. »

Les doigts de Zavala dansèrent sur l'écran de l'ordinateur contrôlant les fonctions du sous-marin. Deux bras mécaniques se déplièrent à l'avant du Brogan et s'allongèrent comme un télescope avant de s'enfoncer de quelques centimètres dans le filet. Les pinces garnissant l'extrémité de chaque bras agrippèrent le réseau et le déchirèrent comme un acteur écarte un rideau. Des centaines de poissons plus ou moins décomposés partirent dans toutes les directions.

Cela fait, Zavala ramena les bras de métal à leur position initiale et donna de la vitesse. Avec Austin toujours installé à l'arrière du sous-marin, il s'engouffra dans le trou et déboucha de l'autre côté, dans le lagon. La visibilité de dix mètres se réduisit soudain de moitié à cause de la poussière formée par les algues qui, entraînées par le courant au fond de la crique, avaient été déchiquetées par les rochers acérés. Le sous-marin ralentit, Zavala cherchant son chemin à tâtons comme un aveugle avec sa canne blanche. Ils ne virent la chose qu'au moment où ils la surplombaient presque. De nouveau, le sous-marin s'immobilisa. « C'est quoi ce truc ? » demanda Zavala.

La surface de l'eau faisait comme un vitrail filtrant la lumière du soleil. Cette étrange clarté venait éclairer l'énorme structure posée au fond de la mer. Austin en estima les dimensions : cent mètres de large sur dix de hauteur. Avec ses bords effilés, elle ressemblait à une gigantesque lentille de métal reposant sur quatre gros pieds, métalliques eux aussi, et recouverts d'un coffrage. « De deux choses l'une. Soit il s'agit d'une énorme araignée de ferraille, soit c'est un OVNI qui a coulé », dit Austin pensivement. « En tout cas, je propose qu'on aille voir. »

Sur l'ordre d'Austin, Zavala fit le tour de l'édifice en s'avançant aussi loin qu'il le pouvait. Puis ils revinrent en arrière et explorèrent l'autre côté. La structure était ronde sauf à l'endroit où elle butait contre la paroi immergée de la falaise. « Hé, c'est étrange ! Je relève des températures élevées.

— Je peux sentir la chaleur à travers ma combinaison. Quelqu'un a monté le chauffage.

— D'après les instruments, cela provient des piliers. Il doit s'agir de conduits servant également de supports. Rien de dangereux. *Pas encore.*

— Gare ce truc pendant que je vais jeter un coup d'œil. »

Le mini-sub se posa avec légèreté sur ses flotteurs. Austin dégrafa le harnais et s'en débarrassa tout en ordonnant à Zavala d'allumer les feux de position quinze minutes plus tard.

Austin nagea vers le disque, puis se glissa au sommet. Hormis une lucarne de verre circulaire, l'étrange structure était constituée de métal peint en vert mat. Ils auraient eu du mal à l'apercevoir depuis la surface. Il descendit jusqu'au dôme lui-même et regarda prudemment à travers la lucarne.

Au-dessous de lui, s'étendait un réseau de tuyaux et de machines. Des hommes en blouse blanche circulaient dans une salle vivement éclairée. Austin se demanda à quoi servaient les machines, tentant d'imaginer les rapports existant entre ce qu'il voyait et les rejets d'eau chaude. Mais il ne trouva aucune explication satisfaisante. Il détacha la caméra vidéo étanche qu'il transportait à sa ceinture et filma la scène qui se déroulait sous ses yeux. Satisfait de son travail, il décida de prendre une vue d'ensemble, recula, mais au moment où il commençait son panoramique, vit quelque chose bouger à l'extrémité de son champ de vision.

Il se figea, toujours flottant au-dessus de la structure. L'ascenseur en forme d'œuf que Zavala lui avait décrit perça la surface miroitante de la mer et descendit le long de ses rails avant de disparaître par un panneau circulaire ouvert dans le toit de la construction sous-marine. Austin reprit son filmage avant d'être de nouveau interrompu, cette fois par Zavala. « Vaudrait mieux que tu rappliques pronto ! Les relevés de température font des bonds. »

Il y avait de l'inquiétude dans la voix de Zavala, c'était évident. « J'arrive ! »

Les jambes puissantes d'Austin se mirent à battre l'eau. Il allait très vite. Zavala ne plaisantait pas en parlant de la chaleur qui augmentait. Austin transpirait à grosses gouttes sous sa combinaison de plongée. Il se jura de ne plus jamais tremper de homard dans l'eau bouillante. « Dépêche, dit Zavala. La température passe dans le rouge ! »

Le fanal argenté du Brogan clignotait dans l'obscurité. Austin tendit la main et actionna le petit stroboscope qui pendait sur son gilet de stabilisation. Le Brogan avançait vers lui. La chaleur était devenue encore plus intense. Austin agrippa l'arrière du sous-marin en mouvement et boucla son harnais. Une fois Austin installé, le Brogan vira à toute vitesse vers l'embouchure du lagon. Ses moteurs gémissants tournaient à plein régime. Zavala s'écria : « Quelque chose cloche, Kurt ! Je détecte des signaux d'alarme à l'intérieur de l'installation. » Quelques instants plus tard, Austin entendit un bruit sourd mais puissant. Quand il lança un regard par-dessus son épaule, il vit la structure circulaire se transformer en une boule de feu. La fournaise réduisit en cendres tout ce qui se trouvait à l'intérieur de l'espace clos. Le gaz surchauffé s'engouffra dans les tuyaux et se propulsa jusqu'à l'usine de tortillas. Par chance, c'était dimanche et l'usine était vide. Le Brogan, lui, ne l'était pas. Il fut pris dans l'onde de choc et fit la culbute, tandis qu'Austin tentait désespérément de s'accrocher à lui.

Austin avait l'impression d'avoir reçu un coup de pied de mule. Une gigantesque mule invisible. Les sangles de son harnais lâchèrent et il fut projeté en avant, comme une poupée désarticulée, dans un enchevêtrement de lanières et de tuyaux. Il roula sur lui-même pendant une éternité et aurait pu continuer ainsi jusqu'au milieu du Pacifique s'il n'avait percuté le filet tendu à travers l'embouchure du lagon. Fort heureusement, ce furent ses pieds qui le touchèrent en premier. Un choc à la tête lui aurait brisé la nuque. Le filet s'enfonça sous son poids, puis rebondit. Austin se trouva propulsé dans l'autre sens, comme une pierre dans la fronde d'un gamin.

Droit vers le sous-marin qui fonçait sur lui.

Le cockpit du mini-sub avait été arraché. Zavala n'était plus à l'intérieur. Austin se prépara à la collision. Il serra ses genoux contre sa poitrine, s'attendant à être écrasé comme un insecte sur le pare-brise d'une automobile. Tout à coup, le sous-marin fit un petit bond et dévia de sa route. Quand il passa au-dessus de la tête d'Austin, ce dernier ressentit une secousse suivie d'une douleur. L'un des flotteurs lui avait éraflé l'épaule. Ensuite les ondes de choc produites par les explosions qui se succédaient à l'intérieur de la structure l'atteignirent. Elles l'agitèrent, le ralentirent et le ramenèrent vers le mini-sub. Le Brogan avait traversé le filet. A présent, rien ne l'arrêterait plus.

D'instinct, Austin tendit le bras pour récupérer son détendeur dont il coinça l'embout entre ses dents, et prit une bonne bouffée d'air. L'appareil fonctionnait encore. En revanche, le verre de son masque n'était plus qu'un réseau arachnéen de lignes brisées. Mieux valait le masque que le visage ! L'objet ne lui servant plus à rien, il l'ôta, reprit la position verticale et effectua un tour complet sur lui-même.

Il savait qu'il avait tout intérêt à remonter à la surface, mais pas sans Zavala. Encore un essai. Son corps pivota lentement. Sans le masque, il y voyait trouble. Ayant cru détecter une tache pourpre, il se mit à nager vers elle. Zavala flottait à quelques dizaines de centimètres de la surface. Des bulles sortaient de sa bouche.

Austin approcha le détendeur du visage de son partenaire sans savoir si l'objet atteindrait son but. La volonté qui lui avait donné la force d'agir jusqu'alors avait laissé place à la colère qui montait en lui comme une vague. Il posa la main sur sa ceinture de plomb, actionna la boucle de largage rapide puis chercha à tâtons le bouton de l'inflateur de son gilet de stabilisation. C'est alors qu'il crut percevoir une autre explosion. Ensuite, il perdit connaissance.

10

AUSSI IMMOBILE QU'UN POTEAU DE TOTEM, Trout se tenait à l'entrée de la hutte, l'oreille tendue, l'œil aux aguets. Il était resté à son poste pendant des heures, à scruter les ténèbres, tous ses sens en éveil, à l'affût de la moindre variation dans les bruits de la nuit. Il avait regardé le jour baisser et vu les ombres se mêler à la fumée des feux de cuisine couvant sous la cendre. Tels des fantômes moroses, les derniers indigènes avaient disparu dans leurs huttes, et les bruits du village s'apaisaient. On n'entendait plus que les vagissements étouffés d'un nouveau-né. Trout était en train de se dire que cet endroit était malsain. C'était comme si Gamay et lui avaient échoué dans une sorte de léproserie.

Le Hollandais avait expulsé à coups de pied la famille occupant la hutte la plus proche de la sienne et, d'un grand geste de la main digne du portier du Ritz, il avait invité les Trout à en franchir le seuil. L'intérieur plongé dans la pénombre recevait la faible lumière filtrant à travers les murs d'herbe. L'air frais entrait à peine dans cet espace confiné. Le sol était sale, et le mobilier se réduisait à deux hamacs pendus à leurs poteaux, deux tabourets rudimentaires et une planche à découper taillés dans des souches d'arbres. Trout n'était incommodé ni par la chaleur étouffante ni par ces aménagements primitifs. Ce qui le dérangeait le plus c'était la sensation d'être *pris* au *piège*.

Il plissa le nez, une mimique qu'il tenait de son père, pêcheur à Cape Cod. Paul le revoyait marchant vers le bout de la jetée, dans le crépuscule de l'aube, et humant l'air comme un vieux chien de chasse. Il lui arrivait souvent de dire : « Beau temps, cap'taine. Allons pêcher. » Mais parfois, il plissait le nez et prenait le chemin du café sans mot dire. Si l'on avait pu nourrir des doutes sur les talents olfactifs du vieux Trout, ils auraient été dissipés un beau matin. Ce jour-là, il resta au port pendant que six pêcheurs disparaissaient dans une tempête que personne n'avait pu prévoir. Le vieil homme lui expliqua plus tard qu'il avait reniflé l'odeur de la mort.

Bien qu'il fût loin de la mer, au cœur de la forêt tropicale vénézuélienne, Trout éprouvait un sentiment similaire. Tout était trop calme. Il n'entendait rien, ni voix ni toux, pas le moindre indice d'une présence humaine. Pendant qu'il faisait encore clair, Trout avait inscrit tous les détails du village dans sa mémoire quasi photographique. Il commençait à se dire que la population avait été engloutie par la nuit. Il quitta le seuil de la hutte, entra et se pencha sur la forme immobile couchée dans un hamac. Gamay se redressa et, du bout des doigts, caressa doucement le visage de son mari. « Je ne dors pas », dit-elle. « Je réfléchis.

— A quoi ? »

Elle s'assit et ses pieds touchèrent le sol. « Je n'ai aucune confiance en notre ami, le Hollandais Volant. Il me fait horreur. *Beurk.*

— Je partage tout à fait tes sentiments. En outre, je pense que nous sommes observés. » Il jeta un coup d'œil vers la porte. « Cette hutte m'évoque un casier à homards. On y entre sans difficultés mais on n'en ressort que pour plonger dans la marmite. Je suggère que nous passions la nuit sur le bateau.

— Bien que je regrette amèrement de quitter ce luxueux palace, je suis prête à te suivre. Question : Comment faire pour nous esquiver si quelqu'un nous observe ?

— C'est tout bête, nous sortons par la porte de derrière.

— J'ai déjà vérifié, il n'y en a pas.

— J'imagine que tu n'as jamais entendu parler du système D yankee, dit Trout d'un air suffisant. Tu restes là et tu regardes. Je vais te faire une petite démonstration. » Il sortit le couteau de chasse du fourreau accroché à sa ceinture, alla au fond de la hutte, s'agenouilla, glissa la lame de seize centimètres dans l'épaisseur du torchis puis se mit à scier. Les bruissements du poignard étaient à peine audibles, mais pour plus de précaution, il les accorda aux cris d'un animal sauvage inconnu, un son étrange rappelant celui d'une lime sur du métal. Quelques minutes plus tard, une issue rectangulaire de soixante centimètres carrés environ s'ouvrait dans la cloison du fond. Il alla chercher Gamay et, lui prenant le bras, la guida vers la sortie. D'abord elle y passa la tête et, quand elle vit que la voie était libre, se précipita dehors. Une seconde plus tard, Paul y glissait son corps de basketteur.

Ils restèrent côte à côte derrière la hutte, à écouter la symphonie des bourdonnements d'insectes et des trilles d'oiseaux. Dans la journée, Gamay avait remarqué un chemin passant derrière les habitations et descendant vers la rivière. Ils repérèrent le tracé du sentier de terre. Gamay ouvrit la marche. Bientôt, les huttes s'éloignèrent et leurs narines perçurent les remugles de la rivière. Le sentier menait aux jardins qu'ils avaient découverts en arrivant, sous la lumière du soleil. Ils longèrent la berge marécageuse et, quelques minutes plus tard, virent se profiler le coffrage recouvrant le moteur du canot. Ils s'immobilisèrent, craignant que Dieter n'ait posté l'un de ses hommes pour surveiller l'embarcation. Paul jeta un galet dans l'eau. Le bruit ne suscita aucune réaction.

Ils montèrent à bord et préparèrent le bateau pour leur départ prévu aux premières lueurs de l'aube. Trout s'étendit de tout son long et cala un gilet de sauvetage sous sa tête. Gamay grimpa sur le siège, pour prendre son tour de garde. Paul ne tarda pas à s'assoupir. D'abord, son sommeil fut dérangé par la chaleur et les insectes, puis l'épuisement eut raison de son agitation. Il glissa dans une profonde léthargie. Malgré sa torpeur, il entendit Gamay crier son nom comme si elle se trouvait loin de lui. Une lumière filtrait entre ses paupières. Il cligna les yeux et vit Gamay toujours juchée sur son perchoir. Sous la lueur jaune et vacillante qui l'éclairait, son visage paraissait monstrueux.

Trois pirogues étaient rangées le long du canot pneumatique. A leur bord, des Indiens à l'air féroce, armés de lances et de machettes aussi tranchantes que des lames de rasoir. Les torches enflammées qu'ils tenaient de leur main libre illuminaient les peintures rouge vif dont étaient enduits leurs corps et leurs visages d'airain. Les franges noires qui couvraient leurs fronts s'arrêtaient au niveau de leurs sourcils absents. Ils portaient tous des pagnes sauf un, coiffé d'une casquette des New York Yankees. Trout lorgna le fusil que l'homme serrait dans ses bras. Encore une bonne raison de détester cette équipe de base-ball, songea-t-il. « Salut », fit Trout en leur adressant un sourire radieux. Leurs visages demeurèrent impassibles. L'homme au fusil fit signe aux Trout de sortir du bateau. Quand ils prirent pied sur la rive, les Indiens se groupèrent autour d'eux. Le supporter des Yankees brandit le fusil en direction du village. Noyés au milieu de cette procession défilant à la lumière des torches, les Trout commencèrent à escalader la pente. « Désolée, Paul, murmura Gamay. Je ne les ai pas vus arriver.

— Ce n'est pas ta faute. Je pensais que la menace viendrait de la terre.

— Moi aussi. Qu'est-ce qui t'a pris de leur sourire ?

— Je ne voyais rien d'autre à faire.

— Je suppose que Dieter est plus futé que nous ne le pensions », dit Gamay à contrecœur. « Je ne partage pas ton avis. *Regarde.* »

Comme ils approchaient de la clairière et des huttes, ils aperçurent le fameux Dieter qui, à la lueur des torches, paraissait pâle et terrifié. On l'eût été à moins. Des Indiens en plus grand nombre l'encerclaient, pointant leurs lances à quelques centimètres de sa bedaine. Il tenait les mains levées au-dessus de la tête, ce qui l'empêchait d'essuyer la sueur qui dégoulinait sur son visage. Pour faire bonne mesure, deux hommes blancs tenaient leurs fusils braqués sur sa poitrine. Ils étaient habillés à l'identique. Pantalon de coton, T-shirts à manches longues et hautes bottes en cuir. Tous deux portaient de larges ceintures en cuir avec des attaches de métal. Le premier était un lourdaud qui n'avait pas dû voir de savon ni de rasoir depuis longtemps. L'autre, petit et mince, avait les yeux sombres et inexpressifs d'un cobra. C'est à lui que le chef indien tendit le Colt des Trout. De son regard perçant, il dévisagea le couple, puis revint très vite au Hollandais. « Voilà tes messagers, Dieter », dit l'homme avec un accent français. « Tu refuses toujours d'avouer que tu m'as doublé ? »

Dieter se mit à transpirer encore plus abondamment ; de grosses gouttes de sueur coulaient en cascade de son visage. « Je jure devant Dieu qu'avant ce matin je ne les avais jamais vus, Victor. Ils ont débarqué sans prévenir, en disant que Ramirez les avait envoyés me parler de l'Indien mort et me prévenir qu'il risquait d'y avoir du grabuge. » Un regard sournois éclaira ses yeux jaunes. « Je ne les ai pas crus. Je les ai mis dans la hutte, pour les tenir à l'œil.

— Oui, j'ai déjà eu l'occasion d'apprécier l'efficacité de tes mesures de sécurité », lâcha Victor ouvertement méprisant. Il se tourna vers les Trout. « Qui êtes-vous ?

— Je m'appelle Paul Trout. Et voici mon épouse, Gamay. Nous sommes des scientifiques qui travaillons avec le Dr Ramirez sur un projet portant sur les dauphins de rivière.

— Qu'est-ce que vous faites ici ? Il n'y a pas de dauphins dans cette partie de la rivière.

— C'est exact », avoua Paul. « Nous avons trouvé le cadavre d'un Indien dans un canoë. Le Dr Ramirez, inquiet pour les habitants de ce village, a souhaité que nous les prévenions.

— Pourquoi le Dr Ramirez ne s'est-il pas déplacé lui-même ?

— Il s'est blessé à la cheville et était incapable de marcher. En plus, nous avions envie de visiter la forêt tropicale.

— Très commode. » Le Français soupesa le Colt. « Ce joujou fait partie de votre équipement scientifique ?

— Non. Cette arme appartient au Dr Ramirez. Il a insisté pour que nous l'emportions en cas de pépin. D'après le tour que prennent les événements, je dirais qu'il n'avait pas tort. »

Victor se mit à rire. « Votre histoire est assez stupide pour être vraie. » Il posa sur Gamay un regard de connaisseur, comme seul un Français en a le secret. « *Gamay*, un nom pas courant, avec des racines françaises. »

Gamay décela une certaine lubricité sous l'attitude charmeuse de Victor. Mais pourquoi ne pas se servir de ses atouts féminins pour équilibrer le jeu ? se dit-elle. « Les Français que j'ai connus par le passé auraient eu la courtoisie de se présenter avant d'engager la conversation.

— Oh, pardonnez mes mauvaises manières. C'est sans doute à force de fréquenter des *cochons* dans ce genre-là. » Lorsque Victor promena le canon de son pistolet sous son nez, Dieter eut un mouvement de recul. « Je m'appelle Victor Arnaud. Voici mon assistant, Carlo », dit-il en désignant son compagnon silencieux. « Nous sommes employés par un cartel européen qui recherche des substances biologiques rares présentes dans la forêt tropicale.

— Vous êtes des botanistes, alors, comme le Dr Ramirez ?

— Non, dit-il en secouant la tête. Le travail que nous accomplissons ici est trop rigoureux pour des botanistes. Nous avons quelques connaissances en biologie mais nous sommes surtout des éclaireurs chargés de ramener des spécimens intéressants à fin d'analyse. Les scientifiques viendront par la suite, quand nous aurons déblayé le terrain.

— Alors comme ça, vous cherchez des substances pharmaceutiques ? » hasarda Paul. « Entre autres choses », répondit Arnaud. « Il se peut que le futur remède contre le cancer se balance là-haut, au-dessus de nos têtes, dans cette merveilleuse réserve biologique. Ce n'est un secret pour personne. » Il tapota son long nez, puis ses lèvres. « Notre mission consiste principalement à chercher des fragances pour les parfums et les essences, des goûts pour l'industrie alimentaire. Si nous tombons sur des extraits pharmaceutiques, c'est encore mieux. Nous avons l'autorisation du gouvernement vénézuélien, et notre expédition est parfaitement légale. »

Paul détailla les féroces guerriers peinturlurés, leurs fusils pointés et Dieter qui, de toute évidence, n'en menait pas large. Il n'était pas dupe. Contrairement à ce qu'ils prétendaient, ces bandits de la jungle agissaient en toute illégalité. Il n'avait pas l'intention de provoquer Arnaud en l'assommant de questions, mais savait aussi que s'il ne manifestait aucune curiosité, l'autre s'en étonnerait. « Vous ne serez guère surpris si je vous fais observer que vous êtes plutôt bien armés pour de simples explorateurs », dit Paul. « Certes », répliqua Arnaud sans sourciller. « Les craintes de Ramirez n'étaient pas dénuées de fondement. Vous avez pu constater que la forêt recèle de nombreux dangers. Vous avez bien vu un cadavre. » Sa bouche se fendit d'un sourire ironique. « Vous devez vous demander quelle sorte de rapports nous entretenons avec ce misérable individu », dit-il en parlant de Dieter. « Il nous fournissait des hommes de ce village pour nous aider dans nos recherches. Ces gens connaissent la forêt mieux que personne. Je dois ajouter qu'on le paie grassement pour ses services. »

Paul lui adressa un franc sourire. « Quelque chose me dit que vous êtes sur le point de licencier Mr. von Hoffman.

— C'est exact. Et pour une bonne raison. Même si ce que vous m'avez dit sur vous est vrai, si vous n'êtes pas des messagers, cela ne change rien au fait que le dénommé Dieter a tenté de nous voler. Nous recherchions une plante extrêmement précieuse, valant peut-être des millions, ou même des milliards, pouvant servir aux industries pharmaceutique, alimentaire, et à la parfumerie. Une vraie merveille. Nous étions sur le point d'en rapporter quelques échantillons en Europe pour les analyses. Les indigènes l'utilisent depuis des dizaines d'années, mais pas pour son parfum, malheureusement.

— Vous semblez avoir résolu votre problème », dit Gamay. « Vous avez mis la main sur Dieter et les spécimens en même temps.

— J'aimerais que cela soit aussi simple », rétorqua Arnaud d'une voix tendue. « C'est vrai, nous avons attrapé ce cochon, mais nos échantillons semblent avoir disparu.

— Je crains de ne pas comprendre.

— Nous avons entendu parler de cette étrange plante par les indigènes, mais aucun d'entre eux n'a été capable de la localiser. Nous avons poussé au-delà de notre secteur d'investigation originel, nous enfonçant dans des parties de la forêt qui n'ont jamais été cartographiées. C'est là que nous avons rencontré l'Indien dont vous avez vu le cadavre. Il possédait quelques échantillons des végétaux en question. Nous lui avons proposé de l'argent pour qu'il nous montre où il avait trouvé ces spécimens, mais il a refusé. Alors, nous l'avons hébergé dans l'espoir qu'il changerait d'avis. »

Paul se souvint des blessures sur le corps de l'Indien. « Et comme il ne voulait pas parler, vous lui avez tiré dessus.

— Oh, c'est plus compliqué que cela. En fait, nous avons fait de notre mieux pour le garder *en vie*. Dieter était chargé de lui fournir l'hospitalité et de protéger les spécimens. Une nuit, il s'est saoulé et l'a laissé fuir. Le pauvre diable a été abattu alors qu'il volait un canoë. On suppose qu'il a emporté les échantillons. Dans ce cas, il devait les avoir sur lui quand vous l'avez trouvé.

— A quoi ressemblaient ces plantes ? » demanda Paul. « A rien d'extraordinaire, en fait. De petites feuilles allongées avec des veinules rouges, raison pour laquelle les gens d'ici l'ont appelée feuille de sang.

— Nous avons examiné le contenu du sac de l'Indien », dit Paul. « Il y avait une bourse remplie d'herbes indigènes. Mais rien qui se rapproche de ce que vous venez de décrire.

— Eh bien », fit Arnaud en se retournant vers Dieter auquel il lança un regard sournois. « Tu as prétendu que l'Indien était parti avec la plante. Qui dit la vérité ?

— Je ne vois pas de quoi ils parlent », répliqua Dieter. « L'Indien a emporté son sac et tout ce qu'il contenait.

— Je ne suis pas d'accord », dit Arnaud calmement. « S'ils possédaient les spécimens végétaux, ces gens ne seraient pas revenus et n'auraient pas agi aussi stupidement. Moi, je crois que tu as ce que nous cherchons. » Il arma son revolver. « Et si tu ne me dis pas où c'est, je te tuerai.

— Si tu me tues, tu ne les trouveras jamais, Arnaud », répliqua le Hollandais en recouvrant un bref instant le courage de le défier. Ce n'était vraiment plus le moment. De toute évidence, Arnaud n'était pas d'humeur à badiner. « Exact, mais avant de te tuer, je te remettrai à mes amis peinturlurés ici présents. Ils n'auront aucun scrupule à t'écorcher comme un singe. »

Le visage rougeaud de Dieter perdit ses dernières couleurs. « Je ne disais pas que je n'avais pas l'intention de parler. Je voulais simplement t'expliquer qu'il devrait y avoir moyen de négocier.

— Il est trop tard pour les négociations, je regrette. Cette histoire me fatigue. Tu me fatigues. » Il leva le pistolet vers les lèvres de Dieter. « Ta bouche et la flopée de mensonges qui en sortent me fatiguent. »

Il y eut une énorme détonation. La moitié inférieure du visage du Hollandais disparut sous une bouillie écarlate. Victor avait tiré à bout portant. Le monocle sauta de l'œil incrédule de Dieter et son corps bascula en arrière comme un arbre coupé à la tronçonneuse.

Le Français tourna son pistolet fumant vers Paul. « Quant à vous, je ne sais pas si vous me dites la vérité ou pas. Mon instinct me dit que oui. Il est très regrettable que vous ayez rendu visite à ce porc. Je n'ai rien contre vous, mais vous savez trop de choses pour que je vous laisse partir. » Il secoua la tête tristement. « Je vous promets que votre charmante épouse ne souffrira pas. »

Bien que choqué par l'exécution sommaire de Dieter, Paul avait immédiatement compris ce que le geste d'Arnaud signifiait pour Gamay et lui. Pas de témoins. Le corps longiligne de Trout et ses allures langoureuses étaient trompeurs. Il pouvait agir vite quand il le fallait. Ses bras se raidirent, s'apprêtant à agripper le poignet d'Arnaud et à le tordre jusqu'à ce que l'homme tombe à terre. Il savait qu'il risquait de recevoir une balle, mais au moins Gamay pourrait profiter de la confusion pour s'enfuir. Au pire, ils mourraient tous les deux.

Comme le doigt d'Arnaud appuyait sur la détente et que Trout se préparait à passer à l'action, on entendit un bruit, tenant à la fois du grognement et de la toux, venant de l'Indien à la casquette de baseball. Il avait laissé tomber son fusil et, terrifié, regardait la hampe de bois brun qui dépassait d'au moins soixante centimètres de sa poitrine. Les barbillons rouges de la flèche luisaient. Il voulut saisir le trait mais la violente hémorragie causée par le projectile l'en empêcha et il s'effondra près du corps de Dieter.

Un autre Indien hurla : « *Chulo !* » Une flèche géante l'arrêta net, le cri à peine jailli d'entre ses lèvres.

Ses compagnons reprirent la terrible psalmodie. « *Chulo ! Chulo !* »

Il y eut un étrange hululement et un affreux visage bleu et blanc apparut dans les buissons. Puis un autre et, en l'espace de quelques secondes, il en surgit de partout. D'autres flèches sifflèrent. D'autres Indiens s'écroulèrent. Des torches tombèrent ou furent jetées à terre dans la panique.

Profitant de l'obscurité et de la confusion, Paul tendit son long bras pour attraper le poignet de Gamay, la sortant sans ménagements de sa transe. Ils coururent recroquevillés jusqu'à la rivière, avec la même idée en tête. Rejoindre le bateau. Dans leur fuite éperdue, ils renversèrent presque la silhouette élancée qui, sortant de l'ombre, s'était dressée en travers de leur chemin. « Arrêtez ! » fit-elle d'une voix ferme.

C'était la femme de Dieter, Tessa. « Nous allons au bateau », s'écria Gamay. « Venez avec nous.

— Non », dit-elle. Et elle désigna la rivière. « *Regardez !* »

Eclairés par les torches qu'ils tenaient en main, des douzaines d'hommes au visage bleu étaient en train de débarquer.

La jeune femme tira Gamay par le bras. « Par ici, c'est plus sûr. »

Elle entraîna les Trout hors de la clairière puis ils plongèrent dans la forêt obscure. Les buissons épineux égratignaient leurs jambes et leur visage mais le hululement s'éloignait. La chaleur et les ténèbres étaient telles qu'ils se seraient crus au centre de la terre. « Où nous emmenez-vous ? » demanda Gamay en s'arrêtant pour reprendre son souffle. « On ne peut pas s'arrêter maintenant. Les Chulos vont arriver. »

En effet, l'étrange cri de guerre redoublait d'intensité. Ils progressèrent pendant quelques minutes, jusqu'à ce que la femme de Dieter s'immobilise, au milieu d'un bouquet d'arbres dont la taille semblait ridicule face aux troncs gigantesques et difformes qui s'élevaient à plus de trente mètres. Tessa était à peine visible dans le clair de lune filtrant à travers les hautes futaies. Tout n'était que pénombre entrecoupée çà et là par le ciel nocturne teinté d'argent.

Les voyant désemparés, la jeune femme, comme un professeur enseignant à des enfants aveugles, leur ouvrit les mains pour y déposer un objet ayant la forme d'un serpent inerte. De grosses cordes de nylon. Paul se souvint des ceintures que portaient Arnaud et son acolyte. Lui revint également le commentaire de Dieter au sujet du zeppelin. Très vite, il confectionna une boucle qu'il passa autour de la taille fine de Gamay. Tirant sur l'autre extrémité, elle commença à s'élever. Paul regarda autour d'eux. La femme de Dieter avait disparu. Ils étaient livrés à eux-mêmes. « Allons-y, ordonna-t-il. Je suis juste derrière toi. » Il passa une autre corde autour de sa taille et, après avoir tiré dessus à plusieurs reprises, se mit à monter. Gamay était à quelques mètres devant lui, il le devinait à son souffle bruyant.

Du sol, leur parvint un étrange gazouillis. Les torches des Chulos apparurent. Les Indiens les jetaient en l'air où elles décrivaient un cercle avant de retomber comme des comètes à court d'hydrogène. Gamay et Paul s'attendaient à être embrochés par les immenses flèches qui pouvaient facilement les atteindre, mais n'en poursuivirent pas moins leur ascension.

Au moment même où ils se crurent hors de portée de leurs assaillants, ils regardèrent en bas et virent deux Indiens s'élever du sol. Bien sûr, pensa Paul. Il y avait plus de deux cordes.

Gamay hurla à l'intention de Paul. « Je suis arrivée au sommet ! »

Paul sentit la main de sa femme se tendre vers lui pour l'aider à prendre pied sur une branche plus épaisse que la taille d'un homme. Grognant sous l'effort, il y grimpa puis s'étira de tout son long afin d'atteindre la branche suivante. Sa main rencontra une surface lisse et caoutchouteuse. Le brouillard qui stagnait sous le feuillage voilait l'éclat argenté du croissant de lune, mais Paul apercevait quand même une large plate-forme faite de filets et de tubes, tendue comme une gigantesque toile d'araignée au-dessus de la cime. Trout ne put s'empêcher d'admirer l'ingéniosité de sa conception mais décida de garder ses réflexions pour plus tard. De puissants halètements résonnèrent sous lui. Paul voulait attraper son couteau de chasse lorsqu'il se souvint que l'un des Indiens le lui avait pris au moment où son Colt lui avait été confisqué.

Gamay cria en désignant la silhouette arrondie d'un petit dirigeable flottant au-dessus de leurs têtes. Il y eut un craquement de brindilles. Les Chulos seraient là dans quelques secondes. Paul défit la corde qui le retenait et parcourut non sans difficulté la largeur du filet spongieux jusqu'à atteindre une amarre. Il s'en saisit et, utilisant le poids de son corps, tira le dirigeable pour permettre à Gamay d'y grimper et de s'installer sur le siège qui pendait sous le sac gonflé de gaz. Sous le poids de Gamay, l'engin descendit. Paul n'eut plus qu'à se hisser à son tour dans la nacelle. « Sais-tu comment fonctionnent ces machins-là ? » s'enquit Gamay. « Ça ne doit pas être trop difficile. Imaginons qu'il s'agisse d'un bateau. D'abord, larguons les amarres. »

Gamay avait fait de la voile sur les Grands Lacs quand elle était enfant, aussi la comparaison la rassura-t-elle, même si elle n'était pas vraiment dupe. Ils détachèrent rapidement les autres filins. Le dirigeable hésita, puis se ravisa et s'éleva lentement au-dessus des arbres. En bas, on voyait des ombres sauter pour attraper les filins qui pendaient sous l'engin. Mais ils étaient déjà hors de portée.

Surplombant les vallées embrumées qui s'étiraient dans toutes les directions, ils commencèrent à dériver comme une plume dans la brise tout en se demandant s'ils n'étaient pas en train de passer de Charybde en Scylla.

11

« SEÑOR ? SEÑOR ? »

Lorsque Austin ouvrit péniblement les yeux, il vit d'abord une paire de favoris blancs mal taillés, couvrant des joues tannées comme du cuir, et une bouche édentée et grimaçante, digne d'une citrouille d'Halloween. Ce visage souriant appartenait au pêcheur mexicain que Joe et lui avaient rencontré sur les falaises, la veille. Austin, couché sur le dos dans une barque en bois, la tête posée sur des cordages enroulés, portait encore sa tenue de plongée, mais son détendeur et ses bouteilles avaient disparu. Il se redressa en s'aidant de ses mains, tâche rendue malaisée par ses articulations douloureuses et les poissons visqueux qui s'entassaient au fond de l'embarcation.

Un pêcheur ressemblant étonnamment au premier dont il partageait jusqu'à la mauvaise dentition, se tenait à l'autre bout du bateau et surveillait Zavala. Les cheveux de Joe, si soigneusement coiffés d'habitude, partaient dans tous les sens ; son short et son T-shirt étaient trempés. Malgré son air perplexe, il était bien éveillé. « Comment te sens-tu ? » lui demanda Austin d'une voix forte.

Un poisson sauta sur les genoux de Zavala qui le saisit délicatement par la queue et le rejeta avec les autres. « Rien de cassé. Maintenant, je sais ce qu'éprouvent les hommes-canon. Et toi ?

— Quelques bosses. » Austin frotta les muscles douloureux de son épaule, puis entreprit de se lever. « J'ai l'impression d'être passé dans des rouleaux à laver les voitures, et un téléphone n'arrête pas de sonner dans mes oreilles.

— On dirait que ta voix me parvient encore à travers le système de communication phonique. Sais-tu ce qui s'est passé ? Je venais pour te récupérer quand l'enfer s'est déchaîné.

— Il y a eu une explosion sous-marine. » Austin jeta un coup d'œil sur la mer lisse comme un miroir. Ils se trouvaient à l'embouchure de l'anse. Aucune trace du *Sea Robin.* Austin ne comprenait pas pourquoi. Contos et son équipage avaient dû entendre la déflagration. Pourquoi n'étaient-ils pas venus enquêter ?

Laissant ces questions de côté, il reporta son attention sur leur situation délicate. « Voudrais-tu demander à nos amis comment nous sommes arrivés là ? »

Zavala questionna les pêcheurs en espagnol. L'un d'eux, monopolisant la parole, répondit en crachant ses mots à l'allure d'une mitraillette, pendant que son frère hochait la tête pour confirmer ses dires. Zavala le remercia et traduisit la conversation. « Cet homme s'appelle Juan, dit Zavala. Il se souvient de nous avoir rencontrés hier sur les falaises. L'autre type, c'est son frère Pedro. Ils étaient en train de pêcher quand ils ont entendu un énorme grondement et vu l'eau bouillonner et écumer au milieu de l'anse.

— *Si, si, la bufadora* », s'écria Juan. Il lança les mains en l'air comme un chef d'orchestre appelant au crescendo. « C'est quoi tous ses grands gestes ? » demanda Austin. « Il dit que le bruit ressemblait à la bouche d'Ensenada, un endroit où la mer s'engouffre dans une caverne creusée entre les rochers, en faisant un énorme vacarme. Seulement ce bruit-là était encore plus puissant. La falaise s'est fendue, derrière l'usine de tortillas, et s'est écroulée dans l'eau. L'immense vague qui s'est formée à ce moment-là a bien failli les faire chavirer. Puis, tout d'un coup, nous avons fait surface. Alors ils nous ont hissés à bord comme deux grosses sardines, et nous voilà. »

Austin observa de nouveau la mer. « Ont-ils fait allusion au *Sea Robin* ?

— Ils ont remarqué un grand navire un peu avant. D'après leur description, il s'agit sans doute du *Robin.* Il a contourné le promontoire et depuis, ils ne l'ont pas revu. »

Austin commençait à s'inquiéter pour Contos et son équipage. « Je t'en prie, remercie nos bienfaiteurs pour leur gentillesse et demande-leur s'ils verraient un inconvénient à nous emmener là-bas. »

Dès que Zavala transmit la requête d'Austin, les pêcheurs firent démarrer le vieux moteur Mercury qui dégagea un nuage de fumée bleue. Toussant comme une machine à pop-corn asthmatique, le moteur entraîna sans effort le bateau à travers la mer d'huile. Juan tenait la barre. Ils passèrent le promontoire et virent aussitôt pourquoi le *Sea Robin* n'avait pas quitté son point d'ancrage. Le bateau de la NUMA n'irait *nulle part* pendant quelque temps.

Le pont, couvert d'une petite montagne de détritus et de gros galets, penchait lourdement sur tribord. La bôme plantée à la poupe et les grues sur pied dressées sur le gaillard avant avaient été tordues comme des baleines de parapluie par la pluie de débris. A la verticale du bateau, sur la paroi de la falaise escarpée, des strates jaunes apparaissaient là où la roche s'était fendue. Les membres de l'équipage attaquaient les décombres au moyen de pelles et de pinces à levier, balançant les débris les plus légers par-dessus bord. Un chariot élévateur déplaçait les plus gros rochers.

Juan approcha sa barque du navire de la NUMA. Contos s'avança vers l'échelle de coupée et se pencha vers eux. Ses mains et son visage noircis lui donnaient l'air d'un mineur de fond.

Austin mit ses mains en porte-voix et cria : « Des blessés ?

— Quelques petits bobos, c'est tout », lui répondit Contos sur le même ton. « Fort heureusement, il n'y avait personne sur le gaillard avant. Nous avons entendu un grand boum venant de la crique et nous étions sur le point d'aller voir quand un pan entier de la falaise s'est écroulé avant qu'on ait pu lever l'ancre. Où diable étiez-vous passés ?

— J'adore ton nouveau maquillage », nota Austin.

Joe intervint : « Estée Lauder, non ? »

Contos tenta d'essuyer la saleté qui couvrait son nez mais ne réussit qu'à l'étaler davantage. « Il me semble évident, d'après votre subtil commentaire, que vous vous portez comme un charme. Quand vous en aurez terminé avec vos plaisanteries douteuses, aurez-vous l'obligeance de me dire ce qui s'est passé ?

— Le boum que tu as entendu provenait d'une explosion sous-marine », dit Joe.

Contos hocha la tête, incrédule. « Je n'ai connaissance d'aucune activité volcanique dans les parages. Quelle en est la cause ?

— Nous ne sommes certains que d'une chose. C'est que l'installation sous-marine en était le centre », dit Austin.

Contos adressa à Austin un regard inexpressif. « Nous t'expliquerons plus tard. » Austin observa les falaises jaunâtres. « L'explosion a entamé la paroi. »

Contos plissa le front. « Au fait ! » s'exclama-t-il, une idée venant de germer dans son esprit. « Qu'est-ce que vous avez fait du Brogan ? »

Austin et Zavala se regardèrent comme deux chenapans qui auraient brisé le bocal de confiture. Austin commençait à se dire qu'il était peut-être un Jonah, le nom dont les marins affublent ceux qui portent la poisse. C'était la deuxième embarcation qu'il coulait en l'espace de quelques jours. « Nous l'avons perdu », avoua Austin. « Désolé. Impossible de faire autrement. Juan et Pedro, ici présents, nous ont repêchés.

— Enchanté de faire votre connaissance », dit Contos aux pêcheurs affables. « Je ne vois pas trop ce que nous pouvons faire, maintenant. La NUMA n'aura qu'à m'en construire un autre. »

Austin laissa errer son regard sur la coque penchée du *Sea Robin*. « Ton navire donne sacrément de la bande. Ne risque-t-il pas de couler ?

— Je crois que ça va aller. Pour l'instant, nous n'avons pas détecté de voies d'eau. Nous verrons bien ce qui se passera quand nous appareillerons. La plupart des avaries ne touchent que le pont et la superstructure. Les grues sont inutilisables, comme vous pouvez le constater. Grâce au chariot élévateur nous déblayons le plus gros. Nous n'avons pas demandé d'aide pour ne pas avoir à expliquer aux autorités mexicaines ce que nous faisons dans leurs eaux.

— Avons-nous le temps d'aller jeter un coup d'œil dans la crique ? »

Contos regarda par-dessus son épaule les gravats qui restaient à enlever. « Mais je vous en prie. Nous repartirons dès que ce sera possible. »

Zavala demanda aux pêcheurs de les ramener vers la crique. A ces mots, une discussion animée se déclencha entre les deux frères. Pedro souhaitait quitter au plus vite cet endroit maudit, avec ces étranges explosions et ces sirènes masculines surgissant des flots. Il était clair qu'il voulait rentrer chez lui, mais son frère réussit à le convaincre de rester.

La barque repassa le promontoire et tandis qu'ils pénétraient dans l'anse, ils aperçurent une fumée sortant de l'usine de tortillas. Comme la falaise surplombant le *Sea Robin*, la paroi sur laquelle était implantée l'usine avait pris une couleur jaune, les roches de surface s'étant détachées du fait de l'explosion. La couche minérale avait emporté avec elle l'installation de levage aménagée pour l'ascenseur monorail.

Le bateau de pêche s'ouvrit un passage entre les débris et les poissons morts couvrant la surface de la crique. Au moyen d'un seau, Austin et Zavala ramassèrent quelques bouts de plastique fondu et du papier carbonisé qui flottaient sur l'eau. Il avait suffi d'un infime morceau de métal pour découvrir la cause de l'explosion de l'avion de la TWA au-dessus de Lockerbee, en Ecosse. Austin se disait donc que même le plus petit fragment pourrait leur être utile.

Leur travail fut laborieux mais leur persévérance payante. Zavala repêcha un cylindre de métal ballotté par les flots. L'objet mesurait environ soixante centimètres de long sur douze de diamètre. Austin découvrit un numéro de série et le nom du constructeur gravés dans le métal.

Joe désigna le sommet de la falaise à son compagnon. De petites formes humaines se déplaçaient tout là-haut et Austin n'avait guère envie de répondre aux questions de la police mexicaine. Les pêcheurs furent heureux de retrouver le navire. Quand ils se rangèrent près du *Sea Robin*, le pont était pratiquement propre et le vaisseau avait presque retrouvé sa position habituelle. Austin emprunta de l'argent à Contos pour récompenser les pêcheurs du service qu'ils leur avaient rendu, mais les frères refusèrent. Par l'entremise de Zavala, Juan expliqua son point de vue sur la question. Quand il leur avait indiqué le trou dans la clôture, il avait trouvé normal d'accepter une rétribution ; en revanche sauver des hommes de la noyade représentait pour lui un devoir moral. Austin réfléchit un instant, puis insista pour que les deux pêcheurs acceptent un gage d'amitié. Après en avoir discuté avec Contos, il leur offrit un moteur hors bord en excellent état mais promis à la casse. Les frères repartirent comblés.

Les machines commencèrent à tourner et le navire prit lentement la route du large. On n'eut à déplorer aucune voie d'eau. Contos mit cap au nord. Il était temps car, tandis qu'ils s'éloignaient, ils virent surgir un hélicoptère vert foncé qui décrivit plusieurs cercles au-dessus de la crique avant de disparaître vers le nord aussi rapidement qu'il était venu. Arrivés en vue d'Ensenada, ils se mêlèrent

au trafic maritime et croisèrent une vedette des gardes-côtes mexicains filant vers le secteur qu'ils venaient de quitter. Comme le *Sea Robin* semblait poursuivre sa route en toute tranquillité, les hommes de la NUMA se douchèrent, enfilèrent des vêtements secs puis rejoignirent Contos sur le pont. Le capitaine avait préparé du café.
« Très bien, messieurs », dit-il en remplissant deux tasses fumantes. « En tant que skipper de ce vaisseau, que vous avez emprunté pour accomplir ce qui s'est révélé être une mission commando, j'apprécierais que vous me mettiez au parfum. »

Austin avala une gorgée du breuvage riche en octane et déclara qu'il n'avait jamais rien goûté d'aussi délicieux. « L'explosion nous a surpris, poursuivit-il. A l'origine, notre mission était plutôt simple. Nous comptions enquêter sur la source de chaleur qui semblait avoir causé la mort de ces baleines. Et nous pensons l'avoir trouvée. » Il décrivit la structure sous-marine telle qu'ils l'avaient vue au départ, dépeignant à Contos leur approche, les bouées factices, le filet de pêche et la température élevée de l'eau. Puis il laissa la parole à Joe.

Comme s'il revivait les moments ayant précédé l'explosion, Zavala posa les mains sur un volant invisible. « Tout va bien. Nous enregistrons des températures élevées venant de l'installation. Tu pars jeter un coup d'œil et je pose le sous-marin dans le fond en attendant. Les températures commencent à dépasser les normes et je suggère que tu regagnes le Brogan. »

Austin fit appel à sa mémoire. « Je venais juste de regarder par une lucarne placée au sommet de la structure, quand j'ai reçu ton appel. Il y avait des gens et des machines à l'intérieur. Je suis reparti vers le sous-marin. Et à ce moment-là : *boum* !

— Tu disais que la structure était truffée de canalisations », dit Zavala. « Certaines d'entre elles étaient peut-être des conduits sous haute pression, d'où le risque d'explosion.

— Je ne sais pas. Il y a sans doute eu un dysfonctionnement dans la tuyauterie, mais c'était une installation dernier cri. Ils devaient avoir des valves de sécurité et des dispositifs d'arrêt automatique pour les prévenir en cas de hausse de pression. D'après ce que j'ai pu voir, tout était normal. Personne ne paniquait. Rien n'indiquait que quelque chose ne tournait pas rond.

— Et en ce qui concerne la température de l'eau ?

— Bonne question. D'après les photos satellite, ce n'est pas la première fois que de l'eau bouillante se déverse dans cette crique. Cela n'a donc probablement pas de lien direct avec l'explosion. » Austin avait apporté un sac en plastique qu'il ouvrit pour en sortir le cylindre de métal. « Nous avons trouvé cet objet flottant dans la crique. Sais-tu ce que c'est ? »

Contos l'examina et hocha la tête négativement. « J'essaierai de retrouver le fabricant quand nous rentrerons à Washington.

— Je suppose que ton instinct est juste, Kurt. Souviens-toi, quand nous étions chez Hussong's et que tu m'as dit que tu avais l'impression que quelque chose de mauvais nous attendait. »

Les yeux coraliens d'Austin se durcirent. « Si tu te rappelles bien, je t'ai fait une autre remarque subtile.

— Qu'est-ce que c'était ?

— J'ai dit que quelque chose nous guettait dans l'ombre et que ce foutu machin avait une faim de loup.

— Vous me donnez la chair de poule, tous les deux, fit Contos. On dirait que vous parlez de Godzilla. »

Austin ne répondit rien. Il tourna ses regards vers la proue qui fendait les vagues, comme si les réponses aux questions tourbillonnant dans sa tête dormaient sous la surface turquoise de la mer.

12

LE DIRIGEABLE GLISSAIT au-dessus de la forêt tropicale comme une immense lanterne japonaise oblongue. De lui, pulsait une douce lumière bleue et orange, au rythme des deux langues de flamme sortant des brûleurs au propane qui chauffaient l'air contenu dans la grosse enveloppe en forme de saucisse. En dehors des moments où les brûleurs se déclenchaient, le seul indice de sa présence résidait dans son ombre silencieuse masquant la lune et les étoiles, tel un nuage furtif.

L'engin que Paul et Gamay prenaient pour une simple montgolfière était en fait un dirigeable thermique, ingénieux croisement entre le ballon à air chaud et le dirigeable. Contrairement aux ballons ordinaires qui vont là où le vent les porte, le dirigeable thermique possède un moteur et un gouvernail. Au lieu de l'habituelle forme en poire, sa silhouette, plus effilée, se rapproche de celle du zeppelin. Point n'était besoin d'un squelette rigide ; pour lui conserver son galbe, la pression de l'air suffisait.

Les Trout étaient assis côte à côte, à l'avant d'une nacelle en aluminium, retenus par des harnais à leurs confortables sièges rembourrés. De là où ils se trouvaient, pendus sous le ventre du ballon, le dirigeable leur paraissait énorme. Le sac en tissu de polyester mesurait trente mètres de long sur quinze de haut. A l'arrière, un gouvernail permettait de l'orienter, et de grands ailerons épais assuraient sa stabilité. Derrière les places des passagers, se trouvaient les réservoirs de propane alimentant les brûleurs, les conteneurs de carburant pour le groupe moteur à deux temps, le moteur lui-même et l'hélice à trois pales fournissant la poussée latérale.

Chacun son tour, Paul et Gamay s'étaient initiés à la conduite de l'engin. Tous deux avaient déjà manœuvré des ballons et connaissaient les principes de l'air chaud. Ce dirigeable était relativement facile à piloter. Une valve actionnée au pied contrôlait les brûleurs en aluminium, faisant passer l'air chaud à travers une glissière de métal jusque dans l'enveloppe. Le tableau de bord ne comptait qu'une demi-douzaine de cadrans. Les Trout ne quittaient pas l'altimètre des yeux, maintenant l'aéronef à une hauteur de six cents mètres environ, ce qui leur laissait une bonne marge de sécurité.

Pour conserver l'altitude souhaitée, il avait fallu dépenser tout le propane de l'un des réservoirs. Désormais, ils vivaient sur leurs réserves. Ils avaient attendu le lever du jour pour mettre en route le moteur, si bien qu'il restait une grande quantité de carburant pour faire tourner l'hélice. A l'est, une lueur gris perle annonça l'arrivée de l'aube. Bientôt le ciel se colora de rose pâle. Le soleil se leva sans dissiper le brouillard qui atténuait la visibilité. Les vapeurs s'élevant des ramures des arbres absorbaient la luminosité du ciel. Des vagues de brume rougeâtre roulaient jusqu'à l'horizon. Pendant que Paul pilotait le dirigeable, Gamay fouillait dans une boîte placée entre les deux sièges. « C'est l'heure du petit déjeuner », annonça-t-elle joyeusement. « J'ai une faim de loup », répondit Paul. « Bacon bien croustillant, s'il te plaît, et je veux mes toasts légèrement grillés sur les bords. »

Gamay tendit à Paul un assortiment de barres de céréales. « Tu as le choix entre framboise et myrtille.

— Je vais essayer d'appeler le service d'étage. » Il alluma la radio mais tout ce qu'ils entendirent fut le craquement des parasites. « Je parie que Phileas Fogg lui-même n'en a pas connu d'aussi dures, dit Paul en fronçant les sourcils. Qu'à cela ne tienne, allons-y pour les myrtilles. »

Elle lui tendit une barre et une bouteille d'eau minérale tiède. « Sacrée nuit.

— Oui, je partage ton opinion. Assister à une échauffourée opposant d'impitoyables biopirates, suivie d'un meurtre commis de sang-froid, pour ensuite échapper à des Indiens féroces... Certes, l'expression sacrée nuit me semble appropriée.

— Nous devons la vie à Tessa. Je me demande comment elle a pu s'attacher à ce Dieter.

— Elle n'est pas la première femme à montrer peu de jugeote

dans le choix des hommes. Si tu avais épousé un avocat ou un médecin et pas un fils de pêcheur, au lieu d'être ici à te morfondre tu serais en train de barboter dans ta piscine à l'arrière de ta villa.

— Quel ennui ! » Gamay mâchait pensivement sa barre de céréales. « Tu as une idée de l'endroit où nous sommes, monsieur le fils de pêcheur ? »

Paul secoua la tête. « J'aimerais que mon père soit ici. Il savait naviguer à l'ancienne. A son époque, on ne dépendait pas encore de l'électronique.

— Et que dit le compas ?

— Pas grand-chose en l'absence de repères ou de bouées cardinales. Nous allons vers l'est, c'est évident. » Il désigna le soleil.

« Le camp du Hollandais est au sud-ouest de celui de Ramirez », dit Gamay. « Et si nous dirigions cet engin vers le nord-est ? »

Paul se gratta la tête. « Ça pourrait marcher si nous nous trouvions encore à l'endroit précis où nous avons grimpé dans ce gréement. Il y avait de la brise la nuit dernière. Je ne sais pas sur quelle distance elle nous a poussés. Il pourrait y avoir une grosse différence, et nous ne disposons que d'une quantité limitée de carburant pour les brûleurs. Nous ne pouvons pas nous permettre la moindre erreur. Les réservoirs des moteurs sont pleins, mais si nous perdons de l'altitude cela ne nous servira pas à grand-chose. »

Gamay contempla l'océan de verdure. « C'est vraiment magnifique.

— Pas aussi magnifique que trois œufs au bacon assortis de toasts croustillants. »

Elle lui tendit une autre barre de céréales. « Sers-toi de ton imagination.

— C'est ce que je fais. J'essaie d'imaginer comment ils s'y sont pris pour transporter ce dirigeable jusqu'au milieu de la forêt. Ils ont pu l'amener par le ciel, mais la chose est improbable. Il n'est pas assez grand pour contenir toutes les fournitures et les réserves de carburant nécessaires. Je crois plutôt qu'ils l'ont lancé à partir de la terre, pas loin de l'endroit où nous l'avons trouvé.

— Comme il n'y a pas de routes, dit Gamay en suivant sa logique, ils ont probablement emprunté une voie navigable. Si nous apercevons la rivière ou l'un de ses affluents, nous retrouverons peut-être le chemin du camp du Dr Ramirez. Et si nous prenions de l'altitude pour avoir une vue générale de la forêt ?

— Génial », s'écria-t-il et, du pied, il donna un petit coup sur la manette des gaz.

Les brûleurs répondirent par un murmure guttural. Quelques instants plus tard, le dirigeable prenait de la hauteur. La chaleur du soleil commençait à dissiper les nappes de brouillard. Tels des lambeaux de tissu vert, les ramures des arbres apparurent peu à peu. Sur leurs cimes, des fleurs rougeâtres poussaient par plaques, comme des coraux sur un récif.

A neuf cents mètres, Gamay plissa les yeux pour percer la brume. « Je vois quelque chose par là-bas. »

Paul enclencha le groupe moteur et tourna le volant contrôlant les câbles reliés au gouvernail jusqu'à ce que le ballon vire lentement de bord. Le moteur à refroidissement liquide vrombissait paisiblement. Triomphant de son inertie, le dirigeable gagna peu à peu de la vitesse et bientôt l'hélice les propulsa à l'allure de quinze kilomètres heure. Gamay se servit de la paire de jumelles qu'elle avait trouvée pour observer le secteur vers lequel ils allaient. « *Incroyable* », fit-elle comme la brume se dissipait. « Que vois-tu ? »

Gamay attendit un peu avant de répondre. « La Main de Dieu », articula-t-elle d'une voix où se mêlaient la crainte et l'admiration.

Paul hésita. Il n'avait pas beaucoup dormi et son cerveau fonctionnait au ralenti. « Les Grandes Chutes dont le Hollandais nous a parlé ? »

Gamay hocha la tête. « Même à cette distance, c'est magnifique. »

Paul voulut augmenter la vitesse mais les commandes semblaient ne pas répondre correctement. Le dirigeable se traînait. Il porta son regard vers le bas et aperçut sous la nacelle un objet rouge et triangulaire suspendu à des filins. « Tiens donc, fit-il. Nous avons de la compagnie. »

Gamay braqua ses jumelles sur l'objet en question. « Ça ressemble vaguement à un canot de sauvetage. Des boudins en caoutchouc et un filet au centre. Ils l'utilisaient sans doute pour larguer les passagers et les fournitures.

— Cette explication me paraît plausible. Il faudra prendre garde à ne pas le cogner à la cime des arbres. » Il releva la tête pour vérifier leur route. Ce qu'il vit alors lui fit froid dans le dos.

Ils approchaient d'un haut plateau qui dépassait de la forêt comme une marche géante. Surgissant de la végétation, une rivière courait jusqu'au bord de la falaise avant de venir se briser sur des formations rocheuses. Elle se divisait ensuite en cinq chutes. La lumière du soleil scintillait sur l'eau écumante. Les cinq cours d'eau ressemblaient à une pluie de joyaux ruisselant entre les doigts d'un diamantaire. L'eau semblait tomber au ralenti, comme toujours lorsque l'on observe une très haute cascade. Formé par la puissance extraordinaire des milliers de litres d'eau, un épais nuage de vapeur s'élevait comme un brouillard du lac s'étendant au pied de la falaise abrupte. « A côté de ces chutes-là, le Niagara n'est qu'un petit torrent de montagne », s'exclama Paul. « Toute cette eau doit bien déboucher quelque part. » Gamay balaya du regard toute la surface du lac. « Regarde là-bas, Paul ! J'aperçois la rivière. Elle prolonge le lac. Il ne nous reste plus qu'à la suivre.

— Pas avant d'avoir trouvé une station-service », dit Trout en jetant un coup d'œil sur la jauge du carburant. Le réservoir était pratiquement vide. « Nous allons tomber du ciel.

— On peut encore avancer. Rapproche-nous le plus possible de la rivière. On va échouer cet engin et poursuivre notre route à bord du canot de sauvetage. »

Trout passa mentalement en revue les diverses conséquences de leur futur plongeon. La nacelle coulerait à cause de son poids. L'air résiduel contenu dans l'enveloppe retarderait un peu cette issue. En revanche, ils risquaient de se trouver emprisonnés dans les dizaines de mètres carrés de tissu. Ils pouvaient choisir d'abandonner le dirigeable avant qu'il touche l'eau et faire l'impossible pour préserver le canot, le seul moyen dont ils disposaient pour sortir de la forêt.

Paul résuma rapidement son analyse et exposa son plan. « Je pense que nous devrions détacher le radeau avant d'atteindre l'eau. Autrement nous risquons de le perdre. »

Gamay regarda de nouveau sous la nacelle. Neuf cordes de nylon, trois à chaque coin, retenaient l'embarcation. « Il y a un couteau suisse dans le coffre de rangement », dit-elle.

Avec son pouce, Paul vérifia que la lame était bien aiguisée puis glissa le couteau dans la grande poche de son short. « A toi de jouer, dit-il. Approche-nous de l'eau le plus possible. Je me charge de détacher le radeau.

— Alors, je fais descendre cette guimbarde en vol plané. On

abandonne le navire et on fait trempette », résuma Gamay. « Bête comme chou », dit Paul avec un grand sourire.

S'emparant des commandes, Gamay fit décrire au dirigeable un large demi-cercle. Les rayons de soleil qui perçaient les brumes du lac créaient de multiples arcs-en-ciel. Pourvu qu'ils nous portent chance, songea Gamay.

Paul grimpa sur le côté droit de la nacelle qui bascula sous son poids. Il observa le triangle rouge se balançant dix mètres en dessous, progressa vers l'arrière, dépassa les réservoirs et les brûleurs, sectionna les filins retenant l'un des angles du radeau, puis traversa la nacelle et répéta son geste de l'autre côté. Uniquement retenu par la proue, le canot se mit à osciller dans le vent.

D'une légère pression du pied, Gamay actionna le brûleur et mit le cap sur une zone proche de la rivière, faisant décrire au dirigeable un long vol plané. Elle commençait à se dire que le projet dément de son mari avait des chances d'aboutir quand son optimisme s'évanouit soudain lorsque le brûleur poussa son dernier soupir. Une panne sèche, à trois cents mètres d'altitude.

Le dirigeable ne réagit pas aussitôt. L'enveloppe garda la forme fuselée donnée par l'air chaud et, grâce à son hélice, l'engin continua de descendre sans à-coups. A cent cinquante mètres, la situation se corsa. L'air refroidissait et comme la puissance d'ascension était nulle, leur chute s'accéléra. Le volume de l'enveloppe diminuait lui aussi et, à l'avant, une bosselure se formait. Le dirigeable prit la forme d'une tomate écrasée et se mit à pencher sur la gauche.

Paul, qui s'activait non loin de Gamay, avait sectionné deux filins et était sur le point d'entamer le troisième quand l'engin fit une embardée. Ayant un peu relâché sa vigilance, la secousse le surprit. Il perdit l'équilibre et passa par-dessus bord. Gamay ne put s'empêcher de pousser un grand cri.

La nacelle chavira. Gamay se pencha et vit Paul agrippé au dernier filin du radeau qui oscillait furieusement d'avant en arrière comme une balançoire d'enfant ballottée par le vent. Le dirigeable n'avançait plus qu'au ralenti. Son enveloppe n'avait plus aucune forme. Gamay leva les yeux vers elle puis les braqua de nouveau sous le ventre de la nacelle. Paul y était toujours suspendu. Préférant éviter de se retrouver coincé sous le dirigeable au moment où celui-ci s'abîmerait dans les eaux du lac, il coupa la corde et plongea d'une hauteur de quinze mètres environ, les pieds devant. Au moment où il refit surface, le radeau touchait l'eau dans une grande gerbe d'écume.

Gamay ne fonctionnait plus que grâce à l'adrénaline. Elle dégrafa son harnais d'un coup sec, grimpa sur le rebord de la nacelle, prit une profonde inspiration et sauta. Malgré l'instabilité de la plate-forme et sa chute rapide, Gamay exécuta un saut de l'ange des plus classiques qui lui eût valu une excellente note aux Jeux olympiques. Elle toucha l'eau les bras tendus et s'y enfonça, le corps parfaitement droit, avant de remonter d'un coup de pied vers la surface miroitante. Juste à temps pour voir l'aéronef s'effrondrer sur le canot.

La frêle embarcation disparut sous les plis du tissu, emportant par la même occasion leurs derniers espoirs de rentrer chez eux par la rivière. Mais pour l'instant, c'était le sort de Paul qui la tracassait, aussi fut-elle immensément soulagée quand elle l'entendit crier son nom. Pourtant, il demeurait invisible.

Entraînée par la nacelle, l'enveloppe coula, et le radeau avec elle. Gamay vit la tête de Paul émerger de l'autre côté de ce qui restait du dirigeable. Il lui fit des signes de la main. Puis ils nagèrent l'un vers l'autre, se rejoignirent à mi-chemin et restèrent quelques instants immobiles, debout dans l'eau, à observer les cascades avec effroi. Enfin, aidés du courant provoqué par les chutes, ils entreprirent de nager vers la rive encore lointaine.

13

MIGUEL GOMEZ, agent spécial du FBI, carra son corps de lutteur dans son fauteuil à roulettes, croisa les doigts derrière la tête et fixa avec étonnement les deux hommes assis de l'autre côté de son bureau. « Vous devez être de grands amateurs de tortillas, messieurs, pour désirer rencontrer Enrico Pedralez.

— Laissez tomber les tortillas, lâcha Austin. Nous voulons simplement poser quelques questions au dénommé Pedralez.

— *Impossible* », répondit l'agent d'un ton catégorique, tout en hochant la tête pour ponctuer ses dires. Ses yeux, aussi sombres que des grains de raisin, avaient l'expression triste et lasse qu'on remarque chez les flics qui ont tout vu et tout connu. « Je ne comprends pas », s'exclama Austin avec une pointe d'impatience dans la voix. « On prend rendez-vous avec son secrétaire. On y va et on discute. Comme avec n'importe quel homme d'affaires.

— Le Farmer n'est pas *n'importe quel* homme d'affaires.

— Le *Farmer*? Je ne savais pas qu'il faisait aussi dans l'agriculture. »

Gomez ne put réprimer le sourire qui lui vint en entendant ces mots. « On pourrait appeler cela de l'agriculture, dans un sens. Avez-vous eu vent des recherches entreprises dans deux ranches juste après la frontière, pour retrouver les cadavres qui y avaient été enterrés ?

— Bien sûr, dit Austin. Cette histoire traînait dans tous les journaux. On a exhumé des douzaines de corps, probablement des gens tués par des trafiquants de drogue.

— Je faisais partie des quelques enquêteurs du FBI auxquels les

Mexicains avaient permis d'assister à l'opération. Les ranches se trouvaient sur le domaine d'Enrico. Enfin, disons plutôt qu'ils appartenaient officiellement à des types travaillant pour Pedralez. »

Zavala, qui était assis sur l'autre siège, prit la parole. « Vous êtes en train de nous dire que le roi de la tortilla est un trafiquant de *drogue* ? »

Gomez se pencha sur son bureau et compta sur ses doigts. « Drogue, proxénétisme, extorsion de fonds, enlèvement, fraude à l'aide médicale, vol à l'arraché et trouble exercé contre l'ordre public. Vous l'avez dit. Comme n'importe quel autre cartel, son organisation ne place pas tous ses œufs dans le même panier. Les mauvais garçons s'alignent sur les pratiques de Wall Street. De nos jours, le mot d'ordre de la mafia mexicaine est Diversification.

— La *mafia*, dit Austin. Cela pourrait causer un léger problème.

— Pas si léger que ça », dit l'agent avant de continuer sur sa lancée. « Face à la mafia mexicaine, les Siciliens font figure d'enfants de chœur. L'ancienne *Cosa Nostra* passait les types à tabac mais ne touchait pas à leur famille. Si vous ne filez pas droit, la pègre russe enlèvera votre femme et vos enfants mais tout cela ne dépassera jamais le strict cadre des rapports d'affaires. Avec les Mexicains, on arrive sur le plan personnel. Tous ceux qui marchent sur leurs plates-bandes offensent leur *machismo*. Enrico ne se contente pas de tuer ses ennemis, il les réduit en poudre, eux, leurs parents et leurs amis.

— Merci pour l'avertissement », fit Austin sans se laisser impressionner par le monologue de l'agent. « A présent, dites-nous comment faire pour le rencontrer. »

Gomez laissa échapper un rire nerveux. Dès que ces deux types étaient entrés dans son bureau en brandissant leurs cartes de la NUMA, il s'était posé des questions. Il ne connaissait que de nom l'Agence nationale marine et sous-marine mais savait que cet organisme était à l'océanographie ce que la NASA était à l'astronautique. Austin et Zavala ne correspondaient aucunement à l'idée qu'il se faisait des océanographes. Cet homme à la peau cuivrée, aux yeux bleu-vert pénétrants et aux cheveux d'albinos semblait capable d'abattre des murs avec ses épaules de déménageur. Quant à son partenaire, il s'exprimait d'une voix douce sans se départir d'un léger sourire, mais avec un masque et une épée, il aurait fait le bonheur d'un metteur en scène cherchant l'acteur idéal pour incarner Zorro. « OK, les mecs », dit Gomez en secouant la tête pour montrer qu'il capitulait. « Bien que la loi condamne encore l'aide au suicide, je préférerais que vous me disiez ce qui se passe. Pourquoi la NUMA s'intéresse-t-elle à une usine de tortillas, propriété d'un escroc mexicain ?

— Il s'est produit une explosion sous-marine dans la crique située derrière l'usine de Pedralez en Basse-Californie. Nous voulons lui demander s'il sait quelque chose à ce sujet. Nous ne sommes pas du FBI. Nous appartenons à un organisme scientifique et, comme tous les scientifiques, nous cherchons des réponses à nos questions.

— Scientifiques ou pas, tous les agents du gouvernement sont considérés comme des hommes à abattre. Si vous l'interrogez sur ses activités, Pedralez y verra une déclaration de guerre. Il a tué des gens pour moins que ça.

— Ecoutez, agent Gomez, nous ne nous sommes pas lancés tête baissée dans cette histoire, dit Austin. Nous avons essayé d'autres pistes avant celle-là. La police mexicaine a conclu que les tuyaux de vapeur étaient à l'origine de l'explosion. Affaire classée. Nous avons pensé que le propriétaire pourrait avoir quelque chose à ajouter, aussi avons-nous appelé le ministère du Commerce. Ils ont bredouillé que l'usine appartenait à Enrico et ont suggéré que nous nous mettions en rapport avec un dénommé Gomez, appartenant à l'antenne du FBI de San Diego. Vous. A présent, nous aimerions franchir l'étape suivante. A-t-il un bureau aux Etats-Unis ?

— Il ne passera jamais la frontière. Il sait qu'on lui mettrait la main dessus.

— Alors il faudra que nous allions vers lui.

— Ça ne sera pas facile. Pedralez a travaillé comme flic pour le gouvernement mexicain et la moitié de la police est à sa botte. Ils le protègent et lui balancent les informateurs, les éventuels concurrents, tous ceux qui pourraient lui mettre des bâtons dans les roues. »

Gomez déverrouilla un tiroir de son bureau et en sortit deux épais classeurs qu'il posa sur son sous-main. « Voici le dossier sur les magouilles d'Enrico. L'autre contient des informations sur les opérations légales qui lui permettent de blanchir son argent sale, des affaires régulières qu'il crée ou achète des deux côtés de la frontière américano-mexicaine. Le commerce des tortillas est la plus importante d'entre elles. Quand le marché américain s'est ouvert, les tortillas ont commencé à valoir des millions de dollars. Une poignée de compagnies contrôlent l'ensemble du marché. Regardez simplement dans votre supermarché, si vous ne me croyez pas. Enrico a fait jouer ses relations au sein du gouvernement mexicain. Il a graissé la patte de tout le monde pour rafler sa part du gâteau. » Gomez poussa les deux dossiers vers ses interlocuteurs. « Je ne peux les laisser sortir de mon bureau, mais si vous voulez en prendre connaissance, allez-y. »

Austin le remercia et emporta les documents dans une petite salle de conférence. Zavala et lui s'assirent de chaque côté d'une table. Austin donna à Joe le dossier concernant les affaires légales, en lui disant de hurler s'il voyait quelque chose d'intéressant, et se mit à feuilleter l'autre classeur. Il voulait se faire une idée de l'homme à qui il risquait d'avoir affaire. Plus il lisait et moins il l'aimait. Il n'aurait jamais cru que tant de vices pouvaient être rassemblés dans un même individu. Enrico était responsable de centaines de meurtres ; chacune de ces exécutions portait sa propre touche macabre. Il ressentit un réel soulagement lorsque Zavala l'obligea à interrompre sa lecture. « Gagné ! » claironna Joe. Il fit bruire deux feuilles de papier. « Voici les rapports d'enquête sur l'usine de tortillas. Elle lui appartient depuis deux ans. Le FBI est allé y jeter un œil, sans rien trouver de suspect. Il semble qu'ils aient effectué la même visite touristique que nous, sauf en ce qui concerne ma petite escapade. Selon le rapport, cette affaire aurait toutes les apparences de la légalité.

— Rien au sujet des installations sous-marines ? »

Zavala fronça les sourcils. « Non. Pas un mot.

— Je n'en suis pas surpris. Les travaux ont pu se faire de nuit.

— Plausible. Et ton dossier ? Tu as appris quelque chose ?

— Ouais, que c'est un foutu salopard. Un enculé de première. Mais il faut quand même qu'on lui parle.

— Gomez dit que c'est impossible. Tu as une idée ?

— Cela se pourrait. » Il tendit à Zavala une feuille de papier tirée de son dossier. « Voici la liste de ses hobbies. Le vin, les femmes, les courses de chevaux, le jeu, les trucs habituels, quoi ! Quelque chose a éveillé ma curiosité. »

Zavala remarqua aussitôt la chose en question. « Il collectionne les armes à feu anciennes ? Ça me rappelle quelqu'un que je connais. »

Austin sourit. Il était lui-même fervent collectionneur de pistolets de duel. Les murs du vieux hangar à bateaux sur le Potomac où il avait élu domicile étaient couverts de ces objets aussi mortels que superbement ouvragés. Il conservait les pièces les plus précieuses dans une cave et sa collection était l'une des plus belles du pays. « Tu te souviens de ceux que j'ai achetés la veille de la course ? C'est une jolie paire, mais elle fait double emploi. J'en possède déjà une semblable et je projetais donc de la revendre à un autre connaisseur.

— Je crois voir où tu veux en venir. Comment t'y prendras-tu pour qu'Enrico apprenne que ces armes cherchent acquéreur ?

— Chaque fournisseur possède une liste de clients qui leur permet d'associer facilement l'acquéreur à l'objet acheté. Une pièce exceptionnelle peut faire surface à tout moment, un fournisseur ne peut vous garder éternellement l'exclusivité d'une transaction. J'appellerai deux ou trois d'entre eux pour leur annoncer que j'ai besoin de me défaire en toute hâte de ces pistolets, en leur faisant comprendre que je traverse une mauvaise passe. Un escroc ne laisse jamais filer l'occasion de rouler son prochain.

— Et si Enrico possède déjà des pistolets semblables ?

— Ces pièces sont relativement rares. Mais même s'il les a déjà, il pourrait bien avoir envie de les acheter, ne serait-ce que pour les revendre ensuite, comme je le fais. L'essentiel c'est de réussir à lui parler. De toute façon, je sais qu'il voudra les voir, les tenir entre ses mains. Les collectionneurs sont ainsi.

— Supposons qu'un fournisseur contacte plusieurs clients anonymes. Comment saurons-nous lequel est Enrico ?

— On nous a dit qu'il ne traversait jamais la frontière nord. Si l'on me demande de me rendre au Mexique pour traiter l'affaire, nous saurons qu'il s'agit de lui. »

Ils restituèrent les dossiers à Gomez et lui exposèrent leur plan. « Ça pourrait marcher. Ou pas. C'est fichtrement dangereux. Pas sûr qu'il parle, même si vous parvenez à le rencontrer.

— Nous avons envisagé cette possibilité. »

Gomez hocha la tête. « Ecoutez, ça me ferait mal qu'il arrive quelque chose à un chic type comme vous. Je ne peux vous assurer une protection directe parce que les Mexicains sont un peu chatouilleux lorsque des flics *gringos* empiètent sur leur territoire. Je *peux* malgré tout faire en sorte que, si jamais il vous tue, sa vie ne vaille pas plus cher qu'un peso troué.

— Merci bien, agent Gomez. Mes héritiers seront grandement soulagés.

— C'est la moindre des choses. Je vais m'arranger. Faites-moi savoir quand vous passerez à l'action. »

Ils se serrèrent la main et les hommes de la NUMA regagnèrent leur hôtel. Austin sortit de son sac militaire le boîtier marron foncé, en souleva le couvercle et prit l'un des pistolets. « Ils sont presque identiques à une autre paire de ma collection. C'est un armurier nommé Boutet qui les a fabriqués, à l'époque où Bonaparte menait sa Campagne d'Egypte. L'artisan a représenté le Sphinx et les pyramides sur le canon. Ils étaient probablement destinés à un Anglais. » Il s'amusa à viser un lampadaire. « La crosse est arrondie, au lieu d'être carrée comme c'était l'usage sur le continent. Mais le *rifling* comporte de nombreuses encoches, typiques du style français. » Il reposa le pistolet dans son écrin de feutrine verte. « Je dirais qu'un collectionneur digne de ce nom ne peut résister à ce genre de petite merveille. »

Austin consulta sa liste de fournisseurs et en appela quelques-uns en leur signifiant clairement qu'il avait hâte de vendre les pistolets, même à perte, et qu'il quittait San Diego le lendemain. Austin savait que les fables les plus crédibles comportent toujours une part de vérité. Il ajouta donc que son bateau avait coulé et qu'il avait besoin d'argent pour régler ses dettes. Ensuite Zavala et lui examinèrent toutes les éventualités et décidèrent des solutions à y apporter.

Une heure après son premier coup de fil, Austin reçut un appel pressant d'un fournisseur dont il connaissait la réputation légèrement douteuse. L'homme répondait au nom de Latham. « J'ai peut-être un client pour vos pistolets », fit Latham tout excité. « Il est très intéressé et aimerait les voir dès que possible. Pouvez-vous le rencontrer à Tijuana aujourd'hui ? Ce n'est pas loin. »

Austin fit un rond avec le pouce et l'index et articula silencieusement *Bingo*. « Pas de problème. Où souhaiterait-il qu'on se retrouve ? »

Le fournisseur lui conseilla de garer sa voiture du côté américain de la frontière et de traverser à pied le pont réservé aux piétons. On le reconnaîtrait au boîtier contenant les pistolets. Austin déclara qu'il y serait deux heures plus tard et raccrocha. Puis il répéta sa conversation à Zavala. « Et si jamais il t'emmène dans un lieu où nous ne pourrons pas te porter secours, comme un de ces ranches où il adore enterrer les gens ? » suggéra Zavala. « Dans ce cas, je n'aborderai aucun autre sujet que celui des pistolets et, s'il est intéressé, nous irons jusqu'au bout de la transaction. A tout le moins, cela me donnera l'occasion de le jauger. »

Austin appela immédiatement Gomez. L'agent du FBI l'informa qu'il avait constitué une équipe chargée de le surveiller. Ses hommes devraient garder leurs distances car Pedralez s'assurerait qu'Austin n'était pas suivi. Quelques minutes plus tard, les hommes de la NUMA repartaient pour le Sud, toujours à bord du même pick-up. Zavala déposa Austin sur la frontière américaine et pénétra au Mexique au volant du véhicule. Austin attendit vingt minutes avant de franchir le pont, le coffret des pistolets coincé sous le bras. A peine eut-il quitté le pont qu'un homme corpulent, entre deux âges, vêtu d'un complet bon marché, s'approchait de lui. « Messié Austiin ? » fit-il. « Oui, c'est moi. »

L'homme lui présenta un insigne de la police fédérale. « Escorte de police pour vous et vos objets de valeur », dit-il en arborant un grand sourire. « Avec les compliments du chef. Beaucoup de gens méchants à Tijuana. »

Passant devant lui, il le mena jusqu'à une berline bleu foncé dont il ouvrit la portière arrière. Austin entra le premier, en balayant le parking d'un regard rapide. Aucune trace de Zavala. Il eût été déçu que son partenaire se montrât trop voyant, et pourtant il aurait préféré le savoir dans les parages, l'œil braqué sur lui.

La voiture s'engouffra dans le flux de la circulation et se mit à filer à travers les stupéfiants méandres formés par les quartiers misérables de Tijuana. Pendant que le chauffeur reluquait une jeune femme qui traversait la rue, Austin jeta un regard derrière lui. Ils étaient suivis par un vieux taxi jaune tout cabossé.

La voiture de police s'arrêta devant une cantina dépourvue de fenêtres, dont la façade de stuc vert caca d'oie criblée de taches semblait avoir servi de cible à un fusil d'assaut AK-47. Le vieux taxi accéléra et les dépassa. Austin sortit de la berline et se posta près d'un panneau publicitaire rouillé, vantant les mérites de la bière Corona. Il se demandait s'il était censé entrer dans la cantina et si ce serait une bonne idée quand une Mercedes gris métallisé tourna au coin de la rue et s'arrêta au bord du trottoir. Un jeune homme vigoureux, coiffé d'une casquette de chauffeur, en descendit et, sans un mot, ouvrit une portière en lui signifiant de monter. Austin prit place dans le véhicule qui démarra aussitôt.

Laissant derrière eux les quartiers pauvres, ils pénétrèrent dans une zone résidentielle fréquentée par la moyenne bourgeoisie et s'arrêtèrent devant un café en plein air. Un autre jeune Mexicain s'avança vers la voiture, ouvrit la portière d'Austin avant de l'escorter vers une table où un homme était installé. Seul.

L'homme lui tendit la main en souriant de toutes ses dents. « Je vous en prie, asseyez-vous, Mr. Austin », dit-il. « Je suis Enrico Pedralez. »

Tout étonné, Austin se dit que le mal pouvait parfois revêtir les dehors de la plus grande banalité. Ce monstre ressemblait à monsieur tout le monde. Il devait être âgé d'une cinquantaine d'années, était habillé de manière décontractée, d'un pantalon de coton ocre et d'une chemise blanche à manches courtes. Il aurait pu passer pour un simple vendeur de sombreros et de couvertures dans une boutique de souvenirs. Ses cheveux et sa moustache noirs semblaient teints et il portait une grande quantité d'or sous forme de bagues, de bracelets et d'une chaînette.

Un garçon leur apporta deux grands verres de jus de fruits glacé. Austin sirota sa boisson en regardant autour de lui. Huit individus basanés étaient installés deux par deux aux tables voisines. Ils ne discutaient pas entre eux et faisaient semblant de s'intéresser à autre chose, mais Austin, en les épiant du coin de l'œil, remarqua les regards furtifs qu'ils jetaient dans sa direction. Mr. Pedralez pouvait se targuer d'apparaître en public, mais il ne prenait aucun risque. « Merci beaucoup de vous être déplacé si vite, Mr. Austin. J'espère que cela ne vous a causé aucun dérangement. » Il parlait anglais avec un léger accent. « Pas le moindre. J'ai apprécié d'être si rapidement mis en relation avec un acheteur potentiel. Je quitte San Diego demain.

— Le *señor* Latham disait que vous aviez participé à la course de bateaux.

— Je suis au nombre des perdants, malheureusement. Mon bateau a coulé.

— Quel dommage », dit Pedralez. Il ôta ses lunettes de soleil et ses petits yeux de rapace se tournèrent vers le boîtier contenant les pistolets. Tout excité, il se frotta les mains d'un geste vif. « Puis-je les voir ?

— Bien sûr. » Austin fit claquer le fermoir du coffret dont il souleva le couvercle. « Ah, vraiment magnifique ! », s'écria Pedralez avec l'enthousiasme d'un vrai connaisseur. Il sortit un pistolet et le montra à l'un des hommes assis à la table voisine. L'homme sourit nerveusement. Puis le parrain de la drogue laissa courir son doigt sur le canon huilé. « Boutet. Fabriqué dans le style anglais, pour un aristocrate fortuné, sans aucun doute.

— C'est ce que je suppose également.

— Un travail parfait, comme je m'y attendais. » Il replaça soigneusement le pistolet dans sa mallette et soupira de manière théâtrale. « Malheureusement j'en possède déjà une paire similaire.

— Oh ! Bien. » Austin fit semblant de cacher sa déception et entreprit de refermer le boîtier. Pedralez l'arrêta en posant la main dessus. « Nous pouvons peut-être nous entendre, malgré tout. J'aimerais les offrir à un bon ami à moi. Avez-vous pensé à un prix ?

— Oui », lança Austin d'un air détaché. Il regarda autour de lui, en espérant que Gomez parlait sérieusement quand il lui avait proposé son aide, et continua sur le même ton : « J'ai besoin d'une information. »

Les paupières du Mexicain se plissèrent. « Je ne comprends pas », dit-il méfiant. « Je cherche à acquérir un bien immobilier. J'ai appris qu'une usine de tortillas située en Basse-Californie était à vendre pour une bouchée de pain, suite à un incendie.

— On vous a mal renseigné », lâcha Pedralez froidement. Il claqua des doigts. Les hommes installés aux autres tables se placèrent sur le qui-vive. « Qui êtes-vous ?

— Je représente une organisation bien plus vaste que la vôtre.

— Vous êtes de la police ? Du FBI ?

— Non. J'appartiens à l'Agence nationale marine et sous-marine. Je suis océanographe et j'enquête sur une explosion qui a eu lieu près de votre usine. Si vous me fournissez les informations que je cherche, je vous offrirai ces pistolets avec grand plaisir. »

Enrico avait troqué son sourire bienveillant contre un rictus féroce et dénué de tout humour. « Vous me prenez pour un imbécile ? Ce restaurant m'appartient. Ces hommes, les garçons, le cuisinier travaillent tous pour moi. Vous pourriez disparaître sans laisser de traces. Ils sont prêts à jurer qu'ils ne vous ont jamais vu ici. Qu'est-ce que j'ai à faire de vos *pistolas* ? » dit-il avec mépris. « J'en possède des douzaines. »

Austin ne le quittait pas des yeux. « Dites-moi, Mr Pedralez, de collectionneur à collectionneur, qu'est-ce qui vous fascine dans ces armes anciennes ? »

La question sembla amuser le Mexicain. Une lueur cruelle passa dans son regard, faisant baisser la température ambiante de quelques petits degrés. Pas plus. « Ils symbolisent le pouvoir et les moyens de l'obtenir. Pourtant, en même temps, ils sont aussi beaux que le corps d'une femme.

— Bien dit.

— Et vous ?

— J'apprécie leur travail délicat mais ils me rappellent surtout que la vie et le destin sont les fruits du hasard. Une détente que l'on presse trop tôt. Une arme qu'on lève trop vite. Un tir manqué, passant à quelques centimètres d'un organe vital. Ils incarnent la chance au jeu dans ses aspects les plus mortels. »

Cette réponse parut intriguer le Mexicain. « Vous devez vous considérer comme très chanceux pour oser vous placer ainsi entre mes mains, Mr Austin.

— Pas du tout. J'ai simplement parié que vous accepteriez de discuter avec moi.

— Vous avez tenté votre chance. J'applaudis votre audace. Malheureusement ce n'est pas votre jour. Vous avez perdu », déclara-t-il froidement. « Peu importe qui vous êtes ou qui vous représentez. Vous avez tiré la mauvaise carte. » De nouveau, il claqua des doigts, les hommes se levèrent et s'avancèrent vers eux. Austin se sentait comme un renard cerné par des chasseurs.

Dans le rugissement assourdissant de son pot d'échappement trafiqué, le taxi jaune tout cabossé s'arrêta devant le restaurant en faisant crisser ses pneus. La voiture, une vieille Checker, rebondissait encore sur ses amortisseurs quand son conducteur en descendit. Si l'on faisait abstraction de la veste de coton crasseuse enfilée sur un T-shirt marqué Hussong's, le chauffeur derrière ses lunettes aux verres réfléchissants ressemblait étrangement à Joe Zavala.

Planté sur le trottoir, Joe lança dans un anglais mâtiné d'un accent à couper au couteau : « Quelqu'un ici a appelé un taxi ? »

L'un des hommes d'Enrico s'avança vers lui et grogna quelques mots en espagnol. « Je cherche un Américain », hurla Zavala en anglais, tout en regardant derrière l'épaule du bandit. « Le sergent Alvin York. »

L'homme écrasa sa paume sur la poitrine de Zavala pour bien lui faire comprendre sa façon de penser. « OK, OK ! Damnés *gringos.* » D'un pas lent, il regagna son taxi qui démarra sur les chapeaux de roues, laissant derrière lui un nuage de gaz pourpre.

Le mafioso se retourna et se mit à rire.

Austin, lui, poussa un soupir de soulagement. Son regard erra le long des toits peu élevés. Soudain, un sourire s'épanouit sur son visage.

Zavala lui avait transmis un message, efficace bien que peu subtil. Le sergent York, tireur d'élite du Kentucky, avait remporté la médaille d'Honneur en capturant des prisonniers allemands durant la Première Guerre mondiale. « Amusant, ce type ! Hein, Mr. Austin ?

— *Très* amusant.

— Bon. A présent, je dois vous quitter. *Adios*, Mr. Austin. Malheureusement nous n'aurons plus l'occasion de nous revoir.

— Attendez. »

Le Mexicain considéra Austin d'un air mauvais, comme s'il était une poussière collée à sa chemise. « Je ne bougerais pas, si j'étais vous. Vous êtes dans la ligne de mire d'un tireur embusqué. Un seul faux mouvement, et votre tête explose comme un melon trop mûr. Regardez ce toit, si vous ne me croyez pas, et cet autre là-bas. »

La tête de Pedralez pivota comme celle d'une mante religieuse et ses yeux scrutèrent les toits. Trois tireurs, placés en différents endroits, ne faisaient aucun effort pour se cacher. Il se rassit. « Il semble que vous n'ayez pas une confiance aveugle dans les forces du destin. Que voulez-vous ?

— Je veux simplement savoir à qui appartient l'usine de tortillas.

— A *moi*, bien sûr. Et elle rapporte bien, vous pouvez me croire.

— Et le laboratoire caché sous les eaux de la crique ? Que savez-vous à son sujet ?

— Je suis un homme occupé, Mr. Austin, aussi vais-je vous raconter ce que je sais, et ensuite nous nous séparerons. Il y a deux ans, un type est venu me voir. Un avocat de San Diego. Il avait une proposition à me faire. Quelqu'un voulait construire une usine.

Cette personne finançait les travaux et moi j'empochais les bénéfices. Tels étaient les termes de l'accord. L'usine devait impérativement se trouver dans un endroit isolé, près de la mer.

— Je veux savoir ce qui a été construit sous l'eau.

— Je n'en ai pas la moindre idée. Un grand navire a accosté. Il y avait des gardes. Ils ont sabordé quelque chose au fond de la crique. Ensuite, ils ont relié cette chose à l'usine. Des gens allaient et venaient. Je n'ai posé aucune question.

— Que savez-vous de l'explosion ? »

Pedralez haussa les épaules. « On m'a appelé pour me dire de ne pas m'inquiéter, que mes pertes me seraient remboursées. Je n'en sais pas davantage. L'affaire n'intéresse pas la police.

— Cet avocat qui s'est occupé de la transaction, comment s'appelle-t-il ?

— Francis Xavier Hanley. A présent, je dois partir. Je vous ai dit tout ce que je savais.

— Oui, bien sûr. Vous êtes un homme occupé. »

Pedralez fit un signe de la main. Ses gardes du corps se levèrent et s'alignèrent de chaque côté de lui, en formant une haie se prolongeant jusqu'au trottoir. La Mercedes se matérialisa comme par enchantement ; la portière s'ouvrit avec une précision toute mécanique. Quant aux gardes, ils s'entassèrent dans les deux jeeps Cherokee encadrant la berline. « Mr. Pedralez », cria Austin. « Un marché est un marché. Vous avez oublié vos pistolets. »

Enrico répondit avec un sourire las : « Gardez-les. » Il ajouta quelques mots, monta à l'arrière de la voiture, referma la portière et disparut en un clin d'œil. Austin était couvert de sueur, mais ce n'était pas uniquement à cause de la chaleur. Le taxi déglingué s'arrêta devant lui en faisant résonner son klaxon.

En se glissant sur le siège du passager, Austin regarda autour de lui d'un air éberlué. « Où as-tu dégoté ce tas de boue ?

— L'agent Gomez a eu la gentillesse de le mettre à ma disposition. Cette bagnole a un moteur du tonnerre et une foule d'équipements radio qui m'ont permis d'informer nos amis sur l'endroit où tu te trouvais. Je m'en séparerai à regret. Est-ce que Pedralez t'a appris quelque chose ? »

Austin souleva le coffret contenant les pistolets. « Ouais, il m'a dit que la prochaine fois que je mettrai les pieds à Tijuana, je devrai m'assurer au préalable que ces trucs sont bien chargés. »

14

LA SCÈNE ÉTAIT SI IMPRESSIONNANTE, dans sa terrible beauté, que Trout oublia presque qu'ils se trouvaient dans un fameux pétrin, Gamay et lui. Assis sur une corniche rocailleuse, six mètres au-dessus du lac, il laissait pendre ses longues jambes dans le vide, tout en contemplant le paysage. Il lui fallait tendre le cou pour apercevoir le sommet des chutes. De multiples arcs-en-ciel auréolaient les cinq cascades, produits par la lumière du soleil se réflétant sur les milliers de gouttelettes formant le nuage qui s'élevait en volute à des dizaines de mètres de hauteur. Le fracas de l'eau était aussi puissant que le rugissement lointain d'une centaine de locomotives lancées à toute vapeur. Trout n'avait rien d'un mystique mais, pour lui, le spectacle qui s'offrait à ses yeux méritait pleinement son nom. La Main de Dieu.

Un grognement mit fin à sa rêverie. « Qu'est-ce que tu fabriques ? » dit Gamay en bâillant. Elle était couchée près de lui à l'ombre d'un arbre. « Je me disais que ce serait l'endroit rêvé pour bâtir un hôtel.

— Pouah ! », fit Gamay d'un air renfrogné. Elle s'assit et essuya la sueur qui couvrait son visage. « N'oublie surtout pas l'air conditionné. »

Une heure auparavant, il avait plu l'espace de quelques instants, mais à présent le soleil luisait de plus belle. Grâce aux arbres et aux buissons qui ombrageaient leur perchoir, ils étaient parvenus à s'assoupir. En revanche, il était impossible d'échapper à l'humidité suffocante. Paul s'était réveillé le premier. « Je vais te chercher un peu d'eau », dit-il. Il confectionna une tasse dans une feuille de palmier, descendit jusqu'au lac et recueillit de l'eau dans ce récipient improvisé mais en renversa la moitié en le ramenant vers Gamay, occupée à débarrasser ses cheveux hirsutes des brins d'herbe qui y étaient emmêlés. En fermant les yeux, elle but goulûment et avec délectation, puis tendit à Paul ce qui restait. « Merci, dit-elle dans un sourire. C'était rafraîchissant. J'espère que tu ne m'en voudras pas si je pique une tête dans ta citerne. » Elle descendit jusqu'au lac, plongea et fit quelques brasses.

Paul avait l'intention de rejoindre Gamay après avoir étanché sa soif, quand un mouvement, près de l'embouchure de la rivière, attira son regard. Il appela son épouse pour la mettre en garde, mais elle ne pouvait l'entendre à cause du fracas des chutes. Il gagna donc la rive en trébuchant, entra dans l'eau, nagea vers Gamay qui flottait paisiblement sur le dos, et l'agrippa par son T-shirt.

D'abord déconcertée, Gamay éclata de rire. « Hé, ce n'est pas le moment de badiner.

— Chut, fit-il. Reviens sur la berge. En quatrième vitesse. »

L'affolement se lisait dans sa voix. Sans ajouter un seul mot, Gamay se précipita vers la rive, suivie de Paul, et se mit à en escalader le bord. Paul l'attira dans un buisson, porta un doigt à ses lèvres et désigna le lac.

Gamay plissa les yeux pour apercevoir ce qui se passait au-delà du feuillage. Son corps se tendit lorsqu'elle vit le soleil briller sur les pagaies humides et les éclairs bleus et blancs qu'elle ne connaissait que trop bien. Les Chulos. Paul avait repéré les quatre canoës au moment où ils passaient de la rivière au lac. Sans son intervention, ils se seraient dirigés droit sur Gamay. Les embarcations avançaient en file. Dans chacune, trois Indiens. Deux pagayaient, le troisième tenait un fusil dont le canon reposait sur ses genoux. Ils regardaient droit devant eux, ignorant tout le reste, si bien qu'ils ne virent pas qu'on les observait.

Les Indiens passèrent à quelques mètres de leur cachette, si près que les Trout discernèrent jusqu'aux perles de sueur couvrant leurs muscles saillants. Ils traversèrent silencieusement le lac jusqu'à ce que les volutes brumeuses les enveloppent. Un instant plus tard, ils avaient disparu au cœur du nuage de vapeur. « Un tour de passe-passe », dit Paul, en gonflant les joues. « A présent, nous savons d'où leur vient ce nom de Peuple des Brumes », fit remarquer Gamay.

Paul se redressa prudemment et, du haut de ses deux mètres, regarda au loin pour s'assurer qu'il n'y avait pas de retardataires.

« La voie est libre, dit-il. On ferait mieux de songer à s'en aller. J'ai gardé le couteau suisse. Et si nous fabriquions un radeau avec des rondins et des lianes ? »

Le regard braqué vers les brumes, Gamay s'exclama : « J'ai une meilleure idée. » Elle hésita quelques secondes avant d'ajouter : « C'est peut-être un peu risqué.

— Un peu risqué ? » fit Paul avec un petit rire. « N'oublie pas que je sais très bien comment fonctionne ton esprit. Tu es sur le point de me proposer de suivre ces types et de leur voler un canoë.

— Pourquoi pas ? Ecoute, ici c'est leur territoire, ils ne s'y attendront donc pas. Avec tout le respect que je dois à tes talents de sculpteur au couteau suisse, je ne nous vois pas fabriquer une embarcation capable de nous transporter tous les deux Dieu sait où, à des kilomètres en aval, sans risquer de couler ou de tomber sur d'autres individus du même acabit. Notre voyage en canot pneumatique ne fut déjà pas de tout repos. Ils ne peuvent quand même pas pagayer toute la journée. Ils doivent bien hisser leurs canoës sur une rive ou sur une autre. On les trouve, on attend la nuit et on en prend un. Je parie qu'il ne leur manquera même pas. »

Les grands yeux noisette de Paul brillèrent d'amusement. « Détecterais-je un soupçon d'intérêt scientifique dans ta proposition ?

— OK, j'admets que ma démarche outrepasse la simple survie. Ne me dis pas que tu ne t'es jamais interrogé sur cette tribu high-tech et cette histoire de déesse blanche.

— J'étais en train de me demander s'ils avaient de la nourriture », dit Paul en se tapotant le ventre. Il mâchait un brin d'herbe d'un air pensif. « Sérieusement, nous sommes dans de beaux draps et nous n'avons pas grand choix. Nous ne savons ni où nous nous trouvons ni comment en partir. Nous n'avons pas de vivres. Comme tu l'as fait remarquer, ce lieu est leur territoire. Je suggère que nous partions en reconnaissance. Nous sommes des étrangers dans un pays étrange. On y va doucement et, si la situation tourne au vinaigre, on se tire en vitesse.

— D'accord, fit Gamay. Bon, pour ce qui est de la nourriture, je suis à court de barres de céréales. J'ai vu des oiseaux picorer les baies de ce buisson. Aucun d'eux n'étant mort, je suppose qu'elles ne sont pas empoisonnées.

— Des baies, tu dis ? », s'écria Paul. « Elles ne sont peut-être pas si mauvaises que ça. »

Trout se trompait. Les baies étaient si amères qu'on ne pouvait en manger une seule sans faire la grimace. Le ventre vide, les Trout entreprirent de longer la rive du lac. A un certain endroit, la boue prit l'aspect de sables mouvants, aussi grimpèrent-ils jusqu'à un sentier sur lequel ils eurent grand-peine à progresser. La piste était encombrée d'herbes, comme si personne ne l'avait empruntée récemment. Pourtant, ils redoublèrent de prudence, prêts à plonger la tête la première dans les buissons s'ils rencontraient quelqu'un.

Ils parcoururent ainsi plus d'un kilomètre avant de parvenir à un endroit où les brumes émanant du lac pénétraient par vagues dans la forêt, comme de la vapeur sortant d'une chaudière. La végétation dense était aussi humide que si une pluie battante l'avait détrempée et le fracas des chutes aussi puissant que le martèlement d'un millier de timbales. Ils n'ignoraient pas que le vacarme couvrant le bruit de leurs pas pouvait tout aussi bien masquer l'approche d'une armée en marche. L'air devint glacial et si moite qu'ils durent se couvrir le nez d'une main pour éviter la nausée. On n'y voyait qu'à quelques mètres ; et ils devaient progresser tête baissée pour ne pas perdre de vue le sentier.

Puis, soudain, ils sortirent de la forêt. S'ils s'attendaient à découvrir une vallée idyllique, tels les voyageurs de Shangri-la, ils en furent pour leurs frais. De l'autre côté des brumes, la forêt recommençait. Le sentier ne longeait plus le lac mais bifurquait vers un affluent que les canoës avaient sans doute suivi.

Quelques minutes plus tard, Gamay s'arrêta et secoua la tête. « Cette petite rivière ne te paraît pas bizarre ? »

Paul s'avança vers l'eau. « Oui, elle est bien trop droite pour être naturelle. On dirait qu'on s'est servi d'un cours d'eau ou d'un marais préexistant et qu'on l'a déblayé à la pelle et à la pioche.

— C'est exactement ce que je pense. » Gamay se remit en route. « Comme je le disais, les Chulos sont fascinants. »

S'étant confectionné des chapeaux avec des feuilles de palmiers, ils cheminèrent péniblement durant quelques heures en s'arrêtant souvent pour étancher leur soif à la rivière. A un certain moment, ils durent s'abriter pour attendre la fin d'une averse. Et tandis que le sentier s'élargissait, leur nervosité grandit. Ils redoublèrent d'attention. Des empreintes de pieds nus se dessinaient dans la terre meuble.

Après une courte discussion, ils décidèrent de suivre encore un peu la rivière, puis de se cacher dans la forêt jusqu'à la nuit. Ils étaient exténués et avaient besoin de reconstituer leurs forces. Tout en cheminant, ils rencontrèrent sur leur droite une voie sortant de la végétation, pavée d'une multitude de pierres plates. Gamay ne put s'empêcher de la comparer aux routes construites par les Mayas ou les Incas. Elle valait largement tout ce qu'elle avait pu voir sur la voie Appienne. Remplis de curiosité, ils suivirent ce chemin pendant cinq minutes encore. Un peu plus loin, une lueur filtrait à travers les arbres. Ils s'avancèrent vers elle.

La voie s'élargit en une clairière parfaitement circulaire de quinze mètres de diamètre environ, également pavée. Au centre de la clairière, se dressait un objet de grande taille. « Nom de Dieu ! » s'écrièrent-ils en chœur.

L'avion était coupé en deux. L'avant était intact, mais il ne restait plus grand-chose de la cabine des passagers. Bien conservée, la section de la queue avait été ramenée juste derrière le cockpit, ce qui donnait à l'engin un air bizarre. Il était comme raccourci, tronqué. Contre toute attente, la peinture usée et presque effacée ne disparaissait pas sous les lianes et les lichens.

Ils collèrent leur nez aux hublots craquelés du cockpit, s'attendant à découvrir des squelettes. Les sièges étaient vides. Devant le nez de l'avion, s'ouvrait un puits peu profond contenant les cendres d'un foyer et les ossements carbonisés de petits animaux. Des totems sculptés, de la taille d'un homme, entouraient le cercle de pierre. Ils étaient tous différents. Au sommet de chaque poteau, taillée dans un bois sombre, une femme ailée se dressait. Ses mains formant une coupe étaient tendues devant elle. Ils reconnurent la figure gravée du médaillon retrouvé sur l'Indien mort. « On dirait une sorte d'autel », murmura Gamay. Elle se dirigea vers le puits rempli de cendres. « C'est sans doute ici qu'ils pratiquent leurs sacrifices. Des restes de petits animaux, pour l'essentiel.

— C'est tout à fait rassurant », dit Paul. Il leva les yeux vers le soleil puis consulta sa montre. « Ils ont orienté l'avion de manière à le transformer en cadran solaire. Cela me rappelle Stonehedge et les cercles concentriques qui servent de calendrier céleste. »

Gamay posa la main sur le nez de l'avion. « Ce dessin bleu et blanc t'évoque-t-il quelque chose ?

— Evidemment, ce sont les couleurs du drapeau chulo. »

Les yeux de Gamay s'agrandirent démesurément lorsqu'elle se

retourna vers Paul qui se tenait de dos à la forêt. « Ce n'est pas la *seule* chose dans le coin à être bleue et blanche. »

Paul pivota sur lui-même. Une vingtaine d'Indiens Chulos étaient en train d'émerger des fourrés. Leur visage et leur corps portaient les couleurs du ciel et des os. La découverte de l'avion lui avait fait abandonner toute prudence. Il se maudit de s'être ainsi laissé surprendre. Aussi silencieux que les fantômes qu'ils étaient censés être, les Indiens les encerclèrent. Toute fuite s'avérait impossible. Paul et Gamay étaient purement et simplement pris au piège.

Lances levées vers le ciel, les Indiens s'avancèrent vers eux. Puis soudain se produisit une chose étrange. Leur cercle s'ouvrit et l'un d'eux brandit son arme pour leur signifier de passer. Les Trout se regardèrent, cherchant à se rassurer mutuellement, puis quittèrent l'autel et suivirent le sentier le long de la rivière, escortés par les Indiens silencieux qui les encadraient comme une garde d'honneur.

Le chemin s'élargissait en une route menant à une palissade percée d'une porte assez large pour permettre le passage d'un camion. De loin, ils avaient aperçu, flanquant la porte, de hauts poteaux de bois surmontés de boules ressemblant à des hampes de drapeaux. Comme ils approchaient de l'entrée, Gamay serra très fort la main de son mari. « Paul, regarde », murmura-t-elle.

Il suivit son regard. « Oh, mon Dieu. »

Les boules n'étaient autres que des têtes humaines. Les visages rôtis par le soleil et tannés comme des pommes cuites, avaient été en partie dévorés par les oiseaux et les insectes mais on pouvait encore reconnaître les traits de Dieter. Il ne souriait plus. Pas plus qu'Arnaud ou son taciturne assistant, Carlo. La quatrième tête appartenait à leur acolyte indien. Trout l'identifia grâce à sa casquette des New York Yankees.

Puis ils franchirent les portes, laissant derrière eux les macabres décorations. Derrière la barrière, plusieurs douzaines de huttes en chaume étaient massées au bord de la rivière. On ne voyait ni femmes ni enfants. Les gardes avaient baissé leurs lances, rangé leurs flèches. Seule leur présence empêchait les Trout de tenter l'impossible.

Paul dit : « Regarde cette roue à eau. Nous avons les mêmes en Nouvelle-Angleterre. »

On avait détourné l'eau de la rivière qui coulait à présent en cascade sur un dispositif en bois, jusqu'à une roue. Ils n'eurent pas le loisir d'aller voir de plus près. Leurs gardiens les conduisirent vers un bâtiment se dressant au centre du camp. Quatre fois plus grand que les huttes qui l'entouraient, ses murs étaient constitués d'une argile couleur mastic et non de branchages. Ils s'arrêtèrent devant le grand porche pareil à une bouche béante. Suspendu au-dessus de l'entrée, trônait un ventilateur d'avion. Les Indiens se groupèrent derrière eux, posèrent leurs armes et s'agenouillèrent en touchant le sol du nez. « Et maintenant ? » s'enquit Gamay, stupéfaite par la soudaine soumission de ces féroces guerriers. « Je ne te conseille pas de partir en courant. Nous ne ferions pas trois mètres qu'ils nous rattraperaient. A mon avis, ils veulent qu'on entre. Après vous, madame.

— Nous entrerons ensemble. »

Ils passèrent le seuil main dans la main et débouchèrent dans une pièce faiblement éclairée. Ils en traversèrent d'autres, plus petites, avant d'arriver dans une vaste salle. Tout au fond de la hutte, visible grâce à un rayon de soleil passant à travers un trou aménagé dans le toit, une silhouette était assise. Elle leva le bras et leur fit signe d'approcher. Ils avancèrent lentement. Le sol était en bois et non pas de terre battue, comme celui des huttes qu'ils avaient eu l'occasion de visiter.

Le siège sur lequel trônait la silhouette ressemblait à s'y méprendre à un fauteuil d'avion. On ne voyait d'elle que deux jambes bronzées et galbées. Le reste de son corps était caché derrière un masque ovale bleu et blanc, digne des pires cauchemars. Y étaient peints d'énormes yeux et une large bouche munie de dents de requin acérées. Les Trout se tenaient, embarrassés, devant l'étrange personnage quand deux mains surgirent de chaque côté du masque et le soulevèrent. « Ouf, ce truc me donne chaud », dit en anglais la belle femme qui apparut derrière l'affreux déguisement. Elle se débarrassa de l'objet et tourna la tête alternativement vers Paul et Gamay. « Les docteurs Trout, je suppose ? »

Malgré sa stupéfaction, Gamay fut la première à prendre la parole. « D'où connaissez-vous nos noms ?

— Nous déesse blanche tout voir et tout savoir. » Elle rit quand elle vit leur perplexité grandir encore. « Je suis une piètre hôtesse. Je ne devrais pas taquiner mes invités. »

Elle sourit et frappa légèrement dans ses mains. Les Trout allaient de surprise en surprise. Derrière le trône, le rideau de perle s'écarta en cliquetant et la femme de Dieter, Tessa, s'avança.

15

LE BUREAU DE L'AVOCAT Francis Xavier Hanley se trouvait au onzième étage d'une tour de verre bleu, donnant sur la baie de San Diego. Austin et Zavala sortirent de l'ascenseur, s'engagèrent dans le couloir menant au cabinet et déclinèrent leur identité devant la séduisante réceptionniste qui appuya sur un bouton de son interphone. Après avoir prononcé quelques mots à mi-voix, la jeune femme sourit d'un air affable et leur proposa d'entrer. Un homme au visage rougeaud et au corps de videur de night-club ayant pris du lard les accueillit sur le seuil. Il se présenta et les invita à s'asseoir sur des sièges de style Empire. Déposant sa masse de chair derrière un grand bureau d'acajou, Hanley s'enfonça dans son fauteuil à roulettes recouvert de peluche et, croisant l'extrémité de ses doigts, contempla ses visiteurs comme un loup salivant devant deux chèvres attachées à un piquet.

Après son retour de Tijuana, Austin avait appelé le bureau de Hanley pour solliciter un rendez-vous. Il avait débité son histoire sans craindre d'en faire un peu trop : son partenaire et lui « avaient réussi quelques bons coups » en bourse et cherchaient à placer tout ce fric. Ils obtinrent aussitôt un rendez-vous. La lueur carnivore brillant dans les yeux vert pâle de l'avocat laissait supposer qu'il avait mordu à l'hameçon. Son regard passait de l'un à l'autre. « Je crois que le mieux est d'en venir tout de suite au fait, ronronna-t-il. Vous disiez, au téléphone, que vous envisagiez d'investir à l'étranger.

— C'est surtout le Mexique qui nous intéresse », expliqua Zavala.

L'homme de loi portait un costume gris en peau de requin qui devait valoir fort cher ; le poids de l'or et des diamants qui luisaient sur ses mains épaisses aurait suffi à couler le *Titanic*. Mais tous les tailleurs du monde n'auraient pu affiner sa silhouette de lutteur de foire ; les plus gros bijoux n'auraient pu dissimuler la vulgarité dont chacune de ses paroles, chacun de ses gestes étaient empreints. Les hommes de la NUMA, eux, portaient jeans, T-shirts et coupe-vent. Un négligé soigneusement étudié. En Californie, seules les personnes qui ressemblent à des millionnaires n'en sont pas.

Hanley remarqua que Zavala était sans doute originaire d'Amérique latine. « Vous avez frappé à la bonne porte », dit-il chaleureusement. Il sourit dans l'intention d'exercer son charme, mais sa bouche en cul de poule, perdue dans son visage joufflu, lui donnait des airs de vautour obèse. « Avez-vous en tête un domaine d'activités particulier ?

— Nous aimons les tortillas », lâcha Austin sans sourciller.

Une expression tenant de la stupeur se dessina sur les traits rubiconds de Hanley. « Pardonnez-moi », fit-il, comme s'il avait mal entendu. « Vous savez, les tortillas », dit Austin en faisant un cercle avec ses mains. « On nous a dit que ce genre d'affaire se développait rapidement. »

Retrouvant son aménité, Hanley répondit : « C'est le cas, en effet. Il s'agit d'un secteur en forte expansion à l'intérieur du marché de l'industrie agro-alimentaire, lui-même florissant. »

Austin eut l'impression que sa réponse aurait été la même s'il avait été question de pâtés d'alouettes. Zavala et lui avaient décidé d'employer la méthode de l'approche directe qui avait si bien fonctionné avec Pedralez, provoquant une forte réaction de la part de ce dernier.

Dans un sourire, Zavala reprit : « Nous avons entendu parler d'une usine de tortillas en Basse-Californie, près d'Ensenada. Il paraît qu'elle est à vendre, et à un bon prix. »

Les yeux délavés de Hanley n'étaient plus que deux fentes sous l'arête proéminente de ses sourcils. « D'où tenez-vous cela ? » grogna-t-il. « D'un peu partout. » Les commissures des lèvres de Zavala se relevèrent dans un sourire mystérieux. « Désolé, messieurs, je ne connais aucune usine de tortillas en Basse-Californie. »

Zavala se tourna vers Austin. « Il dit qu'il ne la connaît pas. »

Austin haussa les épaules. « Votre réponse nous étonne. Enrico

Pedralez prétend que vous connaissez *très* bien son installation. Il nous a donné votre nom en disant que vous aviez été chargé d'effectuer la transaction pour son compte. »

A la mention du patron de la pègre mexicaine, les défenses de Hanley se placèrent en état d'alerte maximum. Il ne savait pas très bien quelle attitude adopter face à ces deux inconnus. Il fit rapidement défiler les diverses menaces éventuelles : la police, le fisc, l'Etat. Ces hommes ne correspondaient à aucune catégorie identifiable. Il décida de passer à l'attaque. « Puis-je voir vos papiers d'identité, messieurs ?

— Cela ne sera pas nécessaire », dit Austin. « Dans ce cas, si vous n'êtes pas sortis de mon bureau dans deux secondes, c'est moi qui vous jetterai dehors. »

Austin demeura impassible. « Vous pouvez toujours essayer, répliqua-t-il sur un ton glacial, mais je ne vous le conseille pas. Et à votre place, je ne tenterais pas non plus de contacter vos potes mexicains. »

Voyant que l'intimidation ne fonctionnait pas, l'avocat s'empara du téléphone. « J'appelle la police.

— Et pourquoi pas le Barreau, pendant que vous y êtes ? » proposa Austin. « Je suis sûr qu'ils apprécieraient d'apprendre que l'un de leurs membres s'est compromis avec un célèbre mafioso mexicain. Du coup, cette licence encadrée sur votre mur vaudrait moins cher que le papier sur lequel elle est imprimée. »

Hanley retira sa main et se mit à fixer les deux hommes assis de l'autre côté de son bureau. « Qui êtes-vous, messieurs ? » Ce dernier mot, il le cracha presque. « Deux personnes qui veulent en savoir plus sur cette usine de Basse-Californie », répéta Austin.

Hanley faisait des efforts désespérés pour comprendre qui étaient ces types. Avec leurs carrures athlétiques et leurs visages hâlés par le soleil, ils avaient l'air de deux professionnels du farniente mais, derrière leur apparente cordialité, il décelait une grande dureté. « Même si vous étiez investis de toutes les autorisations possibles et imaginables, je serais dans l'impossibilité de vous aider, dit-il. Les discussions sur ce sujet sont couvertes par le secret professionnel.

— C'est vrai », dit Austin sans le contredire. « Il est également vrai que vous pourriez vous retrouver en prison pour avoir fricoté avec un criminel notoire. »

La bouche de Hanley se fendit d'un sourire contraint. « OK,

vous avez gagné, conclut-il. Je vais faire ce que je peux. Mais c'est donnant, donnant. Expliquez-moi d'abord pourquoi cette propriété vous intéresse. Ce marché me semble équitable.

— Certes, rétorqua Austin. Mais l'équité n'est pas de ce monde. » Ses yeux coraliens sondèrent le visage de Hanley. « Je vais vous mettre à votre aise. Vos magouilles ne nous concernent pas. Dès que vous nous aurez donné le nom de la personne qui vous a engagé pour traiter l'affaire en question, il y a fort à parier que vous ne nous reverrez jamais. »

Hanley fit un signe de tête et saisit un cigare posé dans un humidificateur, sans prendre la peine d'en proposer un à ses hôtes. Il l'alluma et cracha la fumée vers eux. « Voilà deux ans de cela, j'ai été contacté par un courtier d'affaires de Sacramento. Il avait entendu parler de mes, euh, relations avec le Mexique et voyait en moi un parfait intermédiaire pour la transaction qu'il avait en tête. Une opération qui rapporterait beaucoup, comportait peu de risques et nécessitait un minimum d'efforts.

— Vous ne pouviez refuser une offre aussi alléchante.

— Bien sûr. Mais j'étais prudent. Tout le monde en Californie possède sa propre manière de s'enrichir. Il connaissait mes liens avec Enrico. Aussi ai-je dû m'assurer que ce type ne travaillait pas pour son compte personnel. J'ai lancé un détective sur ses traces. Il était réglo. »

Austin ne put s'empêcher de sourire légèrement à l'idée de cet avocat marron soudain si pointilleux en matière d'honnêteté. « Dans quel but vous a-t-il engagé ?

— Les gens qu'il représentait cherchaient un terrain en Basse-Californie. Il devait être à la fois isolé et situé au bord de la mer. Ensuite, il souhaitait que je m'occupe des formalités administratives inhérentes à l'implantation d'une entreprise au Mexique.

— Baja Tortillas.

— Oui. Il voulait qu'un citoyen mexicain inscrive son nom sur l'acte de propriété. Selon lui, ce serait plus facile ainsi. Une opération clés en main. Il a fourni les caractéristiques techniques de l'usine puis a envoyé une équipe chargée de la bâtir. Ses clients souhaitaient avoir accès à l'installation une fois celle-ci construite, mais n'interféreraient en rien dans sa gestion. Ils disaient qu'Enrico pouvait garder la moitié des bénéfices et que l'usine lui reviendrait au bout de cinq ans.

— Une telle générosité ne vous a pas étonné ? Il s'agissait quand même d'un investissement considérable.

— Si on me paie si cher, c'est que je ne pose pas ce genre de questions.

— Il semble que vos amis aient eu besoin d'une couverture », dit Zavala. « Bien sûr, cela m'a traversé l'esprit. Les Japonais se sont fait éreinter quand ils ont tenté de monter une usine de production de sel sur la côte. A cause d'une poignée de protecteurs des baleines qui s'étaient plaints auprès du gouvernement mexicain. Je me suis dit que les clients du type avaient eu vent des tracasseries faites aux Japonais et qu'ils voulaient éviter de connaître le même sort.

— Qui était ce courtier d'affaires ?

— Il s'appelait Jones. Mais si, c'était son vrai nom », ajouta Hanley quand il aperçut leurs regards sceptiques. « Il faisait office d'intermédiaire dans l'achat et la vente de sociétés.

— De qui était-il le mandataire ?

— Il ne me l'a jamais dit. »

Austin se pencha sur le bureau de Hanley. « Ne nous menez pas en bateau, Mr Hanley. Vous êtes un homme prudent, puisque vous avez eu recours à un détective pour en savoir davantage sur ce personnage. »

Hanley haussa les épaules. « A quoi bon le nier ? Ces gens tentaient de dissimuler leur identité derrière une multitude de documents administratifs.

— Vous avez dit *tentaient*. Qui sont-ils en réalité ?

— Je suis tombé sur une société nommée Mulholland Group. Je n'ai pas réussi à aller au-delà. C'est une corporation très fermée, liée à des compagnies impliquées dans des projets hydrauliques de grande envergure.

— Quoi d'autre ?

— C'est tout ce que je sais. » Hanley consulta sa montre Cartier. « Si vous voulez bien m'excuser, j'ai rendez-vous avec un *vrai* client.

— Nous voulons l'adresse et le numéro de téléphone de l'agent de change.

— Cela ne vous mènera pas très loin. Il est mort voilà quelques semaines. Il roulait sur une route de montagne quand sa voiture a fait une embardée. »

Depuis quelques instants, Austin observait le ciel à travers la vitre à laquelle Hanley tournait le dos. Un hélicoptère ne cessait d'effectuer des allers-retours au-dessus de la baie, se rapprochant d'eux à chaque passage. Lorsque Hanley fit allusion à cette mort insolite, il reporta toute son attention vers l'avocat. « Nous aimerions malgré tout obtenir toutes les informations dont vous disposez à son sujet. Ainsi que le dossier concernant la transaction. »

Hanley fronça les sourcils. Lui qui pensait en avoir fini avec ces deux importuns. « Je ne peux pas vous confier l'original. Je vais en faire une copie. Cela prendra deux heures.

— C'est parfait. Nous reviendrons dans deux heures. »

Hanley fronça davantage les sourcils, puis retrouvant son sourire, il se leva en leur désignant la porte.

Une fois dans l'ascenseur, Austin dit : « Nous allons appeler Hiram Yaeger. Les documents que Hanley nous donnera seront forcément censurés, si bien que nous devrons peut-être mener notre propre enquête sur le groupe Mulholland. » Hiram Yaeger, un génie de l'informatique, travaillait comme eux pour la NUMA. Le système qu'il avait créé et baptisé Max était basé au neuvième étage de l'immeuble abritant l'Agence. Il était branché sur une vaste base de données rassemblant tout le savoir du monde en matière d'océanographie. Max n'avait pas son pareil pour s'introduire dans les banques de données extérieures.

Dehors, ils retrouvèrent le soleil de la Californie du Sud. Zavala s'avança vers le bord du trottoir pour héler un taxi. A ce moment même, ils entendirent, juste au-dessus d'eux, le vacarme produit par un rotor. Un hélicoptère vert sillonnait le ciel à la verticale de la rue. Il se trouvait à quelque trente mètres de la façade en verre de l'immeuble qu'ils venaient de quitter. Comme les autres piétons, ils fixèrent l'engin avec curiosité. Puis un éclair passa dans le regard d'Austin. Il avait compris.

Attrapant Zavala par le bras, il lança : « Il faut qu'on y retourne. »

Zavala jeta un coup d'œil sur l'hélicoptère et, à la suite d'Austin, s'engouffra dans le bâtiment par la porte à tambour.

Se précipitant dans un ascenseur ouvert, ils appuyèrent sur le bouton correspondant à l'étage du cabinet de Hanley. A mi-chemin, il y eut un fracas assourdissant. Les parois de l'ascenseur se mirent à trembler dans un grand bruit de ferraille. Quand ils arrivèrent au dizième étage, Austin enfonça le bouton d'arrêt. Ils dépassèrent en trombe des employés de bureau saisis de stupeur et entreprirent d'escalader les marches menant au niveau supérieur.

Une fumée âcre et noire emplissait la cage d'escalier. Austin posa la main sur la porte menant au cabinet pour savoir si un incendie faisait rage de l'autre côté. Constatant qu'elle n'était pas chaude, il l'entrouvrit. Une fumée plus épaisse que dans l'escalier s'engouffra par l'entrebâillement. Ils écartèrent le battant, se mirent à quatre pattes et rampèrent au milieu des vapeurs suffocantes jusqu'au bureau de l'hôtesse d'accueil. Le système d'arrosage s'était déclenché si bien que leurs vêtements furent bientôt trempés. La réceptionniste était étendue sur un petit tapis près de son comptoir. « Et Hanley ? » hurla Joe. La fumée sortait par vagues de la porte de son bureau. « Ne t'inquiète pas. C'est fini pour lui. »

Ils tirèrent la réceptionniste vers la cage d'escalier et portèrent son corps inerte à l'étage en dessous. Après quelques minutes de bouche-à-bouche, elle revint à elle. Bientôt les pompiers arrivèrent en martelant le sol de leurs bottes et dirigèrent la femme vers le service des urgences. Austin et Zavala empruntèrent l'escalier pour redescendre, car ils craignaient de rester coincés dans l'ascenseur en cas de coupure de courant. D'autres pompiers s'engouffraient dans le hall. La police était en train d'évacuer l'immeuble. Les hommes de la NUMA se mêlèrent à la foule agglutinée à l'extérieur mais, voyant que leur présence était inutile, s'éloignèrent et, au bout de quelques dizaines de mètres, sautèrent dans un taxi.

Le chauffeur, un Sénégalais à en croire sa carte professionnelle, jeta un regard sur leurs visages couverts de suie. « Vous y étiez ? Dites donc, je viens d'entendre ça à la radio. Une explosion, il paraît. »

Zavala se retourna et vit par la lunette arrière la confusion qui régnait devant l'immeuble. La police arrêtait la circulation et mettait en place un cordon de sécurité.

Zavala essuya la suie sur son visage. « Comment savais-tu que ça allait arriver ?

— Je ne le savais pas. Mais, quand nous discutions avec Hanley, j'ai remarqué les allées et venues de l'hélicoptère à travers la baie.

— Je l'ai vu, moi aussi, mais je n'y ai pas prêté grande attention. Je me suis dit qu'il s'agissait d'un appareil de la sécurité routière.

— Au début, je me suis fait la même réflexion. Puis nous l'avons vu se rapprocher, et il y a eu un déclic en moi. C'est cet engin, ou l'un de ses semblables, qui s'est approché de l'usine de tortillas, après l'explosion.

— Je m'en souviens. Vert foncé. Il a survolé la crique et il est reparti. » Zavala réfléchit un instant. « Le propriétaire de cet hélicoptère voulait à tout prix que Hanley disparaisse.

— Notre ami Hanley a fait une sortie plutôt remarquée.

— Tu penses que c'était Enrico ?

— C'est possible. Il savait que nous irions lui parler. J'ai été surpris qu'il ne l'ait pas appelé pour l'avertir de notre arrivée.

— Je pensais à Mr. Jones, le type qui a servi de médiateur dans cette affaire », dit Zavala d'un air pensif. « Peut-être l'a-t-on contraint au silence, lui aussi.

— Ce genre de méthode expéditive cadrerait assez bien avec ce que nous savons des pratiques d'Enrico, jusqu'à preuve du contraire », dit Austin.

Une fois qu'ils eurent regagné leur hôtel, ils obtinrent la preuve du contraire. Tandis qu'Austin se lavait et se changeait, Zavala alluma la télévision pour regarder les nouvelles. Le porte-parole des pompiers déclara qu'un certain nombre de personnes étaient soignées pour inhalation de fumée, mais qu'on n'avait apparemment à déplorer qu'un seul mort dont le nom ne serait divulgué qu'une fois sa famille prévenue. La cause de l'explosion était inconnue. Le reportage terminé, Zavala était sur le point d'éteindre le poste quand un visage familier apparut sur l'écran. « Kurt, il faut que tu viennes voir ça », cria-t-il.

Austin apparut à temps pour voir le présentateur impeccablement coiffé annoncer la nouvelle. « Nous venons de l'apprendre. Le supposé gros bonnet de la mafia mexicaine, Enrico Pedralez, a été tué aujourd'hui dans l'explosion de sa voiture, à Tijuana. Deux autres personnes, ses gardes du corps sans doute, ont également trouvé la mort dans l'incident. »

Ensuite, le présentateur se mit à descendre froidement la liste des forfaits commis par le Mexicain. « On dirait que les propriétaires de notre hélicoptère vert n'aiment pas laisser traîner les choses », fit observer Austin.

Le téléphone sonna, Zavala décrocha. Il écouta un instant, marmonna : « Je vous en prie » et replaça le combiné sur son support. « C'était l'agent Miguel Gomez », dit-il. « Que voulait-il ? »

La bouche de Zavala esquissa un sourire contraint. « Il voulait seulement nous remercier de lui avoir mâché le travail. »

16

BRYNHILD SIGURD DIRIGEAIT son vaste empire à partir d'une tourelle perchée tout en haut de l'immense édifice auquel elle avait donné le nom évocateur de Walhalla. Cette pièce sans fenêtre formait un cercle impeccable, la forme géométrique la plus proche de la perfection. Les murs d'une blancheur immaculée s'ornaient de peintures et de draperies. Elle se tenait face à un écran plat posé à côté d'une console téléphonique en plastique blanc. C'était tout ce dont elle avait besoin pour se mettre aussitôt en relation avec ses diverses affaires disséminées à travers le monde. La température qui régnait dans son aire était de huit degrés été comme hiver. Les rares personnes admises à y pénétrer la comparaient à une immense glacière, mais Brynhild, elle, s'y trouvait bien.

Depuis son enfance, passée dans une ferme isolée du Minnesota, elle associait le froid à la notion de pureté et ne se sentait à son aise que dans les atmosphères glaciales. Autrefois, elle avait coutume de skier pendant des heures, seule sous les étoiles, sans craindre les frimas qui lui brûlaient les joues. Sa taille et sa force ne cessant de croître, elle s'éloigna chaque jour davantage du reste du genre humain, les « petites gens », comme elle les appelait, qui la considéraient comme un monstre. En Europe où elle fit ses études, sa grande intelligence lui permit d'exceller, alors qu'elle n'assistait que rarement aux cours. Ne pouvant se dérober aux regards curieux, elle dut les endurer. Une pénible expérience qui eut pour effet de la conforter dans ses ambitions et d'alimenter le ressentiment qui couvait en elle. C'est à cette époque que germèrent les premières graines de sa mégalomanie.

Elle parla dans un micro : « Merci du soutien que vous nous avez apporté lors de la réforme du statut de la Colorado River, sénateur Barnes. Votre Etat va profiter pleinement de votre vote clé, surtout lorsque l'entreprise de votre frère commencera à bénéficier des contrats de travaux publics que nous comptons signer avec lui. J'espère que vous avez mis à profit les suggestions que je vous ai faites.

— Oui, m'dame, je l'ai fait, merci. J'ai dû éviter les conflits d'intérêts bien sûr, mais mon frère et moi sommes très proches, si vous voyez ce que je veux dire.

— Je vois, sénateur. Avez-vous parlé au président ?

— Je viens de discuter au téléphone avec le chef du personnel. La Maison-Blanche opposera son veto à tout projet tendant à faire capoter la loi de privatisation que nous avons votée. Le président croit fermement que le secteur privé est capable d'accomplir un meilleur boulot que le gouvernement, que ce soit dans la gestion des prisons, la sécurité sociale ou le pompage de l'eau.

— De quel soutien le projet Kinkaid bénéficie-t-il ?

— Quelques maigres voix, rien de sérieux. C'est tellement regrettable que Kinkaid ait eu cet accident. J'ai toujours apprécié cet homme. Mais avec sa disparition, ses troupes vont perdre leur combativité et l'annulation qu'il voulait obtenir semble vouée à l'échec.

— Excellent. Comment les autres projets en faveur de la privatisation évoluent-ils ?

— A merveille. Toutes les installations hydrauliques régies par l'Etat américain passeront bientôt dans le secteur privé.

— Donc, il n'y a aucun problème, n'est-ce pas ?

— Un seul, peut-être. Il reste un trouble-fête. Le rédacteur en chef du quotidien qui paraît dans la capitale de mon Etat. Il fait un sacré grabuge, et j'ai peur qu'il sème la pagaille. »

Elle demanda le nom de l'homme en question et grava la réponse du sénateur dans son esprit. Il n'y avait ni stylo ni papier sur son bureau. Elle retenait tout par cœur. « Au fait, sénateur Barnes, la contribution que j'ai versée pour votre campagne de réélection était-elle suffisante ?

— Oui, m'dame, elle est très généreuse si l'on tient compte du fait que je n'ai pas d'adversaire. Quand vous possédez un gros trésor de guerre, l'opposition bat en retraite. »

Une lumière rouge clignotait sur la console téléphonique. « Nous reparlerons de tout cela plus tard. Bonsoir, sénateur. »

Elle appuya sur un bouton et une porte s'ouvrit dans le mur de la pièce. Les frères Kradzik entrèrent, vêtus de cuir noir comme à leur habitude. « Eh bien ? », dit-elle.

Leurs lèvres étroites s'étirèrent dans des sourires identiques. « Nous avons éliminé le fermier mexicain...

— ... et l'avocat, comme vous l'avez ordonné.

— Pas de complications ? »

Ils firent non de la tête. « Les autorités ne s'attarderont pas sur le sort du Farmer », dit-elle. « Quant à l'avocat, il avait de nombreux ennemis. Maintenant, passons à autre chose. Nous venons d'obtenir certaines explications concernant l'explosion qui a détruit notre installation au Mexique. »

Lorsqu'elle toucha l'écran, deux photos apparurent. L'une d'elles, prise par une caméra de surveillance, montrait Austin et Zavala dans le hall d'accueil de l'usine de tortillas. Sur l'autre, un agrandissement, on voyait les deux mêmes individus sur le pont du *Sea Robin*, au large d'Ensenada. Les yeux de Brynhild s'attardèrent un moment sur le gaillard aux mèches argentées avant de glisser vers le play-boy aux cheveux bruns. « Savez-vous qui sont ces hommes ? »

Les frères haussèrent les épaules pour exprimer leur ignorance. « Kurt Austin, chef des missions spéciales de la NUMA, et José Zavala, l'un des membres de son équipe.

— Quand pourrons-nous...

— ... les éliminer ? »

La température glaciale qui régnait dans la pièce sembla baisser encore de quelques degrés. « S'ils portent la responsabilité de la destruction de notre laboratoire, ils le paieront de leur vie », déclara Brynhild. « Mais pas maintenant. Il y a un petit problème à régler auparavant. » Elle leur donna le nom du rédacteur en chef du quotidien et ajouta : « C'est tout. Vous pouvez disposer. »

Comme deux chiens auxquels on aurait jeté un os, les frères se ruèrent hors de la pièce et Brynhild se retrouva seule. Elle resta là, à ruminer de sombres pensées. L'installation de Basse-Californie anéantie. Tout ce travail gâché. Pire encore, le matériau alimentant le catalyseur avait été détruit dans l'explosion. Avec des yeux chargés de haine, elle fixa les visages des deux hommes. « Petites gens », lança-t-elle d'une voix rageuse.

Elle fit un grand geste de la main et l'écran s'obscurcit.

17

PAUL TROUT FERMA LE « ROBINET » de la douche dont il examina de nouveau le mécanisme avec une admiration toute scientifique. L'eau coulait le long d'un tuyau de bois et sortait en giclant de la coque renforcée d'une calebasse évidée et percée de minuscules trous. Une simple valve de bois en contrôlait le débit. Puis elle disparaissait par un trou aménagé dans le plancher. Il sortit de la cabine de bois, se sécha avec une serviette de coton, se drapa dans une autre et franchit le seuil de la pièce voisine, éclairée par des lampes d'argile.

Gamay était étendue sur un confortable matelas d'herbe, posé sur un sommier surélevé. Elle avait noué sa serviette de manière à s'en faire une toge, coiffé et natté ses cheveux auburn et, telle une femme de la Rome antique, savourait un fruit qu'elle avait choisi dans un grand saladier. Elle considéra Paul dont la serviette semblait ridiculement inadaptée à sa haute taille. « Que pensez-vous de tout cela, monsieur l'homme des bois ?

— Dans le monde dit civilisé, j'ai vu pire en matière de tuyauterie.

— Savais-tu que le degré de civilisation d'un peuple peut se mesurer à la qualité de sa plomberie ?

— Mise à part cette habitude peu civilisée qu'ont ces indigènes de planter les têtes des gens sur des poteaux, je dois dire que ce village est un véritable miracle. Regarde la façon dont ces murs ont été travaillés », dit-il en effleurant le plâtre recouvrant les cloisons. « J'ai des millions de questions à poser. Des nouvelles de notre hôtesse ?

— Elle a envoyé Tessa nous dire qu'elle nous recevrait quand nous aurions pris un peu de repos. Tu parles d'une surprise ! Moi qui croyais que les Chulos avaient capturé la femme de Dieter. »

La déesse ne leur avait fourni aucune explication. Après les avoir salués en les appelant par leur nom et leur avoir présenté Tessa, elle s'était contentée de dire : « Je vous en prie, soyez patients. J'éclaircirai tout ce qui vous préoccupe quand le moment sera venu. »

Elle avait frappé dans ses mains et deux jeunes Indiennes aux seins nus avaient surgi de derrière le rideau, tête baissée. Les dames d'honneur conduisirent les Trout à leur chambre, leur montrèrent le fonctionnement de la douche puis s'en furent en leur laissant une coupe de fruits. « Je me garderais bien de contrarier une déesse blanche », dit Paul, en s'asseyant à côté de sa femme allongée. « Que penses-tu d'elle ?

— Certains détails crèvent les yeux. » Gamay exposa ses conclusions en les comptant sur ses doigts. « Elle n'a pas grandi dans le coin. Elle parle anglais avec un léger accent. Elle est intelligente. Amicale. Et de toute évidence, elle connaît les fruits. Essaie un de ces petits jaunes, là. Il a la saveur d'une orange saupoudrée de cannelle. »

Trout goûta la baie pas plus grosse qu'une prune, et reconnut que sa femme avait raison. Puis il s'étendit de tout son long sur le lit d'où ses pieds dépassèrent. Ils avaient seulement l'intention de se reposer un peu mais, épuisés par leur longue marche sous le soleil et détendus par la douche, ils s'endormirent bientôt.

Lorsqu'ils s'éveillèrent, une servante indienne était assise, jambes croisées, sur le sol de leur chambre. Elle les regardait. Les voyant remuer, elle se glissa silencieusement hors de la pièce. Leurs vêtements, qui avaient disparu pendant qu'ils se douchaient, étaient posés sur la table. Shorts et chemises, débarrassés de la sueur et de la crasse qui les imprégnaient, étaient à présents soigneusement pliés. Trout regarda sa montre. Ils avaient dormi trois heures. Ils s'habillèrent promptement, stimulés par l'arôme des mets qui mijotaient.

Tessa apparut, leur fit signe de la suivre et les conduisit jusqu'à une grande salle desservie par un couloir. Une table de bois sombre et trois tabourets recouverts de tissu occupaient le centre de la pièce. Une Indienne s'affairait sur des marmites d'argile posées sur un poêle en céramique dont les fumées étaient expulsées par des tuyaux rejoignant le toit.

Un moment plus tard, la déesse blanche fit son entrée. Elle marchait pieds nus et seul le léger cliquetis des bracelets de métal qu'elle portait aux poignets et aux chevilles annonça son approche. Un pendentif semblable à celui de l'Indien mort ornait son cou. Elle portait un vêtement court en peau de jaguar, composé de deux pièces qui moulaient harmonieusement son corps bronzé. Ses yeux et ses hautes pommettes étaient ceux d'une Orientale. Ses cheveux, décolorés par le soleil, avaient la couleur du miel. Ils étaient coiffés en arrière et coupés au carré, à la manière des femmes indigènes.

S'asseyant à la table, elle dit : « Vous avez l'air plus reposés.

— La douche y a beaucoup contribué », répondit Gamay. « C'est une remarquable installation, ajouta Paul. En tant que natif de la Nouvelle-Angleterre, j'ai été intrigué par votre ingéniosité typiquement yankee.

— Je vous remercie, c'est l'une de mes premières réalisations. Un moulin à vent déverse l'eau dans un réservoir qui en maintient la pression. Puis elle passe dans un réseau de canalisations traversant ces murs. Ainsi, la pièce reste fraîche, même lorsqu'il fait très chaud. Etant donné les matériaux que j'avais à ma disposition, je ne pouvais guère obtenir meilleur système de climatisation. » Sans leur laisser le loisir d'exprimer davantage leur curiosité, elle ajouta : « Mangeons d'abord, nous parlerons ensuite. »

La cuisinière leur servit un ragoût de viande et de légumes accompagné de salade, le tout disposé dans des récipients bleus et blancs. Oubliant leurs questions, Paul et Gamay se jetèrent sur leurs assiettes. Ils engloutirent littéralement le repas arrosé d'un breuvage rafraîchissant et légèrement alcoolisé. En dessert, on leur apporta des pâtisseries. La déesse les observait, amusée par leur appétit.

Quand les plats furent vides, elle déclara : « A présent, il est temps de payer l'addition. » Elle sourit. « Il faut absolument que vous me disiez ce qui s'est passé dans le monde au cours des dix dernières années.

— C'est un prix fort raisonnable pour un tel festin », remarqua Paul. « Vous aurez peut-être changé d'avis quand j'aurai fini de vous poser toutes les questions qui me brûlent les lèvres. Commencez par la science, si vous le voulez bien. Quelles avancées, grandes ou petites, ont-elles eu lieu durant tout ce temps ? »

Chacun son tour, ils décrivirent les progrès de l'informatique, l'utilisation généralisée d'Internet et du téléphone portable, les missions des navettes spatiales, le télescope Hubble, les sondes envoyées dans le cosmos, les découvertes de la NUMA dans le domaine de l'océanographie et les avancées de la recherche médicale. La déesse écoutait, fascinée, le menton appuyé sur ses mains jointes. De temps en temps, elle posait une question plus précise, montrant qu'elle possédait des connaissances scientifiques, mais en règle générale, elle se contentait de boire leurs paroles avec le regard rêveur d'un drogué inhalant des vapeurs d'opium. « A présent, parlez-moi de la situation politique », demanda-t-elle.

De nouveau, ils firent appel à leur mémoire : la politique présidentielle des Etats-Unis, les relations avec la Russie, les guerres dans le Golfe persique, le conflit des Balkans, les sécheresses, les famines, le terrorisme, l'Union européenne. Elle les interrogea sur le Brésil et sembla ravie d'apprendre que ce pays était devenu une démocratie. Ils parlèrent cinéma, théâtre, musique et art. Ils lui apprirent la mort de telle ou telle célébrité. Paul et Gamay eux-mêmes n'en revenaient pas de l'incroyable foisonnement de cette dernière décennie. Ils avaient mal aux mâchoires à force de réciter cette litanie d'événements. « Et le cancer ? Ont-ils trouvé un traitement ?

— Malheureusement non.

— Et l'eau ? Est-ce encore un problème pour de nombreux pays ?

— Plus que jamais. L'eau potable est menacée par le développement et la pollution. »

Elle hocha tristement la tête. « Tellement de choses, dit-elle d'une voix éteinte. J'ai raté tellement de choses. Je ne sais pas si mes parents sont encore en vie. Ils me manquent, surtout ma mère. » Une larme brilla dans ses yeux ; elle l'essuya avec sa serviette. « Je vous prie de m'excuser, je suis très exigeante, mais vous n'imaginez pas comme c'est affreux d'être isolée, ici, dans cette forêt, sans aucune communication avec le monde extérieur. Vous avez été très gentils et patients. A présent, il est temps pour vous d'entendre mon histoire. » Elle demanda qu'on serve le thé, puis renvoya les Indiennes. Elle voulait qu'ils restent seuls tous les trois. « Je m'appelle Francesca Cabral », commença-t-elle. Pendant une heure, les Trout l'écoutèrent, captivés. La déesse commença son récit en leur parlant de sa famille, puis elle passa à ses études partagées entre le Brésil et les Etats-Unis. Enfin, elle en arriva à son accident d'avion. « Je fus la seule survivante, dit-elle. Le copilote était une racaille mais il connaissait son métier. L'avion a glissé dans les marais bordant la rivière. La boue a amorti l'atterrissage et empêché l'incendie. Quand je me suis réveillée, j'étais dans une hutte où les Indiens m'avaient portée. Je souffrais terriblement de mes blessures et ma jambe droite était cassée. Une double fracture, ce qu'il y a de pire. Comme vous l'avez entendu dire, les remèdes de la forêt tropicale peuvent s'avérer fort efficaces. Les Indiens ont réduit ma fracture et m'ont administré des potions qui ont atténué mes douleurs et accéléré la guérison. J'ai appris plus tard que l'avion s'était écrasé en plein sur la maison de leur chef et que ce dernier en était mort. Ils ne m'en ont pas voulu. Tout au contraire.

— Ils ont fait de vous leur déesse », conclut Gamay. « La raison en est simple. Il y a longtemps, les Chulos ont battu en retraite devant les assauts des Blancs. Ils se sont retirés et ont vécu totalement coupés du reste du monde. Et voilà que j'arrive comme une comète tombée du ciel. Les dieux sont censés se comporter de cette manière quand ils souhaitent redresser les torts de leurs fidèles. Ils se sont dit que leur chef avait offensé les dieux. Et c'est ainsi que je suis devenue le centre de leur culte.

— Un culte aéronautique ? » suggéra Gamay.

Paul précisa : « Durant la Seconde Guerre mondiale, des indigènes ont vu pour la première fois de leur vie des avions planer au-dessus de leur tête. Ils en ont aussitôt construit des répliques et se sont mis à les vénérer.

— Oui », ajouta Gamay. « Vous vous rappelez ce film, *Les Dieux sont tombés sur la tête* ? Une bouteille de Coca tombée d'un avion se transforme en objet cultuel et donne naissance à toutes sortes de problèmes.

— Précisément, dit Francesca. Pensez à la manière dont ces indigènes auraient réagi devant un véritable avion.

— Ceci explique la présence de l'autel et de cet engin posé au milieu. »

Elle hocha la tête. « Ils ont transporté les morceaux de l'appareil jusque-là et l'ont plutôt bien reconstitué. Le "chariot du dieu", en quelque sorte. De temps à autre, nous devons sacrifier un animal pour que les dieux renoncent à répandre la destruction sur la tribu.

— L'avion était bleu et blanc », dit Gamay. « Les indigènes utilisent les mêmes couleurs pour se peindre le corps. Etrange coïncidence !

— Ils croient que ces couleurs les protègent de leurs ennemis.

— Comment Tessa est-elle arrivée ici ?

— Tessa est à moitié Chulo. Sa mère a été capturée durant une attaque menée par une tribu voisine, et vendue à un Européen qui est devenu le père de Tessa avant d'être tué au cours d'une guerre tribale. Dieter en fit sa propriété. Il avait entendu parler des Chulos et il épousa Tessa quand elle n'était encore qu'une enfant en croyant à tort que cette union lui permettrait de s'infiltrer dans la tribu et d'accéder aux plantes médicinales dont il faisait le trafic.

— Pourquoi est-elle restée avec Dieter ?

— Elle pensait ne pas avoir le choix. Dieter lui rappelait constamment qu'elle était une sang-mêlé, une moins-que-rien. Une paria.

— Et l'Indien dont nous avons découvert le corps ?

— La mère de Tessa avait eu un enfant avant elle. Son demi-frère vivait au sein de cette tribu. Bien déterminé à retrouver sa famille, il a entrepris d'explorer le territoire s'étendant au-delà des chutes. C'est ainsi qu'il apprit la mort de sa mère et l'existence de sa sœur. Tessa. Il est parti dans l'intention de la ramener. Les Chulos ont une haute idée de l'honneur familial. Les bio-pirates travaillant avec Dieter l'ont capturé. Ils ont exigé qu'il leur dise où trouver la feuille de sang.

— En effet, Arnaud a fait allusion à cette plante.

— C'est l'essence miraculeuse qui m'a guérie après mon accident. Cette tribu la considère comme sacrée. Comme il refusait de leur dire où elle poussait, ils l'ont torturé. Puis ils l'ont abattu alors qu'il tentait de s'échapper. Ensuite, vous l'avez trouvé. C'est Dieter qui a dérobé les spécimens. J'ai envoyé une expédition pour rechercher le frère de Tessa. La jeune femme tentait de revenir ici quand ils sont tombés sur elle. Elle leur a aussitôt raconté ce qui s'était passé. Je l'ai renvoyée chez Dieter en lui recommandant de nous tenir informés. Puis vous êtes apparus, à la grande surprise de tout le monde. Tessa a essayé de vous avertir et, quand elle a vu que ça ne marchait pas, elle vous a aidés à fuir. Du moins l'a-t-elle cru. En fait, vous êtes venus sonner à notre porte.

— Nous sommes en un seul morceau. C'est plus que je ne puis dire de Dieter et de ses amis.

— Les hommes de la tribu m'ont rapporté les têtes en cadeau. » Elle jeta un regard autour d'elle. La salle à manger était tendue de tapisseries colorées représentant la vie du village. « Des têtes réduites jureraient dans ce style de décor, aussi ai-je suggéré qu'ils les installent à l'extérieur.

— Etiez-vous également responsable de notre comité de réception ?

— Bien sûr. Vous devez admettre que ce ballon orange et bleu que vous pilotiez n'était guère discret. Les hommes m'ont rapporté que vous aviez failli tomber dans les chutes. J'avais ordonné qu'ils vous surveillent sans porter la main sur vous. Ils vous pistaient depuis le début. J'ai été surprise d'apprendre que vous vous dirigiez vers ce secteur de la forêt. Vous pouviez difficilement vous perdre.

— Nous pensions emprunter un canoë.

— Ah oui ? Quelle audace ! Vous n'auriez pas eu la moindre chance. Ces gens méritent bien leur réputation. Ils vous traquent sur des kilomètres. Parfois j'ai l'impression que ce sont vraiment des fantômes. Ils sont capables de se fondre dans la forêt comme les brumes dont les autres Indiens prétendent qu'ils sont constitués. »

Paul avait eu le temps de réfléchir à l'histoire de Francesca. « Pour quelle raison aurait-on détourné cet avion et tenté de vous kidnapper ?

— J'ai ma petite idée là-dessus. Venez, je vais vous montrer. »

Francesca se leva et les conduisit à travers des couloirs éclairés par des torches. Ils aboutirent à une grande chambre. Dans un coffre, elle prit une valise d'aluminium cabossée et rayée qu'elle posa sur son lit et ouvrit. A l'intérieur, se trouvait un amas de fils et de circuits brisés. « C'est le prototype que je m'apprêtais à présenter au Caire. Je n'entrerai pas dans les détails techniques, mais sachez que si vous versez de l'eau de mer de ce côté, cet appareil en extrait le sel. L'eau pure sort par ici.

— Un système de dessalement ?

— Oui. Il s'agissait d'une approche révolutionnaire, totalement différente de toutes les méthodes imaginées jusqu'à ce jour. Il m'a fallu deux ans pour la mettre au point. Le problème avec le dessalement c'est qu'il coûte cher. Ce système était capable de traiter des centaines de litres pour trois fois rien. En même temps, il produit de la chaleur qui peut être transformée en énergie. » Elle secoua la tête avec tristesse. « Il aurait changé les déserts en jardins tout en permettant aux populations de bénéficier de l'énergie électrique.

— Je ne comprends toujours pas, dit Paul. Pourquoi a-t-on voulu priver l'humanité d'un tel bienfait ?

— Je me suis posé la même question de nombreuses fois au cours de ces dix dernières années et je n'ai toujours pas trouvé de réponse satisfaisante.

— Etait-ce le seul exemplaire ?

— Oui, avoua-t-elle d'un air triste. J'ai tout emporté avec moi en quittant São Paulo. Mes documents ont brûlé lors de l'accident. » Puis sa gaieté revint et elle dit : « J'ai eu l'occasion de mettre en pratique mes compétences d'ingénieur en hydraulique au sein de cette tribu. Rester les bras croisés à se faire adorer toute la sainte journée devient rapidement ennuyeux. Je suis presque une prisonnière. Après l'accident, ils m'ont cachée pour éviter qu'on me retrouve. Le seul endroit où je sois vraiment seule est ce palais. N'y entrent que ceux qui y sont invités. Mes serviteurs ont été choisis pour leur loyauté. Dès que je sors d'ici, ma garde prétorienne ne me quitte pas des yeux.

— La vie d'une déesse n'est pas aussi drôle qu'on le prétend », dit Paul. « C'est peu dire. Voilà pourquoi je suis si heureuse que vous soyez tombés du ciel. Ce soir, vous vous reposez. Demain, nous ferons le tour du propriétaire et nous commencerons à élaborer un plan.

— Quel genre de plan ? » s'enquit Gamay. « Désolée, je pensais que ça tombait sous le sens. Je veux parler d'un plan d'évasion. »

18

INSTALLÉ SUR LA TERRASSE du hangar à bateaux qu'il habitait, au pied des palissades du Potomac, à Fairfax en Virginie, Austin avala rapidement le jambon et les œufs frits composant son petit déjeuner, tout en contemplant avec envie les eaux lentes du fleuve. Il aurait bien échangé les embouteillages qui l'attendaient ce matin-là sur le Beltway contre une petite balade en aviron. Mais les événements de ces derniers jours ne cessaient de le ronger. Ayant frôlé la mort à deux reprises, il commençait à s'impliquer personnellement dans cette affaire.

Au volant d'une Jeep Cherokee turquoise de la NUMA, Austin prit la direction du sud puis bifurqua vers l'est pour franchir le pont mémorial Woodrow Wilson menant au Maryland. C'est là qu'il sortit de l'autoroute. Une fois parvenu à Suitland, dans la banlieue de Washington, il quitta la route et s'arrêta devant un complexe de bâtiments métalliques si tristes et dépourvus de caractère qu'ils ne pouvaient avoir été construits que par le gouvernement fédéral.

Au bureau d'accueil des visiteurs, un appariteur prit son nom avant de passer un coup de fil. Quelques minutes plus tard, arriva un homme svelte, entre deux âges, muni d'un clip-board. Il portait des jeans maculés de peinture, une chemise de travail en denim et une casquette de base-ball marquée du logo du musée Smithsonian de l'Air et de l'Espace. Il tendit à Austin une main ferme et se présenta. « Je suis Fred Miller. C'est moi que vous avez eu au téléphone », dit-il. « Merci d'avoir accepté de me rencontrer si vite.

— Je vous en prie. » Miller leva un sourcil interrogatif. « Etes-vous le Kurt Austin qui a découvert la tombe de Christophe Colomb au Guatemala ?

— Lui-même.

— Quelle aventure ç'a a dû être !

— Par moments, oui.

— J'en suis persuadé. Pardonnez-moi, mais en dehors de ce que j'ai lu dans la presse sur les exploits sous-marins de la NUMA, j'ignore presque tout de votre Agence.

— Dans ce cas, nous pourrons peut-être apprendre aujourd'hui en quoi consistent nos missions respectives. Je ne sais pas grand-chose des installations de stockage, de restauration et de conservation Paul E. Garber. Votre site web dit que vous restaurez les avions anciens et ceux qui ont marqué l'histoire de l'aéronautique.

— Ce n'est que la partie émergée de l'iceberg », dit Miller en faisant un geste pour inviter Austin à franchir la porte. « Venez, je vais vous faire visiter. »

Quand ils furent sortis, l'homme poursuivit son discours. Ils passèrent devant une rangée de bâtiments identiques, de faible hauteur et fermés par de grandes portes coulissantes. « Paul Garber était un fanatique d'aviation, heureusement pour nous. Quand il était encore enfant, il a vu Orville Wright piloter le premier avion militaire au monde. Plus tard, il a travaillé pour le Smithsonian et a participé à la création du Musée national de l'Air et de l'Espace. L'Air Force et la Navy avaient rassemblé certains exemplaires des avions alliés de la Seconde Guerre mondiale et quelques-uns des appareils ennemis qu'ils avaient vaincus, dans l'intention de s'en débarrasser. Garber survola la région et découvrit ici, en pleine cambrousse, un terrain d'une vingtaine d'acres, propriété du gouvernement fédéral. Nous avons trente-deux bâtiments. » Ils s'arrêtèrent devant l'une des plus grandes structures. « Voilà le Bâtiment 10, l'atelier où nous effectuons les restaurations.

— J'ai pu visionner certains de vos travaux en direct grâce à la webcam.

— Vous avez dû me voir, alors. J'en reviens. Pendant des années, j'ai travaillé comme directeur de projet pour Boeing, à Seattle, mais je suis originaire de Virginie et lorsque le centre m'a proposé de m'embaucher, j'ai sauté sur l'occasion. Nous travaillons continuellement sur plusieurs projets à la fois. Nous venons de terminer la restauration d'un Hawker Hurricane. On a pris un peu de retard à cause d'un problème de pièces. En ce moment, nous restaurons le fuselage d'*Enola Gay*, le B-29 qui a largué la première bombe A sur Hiroshima. Nous avons aussi un joli petit biplan, le *Little Stinker* dont la toile est en train d'être repeinte. Mais nous ne nous limitons pas aux avions. Nous avons eu un missile air-sol russe, des moteurs d'avion, et même la maquette de la soucoupe qu'ils ont utilisée pour tourner *Rencontres du troisième type*. Nous pourrons nous arrêter pour y jeter un coup d'œil en revenant.

— Très volontiers. Cette collection me semble très éclectique.

— Oui, en effet. Nos engins viennent du monde entier. Nous les préparons afin qu'ils puissent être exposés. Trois bâtiments sont consacrés à cet aspect de notre travail. C'est un club très fermé. Les objets doivent avoir une histoire derrière eux pour gagner le droit d'être relookés. Il faut qu'ils aient marqué leur époque, qu'ils représentent une innovation technologique ou qu'ils soient les derniers spécimens de leur genre. Voilà, nous arrivons à ce qui vous intéresse. »

Ils pénétrèrent dans un bâtiment vaste comme un entrepôt. De hautes étagères en métal couraient sur toute sa longueur. Soigneusement empilées sur ces rayonnages, des centaines de boîtes en carton de toutes les tailles étaient scellées par du ruban adhésif. « Le stockage est notre troisième mission, après la restauration et la conservation », expliqua Miller. « Nous avons plus de 150 engins et des tonnes d'objets dispersés à travers ce complexe. Ici, on trouve essentiellement des pièces détachées. »

Tout en consultant une sortie imprimante agrafée à son clip-board, il descendit l'une des allées, suivi d'Austin. « Comment faites-vous pour vous y retrouver ? » demanda ce dernier, abasourdi.

Miller eut un petit rire. « Ce n'est pas aussi terrible que vous pouvez le penser. Les pièces importantes de tous les avions du monde comportent une inscription. Nous possédons la liste complète des numéros de série, d'enregistrement et des codes en lettres. Voilà, nous y sommes. »

Au moyen d'un canif, il entailla la bande adhésive fermant une boîte en carton. Après en avoir inspecté le contenu, il produisit un cylindre de métal mesurant environ soixante centimètres de long. Austin crut un instant qu'il s'agissait de la pièce qu'il lui avait envoyée de Californie, mais elle était trop brillante et sa surface ne portait aucune éraflure et pas la moindre bosse. « Cet objet est identique à celui que vous nous avez fait parvenir ». Il sortit le cylindre en question de la boîte. « Nous avons mis ces deux objets en relation grâce à leurs numéros de série. Le premier vient d'un avion qui fut démantelé avant d'avoir volé, ce qui explique son excellent état. »

Il le tendit à Austin qui le soupesa. Comme l'autre, il était en aluminium et ne pesait que quelques livres. « A quoi cela servait-il ?

— C'était un conteneur étanche à l'air et à l'eau. Celui-là est resté dans son état d'origine parce que l'avion n'a jamais été en service actif. Nous avons examiné l'intérieur du vôtre, mais l'eau de mer s'y est infiltrée et a corrodé les résidus de ce qui se trouvait peut-être à l'intérieur. Nous pouvons vous indiquer de quel engin proviennent ces objets.

— Toute information est susceptible de nous aider. »

Miller hocha la tête. « Vous avez entendu parler des ailes volantes de Northrop ?

— Bien sûr, j'en ai vu des photos. Ce sont les ancêtres de l'aile delta.

— Jack Northrop était en avance sur son temps. Il suffit de jeter un coup d'œil sur le bombardier furtif pour comprendre qu'il était sur la bonne voie.

— Quel rapport entre l'aile volante et ces cylindres ?

— Ces deux objets proviennent d'ailes volantes. Où avez-vous eu celui-ci, si ça n'est pas trop indiscret ?

— On l'a trouvé dans l'eau, près des côtes de Basse-Californie.

— Hum. Cela ne fait qu'épaissir le mystère de notre avion fantôme.

— Fantôme ? »

Miller posa les cylindres l'un à côté de l'autre sur l'étagère. « *Notre* pièce provient d'un avion qui fut mis à la ferraille après la guerre. Grâce au numéro gravé sur cet objet, nous pouvons remonter son parcours jusqu'à la chaîne d'assemblage. » Il tapota le cylindre cabossé. « Les chiffres présents sur cette autre pièce ne correspondent à aucun des avions dont nous possédons la liste. Ce cylindre vient d'un engin qui n'existe pas.

— Comment cela peut-il se faire ? Une erreur ?

— Possible, mais peu probable. En m'avançant beaucoup, je dirais que le gouvernement a peut-être commandé un avion dont il voulait garder l'existence secrète.

— Pourriez-vous être plus précis ? De quel type d'avion voulez-vous parler ? »

Avec maintes précautions, Miller reposa les deux cylindres dans la boîte qu'il referma avec du ruban adhésif. « Sortons faire un tour. »

Le Bâtiment 20 était bourré à craquer d'engins volants, de bombes et de pièces détachées d'avion. Ils s'arrêtèrent devant un appareil monoplace à l'aspect étrange, muni d'une seule aile s'élargissant vers la queue. Ses deux moteurs étaient tournés vers l'arrière du bord de fuite. « Je vous présente le N1-M, le premier prototype mis au point par Jack Northrop. Il voulait prouver qu'une aile volante pouvait voler sans toutes ces surfaces qui offrent une résistance à l'air, comme les habitacles des moteurs ou les ailerons de queue. »

Austin fit le tour de l'avion. « Il ressemble à un énorme boomerang.

— Northrop l'a appelé la Jeep. Il l'a construit en 1940. Au départ, c'était une sorte de maquette volante. Il a connu de gros problèmes durant les essais, mais s'est assez bien comporté pour que Northrop persuade l'Armée de l'Air de construire le bombardier B-35.

— Intéressant, mais quel rapport avec le cylindre ?

— Northrop s'est servi de ce prototype pour convaincre le général Hap Arnold de financer la construction d'ailes plus grandes, de la taille d'un bombardier. Après la guerre, ils ont transformé deux grandes ailes B-35 à hélices en engins à réaction. C'est ainsi qu'est née la série des B-49. L'avion a battu tous les records de vitesse et de distance. Ses huit réacteurs lui procuraient une vitesse de croisière de six cents kilomètres heure à 14 000 pieds. L'un de ces engins s'est écrasé lors d'un vol d'essai, ce qui n'a pas empêché l'Armée de l'Air d'en commander trente avec différentes cellules. Les pilotes adoraient cet avion. Ils disaient qu'il se comportait plus comme un chasseur que comme un gros bombardier. Puis, en 1949, quelques mois seulement après avoir passé sa commande, l'Air Force a annulé le programme de l'aile volante et s'est rabattue sur le B-36, malgré ses performances inférieures. Une aile à six moteurs a survécu quelque temps avant d'être démantelée. C'est de cet engin que vient notre cylindre. Le vôtre appartenait à un autre bombardier.

— Cet avion qui n'existe pas. »

Miller hocha la tête. « Une foule d'engins tous plus dingues les uns que les autres sont apparus après la reddition de l'Allemagne. La Guerre froide arrivait à grands pas. Les gens voyaient des communistes jusque sous leur lit. Toutes sortes d'appareil top secret ont fait surface. Le gouvernement se radicalisa encore davantage lorsque les Russes mirent au point leur propre bombe. Je suppose qu'ils savaient parfaitement à quelle mission servirait notre avion quand ils l'ont construit, et qu'ils n'en ont parlé à personne.

— Quel genre de mission ?

— Je n'ai aucune certitude. Mais je hasarderais bien une supposition.

— Le hasard fait parfois bien les choses, mon ami. »

Miller rit. « Ce bombardier était l'ancêtre du furtif. Comparé aux nôtres, les radars de l'époque étaient plutôt primitifs et il leur a fallu de gros efforts pour donner à cet avion sa silhouette effilée. En 1948, ils ont envoyé une aile sur le Pacifique et l'ont fait revenir vers le continent à sept cent cinquante kilomètres heure en ligne droite jusqu'au radar Coastal Command de Half Moon Bay, au sud de San Francisco. Le radar ne l'a détecté qu'au moment où elle lui est arrivée dessus.

— Une telle caractéristique devait être bien pratique pour entrer et sortir d'un territoire ennemi.

— C'est aussi mon avis, mais je ne dispose d'aucune preuve venant à l'appui de cette thèse.

— Qu'a-t-il bien pu arriver à l'avion ?

— Bien qu'il soit presque indétectable par les radars, il a quand même pu être abattu. J'ai pourtant tendance à penser qu'il a été envoyé à la casse comme les autres ou qu'il s'est écrasé au cours d'un exercice d'essai ou d'une mission. Ils essayaient encore de corriger ses erreurs de conception.

— Aucune de ces deux possibilités n'explique comment une pièce de cet engin a pu se retrouver au fond de la mer, sur la côte du Mexique. »

Miller haussa les épaules. « Peut-être trouverai-je quelque chose dans les rapports », suggéra Austin. « Bonne chance. Vous vous souvenez de ce que j'ai dit au sujet de ce tas d'engins complètement dingues qui sont apparus après la guerre ? Après que l'Armée de l'Air eut annulé le contrat pour la dernière fournée d'ailes volantes, ils sont entrés dans l'usine, ont découpé tous les avions en cours de construction et les ont envoyés à la ferraille. Ils ont rejeté la demande du Smithsonian d'exposer cet appareil et ont ordonné la destruction de tous les calibres et matrices. La totalité des documents officiels concernant l'aile volante ont été "perdus", sans doute sur ordre direct de Truman.

— Très pratique. » Austin fixait l'aile volante comme si les réponses à l'énigme étaient enfermées dans son fuselage aérodynamique, mais tout comme l'avion, ses pensées refusaient de quitter le sol. « Eh bien, merci pour votre aide, finit-il par dire. Tout cela ressemble à une impasse.

— J'aurais aimé vous être d'un plus grand secours, fit Miller. J'ai une suggestion à vous faire. Ça ne coûte rien d'essayer. La veuve d'un des pilotes d'essai habite pas très loin d'ici. Un jour, elle est venue nous demander des informations sur son mari qui a trouvé la mort pendant qu'il testait l'une des grandes ailes. Elle constituait un album qu'elle comptait léguer à ses enfants et petits-enfants. Nous lui avons donné quelques photos et elle est repartie contente. Son mari aurait pu lui confier quelque chose. Peut-être ne savait-il rien sur notre avion manquant, mais il y a toujours des rumeurs. »

Austin jeta un coup d'œil à sa montre. Il n'avait pas prévu de regagner son bureau de la NUMA avant le début de l'après-midi. « Merci du tuyau. Je vais voir si je peux retrouver sa trace. »

Ils regagnèrent le bureau d'accueil des visiteurs où ils cherchèrent le nom et l'adresse de la femme qui avait fait une importante donation au centre au nom de son époux. Austin remercia Miller et prit la direction du sud. Il dépassa la banlieue de Washington et roula jusqu'à ce que le paysage urbain se transforme peu à peu en campagne. L'adresse qu'on lui avait indiquée était celle d'une grande maison victorienne à deux étages, construite au bord d'une route secondaire. Une voiture était garée devant. Austin s'avança vers l'entrée principale et sonna. Un homme d'une cinquantaine d'années, taillé en athlète, vint lui ouvrir.

Kurt se présenta. « Je cherche Mrs. Phyllis Martin. Est-ce bien là qu'elle habite ?

— Oui, c'est la maison Martin. Mais je crains que vous n'arriviez un peu trop tard. Ma mère est décédée voilà quelques semaines.

— Je suis navré de l'apprendre, dit Austin. J'espère que je ne vous ai pas importuné.

— Nullement. Je suis son fils, Buzz Martin. Je suis en train de ranger quelques trucs dans la maison. Je peux peut-être vous aider.

— Probablement. Je fais partie de la NUMA, l'Agence nationale marine et sous-marine. J'effectue des recherches historiques sur les ailes volantes et j'espérais que votre mère aurait pu me parler de votre père.

— La NUMA s'occupe d'océanographie, n'est-ce pas ?

— C'est exact, mais l'enquête que je mène en ce moment n'est pas sans rapport avec les travaux de la NUMA. »

Buzz Martin regarda longuement Austin. « Ça ne m'ennuie vraiment pas. Je serais heureux de discuter avec vous. Asseyez-vous donc sous le porche, dans ce fauteuil à bascule. Je bricolais dans la cave et j'avais justement besoin d'air frais. Je viens de préparer un pichet de café glacé. »

Il rentra dans la maison et réapparut quelques minutes plus tard, avec deux gobelets où cliquetaient des glaçons. Ils s'installèrent dans des fauteuils Adirondacks. Martin regarda les chênes ombrageant la grande pelouse. « C'est là que j'ai grandi. Je n'y suis pas revenu très souvent par la suite. La famille, le travail. Je dirigeais une compagnie de charters près de Baltimore. » Il avala une petite gorgée. « Mais assez parlé de moi. Que puis-je vous apprendre sur mon père ?

— Tous vos souvenirs seraient susceptibles de m'aider à éclaircir un mystère ayant un rapport avec l'aile volante qu'il pilotait. »

Le visage de Martin s'éclaira comme un réverbère. Il frappa dans ses mains. « Ça alors, je savais bien que le voile se lèverait un jour.

— Le voile ?

— Mais oui », poursuivit Martin avec amertume. « Celui qui cache toute cette sordide affaire, et ce faux accident d'avion. »

Austin sentit que moins il en dirait, plus il en apprendrait. « Racontez-moi ce que vous savez », fit-il.

Martin n'avait nul besoin qu'on l'encourage à parler. Il attendait depuis des années qu'une oreille amicale écoute son histoire. « Excusez-moi, dit-il en poussant un profond soupir. Ça fait si longtemps. » Il se leva et se mit à arpenter le porche, le visage tordu par l'angoisse. Il avala plusieurs bonnes bouffées d'air pour maitriser ses émotions, puis s'assit sur la balustrade, les bras croisés et commença son récit. « Mon père est mort en 1949 en effectuant des essais sur l'une des nouvelles ailes volantes. C'est ce que m'a rapporté ma mère. L'engin souffrait de certains défauts de conception et ils ne cessaient de rafistoler tantôt une chose tantôt l'autre. Lors d'un vol, l'avion s'est soi-disant retourné ; il n'a pas pu en reprendre le contrôle. Il est mort dans l'accident. J'avais sept ans.

— Cela a dû être terrible pour vous.

— J'étais très jeune, dit-il en haussant les épaules, et toute cette histoire m'excitait beaucoup. Les huiles de l'Armée de l'Air, le président lui-même nous envoyèrent des messages de condoléances. De toute façon, je ne voyais pas souvent mon père. Durant la guerre, il n'était presque jamais là. » Il fit une pause. « En fait, je n'ai vraiment été choqué que lorsque j'ai découvert qu'il n'était pas mort.

— Dois-je entendre par là que votre père n'a pas été tué lorsque l'avion s'est écrasé ?

— Il avait l'air en pleine forme quand je l'ai vu au cimetière d'Arlington.

— Vous voulez dire quand vous l'avez vu dans son cercueil.

— Non. Il regardait l'enterrement de loin. »

Austin scruta le visage de Martin, sans trop savoir que penser.

Ne décelant en son interlocuteur aucun signe de démence, il dit : « J'aimerais que vous me parliez de cela. »

Martin fit un large sourire. « J'ai attendu plus de quarante ans que quelqu'un prononce enfin ces paroles. » Son regard se perdit dans le vide comme s'il voyait la scène se dérouler sur un écran invisible. « Je me rappelle encore certaines petites choses. C'était le printemps et les rouges-gorges voletaient dans les branches. Je revois le soleil se refléter sur les boutons des uniformes de l'Air Force, je sens encore l'odeur de la terre et de l'herbe fraîchement coupée. J'étais près du cercueil, à côté de ma mère, je lui tenais la main en me tortillant dans mon costume. Il était tellement chaud et son col si serré. Le prêtre n'en finissait pas de parler de sa voix monotone. Tout le monde avait les yeux rivés sur lui. » Il respira profondément tandis que les souvenirs affluaient en lui. « J'ai vu quelque chose bouger, un oiseau peut-être, et j'ai regardé au loin, au-delà de la foule des invités. Un homme vêtu de sombre venait de s'écarter d'un arbre. Il était trop éloigné pour que je discerne son visage, mais c'était bien lui. Mon père avait une drôle de façon de se tenir. Penché sur une jambe, un peu tordu. Une vieille blessure qu'il s'était faite à l'époque où il jouait au football.

— Que faisait-il ?

— Rien. Il se tenait là, c'est tout. Je savais qu'il m'observait. Puis il a levé légèrement le bras droit, comme s'il voulait me faire signe. Deux hommes sont arrivés près de lui. Ils ont discuté. On aurait dit qu'ils se disputaient. Puis ils sont partis. J'ai tenté d'attirer l'attention de ma mère, mais elle m'a dit de me taire.

— Etes-vous sûr que l'enfant imaginatif que vous étiez alors n'a pas pris ses rêves pour la réalité ?

— J'en suis sûr. A tel point qu'après les funérailles, j'ai dit à ma mère ce que j'avais vu. Je n'ai réussi qu'à la faire pleurer. Jamais je n'oublierai ces larmes. Je n'ai plus abordé ce sujet. Elle était encore jeune et elle a refait sa vie. Mon beau-père était un chic type. Il avait la bosse des affaires, aussi n'ont-ils jamais manqué de rien. Ils ont vécu très heureux pendant de nombreuses années. » Il se prit à rire. « J'étais bien le fils de mon père. Ma mère a tenté de me dissuader de voler, mais je suis quand même devenu pilote. Et pendant tout ce temps, j'ai gardé cette chose enfouie en moi. Les enquêtes que j'ai menées n'ont abouti à rien. J'étais convaincu que la vérité ne se ferait jamais. Puis soudain, vous arrivez et commencez à poser des questions.

— Que savez-vous du travail de votre père ?

— C'était un vétéran. Bien qu'il appartînt encore à l'Armée de l'Air, il a été engagé par Avion Corporation, la compagnie constituée par Northrop pour la fabrication des ailes volantes. L'aile était une idée géniale, mais avec les matériaux et le savoir-faire de l'époque, piloter des prototypes comportait pas mal de risques. C'est pourquoi personne n'a été surpris quand son avion s'est écrasé.

— Vous étiez très jeune, mais certaines de ses paroles pourraient vous revenir en mémoire.

— Je n'ai guère de souvenirs. Ma mère m'a dit qu'il adorait piloter ces machins. Il semblait très excité par ces missions. Une fois, il a disparu pendant des semaines. Pas de communication, aucun contact sauf en cas d'extrême urgence. Maman disait que lorsqu'il était rentré à la maison, elle lui avait fait remarquer qu'il était bronzé comme s'il avait passé des vacances à la plage. Il a ri et répliqué que c'était plutôt des vacances à la neige, mais n'a jamais fourni d'explication.

— A-t-il laissé des papiers, un Journal ?

— Pas que je sache. Je me rappelle qu'après sa mort, quelques types de l'Armée de l'Air ont débarqué chez nous. Peut-être ont-ils mis la main sur ses écrits, à supposer qu'il ait jamais écrit quelque chose. Est-ce que ça vous aide ? »

Austin réfléchit à la conversation qu'il avait eue avec Fred Miller chez Garber, et tout particulièrement à l'allusion de Fred aux débuts de la technologie des avions furtifs. « Je suppose que votre père s'entraînait pour une mission secrète dans le nord.

— Ça remonte à cinquante ans. Pourquoi continuer à garder le secret ?

— Les secrets durent souvent plus que les raisons qu'on a de les garder. »

Miller promena son regard sur le jardin ombragé. « Le pire c'est de penser que mon père était peut-être vivant durant toutes ces années. » Il se tourna vers Austin. « Peut-être est-il *encore* en vie. Dans ce cas, il devrait avoir dans les quatre-vingts ans.

— C'est possible. Cela veut dire également qu'il doit exister quelqu'un qui connaît la vérité.

— J'aimerais que la vérité éclate, Mr. Austin. Pouvez-vous m'aider ?

— Je ferai ce que je pourrai. »

Ils discutèrent encore et, avant de se séparer, échangèrent leurs numéros de téléphone. Austin promit d'appeler s'il apprenait quelque chose, puis rentra à Washington. Comme tout bon détective, il avait frappé aux portes et usé les semelles de ses chaussures, mais cette énigme était trop ancienne, trop complexe pour qu'on tente de la résoudre par les voies ordinaires. Il était temps de faire une petite visite au champion de l'informatique, Hiram Yaeger.

19

LE VILLAGE INDIEN ÉTAIT un modèle d'urbanisme. En se promenant à travers le réseau de chemins de terre reliant les huttes de chaume, les Trout faillirent oublier qu'ils étaient accompagnés d'une belle et mystérieuse déesse blanche, vêtue d'un bikini en peau de jaguar, et d'une escorte silencieuse composée de six guerriers Chulos peints aux couleurs d'un jet privé.

Francesca ouvrait la marche. Les Indiens, trois de chaque côté, gardaient respectueusement leurs distances, à une longueur de lance. Francesca s'arrêta près du grand puits, creusé au centre du village. Des femmes y remplissaient des pots tandis que des bandes d'enfants nus se poursuivaient avec bonheur entre les jambes de leurs mères. Francesca rayonnait de fierté. « Toutes les améliorations que vous voyez ici font partie d'un plan d'ensemble », dit-elle en balayant l'espace d'un grand geste de la main. « J'ai élaboré ce projet comme si je construisais une nouvelle infrastructure pour la ville de São Paulo. J'ai travaillé des mois avant que la première pelletée de terre soit retournée. J'ai tout organisé, du financement jusqu'aux sources d'approvisionnement en passant par la répartition du travail. J'ai dû fonder une filiale chargée de fabriquer les outils spécialisés dont nous aurions besoin : tuyaux de bois, valves, joints. En même temps, il fallait que le village continue de fonctionner comme avant, avec ses activités traditionnelles de chasse et de cueillette.

— Remarquable », s'écria Gamay en admirant les huttes bien alignées. Elle ne pouvait s'empêcher de comparer ce village au sordide royaume de Dieter ou au camp relativement civilisé où vivait le Dr Ramirez. « Absolument remarquable », répéta-t-elle.

« Merci, mais une fois ces préparatifs terminés, les choses n'ont pas été aussi difficiles qu'il y paraît. La clé c'était l'eau. Elle est aussi essentielle à la vie dans cette région qu'elle l'est dans le monde dit civilisé. J'ai envoyé des équipes de terrassement afin de détourner la rivière. Nous avons rencontré les mêmes problèmes que dans tout autre projet. Les fabricants de pelles se plaignaient que nous les poussions à la surproduction et que la qualité s'en ressentait. » Elle rit. « C'était trop drôle. Nous avons creusé un canal pour récupérer l'eau du lac. Quand ce fut fait, il nous a été facile de la répartir entre les différents puits. Le moulin à eau est une technologie basique qui a fait ses preuves.

— La roue à eau vaut bien ce que j'ai pu voir dans les vieilles cités industrielles de Nouvelle-Angleterre », dit Paul en s'arrêtant devant une hutte pas plus grande qu'un garage pour une voiture. « Mais je suis vraiment impressionné par la plomberie de ces toilettes publiques. Là d'où je viens, on utilisait encore les WC de campagne en plein cœur du XXe siècle.

— Je suis particulièrement fière des toilettes publiques », dit-elle tandis qu'ils poursuivaient leur visite. « Quand j'ai fini par me faire à l'idée que mon procédé de dessalement ne verrait jamais le jour, j'ai tourné mes efforts vers l'amélioration de la vie de ces malheureux. Ils vivaient à l'Age de Pierre. Leur hygiène était déplorable. Les mères mouraient couramment en couches. Et vous n'imaginez pas le taux de mortalité infantile. Les adultes étaient la proie de tous les parasites sévissant dans la forêt tropicale. Leurs plantes médicinales traditionnelles étaient dépassées. La disette régnait la plupart du temps. En mettant l'eau courante à leur disposition, non seulement je les prémunissais contre les maladies dont ils souffraient habituellement mais leurs récoltes poussaient mieux, ce qui contribuait aussi à améliorer leur état de santé.

— Nous nous demandions si vos talents s'étendaient à la chirurgie, s'enquit Gamay. Le frère de Tessa avait une cicatrice très particulière sur le corps. »

Elle frappa dans ses mains comme une enfant ravie. « Oh oui, l'appendisectomie ! Il serait mort si je n'étais pas intervenue. Ma formation en la matière se limitait à l'administration des premiers secours. Il faut que je remercie la pharmacologie chulo. Ils plongent les aiguillons de leurs sarbacanes dans le suc d'une plante qu'ils utilisent pour paralyser le gibier. Quelques gouttes suffisent à terrasser un être humain. J'ai étalé cette substance sur une large feuille que j'ai collée sur sa peau. Un anesthésique local. Pour refermer la plaie, je l'ai suturée avec les fibres d'une autre plante qui semblait combattre l'infection. Mon couteau avait une lame d'obsidienne, plus aiguisée qu'un scalpel. Rien de très moderne, j'en ai peur.

— J'aimerais pouvoir en dire autant des armes que portent vos gardes », dit Paul en lorgnant les pointes d'acier de leurs courts javelots. Chaque homme était également muni d'un arc et d'un carquois rempli de longues flèches. « Ces arcs et ces pointes de lance ont été confectionnés dans l'aluminium récupéré sur l'avion. L'arc court est plus facile à transporter dans la forêt et le dessin de ces flèches augmente leur portée.

— Si Arnaud et ses hommes étaient encore en vie, ils pourraient témoigner de leur efficacité », dit Paul. « Je suis vraiment désolée pour eux, mais ils l'ont bien cherché. Les Chulos sont une petite tribu et ils ont toujours préféré la fuite au combat. Certes, il leur arrive de réduire une tête ou de manger un ennemi mais ils organisent rarement le genre d'expédition destinée à capturer quelqu'un. Ils veulent simplement qu'on les laisse vivre en paix. L'homme blanc les a obligés à s'enfoncer dans la forêt. Ils se sont crus en sécurité lorsqu'ils se sont installés au-delà des Grandes Chutes, mais les Blancs ont continué à les harceler. Ils auraient été anéantis si je ne les avais pas aidés à améliorer leurs défenses.

— J'ai remarqué la disposition du village, dit Gamay. Elle rappelle l'architecture des anciennes villes fortifiées.

— Très bien vu. Tous ceux qui franchissent la palissade s'exposent aux plus grands désagréments. Le village est truffé de culs-de-sac offrant les conditions idéales pour une embuscade.

— Et si les intrus venaient pour vous sauver ? dit Paul. Ces dispositifs n'iraient-ils pas à l'encontre du but recherché ?

— Cela fait longtemps que j'ai perdu l'espoir qu'on me retrouve. Mon père a dû engager des équipes qui ont sûrement passé la forêt au peigne fin. Il en est sans doute arrivé à la conclusion que j'étais morte, ce qui est aussi bien. Trois hommes ont laissé leur vie dans cet accident d'avion, et le chef de la tribu a été tué à cause de moi. Je n'aurais pas voulu porter la responsabilité d'autres morts.

— C'est drôle », dit Gamay d'un air songeur. « Plus vous en faites pour ces gens, moins ils sont enclins à vous libérer.

— C'est vrai, mais ils m'auraient retenue captive même si j'étais restée tranquillement dans mon coin, à marmonner comme une déesse et à engraisser. Puisque j'étais bloquée dans ce village, j'aurais eu grand tort de ne pas utiliser mes talents pour améliorer le sort de ses habitants. Les hommes blancs finiront par arriver jusqu'ici et j'espère que ce jour-là, les Chulos se serviront de leur savoir et non de leurs armes pour affronter le choc de la civilisation. Malheureusement, dans le même temps, je n'ai guère de contrôle sur les instincts les plus meurtriers de cette tribu. Dès l'instant où Arnaud et ses amis ont manifesté leur hostilité, ils étaient condamnés. Je n'avais aucun moyen de les sauver. Dans votre cas, ce fut plus facile. Vous étiez si démunis qu'ils ne vous ont jamais considérés comme une menace. »

Gamay dressa l'oreille. « Une *menace* ?

— Evitez de paraître angoissée », conseilla Francesca. Un sourire joua sur ses lèvres, mais ses yeux restèrent résolument sérieux. « Ils ne comprennent pas ce que nous disons mais ils ressentent les choses. » Elle s'arrêta pour leur montrer une canalisation qui servait de bouche d'incendie, puis reprit sa promenade, d'un pas désinvolte. « Ils sont inquiets. Ils pensent que vous êtes de mauvais dieux.

— Puisque nous sommes si insignifiants, pourquoi cette inquiétude ? » s'enquit Gamay. « Ils craignent que vous ne soyez venus pour me ramener vers le ciel dont je suis tombée.

— Ils vous ont *dit* cela ?

— Ils n'ont pas eu à le faire. Je connais intimement ces gens. En plus, Tessa m'a rapporté certaines rumeurs. Ils parlent de vous brûler. La fumée s'échappant de vos corps vous fera réintégrer les cieux. Et bon débarras. »

Paul lança un regard de biais vers les gardes, mais ne constata aucun changement dans leur expression. « Je n'irai pas à l'encontre de leur logique, mais cette façon de faire résout *leur* problème, pas le nôtre », dit-il. « Je suis d'accord. Il est donc d'autant plus urgent que nous quittions ces lieux. Venez avec moi. Nous pourrons discuter de notre plan d'évasion sans que les gardes du palais nous épient. »

Ils avaient atteint le sentier de pierre blanche qui traversait la forêt jusqu'à l'autel. Suivie des Trout, Francesca pénétra dans la clairière circulaire et prit place sur un banc de bois poli, posé devant le nez du Learjet. Les Trout s'assirent en tailleur sur le sol pavé. « Je viens ici quand je veux être tranquille. A part moi, seuls les prêtres ont le droit d'approcher l'autel. Les guerriers resteront dans la forêt à surveiller tous nos mouvements, mais nous pourrons parler librement de nos projets d'évasion. »

Gamay se tourna vers la jungle où les gardes semblaient avoir disparu. « J'espère que vous allez sortir quelque chose de votre manche, parce que moi je n'ai rien », dit-elle. « Votre idée de départ était juste. Notre seule échappatoire c'est l'eau. On s'engage sur le canal, on arrive au lac puis on suit la rivière. Nous n'y arriverons jamais si nous passons par la forêt. Ils nous rattraperaient aussitôt, ou alors nous nous perdrions.

— J'ai vu vos gars manœuvrer un canoë », dit Paul. « Il va falloir mettre quelques kilomètres entre eux et nous, dès le départ.

— Nous disposerons de plusieurs heures. Mais ce sont des rameurs puissants et expérimentés. Ils seront au mieux de leur forme au moment où la fatigue nous tombera dessus.

— Que feront-ils s'ils nous rejoignent ? » demanda Paul. « Théoriquement parlant.

— Il n'est pas question de théorie, répliqua Francesca. Ils nous tueront.

— Même vous, leur déesse ? »

Elle hocha la tête. « En les abandonnant, je perdrai mon statut, j'en ai peur. Ma tête se retrouvera plantée là-haut, avec les vôtres, à l'entrée de la palissade. »

Paul se frotta le cou d'un geste instinctif.

Tout à coup, ils ne furent plus seuls. Un Indien s'était avancé dans la clairière, suivi de huit guerriers en armes. Il dépassait ses compagnons de plusieurs centimètres, et contrairement à eux, il avait presque le profil romain. Son corps musclé était peint en rouge au lieu du bleu et du blanc traditionnels. Il marcha vers Francesca et lui tint un discours tout en désignant les Trout de temps à autre. Francesca se dressa comme un cobra prêt à l'attaque et l'interrompit d'une réponse cinglante. Il la fixa avant de baisser légèrement la tête. Ses compagnons suivirent son exemple. Ils reculèrent de quelques pas et s'éloignèrent rapidement de l'autel. Francesca les regarda partir, les yeux flamboyants. « Ce n'est pas bon », dit-elle. « Qui sont ces gens ? » demanda Gamay. « Le grand est le fils du chef que j'ai tué quand l'avion s'est écrasé. Je l'ai nommé Alaric, comme le roi wisigoth. C'est un homme très intelligent, né pour commander, mais il a tendance à en faire un peu trop. Il aimerait me déposer et a réuni un groupe de jeunes révolutionnaires autour de lui. Le fait qu'il ait posé le pied sur l'autel interdit montre que sa bravoure a grandi. De toute évidence, il est en train d'exploiter le malaise engendré par votre arrivée. Nous devons retourner au palais. »

Tandis qu'ils quittaient l'autel, les gardes sortirent soudainement de la forêt et reprirent place à leurs côtés. Francesca marchait d'un bon pas, si bien qu'ils regagnèrent le village en quelques minutes. Quelque chose avait changé à l'intérieur des palissades. Les Indiens s'étaient assemblés en petits groupes. Ils détournaient les yeux sur leur passage. Les sourires amicaux de tout à l'heure avaient disparu.

Devant le palais, quelque vingt guerriers en armes étaient réunis autour d'Alaric. Sur un geste de Francesca, ils se séparèrent d'un air sombre. Gamay nota qu'ils prenaient tout leur temps. Dès qu'ils passèrent le seuil, Tessa les accueillit avec des yeux emplis de terreur. Francesca et elle s'entretinrent une minute dans leur langage, puis la déesse blanche traduisit pour les Trout. « Les prêtres ont pris une décision. Vous serez exécutés demain matin. Ils vont passer la nuit à rassembler leur courage et à construire les bûchers pour vous brûler. »

Gamay crispa les mâchoires. « Désolée, nous ne pouvons pas rester pour le barbecue, dit-elle. Si vous voulez bien nous conduire au canoë le plus proche, nous allons prendre congé.

— Impossible ! Vous ne feriez pas deux pas, à présent.

— Alors, quoi ? »

Francesca monta sur l'estrade et s'assit sur le trône de la déesse, les yeux rivés sur la porte de la salle. « On attend », dit-elle.

20

L'ANTIQUE NAVIRE ÉTAIT SUSPENDU dans l'air comme à des câbles invisibles. Des traits de lumière dessinant une sorte de toile d'araignée, des fils de la Vierge de couleur bleue, soulignaient sa coque. Ses grandes voiles carrées étaient complètement déployées et, comme soulevés par une brise marine, des fanions fantomatiques voletaient, accrochés au grand mât.

Enfoncé dans son siège, Hiram Yaeger étudiait l'image spectrale qui planait au-dessus d'une plate-forme, devant sa console en fer à cheval. « C'est *magnifique*, Max, dit-il. Mais il faudrait affiner les détails. »

Sortant de douzaines de haut-parleurs enchâssés dans les murs, une voix féminine, douce et désincarnée, emplit la pièce. « Tu m'as seulement demandé une épreuve, Hiram. » On décelait un soupçon d'irritation dans le ton employé. « C'est bien, Max, dit Yaeger, et tu as fait beaucoup mieux que cela. Mais à présent, j'aimerais voir si nous pouvons nous rapprocher du produit final.

— C'est déjà fait », dit la voix.

La coque du navire se cristallisa comme un spectre se matérialise à partir d'un ectoplasme. Elle resplendissait de l'or rehaussant les fines sculptures qui couvraient ses flancs, de la proue à la poupe. Les yeux de Yaeger glissèrent jusqu'à la figure de proue, une effigie en bois du Roi Edgar. Les sabots de son destrier piétinaient les sept monarques déchus dont les barbes coupées bordaient son manteau. Puis il étudia les panneaux astronomiques à la gloire des dieux de l'Olympe, avant de revenir vers la haute poupe, décorée de figures bibliques. Chaque détail était parfaitement reproduit. « Wouah ! fit Yaeger. Tu ne m'avais pas dit que tu avais programmé toute l'image. Il ne manque plus qu'un couple de dauphins. »

Aussitôt, des flots factices se mirent à lécher la coque du bateau et, à l'avant, deux dauphins sautèrent hors de l'eau, à grand renfort d'éclaboussures. L'image en trois dimensions tourna lentement sur elle-même tandis que les sifflements et les gazouillis des créatures marines emplissaient la salle.

Yaeger applaudit et se mit à rire comme un enfant ravi. « Max, tu es géniale !

— C'est la moindre des choses », répondit la voix. « C'est toi qui m'a créée. »

Yaeger avait non seulement mis au point ce vaste système d'intelligence artificielle mais il avait entré sa propre voix dans le programme originel. Et comme il n'aimait pas se parler à lui-même, il l'avait modifiée pour obtenir un timbre féminin. La machine s'était ensuite inventé une personnalité féminine à part entière. « La flatterie te mènera loin », dit Yaeger. « Merci. Si tu as terminé, je vais faire une pause pour permettre à mes circuits de refroidir. Les hologrammes ont le don de m'épuiser. »

Yaeger savait que Max avait tendance à exagérer et que la génération de ce navire ne requérait qu'une infime portion de sa capacité mémorielle. Mais tout en peaufinant la version féminine de sa propre voix, il avait programmé quelques traits de caractère typiquement humains. Le besoin d'être apprécié en faisait partie. D'un geste de la main, il fit s'évanouir le navire, les eaux houleuses et les dauphins joueurs.

Se retournant vers l'endroit d'où provenaient les applaudissements qu'il venait d'entendre, Yaeger vit Austin en admiration. « Salut, Kurt », dit-il avec un large sourire. « Assieds-toi.

— Quel spectacle ! », s'exclama Austin en se laissant glisser sur un siège près de Yaeger. « Et surtout la fin. Je doute que David Copperfield lui-même soit capable de faire disparaître une grosse unité de guerre anglaise. »

Yaeger était vraiment un magicien, seulement ses tours de passe-passe il les accomplissait grâce à des ordinateurs au lieu d'un haut-de-forme et d'une baguette. Il n'avait d'ailleurs guère les dehors d'un prestidigitateur, dans sa tenue décontractée à la limite du négligé. Pourtant il présidait, tel un grand sorcier, l'immense réseau informatique qui couvrait presque tout le neuvième étage de l'immeuble de la NUMA. Etait stockée et traitée en ces lieux la quantité la plus impressionnante de données numériques sur l'océanographie et les sciences associées jamais rassemblées sous un même toit. « Ça n'était rien », dit-il avec une délectation enfantine. L'excitation faisait pétiller ses yeux gris derrière ses petites lunettes cerclées de métal perchées sur l'arête étroite de son nez. « Attends de voir le cadeau que Max et moi t'avons préparé.

— Je bous d'impatience. C'était le *Sovereign of the Seas* ?

— Gagné. Lancé en 1637 sur ordre de Charles Ier. L'un des plus grands bâtiments de haute mer construits à cette époque.

— Et aussi l'un des plus instables, si je me rappelle bien. Son pont supérieur fut coupé en deux, ce qui tombe sous le sens, vu que Charles lui-même mourut décapité.

— Je m'occuperai des modifications plus tard. Ce nouveau programme sera accessible aux départements d'archéologie nautique de toutes les universités qui souhaiteront l'acquérir. Max a dressé une liste de plusieurs centaines de vieux vaisseaux. Nous avons entré en mémoire leurs plans, les interprétations de leurs architectes, leurs dimensions, les données historiques. Bref, tout ce qu'il est possible de savoir sur chacun de ces bateaux. Max rassemble tous ses éléments pour élaborer une reconstitution holographique. Si jamais certains détails manquent, elle complètera d'elle-même. Max, s'il te plaît, dis à Kurt ce que tu as découvert sur la question qu'il nous a soumise. »

Le visage d'une jolie femme apparut sur l'énorme moniteur posé juste derrière la plate-forme. Ses lèvres s'écartèrent en un sourire immaculé. « Je renoncerais à ma pause café à n'importe quel moment pour Mr. Austin », dit la voix sur un ton enjôleur.

Au-dessus de la plate-forme, au croisement des faisceaux lasers sortant des murs, l'air se chargea d'un scintillement bleuâtre. Point après point, rayon après rayon, mais à la vitesse de la lumière, les lasers clignotants dessinèrent dans le vide une longue embarcation ouverte, munie d'une unique voile carrée. « Allons voir. » Yaeger se leva et ensemble ils s'avancèrent vers la plate-forme. Les yeux d'Austin s'embuèrent une seconde. Quand il réussit à accommoder, Yaeger et lui se tenaient sur le pont du vaisseau, tournés vers une proue gracieusement dressée. Des boucliers de bois circulaires en ornaient les flancs. « C'est la prochaine étape de mon programme. Non seulement on sera capable de visionner les bateaux de notre collection, mais on pourra circuler sur leurs ponts. En plus, la perspective virtuelle se modifie dès qu'on bouge. Dans le cas présent, la simplicité de la structure a bien facilité les choses.

— Je dirais que je suis sur le pont du bateau de Gogstad.

— Exact. Construit en Norvège entre 700 et 1 000 après J.-C. Le navire original faisait vingt-quatre mètres de long. Il était uniquement en chêne, une matière un peu plus dense que les rayons de lumière. C'est un modèle à l'échelle un demi.

— Superbe », s'exclama Austin. « Mais quel rapport avec la question que je t'ai posée ?

— Je vais te montrer ce que j'ai trouvé. »

Ils traversèrent les parois miroitantes pour retourner vers la console. « Il n'a pas été difficile d'obtenir des informations sur le groupe Mulholland, dit Yaeger. Comme votre défunt ami l'avocat vous l'a dit, cette compagnie s'occupe de projets hydrauliques. Il a fallu que je creuse un peu, mais j'ai vite trouvé qu'elle faisait partie d'une vaste corporation nommée Gogstad. Le logo de la compagnie mère est le bateau que tu as devant toi. » L'hologramme s'effaça. Une version stylisée du navire se dessina sur le moniteur. « Continue.

— J'ai demandé à Max de se lancer sur les traces de Gogstad. Je n'ai pas appris grand-chose sur la compagnie, mais apparemment, il s'agit d'une énorme multinationale couvrant divers secteurs d'activités. La finance. L'engineering. La banque. Le bâtiment. »

Il tendit une disquette à Austin. « Voilà ce que j'ai trouvé. Rien de transcendant. Je poursuis les recherches.

— Merci, Hiram. Je vais m'y plonger. Pendant que j'y suis, j'ai une autre faveur à vous demander, à Max et à toi. » Il raconta sa visite au centre Garber et son entrevue avec le fils du pilote. « J'aimerais savoir si cet avion a bien été construit et ce qui est arrivé au pilote. »

Max n'avait pas perdu une miette de ses paroles. La photographie d'un grand engin volant en forme d'aile apparut sur l'écran. « C'est une image tirée des archives du Smithsonian. Elle représente le bombardier YB-49A, la dernière aile volante conçue par Northrop qui ait été en service, roucoula-t-elle de sa voix rauque. Je peux te fournir une image en trois dimensions, comme pour les bateaux.

— C'est bon pour l'instant. La marque portée sur le cylindre était YB-49B. »

La photographie fut remplacée par un dessin. « Voilà le YB-49B », dit Max. « Quelle est la différence entre ce modèle et celui que tu viens de nous montrer, Max ?

— Les concepteurs ont résolu le problème de l'oscillation, principal défaut de ces bombardiers. En plus, ils en ont augmenté la vitesse et l'autonomie. Mais ce dernier modèle n'a jamais été construit. »

Au lieu de s'engager dans une discussion avec Max, Austin examina les statistiques et les performances chiffrées qui défilaient sous l'image. Quelque chose le tracassait dans ces données. « Attends, dit-il. Reviens en arrière. Regarde ici, il est dit que la vitesse de croisière était de huit cents kilomètres heure. Comment auraient-ils pu connaître la vitesse à moins de mener des expériences sur le terrain ?

— C'est peut-être une estimation », suggéra Yaeger. « Possible, mais il peut aussi s'agir d'autre chose.

— Tu as raison. Ne disposant pas de machines intelligentes comme Max pour simuler les conditions de vol, ils ont sans doute été obligés d'effectuer des essais sur le terrain.

— Merci du compliment, bien qu'il s'agisse là d'une évidence », dit Max. « C'est Kurt qui a raison, Hiram. Pendant que vous parliez, j'en ai profité pour vérifier et j'ai découvert qu'en règle générale, la vitesse de chaque avion était estimée au moment de sa conception, c'est-à-dire avant qu'il ne soit construit. Sauf pour celui-ci. »

Yaeger ne prit pas la peine de discuter avec Max. « Il semblerait donc que cet avion ait bien existé. Dans ce cas, que lui est-il arrivé ?

— Il est possible que nous n'obtenions rien de plus pour l'instant », coupa Austin. « Les rapports de Northrop et de l'Air Force ont été perdus. Que peut nous apprendre Max sur le pilote, Frank Martin ?

— Veux-tu la recherche économique ou la totale ? » demanda Max. « Quelle est la différence ?

— Avec la visite rapide, nous infiltrons les dossiers Défense du Pentagone, qui contiennent les noms de toutes les personnes, mortes ou vivantes, ayant servi dans les forces armées. Le dépouillement complet, lui, va fouiller dans les informations additionnelles consignées dans les dossiers secrets du Pentagone. J'entrerai dans les archives du Conseil de la sécurité intérieure, du FBI et de la CIA avant que tu aies le temps de dire ouf.

— C'est donc une simple question technique. Mais n'est-il pas illégal de pirater ces bases de données ?

— Pirater est un si vilain mot, s'exclama Max. Disons plutôt que je vais téléphoner à quelques systèmes informatiques de mes amis afin d'échanger avec eux divers ragots mondains.

— Dans ce cas, va pour les mondanités », dit Austin. « Intéressant », dit Max au bout d'un moment. « J'ai tenté d'ouvrir plusieurs portes mais Harry les avait toutes verrouillées.

— Qui est Harry ? Un autre ordinateur ? » s'enquit Yaeger. « Non, idiot. Je te parle de Harry Truman. »

Austin se gratta la tête. « Serais-tu en train de nous dire que tous les fichiers concernant ce pilote ont été scellés sur ordre du président ?

— Tout à fait exact. En dehors des informations basiques concernant Mr. Martin, tout est resté top secret. » Max se tut, ce qui ne lui ressemblait guère. « C'est étrange, poursuivit-elle. Je viens de trouver une piste. C'était comme si quelqu'un ouvrait soudain une porte fermée à clé. Voilà votre bonhomme. » L'image d'un jeune homme en uniforme de l'Air Force apparut. « Il vit dans le Nord de l'Etat de New York, près de Coopertown.

— Il est encore *en vie* ?

— Il semble exister certains doutes à ce sujet. Le Pentagone prétend qu'il est mort dans un accident d'avion en 1949. Cette nouvelle information dit exactement le contraire.

— Une erreur ?

— Je n'en serais pas surprise. Les humains sont faillibles. Contrairement à moi.

— A-t-il un numéro de téléphone ?

— Non, mais il a une adresse. »

Une feuille sortit de l'imprimante. Encore perplexe, Austin regarda le nom et l'adresse comme s'ils avaient été inscrits avec une encre volatile. Il plia le papier et le glissa dans sa poche. « Merci à vous deux. Vous m'avez été d'un grand secours. » Il s'avança vers la sortie. « Où vas-tu maintenant ? » dit Yaeger. « A Coopertown. C'est peut-être ma seule et unique chance de visiter le Basket-Ball Hall of Fame. »

21

DE L'AUTRE CÔTÉ DU POTOMAC, dans les nouveaux locaux de la CIA à Langley, en Virginie, un analyste du Pôle des Renseignements se demandait si son ordinateur n'était pas en train de péter les plombs. L'analyste en question, un spécialiste de l'Europe de l'Est nommé J. Barrett Browning, se leva et regarda par-dessus la cloison son collègue installé dans le box voisin. « Dis donc Jack, tu as une seconde ? Je voudrais te montrer quelque chose de vraiment bizarre. »

Après en avoir marqué la page, l'homme au teint cireux posa sur son bureau encombré le journal russe qu'il était en train de lire, et frotta ses yeux sombres. « Sexe, crime et encore sexe. Je ne vois pas ce qu'on peut trouver de plus tordu que la presse russe », dit John Rowland, un traducteur réputé qui avait rejoint la CIA après la période obscure de la présidence Nixon. « C'est comme ces magazines américains à gros tirage qui traitent presque exclusivement des hormones. Les statistiques de production de tracteurs me manquent presque. » Il quitta son poste de travail et fit un détour pour pénétrer dans le box de Browning. « Quel est le problème, jeune homme ?

— Ce message complètement dingue sur mon ordinateur », répondit Browning en secouant la tête. « Je faisais défiler des données historiques sur l'Union soviétique quand ce truc s'est affiché à l'écran. »

Rowland se pencha et lut les mots : PROTOCOLE ACTIVÉ POUR SANCTION AVEC PRÉJUDICE EXTRÊME.

Rowland caressa sa barbiche poivre et sel. « Préjudice extrême ? *Personne* n'emploie plus ce genre de terminologie.

— Qu'est-ce que cela signifie ?

— C'est un euphémisme qui date de la Guerre froide et du Vietnam. Une manière polie de parler d'une exécution.

— Hein ?

— Ils ne vous apprennent *rien* à Yale ? » dit Rowland avec un sourire narquois. « *Sanctionner* quelqu'un signifie qu'on va l'assassiner. Un vrai truc à la James Bond.

— Oh, je pige », fit Barrett, en regardant les autres boxes autour de lui. « Lequel de nos estimés collègues pourrait être à l'origine de cette mauvaise blague ? »

Abîmé dans ses pensées, Rowland ne répondit rien. Il se glissa sur le siège de Browning puis examina le numéro de fichier souligné, apparaissant à la fin du message. Il le surligna et appuya sur entrée. Une série de chiffres apparut. « Si c'est une blague, elle est sacrément bonne, marmonna-t-il. Personne n'utilise plus ce code depuis l'époque où Allen Dulles dirigeait l'Agence, au lendemain de la Seconde Guerre mondiale. »

Rowland appuya sur le bouton impression et regagna son box, la copie à la main. Son collègue perplexe ne le lâchait pas. Il passa un bref coup de fil avant d'entrer le code dans son ordinateur et de pianoter sur le clavier. « J'envoie cela à un copain qui travaille au département du décodage. C'est un truc plutôt archaïque. Il est capable de le déchiffrer en quelques minutes avec le programme dont on dispose aujourd'hui.

— D'où penses-tu que cela vienne ? » demanda Browning. « Sur quoi étais-tu quand le message est apparu ?

— Des archives. Surtout des rapports diplomatiques. L'un des types du personnel du Sénat en avait besoin pour son patron qui fait partie du Comité des services armés. Il cherchait des modèles de comportement soviétique, probablement pour augmenter le budget de la Défense.

— Quel était le contenu de ces rapports ?

— Ils étaient adressés par des agents de terrain au directeur de la CIA. Un truc ayant un lien avec le développement nucléaire soviétique. Ces documents faisaient partie des vieux fichiers sur lesquels Clinton a levé le secret.

— Intéressant. Cela veut dire que ces informations étaient exclusivement destinées à des personnes plus haut placées que nous.

— Ça semble plausible. Mais qu'est-ce que c'est que ce protocole ? »

Rowland soupira. « Je ne sais pas comment l'Agence fera lorsque les vieilles carnes comme moi auront quitté le pâturage. Je vais te dire comment fonctionnaient les protocoles à l'époque révolue des actions secrètes. D'abord une stratégie était mise sur pied, en général au plus haut niveau, en accord avec le directeur de la CIA, le NSA et les chefs d'Etat-Major. Officiellement, on tenait le président hors du coup, pour qu'il ne risque pas d'être mis en accusation. La stratégie en question débouchait sur une série d'actions, en réponse à une menace ou à des menaces données. C'était cela le protocole. Chaque action se transformait en ordre. Et cet ordre était morcelé en une multitude d'autres.

— Logique. De cette façon, chaque donneur d'ordre ne connaissait qu'une petite partie du plan d'ensemble. Et le secret était préservé.

— Ah, ah, finalement je vois que tu as *quand même* appris quelque chose dans les amphis d'Eli. Même si tout cela est faux. Tous ces plans foldingues, consistant par exemple à flanquer une bonne raclée à Castro ou à la contra iranienne ont été montés de cette manière, et ils ont tous échoué.

— Alors, à quoi sert le protocole ?

— Sa *principale* raison d'être est qu'il permet aux gouvernants de se laver de toute responsabilité. En général, les protocoles sont réservés aux actions les plus sérieuses. En l'occurrence, il s'agit d'assassinat politique. Ce n'était pas une chose à prendre à la légère. Les chefs d'Etat ne sont pas censés fomenter la mort de leurs homologues étrangers ou de personnes appartenant à leur propre équipe. Cela constituerait un regrettable précédent. Aussi l'ordre devait-il se répartir sur plusieurs niveaux. Tout était conçu pour qu'il n'y ait pas de traces. Les ordres étaient donnés de telle façon qu'on ne retrouve jamais leurs auteurs. Il fallait que soient rassemblées un certain nombre de circonstances déterminées pour que l'ordre soit exécuté.

— Ça rappelle le système de sécurité totale utilisé pour les bombardiers nucléaires. La décision était prise à plusieurs niveaux, et la mission pouvait être annulée jusqu'au tout dernier.

— Oui, c'est quelque chose dans ce goût-là. Je vais te fournir une autre comparaison. Une menace est détectée. Une main sort l'arme. La menace grandit. Une autre main enfonce le chargeur. La menace s'intensifie. Une troisième main rabat le chien. Puis on appuie sur la détente et la menace est éliminée. »

Browning hocha la tête. « Je comprends ce que tu dis, mais je n'arrive pas à imaginer comment ce damné truc est entré dans mon ordinateur.

— C'est peut-être moins mystérieux qu'il n'y paraît. » Rowland avait passé une bonne partie de sa vie à accomplir des tâches ennuyeuses consistant essentiellement à lire et à analyser la presse étrangère. Il était trop heureux de pouvoir enfin se remuer un peu les méninges. Il s'enfonça dans son fauteuil et contempla le plafond. « A l'origine, le protocole a dû être consigné sur des papiers, probablement éparpillés à droite et à gauche. Il ne fut jamais exécuté. Puis l'Agence est passée du papier à l'informatique. Le protocole a été encodé dans la base de données. Il est resté là pendant des décennies jusqu'à ce que les diverses parties du mécanisme de mise à feu soient rassemblées. Le directeur est censé être prévenu automatiquement, seulement voilà, les fichiers ont été déclassifiés et l'ordinateur ignore qu'un modeste analyste va tomber sur des informations ne concernant que le grand patron.

— Brillant », dit Browning. « A présent, imaginons un peu ce qui a bien pu déclencher un protocole vieux de cinquante ans. J'ai consulté les mêmes fichiers pas plus tard qu'hier. Ce truc n'y était pas.

— Cela signifie que le protocole a été activé durant les dernières vingt-quatre heures. Attends... » L'icône annonçant l'arrivée d'un e-mail clignota. Rowland ouvrit le courrier et lut. « Mon cher Rowland. Voilà ton message décodé. S'il te plaît, envoie-moi quelque chose de plus stimulant la prochaine fois. »

Les mots sur l'écran disaient simplement ceci : « Sanction en cours d'exécution.

— Il s'agit de la réponse provenant de l'exécuteur », dit Rowland. Browning secoua la tête. « Je me demande qui était ce pauvre type.

— Je ne pense pas qu'il faille s'inquiéter du passé ; c'est le futur qui me préoccupe.

— Allons Jack, ça fait un demi-siècle que ce protocole a été approuvé. Toutes les personnes concernées doivent être mortes depuis longtemps. L'exécuteur tout comme sa victime.

— Peut-être que oui, peut-être que non », dit Rowland. Il tapota l'écran. « Cette réponse vient juste d'être envoyée. Cela veut dire que le tueur est toujours en vie de même que sa victime. Du moins pour l'instant.

— Que veux-tu dire ? »

Rowland saisit le téléphone. Une expression sévère s'était peinte sur son visage habituellement jovial. « Le directeur n'ayant pas décommandé l'ordre, nous passons donc à l'étape suivante. L'exécution. » Browning était sur le point de poser une question quand Rowland leva la main pour l'arrêter. « S'il vous plaît mettez-moi en rapport avec le directeur, hurla-t-il dans le combiné. Oui, c'est urgent », dit-il d'une voix déformée par une émotion dont il était peu coutumier. « Sacrément urgent ! »

22

UNE FOIS L'INCENDIE CIRCONSCRIT, les pompiers étaient en train de quitter les lieux lorsque Zavala se présenta de nouveau devant l'immeuble de Hanley. En produisant sa carte d'identité de la NUMA, il parvint à franchir le cordon jaune posé par la police. Après l'avoir brandie sous le nez de l'inspecteur chargé des incendies criminels, il replaça très vite dans son portefeuille la carte plastifiée assortie d'une photo, car il n'avait aucune envie d'expliquer pourquoi un membre d'une organisation océanographique furetait sur les lieux d'un sinistre, en plein cœur de San Diego.

L'inspecteur, un dénommé Connors, lui apprit que certains témoins avaient signalé la présence d'un hélicoptère patrouillant dans le secteur. Ils lui avaient aussi décrit l'étrange éclair qui avait zébré le ciel avant l'explosion. Pourtant il n'avait pas éliminé la possibilité que cette dernière se soit produite à l'intérieur du bâtiment. Zavala ne pouvait l'en blâmer. Ce n'était pas tous les jours qu'un hélicoptère de combat attaquait un immeuble de bureaux à San Diego. « Comment se porte la femme blessée ? » demanda Zavala. « Aux dernières nouvelles, elle va bien, dit Connors. Deux types l'ont sortie de son bureau avant que le feu se propage. »

Zavala remercia Connors et s'éloigna. Comme il levait la main pour héler un taxi, une berline Ford noire s'arrêta au bord du trottoir. L'agent Miguel Gomez était au volant. L'homme du FBI se pencha sur le siège du passager et ouvrit la portière. Zavala monta.

Gomez posa sur Zavala son fameux regard désabusé. « C'est sûr, les événements se sont précipités depuis que vous et votre partenaire êtes arrivés en ville, dit l'agent. Vous entrez dans mon bureau et, quelques heures plus tard, le Farmer et son ordure d'avocat partent en fumée. Vous ne voulez pas rester encore un peu dans le coin ? Toute la mafia mexicaine et leurs potes s'autodétruiront. Ça nous fera un boulot de moins, ce qui me conviendrait parfaitement. »

Zavala partit d'un petit rire. « Merci encore pour votre protection à Tijuana.

— Pour me remercier d'avoir pris le risque de déclencher un incident diplomatique en faisant franchir la frontière à un bataillon de tireurs d'élite, vous aurez peut-être la bonne idée de me dire ce qui est en train de se tramer.

— J'aimerais bien le savoir moi-même, lança Zavala en haussant les épaules. Qu'est-il arrivé à Pedralez ?

— Il traversait Colonia Obrera, un coupe-gorge à l'ouest de Tijuana, à bord de sa voiture blindée. Les SUVs de ses gardes du corps roulaient devant et derrière lui. Le véhicule de tête est touché en premier. Une seconde plus tard, la voiture de Pedralez explose. Le choc a dû être terrible parce que cette bagnole était aussi solide qu'un tank. Le troisième véhicule fait un tête-à-queue et fiche le camp sans demander son reste.

— Il s'agissait sans doute d'un missile antichar. »

Gomez fixa Zavala de son regard sombre et pénétrant. « La police mexicaine a trouvé dans une allée un chargeur provenant d'un missile antichar suédois Gustav.

— Les Suédois s'en prennent aux caïds mexicains de la drogue, à présent ?

— J'aimerais bien. En fait, on trouve ce type de matériel sur le marché mondial des armes. Je suppose qu'ils en font la publicité au dos des boîtes de céréales. Cette arme est d'un maniement relativement simple. On la pose sur l'épaule et on fait feu. Il paraît que deux types peuvent tirer jusqu'à six coups à la minute. Parlez-moi de ce qui est arrivé à Hanley.

— Kurt et moi venions de quitter l'immeuble quand nous avons vu un hélicoptère vert planer aux abords de son cabinet. Nous sommes rentrés dans l'immeuble et, pendant que nous étions dans l'ascenseur, une explosion a retenti. Quelques témoins ont aperçu un éclair. Il pourrait s'agir d'un lanceur de missile.

— Combien de missiles faut-il pour éliminer un avocat marron ? On croirait entendre une blague de juriste.

— Je ne crois pas que Hanley l'aurait trouvée drôle.

— Ce type n'a jamais eu le sens de l'humour. Il s'agit d'une véritable *extermination*. Ceux qui l'ont eu souhaitaient tellement sa mort qu'ils se fichaient de provoquer un pareil ramdam. » Il réfléchit un instant. « Pourquoi êtes-vous rentrés dans l'immeuble ?

— Kurt a cru reconnaître l'hélicoptère. Il ressemblait à celui qu'il avait aperçu en Basse-Californie, après l'explosion sous-marine.

— Vous aviez donc déjà parlé à Hanley ? »

Gomez avait peut-être l'air endormi mais rien ne lui échappait, pensa Zavala. « Nous l'avons questionné au sujet de l'usine de tortillas. Il nous a avoué avoir été contacté par un courtier d'affaires de Sacramento dont l'un des clients souhaitait monter une opération de couverture au Mexique. Hanley a mis ce client en rapport avec Pedralez.

— Comment s'appelait le courtier en question ?

— Jones. Economisez votre argent. Il est mort. »

Gomez eut un petit sourire narquois. « Attendez que je devine. Son véhicule a explosé.

— Il est tombé d'une falaise. Un accident de la circulation, soi-disant. »

Un homme en costume bleu sombre apparut derrière la vitre de la berline sur laquelle il cogna légèrement pour attirer l'attention de l'agent Gomez. Ce dernier hocha la tête et se tourna vers Zavala. « Ils veulent que j'entre dans l'immeuble. Restons en contact. » Puis il ajouta en espagnol : « Nous les chili-peppers mexicano-américains devons nous serrer les coudes.

— Absolument, dit Zavala en ouvrant la portière pour sortir. Je retourne à Washington. Appelez-moi au quartier général de la NUMA si vous avez besoin d'un coup de main. »

Zavala s'était montré honnête envers Gomez mais sans aller jusqu'à mentionner devant lui l'existence du Groupe Mulholland. Il savait qu'il y avait peu de chances pour que le FBI tente un coup de force et surgisse dans leurs locaux, mandat en main, mais il valait mieux ne pas compliquer sa propre enquête. A son retour à l'hôtel, il appela les renseignements de Los Angeles et demanda le numéro du Groupe Mulholland qu'il composa aussitôt. La réceptionniste qui lui répondit avait une voix agréable. Elle lui indiqua comment se rendre à leurs bureaux. Zavala pria le concierge de l'hôtel de lui trouver une voiture de location. Quelques minutes plus tard, il prenait la direction du nord et de Los Angeles.

En fin de matinée, il quitta l'autoroute d'Hollywood pour pénétrer dans ces quartiers résidentiels labyrinthiques, entrecoupés de centres commerciaux, qu'on rencontre souvent en Californie. Zavala ne savait pas très bien ce qu'il allait trouver à l'arrivée, mais il fut quand même surpris de découvrir cet immeuble de bureaux parfaitement normal, coincé entre un magasin Stapples et une Pizza Hut. Après l'explosion au Mexique et les morts étranges de Hanley et de Pedralez, il s'attendait à quelque chose de moins banal.

Le vestibule était spacieux et clair. La charmante réceptionniste qu'il avait eue au téléphone quelques heures auparavant l'accueillit tout aussi aimablement quand il apparut devant elle. Sans qu'il eût besoin d'exercer sur elle son charme latin, la jeune femme répondit spontanément aux questions qu'il lui posa sur la compagnie, lui montra des brochures et lui dit d'appeler si jamais il avait besoin de services d'ingénierie hydraulique. Il remonta dans sa voiture de location et resta assis derrière le volant à fixer cette façade si ordinaire. Qu'allait-il faire à présent ? Son téléphone cellulaire sonna. Austin l'appelait du quartier général de la NUMA. « La pêche a été bonne pour toi ? » demanda Kurt. « Je suis actuellement devant les locaux du Groupe Mulholland », dit Zavala avant de le mettre au courant de ses dernières découvertes. Ensuite Austin lui parla de sa visite au Centre Garber, de sa conversation avec Buzz Martin et des révélations de Max. « Tu en as fait bien plus que moi », remarqua Zavala. « Je ne suis tombé que sur des impasses pour l'instant. Cet après-midi, je me rends dans le Nord de l'Etat de New York pour tenter d'élucider le mystère du pilote de l'aile volante. Profite donc de ton séjour à L.A. pour enquêter sur Gogstad. »

Ils convinrent de comparer leurs notes quand ils se retrouveraient à Washington le lendemain. Zavala raccrocha et chercha le numéro du *Los Angeles Times*. Il obtint la salle de rédaction, se présenta et demanda à parler à Randy Cohen de la page financière.

Quelques instants plus tard, une voix enfantine résonnait dans le combiné. « Joe Zavala, quelle bonne surprise ! Comment vas-tu ?

— Bien, merci. Et comment se porte le meilleur journaliste à l'ouest du Mississippi ?

— Il fait ce qu'il peut avec les rares cellules grises qui lui restent de notre époque tequila sunrise. Et toi, tu tiens toujours la NUMA à bout de bras ?

— Justement, je suis ici pour enquêter dans le cadre de la NUMA et je me demandais si tu pourrais me donner un petit coup de main.

— Toujours prêt à rendre service à un vieux copain de fac.

— C'est sympa, Randy. J'ai besoin d'informations sur une compagnie basée en Californie. As-tu déjà entendu parler de la Corporation Gogstad ? »

Il y eut un silence à l'autre bout de la ligne. Puis Cohen demanda : « Tu as bien dit Gogstad ?

— Exactement. » Joe épela le nom pour qu'il n'y ait aucune erreur. « Cela t'évoque-t-il quelque chose ?

— Rappelle-moi à ce numéro dans quelques instants », fit Cohen avant de raccrocher brutalement. Zavala s'exécuta. Cohen répondit. « Désolé de t'avoir raccroché au nez. Nous parlons sur mon téléphone cellulaire. Où es-tu ? »

Zavala décrivit l'endroit où il se trouvait. Connaissant bien le quartier, Cohen lui indiqua un café situé non loin de là. Zavala sirotait son deuxième expresso lorsque Cohen entra. Apercevant Zavala installé au comptoir, le reporter lui adressa un large sourire, s'avança vers lui à grandes enjambées et lui serra la main avec effusion. « Bon sang, tu as l'air en pleine forme, Joe. Tu n'as pas changé d'un poil.

— Et toi non plus. » Zavala ne mentait pas. Ils avaient fait connaissance alors qu'ils travaillaient ensemble pour la même gazette universitaire. Malgré les années, le journaliste était resté le même. Sa maigre carcasse s'était un peu étoffée et sa barbe noire était à présent parsemée de gris, mais il avait gardé sa démarche d'échassier géant, et ses yeux bleus clignant derrière ses lunettes à monture d'écaille étaient aussi pénétrants qu'autrefois.

Cohen commanda un double latte et conduisit Joe vers une table à l'écart. Il prit une gorgée, déclara le café excellent puis se pencha en avant et dit à voix basse : « Alors, dis-moi un peu, mon vieux, pourquoi la NUMA s'intéresse-t-elle à Gogstad ?

— Tu as probablement entendu parler des baleines qu'on a retrouvées mortes sur la côte de San Diego. » Cohen hocha la tête. « En recherchant la cause de l'incident, nous sommes remontés jusqu'à une entreprise implantée dans la péninsule de Basse-

Californie, ayant un lien avec le Groupe Mulholland. Gogstad est la société mère. »

Les yeux de Cohen se plissèrent. « Quel *genre* d'entreprise ?

— Ne ris pas. C'est une usine de tortillas.

— *Rien* de ce qui a trait à cette société ne me fait rire.

— Alors tu la connais.

— *Intimement.* C'est pourquoi j'ai été sidéré lorsque tu as appelé. Nous venons de passer près d'une année à enquêter sur Gogstad. Nous intitulerons cette série d'articles “Les pirates de l'eau”.

— Je pensais que la piraterie avait disparu depuis Capitaine Kidd.

— Ça dépasse tout ce que Kidd a jamais pu imaginer.

— Qu'est-ce qui t'a poussé à vouloir écrire ces articles ?

— Le plus pur des hasards. Nous cherchions des renseignements sur les fusions de sociétés, celles du genre pépère qui ne font pas toujours les gros titres mais qui intéressent tout autant le citoyen moyen. Notre filet s'est resserré autour d'une entreprise presque indétectable. Nous étions comme des chasseurs suivant inlassablement des traces de gibier recouvertes par la neige.

— Ces traces étaient-elles celles de Gogstad ? »

Cohen hocha la tête. « Ça nous a pris des mois pour les repérer et, à l'heure actuelle, nous ne connaissons pas encore tous les détails. Gogstad est un truc énorme ! Ses avoirs fonciers s'élèvent à des centaines de milliards de dollars. C'est sans doute la plus vaste multinationale ayant jamais existé.

— J'avoue que je ne lis pas le *Wall Street Journal* tous les jours, mais si cette société est aussi énorme que tu le prétends, je m'étonne de n'en avoir jamais entendu parler.

— Ne t'inquiète pas pour ça. Ils ont dépensé des millions pour garder leurs affaires secrètes. Ils négocient dans l'ombre, utilisent des sociétés écran, le truc habituel. Heureusement que l'informatique existe ! Nous sommes passés par le Système d'information géographique, le GIS. Ce serveur relie les infos de la base de données à des points sur une carte. Les flics emploient le même système pour surveiller les réseaux criminels. Nous avons obtenu de magnifiques graphiques montrant les diverses implantations de Gogstad à travers le monde.

— Qui se cache derrière cette supercorporation ?

— Nous sommes quasiment persuadés que les rênes du pouvoir sont entre les mains d'une seule et même personne. Elle s'appelle Brynhild Sigurd. »

Zavala, qui méritait bien sa réputation d'homme à femmes, dressa l'oreille en entendant ce nom. « Parle-moi de Miss Sigurd.

— Je ne peux pas t'en dire grand-chose. Le magazine *Fortune* ne l'a jamais mentionnée dans la liste des femmes les plus riches du monde, et pourtant elle pourrait parfaitement occuper la première place. Nous savons qu'elle est née aux Etats-Unis de parents scandinaves, qu'elle a étudié en Europe et qu'elle a fondé par la suite une compagnie d'ingénierie, appelée Groupe Mulholland.

— Justement j'en viens. J'aurais dû demander à rencontrer cette dame.

— Cela ne t'aurait servi à rien. Elle est officiellement présidente de cette société mais personne ne l'a jamais vue.

— Pourquoi avoir choisi un tel nom pour cette compagnie ? Leurs bureaux ne sont pas situés sur Mulholland Drive ! »

Cohen sourit avec indulgence. « Tu n'as jamais entendu parler du scandale d'Owens Valley ?

— Cette affaire avait un rapport avec le système hydraulique de Los Angeles, je crois.

— Exact. C'est difficile à imaginer aujourd'hui, mais dans les années 20, L.A. n'était qu'une petite ville au milieu du désert. Elle avait besoin d'eau pour s'étendre. La grande source la plus proche sommeillait au cœur d'Owens Valley, à trois cents kilomètres vers le nord. L.A. n'a rien trouvé de mieux que d'envoyer des types là-bas pour acquérir les droits sur le fleuve. Les habitants du coin ont compris trop tard ce qui se passait. Ils n'ont rien pu faire. Leur eau avait déjà pris le chemin de Los Angeles.

— Qu'est-il arrivé à Owens Valley ?

— Elle s'est retrouvée asséchée. » Il eut un petit rire sardonique. « L'essentiel de l'eau payée par les contribuables aboutissait dans la vallée de San Fernando, pas dans la ville même. Une poignée d'hommes d'affaires locaux ont acheté les terres de la vallée pour une bouchée de pain. Quand l'eau arriva, les prix grimpèrent en flèche et les spéculateurs empochèrent des millions. L'homme qui a monté ce coup fumant s'appelait William Mulholland.

— Intéressant. Quels sont les liens unissant Mulholland et Gogstad ?

— Gogstad est issue de la compagnie Mulholland. A présent, cette dernière est une filiale fournissant des services en matière d'ingénierie à la société mère.

— Comment Gogstad procède-t-elle exactement ?

— D'abord ils ont acquis des intérêts dans des compagnies d'oléoducs, de fourniture d'énergie et de construction. Ensuite, ils se sont étendus vers les institutions financières, les assurances, les médias. Au cours de ces dernières années, ils se sont polarisés sur un seul produit : l'or bleu.

— Je ne connais que l'or à 18 carats. »

Cohen leva son gobelet. « L'or bleu, c'est *l'eau* !

— Ouais. » Cohen le plaça devant la lumière comme s'il contenait un bon vin, puis il en prit une gorgée. « L'eau n'est plus un droit naturel, c'est devenu un luxe pouvant atteindre des prix plus élevés que le gaz raffiné. Gogstad est le principal intervenant dans le business de l'eau à travers le monde. Elle contrôle des compagnies de distribution dans cent cinquante pays, répartis sur les six continents, et approvisionne en eau plus de deux cents millions de personnes. Ils ont tout fait pour que le Congrès vote la loi de privatisation de la Colorado River. C'est le plus gros coup à leur actif jusqu'à présent.

— J'ai lu quelque chose à ce propos. Dis-m'en davantage.

— Les Etats de l'ouest et du sud-ouest dépendent essentiellement de la Colorado River, un système qui a toujours été régi par les organismes fédéraux. Ce sont eux qui ont construit les grands barrages et les réservoirs, en collaboration avec les Etats et les villes. La nouvelle loi a supprimé ce contrôle gouvernemental et a confié le marché à des compagnies privées.

— La privatisation est une chose fort commune de nos jours. Certaines prisons sont gérées par des sociétés privées. Pourquoi pas les systèmes de pompage ?

— Tel est l'argument qui a été avancé pour faire passer cette loi. Les Etats se sont disputé les droits sur l'eau pendant des années. Des tonnes d'argent ont été dépensées en procès. Les partisans de la réforme disaient que la privatisation mettrait fin à ce gâchis. L'eau serait distribuée de manière plus efficace. Les investisseurs se chargeraient de financer les gros travaux d'amélioration. La sécheresse leur a permis de franchir la ligne d'arrivée en vainqueurs. Les villes manquent d'eau et les gens ont peur.

— A quel niveau de la chaîne Gogstad intervient-elle ?

— Tout semble organisé de la façon suivante : le système de la Colorado River serait dirigé par une poignée de sociétés bien distinctes mais travaillant conjointement.

— Dans le but de redistribuer la richesse ?

— C'était l'idée de départ. Mais il y a un petit problème. Toutes ces compagnies appartiennent à Gogstad, et cela personne ne le sait.

— Par conséquent, Gogstad a la mainmise sur la Colorado River. »

Cohen approuva d'un hochement de tête. « Ils ont reproduit la même chose à plus petite échelle à travers tout le pays. Ils ont signé des contrats pour extraire l'eau des glaciers d'Alaska. Ils ont étendu leur champ d'action jusqu'au Canada, qui possède les plus grandes sources d'Amérique du Nord. Ils contrôlent l'essentiel de l'eau présente en Colombie britannique. Bientôt les Grands Lacs ne seront plus que des réservoirs Gogstad. »

Zavala laissa échapper un petit sifflement. « Ça fait froid dans le dos, mais ça correspond tout à fait à la notion de mondialisation, la concentration du pouvoir économique entre quelques mains.

— Bien sûr. Le fait de prendre possession de la plus précieuse ressource d'un pays est une opération parfaitement légale, que ça nous plaise ou pas. Seulement Gogstad ne respecte pas la règle du jeu, et c'est là qu'il faut avoir peur.

— Que veux-tu dire ?

— Je vais te donner un exemple. Le député Jeremy Kinkaid s'est battu bec et ongles contre le projet de loi de réforme de la Colorado River et dernièrement, durant les sessions du Congrès, il a menacé de faire annuler la nouvelle législation. Or, il est mort dans un accident.

— Des tas de gens meurent dans des accidents. »

Le reporter sortit de sa poche une carte du monde qu'il déplia sur la table. Chuchotant presque, il dit : « Tu vois ces carrés rouges ? Ne t'embête pas à les compter. Il y en a des douzaines.

— Les acquisitions de Gogstad ?

— Façon de parler. Pendant que Gogstad étendait ses ramifications, elle tombait sur des joueurs déjà installés, les compagnies et les municipalités chargées de contrôler la distribution de l'eau dans chaque pays. Très souvent, Gogstad avait affaire à des individus coriaces qui refusaient ses avances. » Il donna une petite tape sur la carte. « Nous avons mis en relation les diverses acquisitions et les informations concernant le personnel des compagnies rachetées. A chaque endroit où tu vois un carré rouge, l'acquisition a coïncidé avec des "accidents" fatals, touchant tel ou tel dirigeant de la société en question. Il est même arrivé qu'un directeur de compagnie disparaisse purement et simplement.

— De deux choses l'une. Soit Gogstad utilise les méthodes de la pègre soit elle a beaucoup de chance.

— Imagine un peu. Dans les dix dernières années, elle a absorbé des compagnies d'eau internationales basées en France, en Italie, en Grande-Bretagne et en Amérique du Sud. C'est un peu comme les Borg de *Star Strek*, cette race extraterrestre qui accroît sa puissance en assimilant les autres espèces. Ils ont acquis des concessions en Asie et en Afrique du Sud... » Cohen se tut, interrompant son énumération précipitée et braqua son regard vers la porte puis se détendit quand il vit entrer une femme et un enfant.

Zavala leva un sourcil, mais ne dit rien. « Désolé, fit Cohen. Toute cette histoire me rend complètement parano.

— Une petite paranoïa peut être une chose salutaire parfois, mon ami. »

De nouveau, Cohen baissa le ton. « Il se peut que nous ayons une taupe au sein de la rédaction. C'est pourquoi je t'ai demandé de m'appeler sur mon portable », dit-il dans un murmure. Il agita nerveusement sa cuiller. « Des tas de trucs bizarres se sont passés au journal.

— Quel genre de trucs ?

— Rien dont je sois vraiment sûr. Des dossiers qu'on ne retrouve pas dans l'ordre où on les a classés. Des inconnus qui se baladent dans l'immeuble. Des regards étranges.

— Tu es sûr que ce n'est pas ton imagination ?

— D'autres membres de l'équipe ont noté certaines anomalies, eux aussi. Bon Dieu. Ça se voit tellement que j'ai la frousse ?

— Tu parviens même à *me* rendre nerveux.

— Parfait, je *veux* que tu sois nerveux. Je ne pense pas que Gogstad hésiterait une seule seconde à se débarrasser de quiconque se dresse sur sa route.

— Et où cette route mène-t-elle ?

— Pour moi, c'est clair. Ils veulent contrôler toutes les réserves d'eau douce de la planète. »

Zavala médita cette affirmation. « Ce n'est pas une mince affaire. Ce qu'ils ont fait en Amérique du Nord et en Europe est très impressionnant, mais une seule compagnie peut-elle s'accaparer toute l'eau douce existant dans le monde ?

— Ce n'est pas si difficile que tu as l'air de le croire. L'eau douce représente moins d'un demi pour cent de l'eau mondiale. Le reste est constitué par l'eau de mer, celle des neiges éternelles et des nappes phréatiques. La plus grande partie est trop polluée pour qu'on l'utilise, et la planète en a besoin chaque jour un peu plus.

— Mais l'essentiel de cette eau n'est-il pas encore sous le contrôle de toutes sortes d'individus et de gouvernements ?

— Ça n'est plus le cas. Gogstad repère une source dans une région donnée, offre d'en prendre la direction en faisant toutes sortes de généreuses concessions. Quand elle s'est infiltrée dans la place, elle utilise la corruption, l'extorsion ou pire encore, afin de rafler tout le gâteau. Durant les cinq dernières années, Gogstad a terriblement encouragé la privatisation du secteur public. Ce mouvement s'est intensifié avec les nouveaux traités internationaux relatifs au commerce, qui privent les pays de leurs droits de propriété sur l'eau. Pour l'amour du ciel, Joe, l'histoire d'Owens Valley est en train de se rejouer mais, à présent, c'est le monde entier qui est concerné !

— Ta mégacompagnie m'a tout l'air d'une pieuvre géante.

— Charmante analogie même si elle fait un peu cliché. » Il prit dans sa poche un crayon gras de couleur rouge et dessina une série de lignes et de flèches sur la carte. « Ici tu as les tentacules. L'eau du Canada et d'Alaska partira vers la Chine. Celle d'Ecosse et d'Autriche approvisionnera l'Afrique et le Moyen-Orient. L'Australie a signé des contrats d'exportation en direction de l'Asie. En apparence, ce marché est réparti entre plusieurs sociétés n'ayant rien à voir les unes avec les autres. Mais à travers ses corporations clandestines, c'est Gogstad qui tire toutes les ficelles.

— Comment ont-ils l'intention de déplacer toute cette eau ?

— Une filiale de Gogstad a déjà développé cet aspect technique. Ils se serviront d'énormes sacs scellés contenant des millions de litres. En outre, les chantiers navals Gogstad ont construit des tankers de cinquante mille tonnes capables de transporter aussi bien du pétrole que de l'eau.

— Tout cela coûte très cher.

— On dit que l'eau peut couler vers l'amont si l'argent le veut. Les clients paieront, quel qu'en soit le prix. Mais elle ne servira pas à étancher la soif des pauvres connards qui vivotent dans les trous perdus. Elle est réservée à la haute technologie, l'un des plus grands pollueurs, soit dit en passant.

— Toute cette histoire est incroyable.

— Accroche-toi à ton siège, Joe, parce que tu ne sais pas encore tout. » Il martela la carte de l'Amérique du Nord du bout de son doigt. « Voilà le grand marché. Les Etats-Unis. Tu te rappelles ce que j'ai dit à propos de la mainmise de Gogstad sur les ressources hydrauliques du Canada ? Un plan a été élaboré pour détourner de grandes quantités d'eau. Ils la prendront dans la baie d'Hudson, la feront transiter par les Grands Lacs jusqu'à la Sun Belt. » Son doigt se déplaça vers l'Alaska. « La Californie et les autres Etats désertiques ont pratiquement asséché la Colorado River, aussi existe-t-il un autre projet consistant à pomper l'eau glacière du Yukon pour l'acheminer vers l'ouest de l'Amérique. Un vaste système de barrages, de digues et de réservoirs géants. Un dizième de la Colombie britannique serait inondé, ce qui provoquerait la disparition massive des ressources naturelles et de la population de cette région. Les nouvelles usines hydroélectriques engrangeraient d'énormes quantités d'énergie. Devine qui est le mieux placé, du point de vue stratégique, pour bénéficier de l'argent provenant des industries de production d'énergie et de travaux publics ?

— Je crois connaître la réponse.

— Eh oui. Ils empocheront des milliards ! Cette escroquerie a été mise au point voilà des années. Son exécution a été retardée en raison de son caractère destructeur et onéreux, mais avec leurs puissants soutiens, ils ont aujourd'hui une chance d'arriver à leurs fins.

— Gogstad encore ?

— Tu saisis maintenant », dit Cohen. Sa fébrilité ne cessait de croître. « Cette fois, il n'y aura personne pour s'opposer à eux. Gogstad a acheté des journaux et des chaînes de télévision. Elle peut lancer un battage médiatique auquel il ne sera pas facile de résister. L'influence politique de Gogstad est phénoménale. Au sein de leurs conseils d'administration, on trouve d'anciens présidents, des chefs de gouvernements, des ministres. Il n'y a aucun moyen de les combattre. Si tu imagines un instant que ce pouvoir politique et financier se trouve entre les mains de quelqu'un qui n'hésite pas à employer des méthodes relevant de la guérilla urbaine, tu comprendras mieux pourquoi je suis si nerveux. »

Il s'arrêta pour reprendre son souffle. Son visage était rouge d'excitation. Des gouttes de sueur brillaient sur son front. Il fixa Zavala comme s'il le mettait au défi de le contredire.

Puis le corps de Cohen sembla s'affaisser. « Désolé, s'excusa-t-il. Je baigne dans cette folie depuis trop longtemps. Je pense que je suis au bord de la dépression nerveuse. C'est la première fois que j'ai l'occasion de m'épancher. »

Zavala hocha la tête. « Plus tôt l'article sera publié, mieux ça vaudra. Il te faudra combien de temps ?

— Il sortira bientôt. Nous y mettons la dernière touche. Nous voulons savoir pourquoi Gogstad a construit un tel nombre de supertankers.

— Cela paraît cadrer avec leur intention de transporter d'importantes quantités d'eau.

— Oui, nous savons qu'ils ont pris des contacts en Alaska pour déplacer l'eau des glaciers, mais les chiffres dépassent tout. Il y a bien trop de tankers pour le marché existant, même si on y ajoute la Chine.

— Il faut du temps pour construire un bateau. Peut-être veulent-ils se tenir prêts. Ils les garderont en réserve jusqu'à ce qu'ils en aient besoin.

— C'est bien ce qui m'intrigue. Ces bateaux ne sont pas gardés en réserve. Chaque tanker possède son capitaine et son équipage. Ils sont ancrés dans les eaux de l'Alaska et ils attendent.

— Ils attendent quoi ?

— C'est ce que j'aimerais savoir.

— Quelque chose de grave est en train de se passer, murmura Zavala.

— Mon flair de reporter me dit la même chose. »

Un frisson désagréable parcourut l'échine de Zavala, comme si l'un de ces tentacules gluants qu'il avait évoqués lui avait tapé sur l'épaule. Il se rappela sa conversation récente avec Austin, lorsqu'ils avaient parlé des dangers inconnus surgissant parfois des abysses. Comme d'habitude, Kurt avait vu juste. L'intuition de Zavala lui disait qu'une créature énorme et affamée se tenait tapie dans les ombres azuréennes, guettant sa proie. Et cette créature avait pour nom Gogstad.

23

LE VISAGE DU DIRECTEUR DE LA CIA, Erwin LeGrand, rayonnait de fierté lorsque sa fille de quatorze ans, Katherine, s'avança vers lui, montée sur son hongre bai. Elle glissa de la selle et présenta à son père le trophée qu'elle venait de remporter pour l'épreuve de style anglais. « Voilà pour ton bureau, papa », dit-elle. Ses yeux pervenche brillaient d'excitation. « Je l'offre au meilleur papa du monde. C'est toi qui m'as acheté Val et qui m'as payé toutes ces leçons qui ont coûté si cher. »

LeGrand saisit la coupe et glissa son bras autour des épaules de sa fille. Elle ressemblait tant à sa mère. « Merci, Katie, mais ce n'est pas moi qui ai fait de Valiant un cheval si obéissant. Tu as travaillé dur pour obtenir ce résultat. » Il sourit. « D'accord, je le prends mais ce n'est qu'un prêt. Dès que je l'aurai montré à tous les membres de l'agence, il rejoindra les autres dans ta mallette à trophées. »

La fierté de LeGrand se mêlait d'un sentiment de culpabilité. Certes, il avait encouragé financièrement l'amour de sa fille pour l'équitation, mais c'était la première compétition à laquelle il assistait depuis des années. Le photographe du club les rejoignit et LeGrand posa aux côtés de sa fille et du cheval. L'image n'était pas complète puisque sa défunte épouse n'y figurait pas, pensa-t-il avec regret.

Katie reconduisit Val à l'écurie tandis que LeGrand traversait le pré d'un pas tranquille, en discutant avec son assistante, une femme dépourvue de grâce mais extrêmement intelligente, nommée Hester Leonard. La presse avait coutume de comparer LeGrand à un Lincoln imberbe. Un honneur dû à sa réputation d'honnêteté et à sa ressemblance avec le seizième président. C'était un homme de haute taille et sans grands attraits physiques, dont le visage reflétait la noblesse du caractère. Sa réputation d'intégrité, il se l'était bâtie en dirigeant la plus grande organisation de renseignements au monde, et s'il avait vécu avant l'invention de la télévision et des belles formules électorales, il aurait légitimement pu briguer le poste de président des Etats-Unis.

Le téléphone cellulaire de Leonard bourdonna. Elle le porta à son oreille. « Monsieur, dit-elle d'une voix hésitante, un appel de Langley pour vous. »

LeGrand se renfrogna et murmura qu'on ne le laisserait jamais en paix. Il ne fit pas le moindre geste en direction du téléphone. « N'ai-je pas demandé qu'on ne me dérange pas durant deux heures, pendant que j'étais à McLean, à moins que ce ne soit extrêmement urgent ?

— Il s'agit de John Rowland. Il dit que c'est de la plus haute importance.

— Rowland ? Eh bien, dans ce cas... » Il saisit le combiné et le colla à son oreille. « Salut, John », dit-il, tandis que son air soucieux se transformait en sourire. « Ne t'excuse pas. Tu tombes à point nommé pour apprendre la bonne nouvelle. Katie est arrivée première de l'épreuve anglaise du country club... Merci. Bon, qu'y a-t-il de si important pour que tu interrompes l'événement le plus important de la vie de Katie ? »

Le front de LeGrand se plissa. « Non, je n'ai jamais entendu parler de cela... Oui, bien sûr... attends-moi dans mon bureau. »

Il tendit le téléphone à son assistante, regarda le trophée et secoua la tête. « Dites au chauffeur de venir me prendre immédiatement devant les écuries. Il faut que nous rentrions à Langley sur-le-champ. Ensuite, appelez mon bureau et dites-leur de fournir à Rowland toute l'aide dont il aura besoin. Bon Dieu, ça va sûrement me coûter un autre cheval. » Il revint sur ses pas pour présenter ses excuses à sa fille.

Vingt minutes plus tard, la limousine noire s'arrêtait dans un grincement de pneus devant le siège de la CIA. LeGrand en sortit et traversa rapidement le hall, porté par ses longues jambes. Un assistant l'attendait à la porte. Il arracha le dossier des mains de l'homme et parcourut son contenu dans l'ascenseur. Quelques instants plus tard, il pénétrait dans son bureau. John Rowland l'y attendait avec un jeune homme nerveux qu'il lui présenta comme un de ses collègues analystes, un nommé Browning.

Rowland et le directeur de la CIA se serrèrent la main comme les vieux amis qu'ils étaient. Des années auparavant, ils avaient occupé des postes équivalents au sein du même service. Mais LeGrand nourrissait des ambitions politiques et voulait à tout prix grimper tout en haut de l'échelle. Rowland, lui, se contentait de son modeste travail. Avec les années, il s'était bâti une réputation de mentor auprès des jeunes analystes qui sortaient du rang. Devenu directeur de l'Agence, LeGrand avait gardé une confiance aveugle dans Rowland qui, à plus d'une occasion, lui avait évité des faux pas. « Je viens de lire ce que vous avez sorti de la base de données. Quel est ton point de vue là-dessus ? »

Sans perdre de temps, Rowland exposa les grandes lignes de son analyse. « Cette chose peut-elle être arrêtée ? » demanda LeGrand. « Le protocole a été activé. La sanction sera menée jusqu'au bout.

— *Sacré Bon Dieu* ! Des têtes vont tomber quand j'en aurai terminé. Qui est la cible ? »

Rowland lui tendit une feuille de papier. Lorsque LeGrand lut le nom qui y était inscrit, son visage devint livide. « Appelez les services secrets. Dites-leur qu'on projette d'assassiner le porte-parole de la Maison-Blanche. Il faut immédiatement organiser sa protection. Doux Jésus, fit-il. Est-ce que quelqu'un peut me dire comment pareille chose a pu arriver ?

— Il va falloir effectuer quelques recherches approfondies pour obtenir tous les détails », répondit Rowland. « Nous savons seulement que le protocole a été déclenché par plusieurs requêtes simultanées lancées auprès des services de renseignements. Et ces requêtes émanent de l'Agence nationale marine et sous-marine.

— La NUMA ? » Au-dessus de la tête de LeGrand, l'air se chargea d'électricité. De manière fort impressionnante, le directeur entreprit de démontrer ses connaissances et son imagination en matière de jurons. Il abattit sa grande main sur le bureau assez puissamment pour projeter le stylo hors de son support et hurla à son assistant le plus proche : « Appelez-moi Sandecker au téléphone. »

24

NOUS SOMMES À VINGT MINUTES environ d'Albany », dit Buzz Martin.

« Austin regarda par le hublot du bimoteur Piper Seneca de Martin. La visibilité était aussi bonne qu'au moment où ils avaient quitté Baltimore, en début d'après-midi. Austin pouvait pratiquement lire le nom des bateaux disséminés en amont de l'Hudson River. « Merci pour la balade. D'habitude c'est mon partenaire Joe Zavala qui me sert de chauffeur durant ces voyages officiels, mais il est resté en Californie. »

Martin se tourna vers Austin et leva le pouce. « Bon sang, c'est moi qui devrais vous remercier. Je suis sûr que vous auriez pu vous y rendre par vos propres moyens.

— Probablement, mais mes motifs n'ont rien d'altruiste. J'ai besoin de vous pour identifier votre père. »

Martin jeta un coup d'œil à l'ouest, vers les Catskill Mountains. « Je me demande si je le reconnaîtrai après toutes ces années. Ça fait un bout de temps. Il a sans doute beaucoup changé. » Un nuage passa sur ses traits radieux. « Bon Dieu, depuis que vous avez appelé pour me demander de vous emmener là-bas en avion, j'ai essayé d'imaginer ce que j'allais lui dire. Je ne sais pas si je vais l'embrasser ou lui cogner dessus, ce sacré vieux bonhomme.

— Vous pourriez commencer par lui serrer la main. Tomber à bras raccourcis sur ce père si longtemps disparu n'est pas la meilleure entrée en matière pour une réunion de famille. »

Martin gloussa. « Ouais, vous avez raison. Mais je ne peux m'empêcher de lui en vouloir. Je veux qu'il me dise pourquoi il nous a quittés, ma mère et moi, et pourquoi il est resté caché pendant toutes ces années, en nous laissant croire qu'il était mort. Une bonne chose que ma mère soit partie. C'était une fille élevée à l'ancienne mode et cela l'aurait tuée d'apprendre qu'elle s'était remariée alors que son premier époux était encore vivant. Bon sang, dit-il d'une voix entrecoupée, j'espère seulement que je vais pas me mettre à hurler. »

Il saisit le micro et appela la tour de contrôle d'Albany pour demander l'autorisation d'atterrir. Quelques minutes plus tard, ils avaient touché le sol.

Le bureau de l'agence de location de voitures était vide, si bien qu'ils se retrouvèrent très vite sur une route à quatre voies. Austin sortit de la ville, prit la direction du sud-ouest par la route 88 menant à Binghamton. Ils traversèrent un paysage vallonné et bifurquèrent vers Cooperstown, un village idyllique dont la rue principale, tracée au cordeau, aurait pu servir de décor à un film de Frank Capra. Après Cooperstown, ils prirent à l'ouest et s'engagèrent sur une route de campagne sinueuse, à deux voies. C'était le Leatherstocking de James Fenimore Cooper et, avec un petit effort d'imagination, Austin parvint à se représenter Hawkeye rôdant à travers les vallées boisées, aux côtés de ses compagnons indiens. Les villages, les maisons se firent plus rares. Dans cette partie du monde, les vaches étaient plus nombreuses que les êtres humains.

Malgré leur carte, il leur fut difficile de trouver l'endroit qu'ils cherchaient. Austin s'arrêta dans une station-service où Buzz entra pour demander son chemin. Quand il en ressortit, il semblait fort excité. « Le vieux de la vieille, à l'intérieur, dit qu'il connaît Bucky Martin depuis des années. "Brave type. Y s'occupe d'ses affaires". Remontons cette route sur sept cents mètres et tournons à gauche. La ferme se trouve à environ huit kilomètres d'ici. »

La route devint plus étroite, creusée d'ornières. Le macadam n'était presque plus qu'un souvenir. Les fermes alternaient avec des bois épais si bien qu'ils faillirent rater le croisement. La seule indication était une boîte aux lettres en aluminium dépourvue de nom et de numéro. Une allée en terre passait devant la boîte avant de plonger entre les taillis. Ils s'y engagèrent et traversèrent un bouquet d'arbres qui séparaient la maison de la grand-route et la dissimulaient aux regards. Finalement, ils passèrent des arbres aux pâturages où paissaient de petits troupeaux de vaches. Et, à quelque sept cents mètres de la route, ils tombèrent sur la ferme.

La grande bâtisse à deux étages datait de l'époque où les générations vivaient et travaillaient la terre ensemble. Les fenêtres décorées et les vitres de couleur indiquaient que le propriétaire avait eu les moyens d'effectuer quelques améliorations. Une véranda longeait la façade. Derrière la maison, se dressaient une grange peinte en rouge et un silo, puis on voyait un corral avec deux chevaux. Une camionnette flambant neuve était garée dans la cour.

Austin emprunta l'allée circulaire et stationna devant la maison. Personne ne vint les accueillir. Aucun visage curieux n'apparut aux fenêtres. « Peut-être devriez-vous me laisser entrer le premier », suggéra Austin. « Il vaudrait sans doute mieux que je prépare le terrain avant le grand face-à-face.

— Ça me va, dit Buzz. Le courage commence à me manquer. »

Austin serra le bras de Martin. « Tout ira bien. » Il ne savait pas ce qu'il aurait fait à la place de cet homme. Il aurait sans doute eu du mal à garder son calme. « Je vais voir s'il est là et lui annoncer la chose avec ménagement.

— Je vous en suis reconnaissant », dit Martin.

Austin sortit de la voiture et grimpa jusqu'à la porte de la maison. Il frappa plusieurs fois. Personne ne répondit. Il n'eut pas plus de succès lorsqu'il tourna le bouton de l'antique sonnette. Il se retourna et écarta les mains pour que Martin comprenne, puis redescendit et se dirigea vers la grange, derrière la maison. On n'entendait que le léger caquètement des poulets et, de temps à autre, le grognement d'un porc fouillant la terre de son groin.

La porte de la grange était ouverte. Quand il entra, il se dit que toutes les granges du monde entier avaient la même odeur, un mélange inimitable de fumier, de foin et de gros bétail. Croyant peut-être qu'il lui apportait du sucre, un cheval s'ébroua quand il s'approcha de sa stalle. Nulle trace de Martin. Il lança un Bonjour et, n'obtenant toujours pas de réponse, sortit par la porte de derrière. Lorsqu'ils le virent arriver, les poulets et les porcs s'approchèrent des clôtures de leurs enclos, pour quémander de la nourriture. Un épervier solitaire décrivait des cercles dans le ciel. Revenant sur ses pas, Austin pénétra de nouveau dans la grange. « Je peux vous aider ? »

La silhouette d'un homme se dessinait en contre-jour. « Mr. Martin ? » demanda Austin. « C'est moi. Et vous, qui êtes-vous ? fit l'homme. Parlez fort, fiston. Mes oreilles ne sont plus ce qu'elles étaient. »

L'homme se rapprocha de quelques pas. Contrairement à son fils, Martin était grand et sec. Vêtu d'une chemise et d'un pantalon kaki, de bottes en caoutchouc à semelles épaisses et d'une casquette de base-ball Caterpillar tachée qui couvrait ses cheveux blancs comme neige, il aurait pu poser pour une publicité pour tracteurs. Son visage bruni par le soleil était sillonné de rides. Ses yeux bleus l'observaient sous ses sourcils en broussaille. Austin se dit qu'il devait avoir dans les soixante-dix ou quatre-vingts ans mais qu'il était bien conservé. Il mâchonnait le mégot d'un cigare.

« Je m'appelle Kurt Austin. Je fais partie de l'Agence nationale marine et sous-marine.

— Que puis-je faire pour vous, Mr. Austin ?

— Je cherche Bucky Martin, un homme qui fut pilote d'essai à la fin des années 50. Ce ne serait pas vous par hasard ? »

Ses yeux clairs pétillèrent comme si les paroles d'Austin l'amusaient secrètement. « Ben oui, c'est moi. »

Austin se demandait s'il devait entrer tout de suite dans le vif du sujet et lui avouer que son fils était venu le voir quand le vieil homme prit la parole. « Vous êtes venu seul ? » s'enquit Martin.

Cette question insolite déclencha un signal d'alarme dans le cerveau d'Austin. Quelque chose n'allait pas chez ce type. Sans attendre la réponse, l'homme sortit pour jeter un coup d'œil sur la voiture de location. Apparemment satisfait, il laissa tomber son cigare qu'il écrasa sous le talon de sa botte, puis rentra dans la grange. Austin se demanda où était passé Buzz. « Faut se méfier des mégots dans le coin, avec tout ce foin sec », dit-il dans un grand sourire. « Comment m'avez-vous trouvé ?

— J'ai consulté quelques vieux fichiers du gouvernement et votre adresse est sortie. Depuis combien de temps tenez-vous cette ferme ? »

Martin soupira. « J'ai l'impression que c'est depuis toujours, fiston, et je n'ai peut-être pas tort. Il n'y a rien de tel que cultiver la terre et prendre soin du bétail pour vous faire comprendre pourquoi les gens ont fui les campagnes ventre à terre dans les temps jadis. Sacrément dur comme boulot. Bon, on dirait que ma peine est sur le point de se terminer, pourtant je ne croyais pas que vous viendriez si vite. »

Austin était perplexe. « Vous m'attendiez ? »

Martin fit un pas de côté, se glissa derrière la barrière d'une stalle et sortit un fusil à canon double qu'il pointa vers la poitrine d'Austin. « Je viens de recevoir un appel, comme le prévoyait le protocole. Je ne bougerais pas si j'étais toi. Ma vue n'est plus aussi perçante qu'avant mais je te vois très bien d'où je suis. »

Austin fixa l'extrémité noire et béante du fusil. « Vous devriez peut-être poser ce truc avant qu'il ne parte tout seul.

— Désolé, fiston, je peux pas faire ça, dit Martin. Et n'essaie pas de prendre la fourche plantée dans cette botte de foin. Je te couperais en deux avant que tu n'aies fait un pas. Comme je l'ai dit, c'est la faute à ce damné protocole, pas la mienne.

— Je ne comprends toujours pas ce dont vous parlez.

— Je m'en doute bien. Tu n'étais pas encore né quand tout a commencé. Je vais te raconter de quoi il s'agit avant de te tuer. Je pense pas que ce soit contre-indiqué. »

Le cœur d'Austin fit un bond dans sa poitrine. Il était sans défense. Tout ce qu'il pouvait faire, c'était gagner du temps. « Je pense que vous vous trompez.

— Pas du tout. C'est pour ça que je t'ai demandé ce que tu faisais ici. Je ne voulais pas tirer sur un touriste venu acheter des œufs. Si tu cherches Martin c'est que tu es venu ici pour m'empêcher.

— Vous empêcher de faire quoi ?

— De mener mon contrat à son terme.

— Je ne vois pas de quoi vous voulez parler. Mais dites-moi, voulez-vous insinuer que vous n'êtes pas Martin ?

— Fichtre non. Ça fait un bout de temps que je l'ai tué.

— Pourquoi ? Ce n'était qu'un pilote d'essai.

— J'avais rien contre lui personnellement. C'est comme pour toi. Je travaillais pour l'OSS sous les ordres de Wild Bill Donovan. J'étais ce qu'on appelle un tueur à gages. J'ai rempli quelques contrats après la guerre, puis je leur ai annoncé que je voulais prendre ma retraite. Le patron a dit que c'était impossible. J'en savais trop. Nous avons donc passé un accord. Ils m'ont gardé en service et m'ont confié un autre boulot. Le seul problème c'était qu'ils ne savaient pas quand l'ordre arriverait. Ça pouvait se produire dans cinq mois ou dans cinq ans. » Il glousa. « Personne n'aurait imaginé que cela durerait si longtemps, surtout pas moi. »

Austin remarqua que Martin avait perdu son accent paysan. « Qui étiez-vous censé tuer ?

— Le gouvernement avait un grand secret qu'il ne souhaitait pas partager. Ils ont donc inventé un système qui activait le protocole dès que quelqu'un commençait à se montrer trop curieux. Et maintenant, le truc le plus futé. Ils ont fait en sorte que l'ennemi vienne à *moi*. Ils m'ont envoyé ici, dans ce trou perdu. Quand tu t'es mis à fouiner, tu as déclenché une série d'ordres. L'un d'entre eux consistait à te révéler ma cachette. Le dernier me concerne, moi. Il me dicte de mener à bien la sanction qui a été prévue contre le porte-parole de la Maison-Blanche. Il semble que cet homme ait eu connaissance du grand secret et qu'il soit sur le point de donner l'alarme.

— Ce protocole dont vous parlez doit remonter à cinquante ans. Le politicien que vous étiez supposé tuer est mort depuis des lustres.

— Ça ne fait rien », répliqua-t-il en secouant la tête. « Je suis toujours sous les ordres. Malheureusement, ce secret est si ancien qu'il n'a sans doute plus aucune importance d'un côté comme de l'autre. » Il retrouva son accent du terroir et ses yeux bleus devinrent plus durs et froids. « J'suis content que tu sois venu, fiston. Quand j'en aurai fini avec toi, j'pourrai enfin prendre ma retraite. »

L'homme leva son arme. Austin se raidit. D'un instant à l'autre, une détonation assourdissante lui déchirerait les tympans. Il contracta les muscles de son ventre comme si ce simple geste pouvait empêcher le projectile de lui défoncer la cage thoracique. S'il avait eu le temps de réfléchir, il aurait sans doute saisi l'ironie de la situation. Avoir survécu à d'innombrables missions périlleuses, pour mourir des mains d'un octogénaire à demi sourd et aveugle.

Une silhouette se profila soudain derrière Martin. C'était Buzz. Le vieil homme y voyait encore assez bien pour détecter le frémissement involontaire qui passa sur le visage d'Austin. Lorsqu'il se retourna, Buzz poussa un cri de surprise. « *Vous n'êtes pas mon père !* »

Jusqu'alors, le corps du vieillard lui avait caché le fusil, mais à présent, Buzz le voyait nettement. Ses yeux passèrent du visage de Martin à l'arme qu'il tenait entre les mains. Le fermier épaula, mais ses réflexes s'étaient émoussés avec les années. Austin devait réagir très vite. Il pouvait baisser la tête et se ruer sur l'homme comme un taureau furieux. Pas le temps, jugea-t-il. « Martin ! » cria-t-il, tout en arrachant la fourche de la botte de foin.

Le fermier fit volte-face. Austin tenait la fourche comme un javelot en visant l'épaule sur laquelle Martin avait posé son fusil pour tirer. C'est alors que le vieil homme s'avança vers lui. Les pics lui perforèrent le cœur et les poumons. Il hurla de douleur et le coup partit. La balle se perdit. Fou de terreur, le cheval tenta de briser sa stalle à coups de sabots. L'arme tomba des mains de Martin. Ses yeux roulèrent dans ses orbites et il s'affaissa sur le plancher.

Austin donna un coup de pied dans le fusil pour le mettre hors de portée. Ce geste, il le fit plus par habitude que par nécessité. Buzz, que le choc avait paralysé un instant, s'était agenouillé devant le cadavre qu'Austin retourna afin qu'ils puissent voir son visage.

Durant quelques secondes, Buzz étudia les traits de l'homme puis, au grand soulagement d'Austin, dit d'une voix calme : « Non, j'en suis sûr, ce n'est pas mon père. D'abord, il est trop grand. Mon père était trapu comme moi. Et ce visage ne ressemble pas du tout au sien. Mais qui est-ce, nom de Dieu ?

— Il se faisait appeler Martin, mais ce n'était pas son vrai nom. Je ne connais pas son identité.

— Pourquoi a-t-il tenté de vous tuer – je veux dire de nous tuer ?

— Il ne le savait pas vraiment lui-même. Il était comme l'une de ces bombes piégées que lançaient les Allemands pendant la guerre et qui explosaient quand les démineurs tentaient de les désarmorcer. Et moi qui croyais que vous attendriez dans la voiture.

— J'ai essayé, mais il a fallu que je sorte pour me dégourdir les jambes. Je suis passé derrière la maison, et comme je ne voyais personne, je suis entré dans la grange pour vous chercher.

— Je suis content que vous l'ayez fait. » Austin dressa l'oreille. « Je crois entendre quelque chose. » Il lança un dernier regard au cadavre. « Bonne retraite, Bucky ! », dit-il en se dirigeant vers la porte.

Buzz le suivit dans la cour. Une voiture noire et blanche avec un gyrophare bleu surgit des bois. Elle s'arrêta dans un grincement de pneus en soulevant un nuage de poussière. Imprimé en gros caractères sur la portière, on voyait le mot SHERIF. Deux hommes vêtus d'uniformes bleus en sortirent. L'un était jeune et solidement charpenté, l'autre mince et grisonnant. Le premier porta la main à son holster. Son badge indiquait sa fonction d'adjoint. « Lequel d'entre vous est Austin ? » demanda-t-il. « C'est moi », fit Kurt.

L'adjoint dut être surpris par son attitude conciliante car il resta sans voix.

Son aîné l'écarta doucement. « Je suis le shérif Hastings. L'un d'entre vous aurait-il vu Bucky Martin ?

— Il est dans la grange », déclara Austin.

L'adjoint se précipita dans la grange et, quand il revint un moment plus tard, son visage était livide. « Doux Jésus », dit-il en cherchant à tâtons l'arme qu'il portait au côté. « Le vieux Bucky est mort. Empalé sur une fourche. Lequel de vous deux a fait cela ? »

Hastings adressa un geste d'apaisement à son adjoint avant d'appeler l'équipe du comté chargée des homicides. « Pourriez-vous m'expliquer ce qui s'est passé, Mr. Austin ?

— Martin a tenté de nous abattre avec le fusil qui se trouve près de lui. J'ai dû le tuer. J'ai bien tenté de l'arrêter mais les choses ne se sont pas passées comme je le souhaitais.

— Merci, mais je voudrais surtout savoir à quoi rime cette histoire de fous, les appels de Washington et tout le bazar.

— Washington ?

— Tu parles ! D'abord, je reçois un appel du bureau du gouverneur. On me dit de ne pas quitter. Ensuite, ils me passent cette espèce de maniaque, l'amiral Sandecker, qui me raconte que l'un de ces hommes, un certain Austin, court un grand danger et que je ferais mieux d'aller jeter un coup d'œil chez Martin, ou il y aura un bain de sang. Quand je lui demande ce qui lui fait penser qu'un massacre se prépare, il hurle qu'il va m'étriper si je n'arrête pas de lui poser des questions idiotes. Et après, il m'ordonne de partir sur-le-champ. » Un grand sourire illumina son visage. « Je suppose qu'il avait raison. » Il se tourna vers Buzz. « Comment vous appelez-vous ?

— Buzz Martin. »

Le shérif, surpris, cligna les yeux. « Une quelconque relation avec le défunt ? »

Austin et Martin se regardèrent, ne sachant que répondre.

Finalement, Austin secoua la tête et lança : « J'espère que vous avez du temps devant vous, shérif, parce que c'est une longue, longue histoire. »

25

CELA FAISAIT UNE HEURE que les tambours ne cessaient de battre. Au départ, le son cadencé ne provenait que d'un seul instrument au rythme aussi lancinant que celui d'un cœur humain. Ensuite, d'autres tambours l'avaient rejoint. Le martèlement sourd s'accélérait tandis qu'un chant monotone s'élevait en arrière-fond. Plongée dans ses pensées, mains dans le dos, tête penchée, Francesca arpentait la salle du trône comme un lion sa cage. Les Trout, assis près du trône, attendaient patiemment qu'elle se décide à parler. Tessa avait de nouveau disparu.

Il y eut un brouhaha près de l'entrée. Quelques secondes plus tard, les deux servantes de Francesca firent irruption dans la salle et se jetèrent à genoux, sans cesser de babiller, en proie à la plus grande excitation. Calmant les jeunes Indiennes de sa voix douce, Francesca les fit gentiment lever et écarta les mèches folles qui leur balayaient le visage. Les femmes parlèrent chacune leur tour, elle les écouta puis se défit de ses deux bracelets confectionnés à partir de morceaux de métal pris sur l'avion et les glissa à leurs poignets. Enfin, elle déposa un baiser sur leur tête et les renvoya.

Se tournant vers les Trout, Francesca déclara : « Les événements vont plus vite que je ne l'avais escompté. Ces femmes disent qu'Alaric a réussi à retourner la tribu contre nous. »

Gamay fronça les sourcils. « Je croyais que votre palais leur était interdit.

— J'ai toujours dit qu'Alaric était intelligent. Il a envoyé mes servantes m'annoncer ses intentions. Pour exercer une pression psychologique, évidemment. C'est également lui qui a eu l'idée des tambours. » Elle désigna le plafond. « Les murs du palais sont en argile, mais le toit est constitué d'herbe séchée. Il s'enflammera facilement. Alaric prétend que les vrais dieux surgiront des cendres. Si jamais nous nous enfuyons pour échapper aux flammes, nous ferons la preuve de notre imposture, ils auront ce qu'ils attendent et il ne leur restera plus qu'à nous tuer.

— Feraient-ils vraiment du mal à leur reine ? » demanda Gamay. « Je ne serais pas la première reine déchue. Auriez-vous oublié Marie d'Ecosse et Anne Boleyn ?

— Je vous suis parfaitement, dit Gamay. Qu'est-ce qu'on fait à présent ?

— On s'en va. Vous êtes prêts ?

— Puisque toutes nos possessions se réduisent aux vêtements que nous avons sur le dos, nous partirons dès que vous le déciderez », répondit Paul. « Mais comment allons-nous franchir la foule déchaînée qui nous attend à l'extérieur ?

— J'ai encore quelques tours de déesse blanche dans ma manche. Allons bon, revoilà Tessa. » Aussi silencieuse qu'une ombre, l'Indienne avait fait son apparition. A l'attention de Francesca, elle prononça quelques mots dans sa langue maternelle ; celle-ci lui répondit d'un hochement de tête. Tessa s'empara de l'une des torches flanquant le trône.

Francesca dit : « Docteur Paul, auriez-vous l'obligeance d'aider Tessa ? » Trout s'avança et entreprit de soulever la jeune femme en la saisissant par la taille. Elle était aussi légère qu'une plume. Tessa ficha la torche dans un renfoncement de la cloison, entre l'argile et le chaume. Bientôt la flamme atteignit le plafond. Ils procédèrent de la même façon sur le mur d'en face. « Je ne compte pas parmi mes talents celui d'incendiaire, mais cela créera une diversion dont nous aurons besoin », déclara Francesca. Elle regarda autour d'elle. « Au revoir, dit-elle tristement sans s'adresser à personne en particulier. D'une certaine manière, cela me manquera d'être reine. » Elle se tourna vers Tessa et une discussion animée s'engagea entre elles deux. Quand elles en eurent terminé, un air satisfait se lisait sur le visage de la jeune Indienne. Francesca poussa un profond soupir. « Voyez-vous ce qui se passe ? Mes sujets se rebellent déjà. J'ai ordonné à Tessa de rester, mais elle veut nous suivre. Nous n'avons pas le temps de tergiverser. Suivez-moi. »

Francesca les précéda le long des couloirs obscurs conduisant à sa chambre. Lorsqu'ils virent les deux sacs en toile posés sur le lit, les Trout comprirent pourquoi Tessa s'était éclipsée durant quelques minutes. Elle avait empaqueté des affaires en prévision de leur fuite. Francesca sortit sa valise en aluminium cabossée du coffre de bois, en passa la courroie sur son épaule puis, tendant l'un des sacs à Paul et l'autre à Gamay, leur annonça qu'ils contenaient de la nourriture, des provisions et « divers objets de première nécessité ». Gamay examina dubitative la pièce dépourvue de fenêtres. « Par où allons-nous sortir ? » Le son des tambours leur parvenait assourdi, mais leur rythme devenait plus frénétique. « Quelle question, nous allons prendre une douche », répliqua Francesca.

Se servant de la torche, elle alluma une petite lampe d'argile puis se dirigea vers la cabine de douche dont elle souleva le sol de bois poli. Une ouverture rectangulaire apparut. « Il y a une échelle. C'est très raide. Faites attention. »

Elle descendit la première pour que les autres profitent de la lumière du flambeau qu'elle tenait en main. Ils se retrouvèrent tous dans un espace étroit, au creux de la canalisation sableuse servant à drainer les eaux d'écoulement de la douche. Ce passage s'enfonçait dans les ténèbres. « Je vous présente toutes mes excuses, docteur Paul. Cette installation n'a pas été prévue pour un homme de votre taille. Nous avons creusé ce tunnel pendant des années, en nous débarrassant petit à petit de la terre. En toute discrétion. Ce passage suit une tranchée couverte dont j'ai ordonné la construction voilà plusieurs années en vue de travaux hydrauliques. »

Paul se recroquevilla pour ne pas se cogner la tête. Moitié marchant moitié rampant, ils progressèrent le long du tunnel dont le sol et les murs avaient été soigneusement aplanis. A intervalles réguliers, des poutres en supportaient le plafond. Pour éviter que la fumée ne s'accumule dans cet espace réduit, Francesca éteignit sa torche. Ils continuèrent donc d'avancer dans l'obscurité. Au bout d'une quinzaine de mètres, ils tombèrent sur un autre couloir, un peu plus large. « Voilà l'ouvrage hydraulique dont je vous parlais », dit Francesca à voix basse. « Il ne faut pas faire de bruit. Ce tunnel ne se trouve qu'à soixante centimètres de la surface du sol et les Chulos ont l'oreille fine. »

Au moyen d'un briquet primitif, pareil à celui trouvé sur le frère de Tessa, Francesca ralluma la lampe et ils poursuivirent leur chemin. Ils avançaient lentement, mais au bout de quinze minutes environ, atteignirent l'extrémité du conduit. Francesca fit signe à

Paul de s'approcher d'elle, extirpa une courte épée de son sac et racla le mur de terre jusqu'à ce que la lame émette un bruit sourd. « Je vais encore avoir besoin de votre force, docteur Paul. Poussez ce panneau. Je pense qu'il n'y a personne près de la rivière, mais soyez prudent. »

Elle recula pour laisser plus de place à Paul qui, collant son épaule contre le bois, banda ses muscles et poussa en augmentant la pression graduellement jusqu'à ce qu'il sente la cloison bouger. Il insista et le panneau circulaire s'écarta de quelques centimètres. Lorsque Paul jeta un coup d'œil par l'entrebâillement, il aperçut la rivière. Après une dernière pression, la cloison céda.

Elle s'ouvrait au flanc d'une rive herbeuse. Paul se glissa dehors puis aida les autres à grimper. La chaude lumière du soleil, à la sortie du tunnel froid et sombre, leur causa un choc. Ils clignèrent les yeux comme des taupes. Paul replaça le panneau et, laissant ses compagnes le recouvrir, se mit à ramper jusqu'au sommet du talus. Une fois là-haut, il regarda furtivement de l'autre côté.

La palissade et ses ornements macabres n'étaient pas loin. Le tunnel passait juste en dessous. Une longue volute de fumée noire s'élevait derrière la clôture. On entendait un bruit ressemblant à celui d'une volière. Quand il écouta plus attentivement, les cris d'oiseaux se transformèrent en voix humaines. Il se laissa glisser en arrière.

« On dirait qu'il y a de la reine rôtie au menu », annonça-t-il avec un sourire proche de la grimace. Se tournant vers Francesca, il ajouta : « Et moi qui vous croyais quand vous prétendiez ne pas avoir de talents d'incendiaire. »

Pour toute réponse, Francesca leur fit signe de la suivre le long de la rivière. Pendant quelques minutes, ils avancèrent courbés, cachés par le talus, puis tombèrent sur une douzaine de pirogues. Ils en tirèrent deux hors de l'eau. Trout avait l'intention de saborder les autres mais leurs coques épaisses étaient difficiles à percer. « Quelqu'un aurait-il une scie électrique sur lui ? dit-il. En fait, une simple hachette suffirait. »

Francesca fouilla dans son sac et en sortit un pot fermé. Au moyen d'un caillou plat pris dans le lit de la rivière, elle en étala le contenu, une pâte jaune foncé, sur les canoës restants, puis l'enflamma. Le bois s'embrasa lentement aux endroits où elle avait étendu l'onctueuse mixture, dégageant de courtes flammes. « Feu grégeois, dit-elle. C'est un mélange fait à base d'une résine tirée des arbres locaux. Il brûle plus intensément que le napalm. Si l'on tente de l'éteindre avec de l'eau, on l'attise. »

Les Trout regardèrent émerveillés les flammes qui commençaient à dévorer les coques. D'un côté, ce sabotage était utile mais de l'autre, ils savaient qu'après avoir découvert leurs embarcations sabordées, les indigènes pourraient toujours emprunter le sentier bordant la rivière.

Ils se répartirent les deux canoës de manière à y mêler les rameurs les plus vigoureux et les plus faibles. Gamay et Francesca montèrent dans l'un, Paul et Tessa prirent l'autre. Une fois sur la rivière, ils pagayèrent de toutes leurs forces. Une heure plus tard, ils rejoignirent la berge pour boire un peu d'eau et, après cinq minutes de repos, repartirent, toujours à contre-courant. Leurs paumes se couvrirent bientôt d'ampoules dues au frottement des pagaies. Francesca tira de son sac à malice un onguent qui soulagea leurs douleurs. Leur périple se poursuivit. Ils voulaient s'éloigner le plus possible du village avant que tombe le jour.

L'obscurité arriva trop vite. Le voyage sur la rivière devint ardu puis impossible. Les canoës commencèrent à s'accrocher dans les herbes épaisses ou à s'échouer sur les bancs de sable. Ils eurent tôt fait de s'épuiser sans pour autant obtenir de grands résultats, si bien qu'ils renoncèrent et gagnèrent la rive où ils dînèrent de quelques fruits séchés. Ensuite, ils tentèrent en vain de dormir, les pirogues n'ayant rien de confortable. Quel ne fut pas leur soulagement quand ils virent poindre la lumière grise de l'aube.

Les yeux embués, les articulations douloureuses, ils se remirent en route. Lorsqu'ils perçurent le son des tambours, leurs forces revinrent et ils oublièrent leurs douleurs. Le battement sinistre semblait sortir de partout ; il se répercutait à travers la forêt.

Les canoës perçaient le rideau de vapeur qui montait de la rivière. Cet écran les dissimulait aux yeux des Chulos, mais les contraignait à se déplacer lentement pour éviter les obstacles. Lorsque le soleil se leva, sa chaleur dissipa les brumes, les transformant en un léger brouillard translucide. A présent, la rivière était bien visible. Ils se remirent donc à pagayer avec l'énergie du désespoir jusqu'à ce que le son des tambours s'atténue. Ils gardèrent le même rythme pendant une heure, sans oser s'arrêter. Bientôt, un nouveau bruit se fit entendre.

Gamay pencha la tête et dit : « Ecoutez. »

Dans le lointain, on percevait un grondement étouffé comme celui d'un train fonçant à toute vitesse à travers la forêt.

Francesca qui, depuis leur départ, ne s'était pas départie de son expression sévère, esquissa un léger sourire. « La Main de Dieu nous fait signe. »

Retrouvant un peu d'espoir, ils oublièrent la faim, la fatigue et les fourmis qui engourdissaient leurs postérieurs et pagayèrent de plus belle. Le grondement s'intensifia sans pour autant couvrir un autre son, un bruissement furtif, pareil à l'envol d'un oiseau aquatique, suivi d'un puissant *tonk*.

Paul baissa les yeux, incrédule. Une flèche d'un mètre de long était fichée dans le flanc de son canoë. Il s'en était fallu de quelques centimètres pour qu'elle lui transperce la cage thoracique. Il regarda la rive. Entre les arbres, on discernait des taches de peinture bleue et blanche. Un hululement, le fameux cri de guerre des Chulos, vibra dans l'air. « Nous sommes attaqués ! » hurla Paul comme si ce n'était pas évident pour tout le monde.

Les flèches s'enfonçaient dans l'eau tout autour d'eux. Galvanisées par la peur, Gamay et Francesca appuyèrent de toutes leurs forces sur les pagaies. Les canoës firent un bond en avant. Il fallait se mettre hors de portée.

En suivant le sentier qui longeait la rivière, leurs poursuivants avaient vite rattrapé le temps perdu. A un certain endroit, la piste faisait un détour, s'enfonçait dans les terres et coupait à travers la forêt dont les épais fourrés empêchaient les indigènes de viser correctement les canoës. Ils firent plusieurs tentatives mais, chaque fois, leurs tirs s'avéraient trop courts. Même les armes perfectionnées que Francesca leur avait fabriquées avaient leurs limites.

Pourtant l'issue de cette course poursuite était évidente. Les chats rattraperaient bientôt les souris. Les rameurs exténués ne pagayaient plus en rythme. Au moment où leurs forces les abandonnèrent, ils constatèrent qu'ils avaient quitté la rivière et pénétraient sur le lac. Ils firent halte une minute pour repérer les lieux et décider de la conduite à adopter. Ils traverseraient l'espace à découvert aussi vite que possible, droit vers l'embouchure de la grande rivière. La végétation impénétrable qui la bordait les protégerait des flèches des Chulos.

Un peu rassérénés, ils avancèrent avec une vigueur renouvelée, se maintenant à mi-chemin entre la berge et les chutes. Les milliers de tonnes d'eau s'abattant des cinq cascades produisaient un fracas inimaginable. A cause de la fine brume dégagée par les chutes d'eau, ils n'y voyaient pas à un mètre. Paul dut hurler pour annoncer à Gamay que, tout compte fait, il avait changé d'avis : il renonçait à construire un hôtel ici. Ils sortirent du brouillard et débouchèrent dans le lac. Quatre paires d'yeux se mirent à observer la forêt dense, près de l'embouchure.

Gamay, qui se trouvait dans le canoë de tête, souleva sa pagaie pour désigner la rive. « Je vois quelque chose par là-bas, entre les arbres. Oh, mon Dieu... »

Ils comprirent aussitôt la source de l'émoi qui saisissait Gamay : trois canoës avançaient vers eux. Les taches bleues et blanches luisaient de nouveau sous le soleil. « Ce sont des chasseurs », les rassura Francesca en plissant les yeux pour échapper à la réverbération. « Comme ils étaient loin du village, ils ne sont pas au courant de la situation. Pour eux, je suis encore la reine. Je vais essayer de donner le change. Dirigez-vous droit sur eux. »

Ravalant leurs craintes, Paul et Gamay pointèrent résolument la proue de leurs pirogues vers les nouveaux venus qui ne manifestaient aucune hostilité à leur égard; deux d'entre eux leur adressèrent même des signes de la main. C'est alors qu'on entendit des cris venant de la rive. Alaric et ses hommes avaient surgi de la forêt. Ils interpellaient les chasseurs en faisant de grands gestes. Les hommes dans les canoës hésitèrent puis, comme les cris s'intensifiaient, se dirigèrent vers la berge. A peine eurent-ils touché terre qu'on les sortit de force de leurs embarcations. Les guerriers s'y installèrent à leur place. Profitant de ce court répit, nos fuyards redoublèrent d'efforts pour atteindre la rivière. Mais hélas, la distance qui les séparait de leurs poursuivants se réduisait vite. « Nous n'y arriverons jamais ! hurla Gamay. Ils vont nous couper la route.

— Peut-être pourrons-nous les semer dans les brumes », répliqua Paul.

Suivie de Paul et Tessa, Gamay vira et mit le cap vers les chutes. Comme ils en approchaient, les eaux devinrent plus tumultueuses. Les Indiens les talonnaient, leur puissance musculaire et leur habileté leur permettant de réduire rapidement l'écart. Les chutes et leur rideau de vapeur n'étaient plus très loin, mais il fallait se garder de glisser sur les rapides, au risque d'être broyés sous les tonnes d'eau.

Paul hurla pour couvrir le grondement : « Francesca, si vous cherchiez un peu dans votre sac à malices ? Nous avons besoin d'aide. »

Francesca secoua la tête en signe d'impuissance.

En revanche, Tessa saisit au vol la demande pressante de Paul et s'écria : « J'ai quelque chose » en lui tendant le sac posé entre ses genoux. Lorsque Paul glissa la main à l'intérieur, ses doigts rencontrèrent un objet dur. Un pistolet 9 mm. « D'où sort ce truc ? » fit-il stupéfait. « Il appartenait à Dieter. »

Paul se retourna vers l'ennemi, puis reporta son regard sur les cascades. Il n'avait guère le choix. Il savait que Francesca ne voulait pas que ses anciens sujets soient blessés, mais la situation était plus que critique. Ils se trouvaient entre le marteau et l'enclume. Des nuées de flèches volaient dans leur direction.

De nouveau, Paul plongea la main dans le sac, cette fois en quête de chargeurs. Il en sortit un autre objet : un téléphone satellite GlobalStar. Dieter l'utilisait sans doute pour joindre ses clients. Il resta quelques secondes à fixer la chose puis, lorsqu'il comprit l'utilité de sa découverte, poussa un hurlement de joie.

Gamay, qui s'était approchée, aperçut le téléphone et demanda : « Est-ce que ce truc marche ? »

Paul appuya sur une touche et le combiné s'alluma. « Nom de Dieu ! » Il le tendit à Gamay. « Fais un essai. Je vais essayer de tenir ces types en respect. »

Gamay composa un numéro. Quelques secondes plus tard, une voix grave et familière se faisait entendre. « Kurt ! » hurla Gamay. « C'est moi.

— Gamay ? Nous nous faisions du souci pour vous. Comment allez-vous, tous les deux ? »

Elle jeta un coup d'œil vers les canoës des Chulos et avala sa salive. « Nous sommes dans la merde jusqu'au cou, et c'est peu dire. » Elle devait s'époumoner pour couvrir le vacarme des chutes. « On ne peut pas discuter. J'appelle sur un GlobalStar. Peux-tu faire un relevé de notre position ? »

Une détonation retentit.

Paul avait touché la proue du canoë d'Alaric qui ne ralentit pas pour autant. « Ai-je bien entendu une arme à feu ?

— C'était Paul qui tirait.

— Pas facile de te comprendre avec ce bruit de fond. Ne quitte pas. »

Des secondes passèrent qui durèrent des années. Gamay ne se faisait guère d'illusions. Même si Kurt parvenait à relever leur position, il faudrait des jours pour que les secours arrivent. Au moins, serait-il informé de leur sort. La voix d'Austin revint, calme et rassurante. « Nous avons réussi à vous repérer.

— Bien. Maintenant, il faut que j'y aille ! » repartit Gamay en baissant la tête. Une flèche venait de la frôler en vrombissant comme une abeille furieuse.

Paul et Gamay ayant cessé de pagayer, leurs canoës s'étaient mis à dériver vers les rapides. Ils enfoncèrent leurs rames pour virer de bord. Les deux pirogues donnaient de la bande, mais fort heureusement, elles se rapprochaient des chutes qui les recouvriraient bientôt de leur manteau de brume.

Les indigènes hésitèrent puis, sentant que la poursuite allait bientôt se terminer à leur avantage, ils entonnèrent leur étrange hululement. Les archers se tenaient à genoux sur la proue. Il ne leur restait plus qu'à se dresser et à viser leurs cibles désemparées.

Perdant toute patience, Paul leva son arme et la pointa en direction d'Alaric. S'il tuait le chef, les autres s'enfuiraient peut-être. Francesca poussa un grand cri. Il crut qu'elle essayait de l'empêcher de tirer mais il n'en était rien. La reine blanche désignait un endroit situé au sommet des chutes.

Une chose ressemblant à un énorme insecte survolait le secteur en descendant rapidement vers eux. Elle traversa les arcs-en-ciel et le nuage brumeux puis s'immobilisa à une trentaine de mètres au-dessus du lac. Un instant, l'hélicoptère fit du surplace puis fonça sur les canoës des Indiens. Les archers laissèrent tomber leurs arcs, s'emparèrent des pagaies et se mirent à ramer comme des fous en direction de la rive.

Baissant son arme, Paul adressa un grand sourire à Gamay. Ils firent demi-tour pour rejoindre les eaux calmes du lac. L'hélicoptère décrivit un cercle, revint vers eux et s'immobilisa à la verticale de leurs pirogues. Un homme souriant, aux yeux enfoncés et à la moustache grisonnante, se tenait penché vers l'extérieur et leur faisait des signes. Le Dr Ramirez.

Le téléphone sonna. C'était Austin. « Gamay, vous allez bien tous les deux ?

— A merveille », dit-elle en riant de soulagement. « Merci de nous avoir envoyé un taxi. Mais j'aimerais bien que tu m'expliques comment tu l'as déniché. C'est un sacré exploit, même pour le grand Kurt Austin.

— Je te raconterai ça plus tard. On se voit demain. J'ai besoin de vous ici. Il va falloir vous retrousser les manches. »

Une échelle de corde jaillit de l'hélicoptère et se déroula jusqu'à eux.

D'un geste, Ramirez invita Francesca à passer la première. Elle hésita, agrippa le barreau inférieur et, en bonne déesse blanche, entreprit de rejoindre le ciel dont elle était tombée dix ans plus tôt.

26

SANDY WHEELER PRENAIT PLACE à bord de sa Honda Civic quand un homme étrange s'approcha d'elle et lui demanda dans un anglais teinté d'un fort accent comment accéder au département publicité du *Los Angeles Times*. Instinctivement, elle serra son sac à main sur sa poitrine, regarda autour d'elle et constata avec soulagement qu'elle n'était pas seule dans le parking du journal. Ayant grandi à Los Angeles, elle avait l'habitude des individus louches. Mais elle se sentait nerveuse à cause de cet article sur l'eau qui occupait tout son temps. Une histoire de fous. Même le charmant pistolet calibre 22 à crosse de nacre qu'elle transportait dans son sac ne parvenait pas à la rassurer totalement. L'inconnu qui se tenait devant elle semblait capable de broyer le canon de son arme entre ses dents de métal.

Comme tous les reporters, Wheeler avait le talent de percer ses interlocuteurs à jour dès le premier coup d'œil. Et ce qu'elle devinait chez cet individu-là ne lui disait rien qui vaille. Il était de sa taille mais aurait été plus grand si la nature l'avait doté d'un cou. Son corps massif, engoncé dans un survêtement vert foncé trop petit de deux tailles, semblait constitué de plaques de tôle. Son visage poupin et souriant, encadré de cheveux blonds et sales, coupés à la prussienne, lui rappelait ceux de ces monstres qui peuplent les films de séries Z. En plus laid. Mais c'étaient ses yeux qui l'étonnaient le plus. Leurs iris étaient tellement sombres qu'il était presque impossible de les différencier des pupilles.

Après lui avoir rapidement indiqué son chemin, Sandy monta dans sa voiture et verrouilla aussitôt les portières. Elle comprenait que son attitude n'était guère amicale, mais résolut de ne pas s'en préoccuper. Comme elle faisait marche arrière pour quitter sa place de parking, elle le vit immobile, occupé à la fixer de ses yeux aussi froids que du marbre. Il ne semblait guère pressé de se rendre au département publicité. Sandy avait une trentaine d'années, de longs cheveux châtains, un corps athlétique sculpté par le jogging et la gymnastique. Son visage couleur noisette, tendu et anguleux, rehaussé par de grands yeux bleu clair, n'était pas franchement beau mais ne manquait pas de charme. Elle était assez jolie pour attirer de temps à autre l'attention des étranges personnages qui, dans cette ville, semblaient tomber des palmiers. Elle connaissait bien l'ambiance de la rue et, à l'époque où elle travaillait aux faits divers, avant d'entrer dans l'équipe de Cohen, elle avait eu l'occasion de s'endurcir. Cette femme ne se laissait pas facilement impressionner, mais ce type-là lui donnait la chair de poule. Ce n'était pas uniquement à cause de son aspect physique. Il y avait quelque chose de macabre en lui.

Elle regarda dans son rétroviseur et fut surprise de constater que l'homme avait disparu. Ni vu ni connu, pensa-t-elle. Elle s'en voulait de s'être laissé surprendre. Très jeune, elle avait appris à se méfier de ce qui l'entourait. Ce fichu article sur l'eau la tracassait tellement qu'il avait eu raison de sa vigilance. Cohen avait promis qu'il sortirait dans deux jours. Pas trop tôt. Elle rentrait chez elle avec les disquettes, et ça la rendait malade de trouille. Cohen devenait positivement parano à l'idée de laisser les fichiers au bureau la nuit. Chaque soir, il les effaçait de l'ordinateur après en avoir fait des copies de sauvegarde. Le lendemain matin, il les replaçait sur le disque dur.

Sandy ne l'en blâmait pas. Cet article avait quelque chose de très spécial. L'équipe avait même évoqué le Prix Pulitzer. Cohen coordonnait le travail des trois reporters. Son domaine d'investigation à elle tournait autour du Groupe Mulholland et de sa mystérieuse présidente, Brynhild Sigurd. Les deux autres journalistes se consacraient respectivement aux acquisitions nationales et aux connexions internationales. Ils avaient recours aux services d'un comptable et d'un avocat. Le secret était mieux gardé que pour le Projet Manhattan. Le rédacteur en chef lui-même était au courant du sujet traité mais pas de sa portée. Elle soupira. Une fois ce papier paru, elle pourrait prendre de longues vacances à Maui.

Elle sortit en trombe du parking et partit en direction de Culver

City où elle vivait. Elle s'arrêta dans un centre commercial pour acheter une bouteille de California Zinfandel. Cohen devait lui rendre visite dans la soirée pour parler des derniers détails à régler et elle avait promis de lui préparer un plat de penne. Quand elle passa à la caisse régler ses achats, elle vit un homme derrière la vitrine ; il regardait à l'intérieur du magasin. C'était le cinglé aux dents de métal, et il souriait. Cela n'avait rien d'une coïncidence. Ce dingue l'avait sûrement suivie. En sortant, elle le dévisagea puis s'avança d'un pas rapide et résolu vers sa voiture. D'abord, elle prit le pistolet à l'intérieur de son sac à main et le glissa dans sa ceinture. Puis elle appela Cohen sur son téléphone cellulaire. Il lui avait bien recommandé de lui faire part de tout événement insolite. Comme il n'était pas là, elle laissa un message sur son répondeur, l'informant qu'elle rentrait chez elle et qu'elle pensait être suivie.

Elle démarra, sortit lentement du centre commercial puis accéléra brusquement et franchit à toute vitesse un carrefour, au moment où le feu passait au rouge. Les voitures derrière elle s'arrêtèrent. Elle connaissait bien ce quartier. Coupant à travers les parkings de deux motels, elle descendit une contre-allée et rejoignit son immeuble en empruntant un chemin détourné. Son cœur battait la chamade, mais quand elle s'arrêta devant chez elle, son pouls retrouva un rythme normal. Elle se sentait en sécurité. Après avoir ouvert la porte d'entrée avec son buzzer, elle s'engouffra dans l'ascenseur. L'immeuble comportait quatre étages, elle habitait au troisième. Lorsqu'elle sortit de la cabine, elle sursauta et faillit laisser tomber ses emplettes. Le dingue se tenait à l'autre bout du couloir, avec ce sourire dément peint sur le visage. Il se contentait de la scruter. Un point c'est tout. Elle posa le sac sur le sol, attrapa le pistolet glissé dans sa ceinture et le pointa vers lui. « Si vous approchez, je vous fais exploser les parties », dit-elle. Il ne tenta pas un geste mais son sourire grimaçant s'épanouit davantage.

Comment avait-il fait pour arriver avant elle ? Bien sûr. Il devait connaître son adresse. Pendant qu'elle zigzaguait dans l'espoir de le semer, il avait foncé vers l'appartement. D'accord, mais comment avait-il pu pénétrer dans l'immeuble ? Bravo pour la sécurité ! Le syndic allait en entendre de vertes. Peut-être même écrirait-elle un article là-dessus.

Sans baisser son arme, elle fouilla dans son sac, trouva ses clés, ouvrit la porte et la referma très vite. Enfin sauve. Elle posa le pistolet sur une petite table, mit le verrou et la chaîne et regarda dans l'œilleton. Le dingue était planté là, juste devant. La lentille déformante rendait son visage encore plus grotesque. Comme un livreur, il tenait dans les bras le sac contenant ses courses. Quel *culot* ! Elle lança un juron. Cette fois-ci, plus question de courir après Cohen. Ni une ni deux, elle allait composer le numéro de la police pour leur expliquer son problème.

Soudain, elle eut une curieuse impression, comme si elle n'était pas seule.

Elle tourna le dos à la porte et regarda devant elle, sidérée.

L'homme aux dents de métal se tenait là, face à elle. Impossible. Il était dehors, dans le couloir. Puis, en un éclair, elle comprit.

Des jumeaux.

Cette révélation arrivait trop tard. Elle s'appuya contre la porte. L'homme avançait à pas lents, les yeux brillants comme deux perles de jais.

Au téléphone, Cohen semblait paniqué. « Joe, pour l'amour du Ciel, j'essaie de te joindre depuis une heure !

— Désolé, j'étais sorti », s'excusa Zavala. « Qu'est-ce qui cloche ?

— Sandy a disparu. Ces salauds l'ont eue.

— Calme-toi une seconde, répondit Zavala posément. Dis-moi qui sont Sandy et les salauds dont tu parles. Commence par le début.

— OK, OK », fit Cohen. Il se tut un instant, le temps de recouvrer ses esprits, et quand il reprit la parole, ce fut sur un ton normal. Mais, à en juger d'après sa voix tendue, il était vraiment au bord de la crise de nerfs. « Je suis retourné au journal. Un simple pressentiment. Tous nos documents de travail avaient disparu. On les conservait dans des classeurs verrouillés. Vides.

— Qui y avait accès ?

— Rien que les membres de l'équipe. Ce sont des gens fiables. Pour les obliger à ouvrir ces fichiers, il aurait fallu leur braquer un pistolet sur la tempe. Oh, mon Dieu ! » s'écria Cohen comme s'il comprenait soudain la signification des paroles qu'il venait de prononcer.

Zavala sentit que Cohen perdait le fil de son histoire. « Dis-moi ce qui s'est passé ensuite », insista-t-il.

Cohen respira profondément et sortit tout ce qu'il avait sur le cœur. « OK. Désolé. Ensuite, j'ai vérifié sur les disques durs. On a besoin d'un mot de passe pour y accéder. Tous les membres de l'équipe le connaissent. Nous sauvegardons tous nos documents sur disquette à la fin de chaque journée de travail. Chacun son tour. Ce soir, c'est Sandy Wheeler qui a ramené les disquettes chez elle. Elle m'a laissé un message disant qu'un type la suivait. Quand elle m'a appelé, elle se trouvait sur un parking près de son immeuble. Nous avions prévu de dîner ensemble ce soir pour passer en revue l'ensemble des éléments du dossier, dans le but de rédiger le premier jet de notre article. Je me suis rendu là-bas. Sandy m'avait donné une clé. Le sac des courses était posé sur la table. Le vin se trouvait encore à l'intérieur. Elle pose toujours son vin dans le porte-bouteilles. Elle est maniaque sur ce point.

— Il n'y avait aucun signe de sa présence ?

— Aucun. Je me suis précipité dehors le plus vite possible. »

Une pensée germa dans l'esprit de Zavala. « Et les autres reporters de ton équipe ?

— J'ai tenté de les appeler. Pas de réponse. Que dois-je faire ? »

En se rendant chez Sandy et en repartant rapidement, Cohen avait probablement échappé à la mort. Les individus qui s'en étaient pris à la jeune femme étaient sans doute partis, mais auraient très bien pu revenir sur les lieux de leur forfait. « D'où me téléphones-tu ? J'entends de la musique dans le fond.

— Je suis dans un bar cuir, près de chez Sandy. » Cohen rit nerveusement malgré sa peur. « J'avais l'impression d'être filé, alors je me suis précipité dans ce café. Je cherchais un lieu public.

— Quelqu'un t'a suivi à l'intérieur ?

— Je ne crois pas. C'est plein de motards, ici. Ils n'oseront pas entrer.

— Tu peux me rappeler dans quelques minutes ? » demanda Joe. « Ouais, mais dépêche-toi. Il y a un grand travesti qui me fait de l'œil. »

Zavala chercha le numéro que Gomez lui avait donné. A la troisième sonnerie, l'agent répondit. Zavala s'épargna les salutations d'usage. « Je suis à L.A., dit-il. J'ai besoin de faire disparaître quelqu'un du circuit. Pouvez-vous m'aider ? Pas de questions pour l'instant, mais je promets de tout vous expliquer dès que possible.

— Est-ce que ce truc a un quelconque rapport avec l'affaire dont vous vous occupez ?

— Il en a plus que vous ne l'imaginez. Désolé de faire tant de mystères. Vous pouvez m'aider ? »

Il y eut un silence. Puis Gomez reprit la parole, sur un ton purement professionnel. « Nous avons une planque à Inglewood. Il y a un gardien, là-bas. Je vais l'appeler pour lui dire de réceptionner un colis. » Puis il fournit à Zavala l'itinéraire à emprunter pour atteindre l'endroit en question. « Merci. Je vous rappelle plus tard », dit Joe. « J'espère bien », répliqua Gomez.

Dès qu'il eut raccroché, le téléphone sonna. Zavala répéta rapidement l'adresse que Gomez lui avait indiquée et dit à Cohen de prendre un taxi pour s'y rendre. « Laisse ta voiture où elle est, lui conseilla-t-il. Ils ont pu installer un émetteur dessus.

— *Bien sûr.* Je n'aurais jamais imaginé une chose pareille. Doux Jésus ! Je savais que j'avais ferré un gros poisson. Pauvre Sandy ! Et les autres ! Je m'en veux de les avoir entraînés là-dedans.

— Tu ne pouvais rien faire d'autre, Randy. Cette affaire te dépasse, et cela tu l'ignorais.

— Mais, Bon Dieu, de quoi s'agit-il ?

— Tu l'as parfaitement exprimé lors de notre première discussion », dit Zavala. « C'est l'or bleu. »

27

LA BALLE DE CAOUTCHOUC NOIR partit comme un météorite. Et comme un météorite, on n'en discerna que le sillage. Mais Sandecker avait anticipé le coup. Il tendit prestement sa légère raquette de bois, telle la langue d'un serpent, et d'un revers foudroyant renvoya la balle contre le mur de droite qu'elle percuta avec un bruit sec. LeGrand fit un mouvement brusque pour la récupérer, mais il n'avait pas prévu cette trajectoire tournante et sa raquette fouetta l'air inutilement. « Le jeu est pour moi, je pense », dit Sandecker en récupérant adroitement la balle au rebond. Sandecker était un adepte convaincu du fitness et de la diététique et son régime strict à base de jogging et d'haltères lui permettait de battre des hommes bien plus jeunes et plus grands que lui. Il se tenait les jambes largement écartées, la raquette posée au creux du bras. Pas une goutte de sueur ne perlait sur son front. Ses cheveux roux étaient toujours bien coiffés, sa barbiche rousse impeccablement taillée.

En revanche, LeGrand dégoulinait de sueur. Quand il enleva ses lunettes de protection et s'essuya le visage, il se souvint de la raison pour laquelle il avait renoncé à jouer avec Sandecker. Le directeur de la CIA était plus grand et plus musclé – Sandecker ne mesurait qu'un mètre soixante –, mais chaque fois qu'il pénétrait sur un court avec lui, il vérifiait à ses dépens que le squash était un jeu de stratégie, pas de puissance. L'amiral l'avait appelé le lendemain de l'incident qui avait eu lieu dans l'Etat de New York. En d'autres circonstances, il l'aurait aimablement éconduit. « J'ai réservé un court au club, avait dit Sandecker d'un ton cordial. Ça te plairait de frapper un peu la petite balle noire ? »

La voix était amicale mais, pour LeGrand, aucun doute n'était permis : il n'y couperait pas. LeGrand annula ses rendez-vous du matin et fit un détour par l'immeuble du Watergate pour prendre son équipement. Sandecker l'attendait au club de squash, vêtu d'un survêtement bleu marine dessiné par un styliste et orné d'un galon doré. Malgré cette tenue décontractée, on l'imaginait facilement en train d'arpenter le pont d'un ancien bâtiment de guerre, et d'ordonner d'une voix puissante le largage des voiles ou l'abordage d'un navire barbaresque. C'était ainsi qu'il dirigeait la NUMA. Il gardait un œil braqué sur les changements du vent et l'autre sur ses adversaires. Et comme tout bon commandant, il se préoccupait énormément du bien-être de son équipage.

Quand il apprit qu'Austin avait failli trouver la mort à cause d'un système de renseignements foireux, il explosa littéralement. Le Krakatoa lui-même aurait fait pâle figure face à lui. Le fait que la CIA soit impliquée dans l'affaire ne fit qu'attiser sa rage. Sandecker tenait LeGrand en haute estime mais, à ses yeux, la CIA bénéficiait d'un traitement de faveur et d'un budget bien trop important.

Il ne perdait jamais une occasion de placer le directeur de la CIA sur la sellette. A présent, l'opportunité lui était donnée de passer sa mauvaise humeur sur quelqu'un. Sandecker n'était pas au-dessus des chicanes politiques. En fait, il adorait s'y vautrer. De plus, il possédait un grand talent. Celui de se servir de sa colère pour se faire entendre. Ceux qui subissaient sa fureur ne savaient pas qu'au fond de lui-même, il demeurait souvent serein, et même joyeux. Cette qualité lui était bien utile. Quel que soit leur parti, les présidents avaient recours à ses conseils. Sénateurs et députés tenaient à le compter parmi leurs relations. Les ministres ordonnaient à leur secrétariat de leur passer ses appels téléphoniques sans poser de questions.

Si LeGrand avait accepté l'invitation de l'amiral, c'est qu'il se sentait coupable. Le regrettable incident qui avait eu lieu dans l'Etat de New York le mettait mal à l'aise et cette partie de squash allait lui permettre de faire amende honorable, même si pour cela il devait subir l'humiliation d'une défaite cuisante. A sa grande surprise, Sandecker l'avait accueilli avec un sourire et n'avait pas fait allusion à l'incident durant la partie. Il lui offrit même un jus de fruit au bar, histoire d'arroser le premier jeu. « Merci d'avoir accepté ce match impromptu », dit Sandecker avec son fameux sourire d'alligator.

LeGrand prit une gorgée de son jus de papaye et secoua la tête. « Peut-être qu'un de ces jours je te battrai.

— Il faudra d'abord que tu travailles un peu ton revers, conseilla Sandecker. En tout cas, je voudrais en profiter pour te remercier d'avoir évité la catastrophe. J'aurais pu y perdre l'un de mes hommes, Austin. »

Finalement, la discussion s'annonçait moins désagréable que prévu, pensa LeGrand.

Sandecker ne se départait pas de son sourire déconcertant. « Dommage que tu ne sois pas intervenu plus rapidement, dit-il. Tu aurais pu éviter un bain de sang. »

LeGrand pesta intérieurement. Il était évident que Sandecker allait profiter de la situation.

Ignorant l'attaque, le directeur s'excusa : « Je suis désolé pour ce navrant épisode. Toute l'étendue du, euh, problème n'apparaissait pas de manière évidente. C'était une situation très complexe.

— J'entends bien », fit Sandecker d'un ton badin. « Je vais te dire ce que j'ai l'intention de faire, Erwin. Je vais oublier pour un temps cette opération loufoque concoctée par l'OSS et exécutée par la CIA, ce truc foireux qui a failli coûter la vie au chef des Missions spéciales de la NUMA, ainsi qu'à un innocent qui passait par là, et qui a mis en danger le porte-parole de la Maison-Blanche.

— C'est fort aimable à toi, James », dit LeGrand.

Sandecker hocha la tête. « Cette petite blague de collégien jouant à l'espion ne franchira pas les portes de la NUMA.

— L'Agence apprécie ta discrétion », dit LeGrand.

Sandecker leva un sourcil roux. « Mais tu n'es pas quitte pour autant, ajouta-t-il d'un air malicieux. En échange, je veux que tu me dises tout sur cette sordide affaire. »

Un prêté pour un rendu. LeGrand s'y attendait. C'était toujours comme ça avec Sandecker. Il avait déjà décidé de jouer cartes sur table. « Ta demande est parfaitement légitime », convint-il. « C'est bien mon avis », abonda Sandecker. « Il a fallu travailler dur pour reconstituer cette histoire, surtout dans un délai aussi rapide, mais je vais faire de mon mieux pour t'expliquer ce qui s'est passé.

— Enfin disons plutôt ce qui ne s'est pas passé. Fort heureusement », fit remarquer Sandecker.

LeGrand esquissa un sourire. « L'histoire débute à l'issue de la Seconde Guerre mondiale. Après la défaite des Allemands, la coalition alliée a été démantelée. Churchill inventa sa théorie du Rideau de Fer. Tout était prêt pour que s'installe la Guerre froide. Les Etats-Unis vivaient encore en plein optimisme béat. Evidemment, puisqu'ils étaient les seuls à posséder la bombe. Cette belle assurance fut entamée lorsque les Soviétiques firent exploser leur propre engin nucléaire. La course aux armements était commencée. Nous avons repris la tête grâce à la bombe à hydrogène. Mais les Russes nous serraient de près et pour qu'ils nous rattrapent, ce n'était qu'une question de temps. Comme tu le sais, l'explosion de la bombe à hydrogène suivait un processus différent.

— La bombe thermonucléaire utilise la fusion au lieu de la fission », dit Sandecker qui s'y connaissait en physique atomique, pour avoir servi sur des sous-marins à propulsion nucléaire. « Les atomes se rejoignent au lieu de se séparer. »

LeGrand opina du chef. « L'atome d'hydrogène fusionne avec l'atome d'hélium. Le soleil et d'autres étoiles créent leur énergie de la même façon. Quand on a appris que le principal laboratoire de fusion soviétique se trouvait en Sibérie, notre gouvernement a envisagé de le saboter. Après notre victoire sur l'Axe, nous éprouvions quelque réticence à ranger les fusils au vestiaire. L'hybris était encore forte et certains parlaient avec nostalgie du raid lancé sur l'usine d'eau lourde en Norvège. Tu connais cette mission, bien sûr !

— Tu veux parler de l'usine qui produisait un isotope entrant dans la composition de la bombe A allemande, dit Sandecker.

— Exact. Ce raid a retardé les recherches des savants allemands.

— L'envoi d'un commando similaire en Sibérie aurait constitué une entreprise ambitieuse, et c'est peu dire.

— De toute façon, ç'aurait été *impossible*, fit LeGrand. Le raid sur la Norvège fut incroyablement difficile à organiser, et pourtant c'était un pays bien plus accessible et bénéficiant d'un solide support partisan. En outre, une autre considération entrait en jeu. »

Sandecker, qui avait tendance à voir les situations selon une perspective globale, commenta : « L'Allemagne était en guerre contre les Alliés, à l'époque du raid sur la Norvège. En revanche, l'URSS et les Etats-Unis n'avaient pas ouvert les hostilités. Des deux côtés, on se gardait bien de toute confrontation militaire directe. L'attaque d'un laboratoire soviétique aurait constitué un acte de déclaration de guerre caractérisé.

— Exactement. Imagine un peu la situation inverse. Que les Russes aient détruit un laboratoire au Nouveau-Mexique. Nous aurions sans doute riposté aussitôt. »

Sandecker était expert dans le traitement des questions politiques épineuses. « Un raid pouvait s'envisager, à condition que le secret reste absolu et qu'on ne laisse aucune trace. »

LeGrand hocha la tête. « C'est précisément ce qu'a dit le président quand on lui a exposé la situation.

— Une sacrée responsabilité », nota Sandecker.

— Certes. Mais ces types n'étaient pas des hommes ordinaires. Ils avaient créé la plus grande machine militaro-industrielle de tous les temps, et cela à partir de rien. Ensuite ils l'avaient utilisée pour écraser deux formidables ennemis régnant sur plusieurs mers et continents. Mais malgré toute leur détermination et leur habileté, ils n'étaient pas prêts à relever ce défi. Heureusement pour eux, deux projets de recherches n'ayant apparemment pas de rapports entre eux sont venus résoudre le problème. Le premier consistait dans le développement de l'avion nommé aile volante. Sa conception avait rencontré quelques problèmes mais il possédait une caractéristique non prévue qui le rendait très attractif. Sa technologie furtive. Quand les circonstances s'y prêtaient, sa fine silhouette et sa surface lisse lui permettaient de s'introduire en territoire ennemi sans être repéré par les radars.

— Je suppose que tu veux parler des radars *russes* », dit Sandecker.

LeGrand sourit d'un air mystérieux. « Toutes les ailes volantes, y compris celles en cours de fabrication, étaient censées avoir été détruites. Mais le président donna son feu vert pour la construction d'une version modifiée. Un projet top secret. Ce nouveau prototype bénéficiait d'une autonomie et d'une vitesse encore plus importantes que les exemplaires originaux. En bref, avec cet appareil on disposait d'un moyen imparable d'entrer et de sortir de Sibérie à la barbe des Soviétiques.

— Je sais par expérience que les Russes ne sont pas des imbéciles, fit Sandecker. Si leur labo était parti en fumée, ils auraient tout de suite compris que les Etats-Unis étaient dans le coup.

— La chose ne fait aucun doute, c'est pourquoi le deuxième

terme de l'équation était à ce point crucial, répondit LeGrand. Il s'agit de la découverte de l'anasazium, un produit issu des recherches menées à Los Alamos. Le savant qui inventa cette substance était un anthropologue amateur, fasciné par les Pueblos, cette peuplade indienne qui vivait jadis dans le sud-ouest des Etats-Unis. Il a baptisé sa découverte en référence à l'Anasazi. Ce matériau possédait de nombreuses propriétés passionnantes, dont celle de transformer l'atome d'hydrogène d'une manière fort subtile. Si nous avions pu introduire secrètement de l'anasazium dans un laboratoire d'armement soviétique, nous aurions porté un sérieux coup d'arrêt à leurs recherches sur la fusion nucléaire. Selon les estimations, l'anasazium les aurait retardés de plusieurs années. Les USA auraient eu tout le temps de construire une flottille de bombardiers et de missiles intercontinentaux et auraient pris une telle avance que les Soviétiques n'auraient jamais pu les rattraper. Le plan consistait à parachuter des bombes qui, en explosant, auraient déversé la substance sous sa forme liquide. L'anasazium aurait ainsi pénétré dans les systèmes de ventilation du laboratoire. En lui-même, ce matériau n'est pas plus dangereux pour les humains que l'eau. Les Russes n'auraient rien remarqué, hormis un fort étrange coup de tonnerre d'une durée extrêmement courte.

— Rien à voir avec ce qu'on appelle un tir de haute précision.

— En effet, mais, comme on dit, à situation désespérée, solutions désespérées.

— Et si l'avion s'était écrasé à la suite d'un ennui mécanique ?

— Cette éventualité n'a pas été prise en compte. Il n'y avait pas de pilule de poison comme celle que Francis Gary Powers *n'a pas* avalée après le crash de son U-2. Ils ne voulaient pas de survivants, de peur qu'ils parlent. Pas de parachutes pour l'équipage. Les sièges éjectables n'existaient pas encore et le dôme de la cabine de pilotage ne possédait pas de dispositif de largage. Si on avait retrouvé des débris, on aurait toujours pu dire qu'il s'agissait d'un avion expérimental malencontreusement détourné de sa route.

— L'équipage était-il au courant ?

— Ils étaient tous volontaires, ils en voulaient et ne pensaient pas à l'échec.

— Dommage que le projet ait échoué, dit Sandecker.

— Au contraire, rétorqua LeGrand. La mission fut un succès absolu.

— Comment cela ? Les Soviétiques ont construit leur bombe à hydrogène peu de temps après nous, si ma mémoire est bonne.

— Absolument. Ils ont fait exploser leur premier engin thermonucléaire en 1953, deux ans après les Américains. Souviens-toi de ce que j'ai dit sur l'hybris. Notre peuple était incapable d'imaginer qu'un paysan ignorant comme Staline pourrait leur damer le pion. Or, celui-ci se méfiait de tout le monde au plus haut point. Il a ordonné à Igor Kurchatov, l'homologue soviétique de notre Oppenheimer national, de mettre sur pied dans l'Oural un autre laboratoire de recherches sur l'hydrogène. Leurs travaux furent couronnés de succès si bien que Staline crut que le labo sibérien avait échoué sciemment, et donna l'ordre de supprimer ses techniciens.

— Je suis surpris qu'on n'ait pas envoyé un commando sur les installations de l'Oural.

— Un raid fut envisagé, puis on abandonna l'idée, la considérant peut-être comme trop dangereuse. A moins que l'aile volante n'ait rencontré des problèmes techniques insurmontables.

— Qu'est-ce qui est arrivé à l'avion ?

— Il a été consigné dans son hangar avec son chargement. La base en Alaska d'où on le lançait fut fermée, les hommes qui y travaillaient éparpillés aux quatre coins du monde. Aucun d'eux ne connaissait l'opération en son entier. Elle se termina là, ou presque.

— Presque. Tu veux parler du protocole et du meurtre du pilote ? »

Mal à l'aise, LeGrand s'agita sur son siège. « Pas seulement. En fait, toute l'équipe de vol a été éliminée, dit-il calmement. C'étaient les seuls types en dehors du milieu politique à connaître intimement la mission et sa cible. Quatre hommes sont morts. On raconta à leurs familles qu'ils avaient eu un accident. Ils furent enterrés à Arlington avec tous les honneurs militaires.

— Charmante attention. »

LeGrand s'éclaircit nerveusement la gorge. « Vous savez tous que j'ai fait de mon mieux pour rendre l'Agence plus transparente. Mais il m'arrive parfois de décoller une couche de saleté pour tomber sur une autre, encore plus dégoûtante. Nous avons accompli du bon boulot. Malheureusement, l'essentiel est passé inaperçu. Tu imagines bien pourquoi. Mais tu sais que les services de renseignements se sont rendus coupables d'exactions dont on ne peut s'enorgueillir. Ce triste épisode en fait partie.

— Austin m'a parlé de ses découvertes. Le pilote en question a assisté à ses propres funérailles. J'ai cru comprendre que son fils l'y avait aperçu.

— Il a insisté pour revoir une dernière fois sa femme et son enfant, expliqua le directeur. On lui a dit qu'on lui attribuerait une escorte durant un certain temps. Bien sûr, ce n'était qu'une ruse. On lui a effectivement donné un garde du corps et c'est cet homme qui l'a tué.

— Celui qui vivait dans le nord de l'Etat de New York.

— C'est bien cela. »

Les yeux bleus de Sandecker se durcirent. « Désolé, je ne ressens aucune tristesse pour cet assassin. Ce n'était qu'une machine à tuer, alors qu'à son âge la plupart des hommes sont censés atteindre la sagesse. Austin aurait pu y passer. Pourquoi un tel protocole ? Ne suffisait-il pas de se débarrasser des membres de l'équipage ?

— Les gros bonnets qui en ont décidé ainsi voulaient supprimer tout risque de fuite. Ils estimaient que l'affaire risquait de déclencher une nouvelle guerre. Nos relations avec les Soviétiques étaient déjà assez mauvaises comme cela. Le protocole a été mis en place pour réagir aveuglément à toute tentative de dévoiler le secret. Ils pensaient que la menace viendrait des espions étrangers. Personne n'imaginait qu'elle surgirait du Congrès américain. Beaucoup de bruit pour rien. Au moment des élections, le porte-parole de la Maison-Blanche fut rayé de la carte politique. En fait, il n'a jamais rien révélé. Ils ont dû se dire que la bombe à retardement qui devait exploser à la figure des petits curieux se désactiverait d'elle-même. Comment auraient-ils pu imaginer que, cinquante ans plus tard, elle serait encore dangereuse ? »

Sandecker se rencogna dans son siège. « Si je comprends bien, Austin a failli mourir à cause de cette vieille opération mitonnée par une poignée de cow-boys machos. Je comprends mieux pourquoi l'assassin avait préparé ses bagages et pourquoi il y avait joint un fusil à lunette et des explosifs. Apparemment, il attendait de prendre sa retraite. Dommage que nous ne puissions dire aux contribuables américains à quelles niaiseries ont servi leurs impôts. Et tout ça au nom de la démocratie. »

LeGrand répondit. « Ce serait une erreur. Le sujet est *encore* extrêmement sensible. Il a fallu se battre pour réduire l'arsenal militaire russe. Si cette histoire était divulguée, cela amènerait de l'eau au moulin des nationalistes qui prétendent qu'on ne peut faire confiance aux Etats-Unis.

— Ils n'ont pas besoin de cela pour se faire leur opinion, rétorqua Sandecker d'un ton sec. J'ai appris au fil du temps que ce que les grands de ce monde craignent le plus c'est qu'on les mette dans l'embarras. » Il sourit : « Je suis sûr qu'il n'existe plus de tels protocoles. »

C'était un avertissement voilé. « J'ai déjà ordonné un examen complet de nos fichiers informatiques, justement pour éviter que ce genre de choses ne se reproduise, dit LeGrand. Plus jamais de mauvaise surprise.

— Espérons-le », conclut Sandecker.

28

AUSTIN SE VERSA UNE GRANDE TASSE de café jamaïcain Blue Mountain bien serré, prit une gorgée du breuvage à indice d'octane élevé et saisit le cylindre d'aluminium posé sur son bureau. Il le soupesa au creux de sa large paume tout en observant sa surface bosselée comme s'il s'agissait d'une boule de cristal. L'objet gardait jalousement son secret. Il n'y voyait que le reflet distordu de son visage bronzé et de ses cheveux clairs.

Il reposa le cylindre et se replongea dans la carte de l'Alaska étalée sur son bureau. Il s'était rendu en Alaska à plusieurs reprises et le cinquantième Etat l'avait toujours déconcerté, par son immensité même. Dans cette région parmi les plus hostiles de la planète, repérer l'ancienne base de l'aile volante reviendrait à chercher un grain de sable sur la plage de Malibu. Pour tout arranger, la base avait dû être conçue de manière à ne pas attirer l'attention. Il fit courir son doigt sur la carte, en partant de Barrow, au-delà du Cercle arctique, vers le sud et la péninsule de Kenai. Quand le téléphone sonna, une idée commençait à germer dans son esprit.

Les yeux rivés sur la carte, il s'empara du combiné, le colla à son oreille en lâchant un allô peu convaincu. La voix de Sandecker lui parvint, tendue. « Kurt, pouvez-vous passer à mon bureau ?

— Ça peut attendre, amiral ? » répondit Austin en s'efforçant de ne pas perdre le fil de ses pensées. « Bien sûr, Kurt, fit Sandecker faussement magnanime. Cinq minutes, ça vous va ? »

L'idée qui avait commencé à faire son chemin dans son esprit se dessécha et fana comme une fleur au soleil. Le cerveau de l'amiral fonctionnait à la vitesse de la lumière si bien que sa notion du temps différait de celle du commun des mortels. « Je serai là dans deux minutes.

— Splendide. Je pense que vous ne serez pas déçu. »

Lorsqu'il pénétra dans le bureau de Sandecker, au neuvième étage, il s'attendait à voir le directeur de la NUMA derrière son immense table de travail fabriquée à partir d'une écoutille récupérée sur un forceur de blocus confédéré. Mais pas du tout. L'amiral était installé dans l'un des confortables fauteuils de cuir sombre réservés aux visiteurs et bavardait avec une femme qui tournait le dos à Austin. Sandecker, vêtu d'une veste de marine brodée d'ancres dorées sur la poche de poitrine, se leva pour l'accueillir. « Merci de vous être déplacé, Kurt. Il y a ici quelqu'un que j'aimerais vous présenter. »

Dès que la femme se leva, Austin oublia l'Alaska et ses énigmes. Elle était grande et mince, ses hautes pommettes et ses yeux en amande lui donnaient l'air d'une Eurasienne. Sa longue jupe bordeaux très classique et sa veste assortie contrastaient avec ses traits exotiques. Ses cheveux blond foncé étaient ramenés en une tresse serrée qui lui arrivait au niveau des épaules. Ses attraits ne se limitaient pas à sa beauté physique. Elle avait le port altier d'une femme née pour régner mais, en même temps, sa démarche était souple comme celle d'une panthère. Il remarqua ce détail au moment où elle s'avança pour lui serrer la main. De ses yeux bruns et profonds, émaillés d'éclats d'or, semblait émaner une chaleur tropicale. En humant son parfum musqué, Austin crut percevoir le battement lointain des tambours. Mais c'était sans doute son imagination. Puis, soudain, il comprit qui elle était. « Docteur Cabral ? »

Si elle lui avait répondu d'un ronronnement, Austin n'en aurait pas été autrement surpris. D'une voix profonde et suave, elle dit : « Merci d'être venu me voir, Mr. Austin. J'espère ne pas avoir interrompu quelque chose d'important. Je voulais avoir l'occasion de vous remercier personnellement pour votre aide.

— Mais je vous en prie. C'est à Paul et à Gamay que revient tout le mérite de votre sauvetage. Moi, je me suis contenté de répondre au téléphone et d'appuyer sur un ou deux boutons.

— Vous êtes bien trop modeste, Mr. Austin », fit-elle avec un sourire qui aurait pu faire fondre un glacier. « Sans votre intervention rapide, ma tête et celle de vos collègues seraient certainement en train d'orner un village à des milliers de kilomètres de ce bureau si confortable. »

Sandecker vint se placer entre eux deux et reconduisit Francesca vers son siège. « Sur ces bonnes paroles, docteur Cabral, verriez-vous un inconvénient à nous raconter votre histoire par le menu ?

— Nullement, répondit-elle. Cela me fait du bien de parler de mon expérience. De plus, il m'arrive de retrouver certains détails que j'avais oubliés. »

Sandecker fit signe à Austin de s'asseoir, puis se glissa sur son siège de bureau, alluma l'un des dix cigares roulés à la main qu'il fumait tous les jours. Austin et lui écoutèrent, fascinés, Francesca narrer la palpitante histoire de son détournement, de l'accident d'avion qui aurait pu lui coûter la vie, et de son accession au rang de déesse. Elle décrivit dans les moindres détails les chantiers qu'elle avait réalisés dans le village chulo et qui la rendaient si fière. Elle termina avec l'arrivée des Trout, leur fuite éperdue et leur sauvetage par l'hélicoptère. « Captivant », dit Sandecker. « C'est absolument captivant. Dites-nous, qu'est devenue votre amie Tessa ?

— Elle est restée auprès du Dr Ramirez. Sa connaissance des plantes médicinales lui sera très précieuse pour ses recherches. J'ai téléphoné à mes parents pour m'assurer qu'ils allaient bien. Ils veulent que je rentre à la maison mais j'ai décidé de rester aux Etats-Unis. J'ai encore besoin de quelques paliers de décompression avant de me replonger dans le tourbillon mondain de São Paulo. En outre, je suis déterminée à faire aboutir un projet interrompu voilà dix ans. »

Sandecker contempla la courbe volontaire du menton de Francesca. « Je crois sincèrement que le passé construit non seulement le présent mais aussi l'avenir. Pour savoir ce qui nous attend, il serait utile de connaître la série d'événements qui vous ont amenée à entreprendre ce voyage en avion. »

Francesca regarda dans le vague comme si elle faisait défiler sa vie devant ses yeux. « Tout cela remonte à mon enfance. J'ai pris conscience très jeune du fait que j'appartenais à un milieu privilégié. Petite fille, je savais déjà que dans la ville où je vivais régnait une misère effroyable. Puis j'ai grandi, voyagé et compris que São Paulo était un microcosme du monde. Dans un même lieu, habitaient ceux qui possédaient tout et ceux qui n'avaient rien. J'ai aussi découvert que la différence entre nations riches et pauvres résidait dans la matière première la plus répandue sur cette terre : l'eau. L'eau douce fait tourner la grande roue du progrès. Sans eau, il n'y a rien à manger. Sans nourriture, les gens n'ont pas envie de vivre, d'améliorer leur quotidien. Même les pays producteurs de pétrole utilisent l'essentiel de leurs revenus à acheter ou à produire de l'eau. Le geste de tourner un robinet nous paraît tellement naturel, mais ce ne sera pas éternellement le cas. La lutte pour l'eau est devenue plus féroce que jamais.

— Les Etats-Unis ont connu ce genre de querelles, dit Sandecker. Nombre de conflits territoriaux ont eu pour origine la mainmise sur l'eau.

— Ces chamailleries ne sont rien comparées aux désordres qui nous guettent », dit Francesca d'un ton sombre. « Au XXIe siècle, on ne se battra plus pour le pétrole mais pour l'eau. La situation devient critique. Les réserves mondiales sont menacées par la croissance démographique. Il n'y a pas plus d'eau douce sur terre qu'il y a 2 000 ans, quand la population ne faisait que 3 % de sa taille actuelle. La demande ne cesse de croître, la pollution aussi. A ce train-là, la situation ne fera qu'empirer, et si vous ajoutez à cela les périodes de sécheresse inévitables, comme celle que nous connaissons en ce moment... Des populations entières vont tout simplement se trouver privées d'eau potable, ce qui entraînera des vagues de migration à travers toute la planète. Des dizaines de millions de réfugiés franchiront les frontières. On assistera à la disparition de la pêche, à la destruction de l'environnement. Les conflits vont se multiplier, les niveaux de vie baisser. » Elle se tut un instant. « Vous qui êtes des spécialistes de la question, vous devez percevoir l'ironie de la chose. Nous affrontons une pénurie sur une planète dont les trois quarts de la surface sont recouverts d'eau.

— De l'eau, de l'eau à perte de vue et pas une seule goutte à boire », dit Austin en citant le poème de Samuel Taylor Coleridge. « Précisément. Mais imaginez un instant que le Vieux Marin ait possédé une baguette magique et qu'en l'agitant au-dessus d'un seau rempli d'eau de mer, il l'ait changée en eau potable.

— Son bateau aurait été sauvé.

— A présent, appliquez cette analogie à des milliers de seaux.

— La crise globale serait résolue, dit Austin. Près de

soixante-dix pour cent de la population mondiale vit à moins de quatre-vingts kilomètres de l'océan.

— Je ne vous le fais pas dire », s'exclama Francesca, radieuse. « Seriez-vous en train de nous annoncer que vous possédez ce genre de baguette ?

— Quelque chose d'approchant. J'ai développé un procédé révolutionnaire capable d'extraire le sel de l'eau de mer.

— Vous n'ignorez pas que le dessalement n'est pas une idée nouvelle », fit remarquer Sandecker.

Francesca hocha la tête. « Je le sais, elle existait déjà dans la Grèce ancienne. Des usines de dessalement ont été construites dans le monde entier, la plupart au Moyen-Orient. Il existe plusieurs méthodes, ayant en commun leur coût prohibitif. Dans ma thèse de doctorat, j'ai proposé une approche radicalement nouvelle, tournant le dos à toutes les anciennes techniques. Mon objectif consistait à mettre au point un procédé qui soit à la fois efficace et bon marché, accessible aux paysans les plus pauvres, ceux qui tirent leur maigre subsistance d'une terre aride. *Imaginez* les implications. L'eau serait presque gratuite. Les déserts deviendraient des pôles de civilisation.

— Je suis sûr que vous avez également pensé aux conséquences indésirables, répliqua Sandecker. Une eau bon marché encouragerait le développement, la croissance démographique et la pollution qui est leur corollaire.

— J'ai pris le temps de me pencher sur ce problème, amiral Sandecker, mais si l'on ne fait rien ce sera encore pire. Avant de permettre à un pays d'utiliser mon procédé, j'exigerai de lui qu'il s'engage à mettre en place un plan de développement raisonné.

— J'en conclus que vos recherches ont été couronnées de succès », dit Austin. « Absolument. Je me rendais à la conférence internationale avec un prototype. L'eau de mer entrait d'un côté, l'eau douce sortait de l'autre. On obtenait de l'énergie et quasiment pas de déchets.

— Un procédé pareil vaut des millions de dollars.

— Sans aucun doute. Les offres qu'on m'a faites auraient pu me rendre fabuleusement riche, mais j'avais autre chose en tête. Je voulais offrir mon invention au monde.

— C'était très généreux de votre part. Vous disiez qu'on vous avait fait des offres. Votre procédé et vos projets étaient donc connus ?

— Dès que j'ai contacté les Nations Unies pour participer à cette conférence, ma découverte est devenue un secret de polichinelle. » Elle fit une pause. « Quelque chose m'a toujours chiffonnée. Des tas de gens étaient au courant de l'existence de mon procédé. Ceux qui ont tenté de m'enlever auraient été immédiatement repérés s'ils avaient tenté d'exploiter mes travaux.

— Il existe une autre possibilité », suggéra Austin. « Ils voulaient peut-être *enterrer* vos travaux et garder le procédé pour eux seuls.

— Mais pour quelle raison priverait-on l'humanité d'un tel bienfait ?

— Vous êtes sans doute trop jeune pour vous en souvenir », dit Sandecker qui avait écouté attentivement. « Il y a plusieurs années de cela, circulait une rumeur. Un inventeur avait soi-disant conçu un moteur de voiture capable de tourner sur des centaines de kilomètres avec un litre d'eau à peine. Je vous passe les détails. Il semblerait que les compagnies pétrolières aient acheté et enterré le secret de fabrication pour pouvoir continuer à faire des profits. On en a parlé après coup, mais vous voyez ce que je veux dire ?

— Mais qui donc souhaiterait empêcher les nations pauvres de bénéficier d'une eau bon marché ?

— Nos investigations nous ont appris des choses que vous ignorez encore, docteur Cabral. Permettez-moi de vous exposer une hypothèse. Supposez que vous contrôliez les réserves mondiales en eau douce. Comment accueilleriez-vous l'arrivée d'un procédé mettant cette matière première à la portée de tout un chacun ?

— Le monopole en question serait réduit à néant par mon procédé. Mais votre exemple n'est que théorique. Personne n'est réellement en mesure de contrôler les réserves hydrauliques mondiales. »

Sandecker et Austin échangèrent des regards entendus.

Austin poursuivit à la place de Sandecker : « Beaucoup de choses se sont passées durant ces dix dernières années, docteur Cabral. Nous vous expliquerons tout en détail, mais pour l'instant, sachez que nous avons découvert l'existence d'une gigantesque organisation appelée Gogstad Corporation. Cette société multinationale est sur le point de s'approprier la totalité de l'eau douce de la planète.

— Impossible !

— J'aimerais que vous ayez raison. »

Le regard de Francesca se glaça. « Alors, ce sont eux qui ont tenté de m'enlever, ce sont eux qui m'ont volé dix ans de ma vie.

— Nous n'avons pas de preuve tangible, précisa Austin. Mais tous les indices semblent concorder. Dites-moi, que savez-vous de la substance appelée anasazium ? »

Surprise, Francesca ne put s'empêcher d'ouvrir la bouche puis, se reprenant, elle s'exclama : « Y a-t-il une *seule* chose que la NUMA ignore ?

— Il y en a un certain nombre, malheureusement. Nous ne savons presque rien de ce matériau, en dehors du fait qu'il affecte l'atome d'hydrogène d'une étrange manière.

— C'est sa principale propriété. Leurs rapports sont très complexes. Cette substance est au cœur de mon procédé de dessalement. Seules quelques personnes sont au courant de son existence. Elle est extrêmement rare.

— Comment l'avez-vous découverte ?

— Par hasard, en tombant sur un article écrit par un ancien physicien de Los Alamos. Au lieu de tenter d'améliorer les méthodes existantes de dessalement, je voulais aborder la question sur le plan moléculaire ou même nucléaire, mais la solution m'échappait toujours. Jusqu'à ce que j'entende parler de l'anasazium. J'ai contacté l'auteur de l'article. Il possédait une petite quantité de ce matériau et souhaitait s'en débarrasser. Alors je lui ai dit ce que je comptais en faire.

— Pourquoi est-il si rare ?

— Pour plusieurs raisons. Comme il ne semblait pas avoir d'utilité économique, la demande était inexistante. De plus, les méthodes de raffinage sont très complexes. On le trouve essentiellement dans une région d'Afrique secouée par des conflits incessants. J'en ai obtenu quelques grammes, de quoi fabriquer mon prototype. J'avais l'intention de proposer aux nations de puiser dans leurs ressources et de produire assez d'anasazium pour mettre en place des projets pilotes. En travaillant main dans la main, nous aurions pu rassembler en peu de temps des quantités suffisantes.

— Gogstad possédait une usine sur la côte du Mexique. Elle a été détruite dans une gigantesque explosion.

— Dites-m'en davantage sur cette usine. »

Austin lui fit un rapide résumé des derniers événements. Commençant son récit par la mort des baleines, il décrivit ensuite le cylindre de stockage qu'il avait découvert après l'explosion, et les étapes de l'enquête qui l'avait mené jusqu'à l'aile volante. Sandecker lui fournit certains détails concernant la mission en Sibérie pendant la Guerre froide. « Une histoire incroyable. Je suis désolée pour les baleines ! fit-elle tristement. La chaleur produite par mon procédé peut être transformée en énergie. Il arrive que le matériau s'avère instable et, dans certaines circonstances, il peut se transformer en un explosif puissant. Ces gens ont dû tenter de copier ma méthode sans savoir à quel point ce matériau était dangereux. Où ont-ils pu se procurer de l'anasazium ?

— Nous n'en avons aucune idée », dit Austin. « Il en existe certainement un vaste gisement quelque part, mais où ?

— Nous devons le trouver pour que je puisse reprendre mes recherches », insista Francesca. « Il existe une autre raison, bien plus importante », intervint Sandecker. « Rien n'est plus important que la poursuite de mes recherches », dit-elle sur la défensive. « Patientez un peu, docteur Cabral. Vos travaux n'auront plus grande signification si jamais Gogstad met ses plans à exécution. Qui contrôle l'eau contrôle le monde.

— Quelqu'un voudrait devenir le maître du monde, à vous entendre, amiral Sandecker.

— Et pourquoi pas ? Napoléon et Hitler ont échoué, mais leurs ambitions s'appuyaient sur l'usage de la force armée. L'un et l'autre se sont heurtés à plus forte partie. » Il tira une bouffée de son cigare et regarda s'élever le nuage de fumée. « Les militants qui protestent contre la mondialisation, toutes ces histoires avec l'Organisation mondiale du commerce et le FMI sont à mille lieues de la réalité. Le danger ne provient pas de ces organismes. Le danger aujourd'hui réside dans le fait qu'un seul individu peut exercer un monopole sur tel ou tel secteur économique.

— Une sorte d'Al Capone à l'échelle planétaire, suggéra Austin.

— Il y a des similitudes. Capone œuvrait à exterminer ses concurrents et s'entendait à monter des organisations. Son pouvoir économique lui conférait une réelle influence politique. Mais l'alcool de contrebande n'est rien face à l'eau. Le monde ne peut se passer d'eau. Ceux-là mêmes qui régissent sa distribution accéderont à la puissance la plus absolue. Qui osera s'élever contre celui qui, d'un seul mot, peut vous condamner à mourir de soif, vous et votre pays ? Voilà pourquoi j'affirme, malgré tout le respect que je vous dois, docteur Cabral, qu'il existe des questions plus importantes à traiter en priorité.

— Vous avez raison, amiral Sandecker, admit Francesca. Si la société Gogstad découvre le gisement principal d'anasazium, il disposera de mon procédé par la même occasion.

— Quel bonheur de voir chez une même personne s'unir l'intelligence et la beauté », dit Sandecker avec un plaisir non dissimulé. « Cette jeune dame a parfaitement saisi mes craintes. Il faut absolument trouver ce gisement oublié avant que Gogstad ne mette la main dessus.

— Quand vous avez appelé, je tentais d'imaginer un moyen de repérer l'endroit, déclara Austin. Mais je vais avoir besoin d'aide.

— Ce n'est pas un problème. Toutes les ressources de la NUMA sont à votre disposition et, si cela ne suffit pas, nous en trouverons ailleurs.

— Je pense que Joe et moi devrions partir aussi vite que possible pour l'Alaska.

— Avant que vous ne vous précipitiez vers le Yukon, je souhaiterais évoquer un autre sujet. Cette construction de tankers dont l'ami journaliste de Joe lui a parlé ne cesse de me turlupiner. Que pensez-vous de cela ?

— On peut supposer que Gogstad a l'intention de transporter de grandes quantités d'eau à partir de l'Alaska vers des régions qui en ont besoin. Ce genre d'opération a déjà été envisagé au profit de la Chine.

— Peut-être », dit Sandecker sans grande conviction. « J'en discuterai avec Rudi Gunn. Yaeger et lui pourront peut-être élucider ce mystère. Pendant que Joe et vous tenterez de localiser l'aile volante, ils s'occuperont de ces tankers. »

Austin se leva en déclarant : « Je vais m'y mettre tout de suite. » Il serra la main de Francesca et dit : « Je vous tiens au courant, docteur Cabral.

— Merci. Mais je vous en prie, appelez-moi Francesca », fit-elle tandis qu'ils se dirigeaient d'un pas lent vers l'ascenseur. « D'accord. Dans ce cas, appelez-moi Kurt. Dites-moi, préférez-vous la cuisine coréenne, thaï, italienne ou tout simplement la bonne vieille tradition américaine ?

— Je vous demande pardon !

— Personne ne vous a prévenue ? » s'écria-t-il en feignant l'étonnement. « Le dîner fait partie de la panoplie de secours d'Austin. J'espère que vous ne refuserez pas. Qui sait combien de temps je vais devoir me nourrir de lard de baleine et de steaks de morse ? Et ça commence dès demain.

— Alors j'accepte volontiers votre invitation. Sept heures, ça vous va ?

— Parfait. Ainsi, j'aurai le temps de commencer les préparatifs de notre voyage en Alaska.

— Nous nous verrons après. Comme vous le savez, j'habite chez les Trout. Au fait, la cuisine coréenne me convient à merveille. »

Austin prit congé de Francesca près de l'énorme globe s'élevant au centre du hall d'entrée de la NUMA, un atrium vert d'eau cerné de cascades et d'aquariums emplis de créatures marines exotiques, diaprées de mille couleurs. Puis il regagna son bureau du troisième étage, appela Zavala pour lui faire le compte rendu de sa réunion avec Sandecker et régla les problèmes de transport pour le lendemain.

Lorsqu'il arriva à Georgetown, chez les Trout, Francesca était déjà prête. Après avoir bavardé avec Paul et Gamay assez longtemps pour ne pas se montrer impoli, il conduisit sa compagne jusqu'au restaurant coréen où il avait ses habitudes. L'établissement se trouvait à Alexandria, dans un bâtiment sans prétention.

Austin vanta les mérites des belogi, son plat favori, composé de fines lamelles de bœuf mariné, cuisiné sur une assiette chaude sur la table. Ils en commandèrent donc mais, trop occupé à contempler Francesca, Austin y goûta à peine. La jeune femme était vêtue d'une petite robe en jean délavé dont le bleu clair rehaussait son teint mat et sa longue et épaisse chevelure qui semblait gorgée de soleil. Austin avait un certain mal à concilier le charmant tableau qu'il avait sous les yeux – une femme belle et cultivée prenant du plaisir à déguster un repas civilisé –, et le récit qu'elle lui avait fait de son séjour parmi les Indiens. Elle paraissait détendue et parfaitement à son aise, mais tandis qu'ils riaient ensemble de sa façon maladroite de tenir ses baguettes, Austin ne pouvait se départir de l'impression qu'il avait éprouvée l'après-midi même. Sous le vernis de la civilisation, on discernait en elle une sorte de grâce sauvage. La jungle était en elle. Il le voyait à la souplesse féline qui imprégnait ses gestes, au regard vigilant de ses yeux sombres. Austin, fasciné, se jura de la revoir souvent à son retour.

Aussi eut-il grand-peine à la quitter si tôt. Il avait tant à faire avant de partir pour l'Alaska, expliqua-t-il. En la déposant devant la maison des Trout, il lui demanda si elle accepterait de le revoir, quand il rentrerait de mission. « Merci. Cela me plairait énormément, dit-elle. Je prévois de rester quelque temps à Washington et j'espère que cela nous permettra de faire plus ample connaissance.

— Alors à bientôt, lança Austin. Reste à savoir où et quand. »

Elle sourit et lui déposa un petit baiser sur les lèvres. « Ceci est un rendez-vous. »

29

GRÂCE À L'APPUI DE SANDECKER, Austin n'eut aucun mal à affréter un jet de la NUMA. Le Cessna Citation Ultra turquoise traversa le pays à huit cents kilomètres heure. Il fit escale à Salt Lake City pour s'approvisionner en carburant, avant de poursuivre son voyage vers Anchorage. Ils volèrent toute la nuit et arrivèrent au moment où l'aube répandait sa lueur rosâtre sur les Chugah Mountains surplombant la capitale de l'Alaska, que les autochtones appellent parfois Los Anchorage. Quelques minutes plus tard, ils repartaient vers leur destination finale. Nome.

Peu après que l'avion de la NUMA eut décollé d'Anchorage, Zavala revint de la cuisine avec deux tasses de café fumant. Austin était en train d'étudier une vieille carte étalée sur la tablette qui se repliait entre les sièges. Un point l'intéressait tout particulièrement : une avancée de terre pareille à un poing fermé, tendue vers l'ex-URSS, quelques kilomètres plus loin, au-delà du Détroit de Béring.

Installé dans le fauteuil faisant face à celui d'Austin, Zavala sirotait son café en regardant par le hublot les reliefs grandioses et massifs qu'ils survolaient. Entre les cirrus éparpillés comme des mèches folles sur le bleu du ciel, on apercevait des montagnes noires cerclées de rivières et d'épaisses forêts. « C'est un grand pays, fit Zavala d'un air nonchalant. Tu as une idée de notre prochaine escale après Nome ? »

Austin s'enfonça dans son siège, croisa les mains derrière sa tête et fixa le vide. Sa large bouche s'ourla d'un sourire désabusé. « Plus ou moins », dit-il.

Zavala savait que la réponse de son partenaire n'était pas intentionnellement énigmatique. Austin n'aimait pas se prononcer à la légère, un point c'est tout. Au moment propice, il rassemblerait prudemment les faits et déciderait ensuite de l'attitude à adopter. Zavala désigna le paysage au-dessous d'eux. « Je suis sûr que tu ne t'attendais pas à trouver plus petit.

— Quelque chose comme 1 500 000 kilomètres carrés, aux dernières nouvelles. Je ne me fais pas d'illusion, notre tâche sera énorme. Nous pourrions chercher en vain jusqu'à atteindre l'âge de la retraite. » Austin fronça les sourcils, pensif. « C'est pourquoi j'ai décidé de partir de ce que nous savons, et non pas le contraire. »

Zavala sauta sur cette entrée en matière. « Nous savons que la cible se trouvait en Union soviétique. » Il désigna sur la carte la côte nord-ouest de l'Alaska, là où la presqu'île en forme de poing s'élançait vers l'Asie. C'était tout ce qui restait de l'ancienne terre. « Quel était le rayon d'action de l'aile volante ?

— Environ quatre cent cinquante kilomètres à quelque huit cents kilomètres heure. Je suppose qu'ils avaient augmenté la capacité de son réservoir pour cette mission.

— Il existe toujours une possibilité d'approvisionnement en vol », fit remarquer Zavala. « J'ai pris cette donnée en considération. Je me dis qu'ils ont dû faire en sorte de simplifier et de raccourcir l'opération pour éviter de se faire repérer. »

Saisissant un crayon bien taillé, Austin dessina un arc allant de Barrow au delta du Yukon.

Zavala fit entendre un sifflement assourdi. « Tu parles d'une balade ! Cela fait plus de mille cinq cents kilomètres à partir du point cible. Vaste territoire à couvrir.

— Bien plus grand que certains Etats, reconnut Austin. J'ai donc émis une hypothèse d'école. Les types du contre-espionnage voulaient que cette opération de fous reste la plus discrète possible. Construire une nouvelle base aurait été long et coûteux. De plus, les travaux auraient pu attirer les curieux. »

Zavala claqua des doigts. « Ils ont utilisé une base *existante*. »

Austin hocha la tête. « Durant la Seconde Guerre mondiale, l'Alaska regorgeait d'arsenaux et d'aérodromes. Les Etats-Unis craignaient une invasion japonaise. Chaque point rouge sur la carte représente un terrain d'atterrissage datant de la dernière guerre. »

Zavala réfléchit un instant. « Et si c'était une base secrète ?

— Elle était secrète. Jusqu'à aujourd'hui du moins. » Austin appuya la mine de son crayon sur Nome puis l'entoura d'un large cercle. « C'est ici que nous trouverons ce que nous cherchons, et pourtant je dois admettre que malgré tout ce que j'ai pu dire, nous risquons de jouer à pile ou face. »

Zavala étudia la carte et ses lèvres se relevèrent aux commissures. Toujours ce fameux sourire qui n'appartenait qu'à lui. « Comment peux-tu être certain que c'est le bon coin ? L'avion aurait pu décoller de douzaines d'autres endroits.

— J'avoue qu'un fantôme m'a donné un petit coup de main. » Austin glissa la main dans la poche de sa veste et sortit un petit carnet à spirales. Bien que sa couverture marron fût déchirée, il était encore possible d'y lire les mots suivants : « US Army Air Force », ainsi que le nom tracé à l'encre en dessous. Il tendit le carnet à Zavala. « C'est le journal du père de Buzz Martin, l'homme qui a piloté l'aile pour sa dernière mission. »

Zavala, ravi, se mit à rire. « Tu aurais dû être magicien. Génial, le coup du lapin qui sort du chapeau.

— Ce lapin-là m'a sauté sur les genoux. Après la rencontre entre Sandecker et LeGrand, la CIA a mis la main sur les effets personnels de Martin. A l'époque, ils avaient dû se débarrasser à toute vitesse des indices dangereux si bien qu'ils n'avaient pas tout emporté. Buzz est tombé sur ce carnet glissé dans l'uniforme de son père. Pensant qu'il pouvait contenir quelque chose d'important, il me l'a donné juste avant que nous quittions Washington. »

Zavala feuilleta les pages cornées. « Je ne vois pas de carte détaillée là-dedans.

— Tu ne pensais quand même pas que ce serait si facile ? » Austin reprit le carnet et l'ouvrit à une page indiquée par une marque jaune. « Martin était un bon soldat. Il savait l'importance du silence. L'essentiel du Journal est consacré à sa femme et à son enfant qui lui manquent. Mais il a glissé subrepticement quelques autres petites choses. Je vais te lire le premier paragraphe. *"A ma chère femme Phyllis et à mon fils Buzz. Peut-être un jour lirez-vous ces lignes. Comme j'avais beaucoup de temps à moi, j'ai commencé ce Journal avant d'arriver à No-Name. Si les gradés savaient que je prends des notes, ça barderait pour mon matricule. Cette opération est encore plus secrète que le Projet Manhattan. Comme les barbouzes ne cessent de me le répéter, je ne suis qu'un imbécile de jockey du ciel censé suivre les ordres sans poser de questions.*

Parfois j'ai l'impression d'être prisonnier. On me surveille de près et les autres types de l'équipe aussi. Donc, je suppose que ce Journal est pour moi un moyen de crier : Je suis un être humain ! Ils nous nourrissent bien, Phyllis, je sais que tu t'inquiètes de la façon dont je mange. De la viande et du poisson frais en abondance. La hutte Quonset n'est pas faite pour les grands froids. La neige glisse du toit, mais le métal est un piètre isolant. Nous laissons le fourneau à bois brûler nuit et jour. Nous serions mieux dans un igloo. L'avion, lui, est installé comme un roi dans sa planque. Je ne devrais pas me plaindre puisque j'ai la chance de piloter ce bébé ! Je n'arrive pas à concevoir qu'un engin aussi gros puisse se manœuvrer comme un chasseur. C'est vraiment l'avion du futur." »

Austin interrompit sa lecture. « Il continue en disant qu'il a le mal du pays et qu'il sera heureux de rentrer.

— Dommage que Martin n'ait pas pu profiter de ce futur. Il se sentait prisonnier mais n'imaginait pas qu'il était aussi condamné à mort.

— Martin n'est ni le premier ni le dernier patriote sacrifié à la bonne cause ou à ce que les grands de ce monde estiment être la bonne cause. Malheureusement, il n'aura jamais la satisfaction de savoir que, grâce à son petit journal, nous trouverons le chemin de son No-name.

— C'est encore plus abscons que ce code qu'ils utilisaient durant la guerre : "Quelque part dans le Pacifique".

— C'est ce que je pensais moi aussi, jusqu'à ce que je me rappelle une histoire qu'on m'a racontée voilà des années. Il paraît qu'un officier de la Bristish Navy croisant sur les côtes de l'Alaska, dans les années 1850, a aperçu une terre ne figurant pas sur sa carte. Il écrivit donc " ? Name". Le dessinateur de l'Amirauté qui recopia la carte prit le point d'interrogation pour un *C* et le *a* de *Name* pour un *o*. *No Name* est devenu *Cape Nome* puis *Nome*. Maintenant, écoute ça :

"Partis de Seattle. Voyage sans encombre. L'avion se manœuvre comme dans un rêve. Avons atterri 30 minutes après No-name. "

— Quelle était la vitesse de croisière de l'aile ? » demanda Zavala. « Entre sept cents et huit cents kilomètres heure.

— Ce qui nous fait trois cents à quatre cents kilomètres après Nome.

— Tes calculs recoupent les miens. Et voilà où ça commence à devenir intéressant :

"Quand j'ai enfin aperçu l'endroit où on nous emmenait, j'ai dit aux gars que, vu de là-haut, ça ressemblait au nez de Doug. "

— Au nez de dogue ?

— Non, il s'agit du prénom Doug !

— Il n'y a guère que quelques millions de types qui s'appellent Doug. Ça réduit les recherches », fit Zavala d'un air las. « Ouais, je sais, j'ai eu la même réaction que toi avant de lire la suite. *Tout ce qu'il lui manque pour ressembler au vieil Eagle Beak, c'est une pipe en bois.*

— Douglas MacArthur. Qui pourrait oublier ce profil ?

— Sûrement pas quelqu'un qui vient de participer à la Seconde Guerre mondiale. En plus, Nome n'est qu'à 250 kilomètres de la Russie. J'ai pensé que ça valait le coup de demander quelques clichés satellite. Pendant que tu traversais le continent, j'examinais ces photos à la loupe. »

Il tendit les prises de vues à Zavala qui les observa quelques minutes avant de secouer la tête, dubitatif. « Je ne vois rien qui ressemble à un bec d'aigle.

— Je ne l'ai pas trouvé non plus. Je t'avais bien dit que ce ne serait pas facile. »

Ils étaient encore penchés sur les clichés et la carte lorsque le pilote de la NUMA annonça que l'avion amorçait sa descente vers l'aéroport de Nome. Ils rassemblèrent leur équipement dans deux sacs et se tinrent prêts. L'appareil freina sur le tarmac d'un aéroport petit mais moderne. Un taxi les conduisit en ville en empruntant l'une des trois routes bitumées à deux voies de la région. Malgré le soleil luisant, le paysage leur sembla terriblement monotone. Bien qu'on aperçoive au loin les Kigluaik Mountains, la toundra n'en restait pas moins ce qu'elle était, une étendue plate et sans arbres. Le taxi les conduisit sur Front Street, longea les eaux gris-bleu de la mer de Béring, dépassa l'hôtel de ville « début de siècle », terminus de la course de chiens de traîneau Iditarod, et les déposa sur le port de commerce et de pêche où l'hydravion qu'ils avaient loué les attendait, le réservoir plein.

Zavala fut tout heureux de prendre possession de l'engin, un Maule M-7 monomoteur capable de décoller et d'atterrir sur une distance réduite. Pendant que Joe effectuait les dernières vérifications nécessaires, Austin alla chercher quelques sandwiches et du café chez Fat Freddie's. Leurs bagages légers contenaient essentiellement des vêtements. Austin avait quand même emporté son fidèle revolver Bowen, et Zavala, lui, s'était muni d'un pistolet mitrailleur Ingram tirant des centaines de coups à la minute. Quand Austin lui avait demandé à quoi lui servirait une telle puissance de feu, dans les plaines désolées du Nord, Zavala avait marmonné quelque chose au sujet des grizzlis.

Zavala mit le cap au nord-est, en suivant la côte. Le Maule volait à faible altitude sans dépasser les trois cents kilomètres heure. Le temps était nuageux mais il ne pleuvait pas, bien que la région de Nome soit réputée humide. Ils tombèrent bientôt dans une sorte de routine. Austin désignait une zone qui lui semblait intéressante et Zavala la survola en cercle à deux reprises. Au fur et à mesure qu'ils les couvraient, Austin ombrait les différents secteurs au crayon sur sa carte. L'excitation qu'ils avaient ressentie au début de leur quête se dissipa rapidement. L'avion avalait en bourdonnant les kilomètres de côte déchiquetée. Çà et là, des rivières en lacet et des étangs peu profonds, créés par la fonte des neiges, venaient briser la monotonie du paysage.

Pour les divertir, Austin récitait des poèmes de Robert Service que Zavala traduisait en espagnol. Mais « The shooting of Dan McGrew » lui-même ne parvint pas à leur faire oublier leur ennui. La bonne humeur coutumière de Zavala commençait à s'estomper. « On a vu des becs de perroquet, des becs de pigeon et même un bec de tortue, mais de bec d'aigle nenni », grommela-t-il.

Austin passa en revue les parties ombrées sur sa carte. Il leur restait une grande partie de la côte à inspecter. « Nous avons encore du pain sur la planche. J'aimerais continuer. Comment te sens-tu ?

— Bien, mais l'avion, lui, va bientôt avoir besoin de carburant.

— Nous venons de dépasser une sorte de village de pêcheurs. Si nous nous accordions une petite pause-déjeuner pendant que nous faisons le plein de la vieille Betsy ? »

Pour toute réponse, Zavala fit demi-tour. Ils retrouvèrent la rivière qu'ils avaient survolée quelques minutes plus tôt et la suivirent pendant dix minutes environ jusqu'à ce qu'ils aperçoivent un groupe de cabanes en préfabriqué. Deux hydravions étaient amarrés à la rive. Zavala repéra une ligne droite sur la rivière et décida de s'y poser. L'appareil perdit de l'altitude jusqu'à frôler la surface de l'eau. Après avoir effectué un amerrissage proche de la perfection, Zavala gara le Maule près d'une jetée rongée par les intempéries. Les voyant arriver, un jeune homme trapu au visage lunaire leur lança un filin. « Bienvenue à Tinook Village, 170 habitants, tous parents ou presque », dit-il en leur adressant un sourire aussi radieux qu'un rayon de soleil sur de la neige fraîche. « Je suis Mike Tinook. »

Tinook ne semblait pas surpris de voir deux étrangers tomber du ciel dans ce village perdu. En Alaska, les distances sont tellement vastes que les gens n'hésitent pas à parcourir des centaines de miles rien que pour prendre un petit déjeuner. En dehors d'Anchorage, les contacts humains sont tellement rares que la plupart des Alaskéens, à peine se sont-ils présentés, commencent déjà à vous raconter leur vie. Ainsi, Mike leur parla de son enfance au village, de son séjour à Anchorage où il avait travaillé comme mécanicien aéronautique et de son retour définitif au pays.

Austin lui expliqua qu'ils appartenaient à l'Agence nationale marine et sous-marine. « Vous ne ressemblez pas à des fonctionnaires, dit Tinook d'un air entendu. Trop propres pour être des prospecteurs ou des chasseurs et trop sûrs de vous pour être des touristes. Il y a quelques années, une équipe de la NUMA a été parachutée par ici. Ils faisaient des recherches dans la mer de Chukchi. Et vous, qu'est-ce qui vous amène au Pays du Soleil de Minuit ?

— Nous effectuons une sorte de repérage géologique mais je dois avouer que nous n'avons pas eu beaucoup de chance jusqu'ici, avoua Austin. Nous recherchons un bout de terre qui s'avance dans l'eau. Un truc qui ressemble à un bec d'aigle. »

Tinook secoua la tête pour exprimer son ignorance. « C'est mon avion, là-bas. Quand je ne pêche pas ou ne garde pas le troupeau de rennes, j'aime bien voler. Mais ce que vous dites ne m'évoque rien. Venez donc au magasin. Nous regarderons sur une carte. » Ils escaladèrent quelques marches branlantes pour accéder au bâtiment en contreplaqué. C'était le genre de boutique qu'on trouve partout en Alaska, tenant à la fois de l'épicerie, de la pharmacie, de la quincaillerie, du bazar et du magasin d'articles de chasse. Tous les clients y trouvaient leur bonheur, qu'ils soient à la recherche d'insectifuge, de nourriture en conserve, de pièces de rechange pour les engins d'expédition polaire ou de cassettes vidéo.

Tinook examina une carte murale de la région. « Que dalle. Rien qui ressemble un tant soit peu à un bec d'aigle. » Il se gratta la tête. « Vous devriez peut-être aller voir Clarence.

— Clarence ?

— Ouais, mon grand-père. Il se balade pas mal dans le secteur et il aime bien voir de nouvelles têtes. »

Austin leva les yeux vers le ciel. Pressé de repartir, il réfléchissait à une manière diplomatique de prendre congé, quand il remarqua un fusil accroché au mur derrière le comptoir et s'avança pour y jeter un coup d'œil. Il s'agissait d'un Carbine M1, le fusil équipant les fantassins américains pendant la Seconde Guerre mondiale. Il avait déjà vu des M1, mais celui-ci était flambant neuf. « C'est votre arme ? » demanda-t-il à Tinook. « Mon grand-père me l'a donnée mais, pour chasser, j'utilise mon propre fusil. Ce truc a une sacrée histoire derrière lui. Vous êtes sûrs de ne pas vouloir parler à Clarence ? Cela pourrait vous être utile. »

Zavala remarqua qu'Austin s'intéressait de nouveau à la conversation. « En fait, j'aimerais bien me dégourdir un peu les jambes. De toute façon, nous ne risquons pas d'être surpris par la nuit. »

La remarque de Joe relevait du bon sens. Le soleil luisait plus de vingt-deux heures par jour et même durant les deux heures de « nuit », l'obscurité n'était jamais totale.

Mike les escorta le long d'une rue boueuse. Ils dépassèrent d'autres cabanes, des bandes de gamins aux visages lunaires, des huskies endormis, et des casiers emplis de saumons pourpres séchant au soleil. L'homme se dirigea vers la porte d'une cabane plus petite que les autres et frappa. Une voix à l'intérieur leur dit d'entrer. Ils franchirent le seuil d'une maison composée d'une seule pièce où l'odeur de la fumée de bois se mêlait à celles de cuisine. Quelque chose comme de la viande cuisait sur un fourneau de camping. L'endroit était chichement meublé d'un lit-placard poussé dans un coin et d'une table couverte d'une toile cirée rouge et blanche à carreaux. Assis à la table, un vieillard d'âge glaciaire peignait avec application une statuette d'environ vingt centimètres de haut, représentant un ours polaire. Non loin de là, s'alignaient des loups et des aigles pareillement décorés. « Grand-père, ces messieurs aimeraient que tu leur racontes l'histoire de ton fusil. »

Au milieu de son visage sillonné de milliers de rides, ses yeux bridés aux prunelles sombres pétillaient d'intelligence et de bonne humeur. Clarence portait des lunettes à la monture foncée et sa tignasse argentée était nettement séparée par une raie sur le côté. Le sourire qui s'épanouit sur sa bouche parut se communiquer à toute sa mâchoire. Il devait avoir dans les quatre-vingts ans mais sa poignée de main était terriblement vigoureuse. En fait, il semblait encore capable de terrasser un lion. Sa voix, contrairement à son imposante silhouette, était aussi douce que le murmure de la neige balayée par le vent.

Son petit-fils ajouta : « Il faut que je retourne au magasin. Je ferai en sorte que votre avion soit ravitaillé en carburant au moment où vous reviendrez.

— Je fabrique ces petites choses pour les boutiques de souvenirs d'Anchorage », dit Clarence, en laissant de côté l'ours polaire et la peinture. « Content que vous passiez dans le coin. Vous arrivez à point nommé pour le déjeuner. » Il désigna deux chaises bancales et, sans écouter les protestations de ses visiteurs, remplit de ragoût des bols de porcelaine ébréchés, ornés de motifs représentant des saules pleureurs. Il en avala une bonne cuillerée comme pour leur démontrer que sa cuisine était comestible. « Comment trouvez-vous ça ? »

Non sans hésitation, Austin et Zavala goûtèrent le ragoût et déclarèrent qu'il était très bon.

Le vieil homme rayonnait de plaisir. « C'est du caribou ? » demanda Zavala.

Clarence tendit la main vers une poubelle dont il sortit une boîte de ragoût de bœuf Dinty Moore. « Mike est un brave garçon », dit-il. « Sa femme et lui m'achètent des trucs qui m'évitent de faire la cuisine. Ils s'inquiètent pour moi parce que je suis seul depuis la mort de ma femme. J'aime les visites, mais je ne veux pas vous ennuyer. »

Austin regarda autour de lui. Les murs étaient ornés de harpons primitifs et de pièces d'artisanat esquimo. Formant un étonnant contraste avec le redoutable masque de morse suspendu près d'elle, on voyait une reproduction d'un tableau de Norman Rockwell montrant un garçon assis dans un fauteuil de dentiste. Il y avait aussi des photos de famille, dont plusieurs représentaient une femme belle et vigoureuse. Sans doute l'épouse du vieil homme. Mais l'objet le plus surprenant, dans ce contexte, n'était autre qu'un ordinateur posé dans un coin. « C'est sensationnel. Le satellite permet aux enfants de savoir ce qui se passe dans le reste du monde. Et sur cette machine, je peux discuter avec qui je veux, si bien que je ne suis jamais seul. »

Austin déduisit de ce discours que grand-père Tinook n'était pas un vieux radoteur aigri. Il regrettait d'avoir tant hésité à le rencontrer. « Si cela ne vous dérange pas, nous aimerions beaucoup entendre votre histoire », dit-il.

Grand-père Tinook expédia bruyamment les dernières miettes de son ragoût, posa les bols dans l'évier et se rassit. Il plissa les yeux comme si la mémoire lui faisait défaut, mais quand il se mit à parler, il le fit aussi clairement que s'il venait de relire ses notes. « Un jour, il y a bien longtemps de cela, j'étais parti chasser. On avait du bon poisson, des truites, des saumons, et aussi des renards qu'on attrapait avec des pièges, sans parler des troupeaux de caribous. Je ne revenais jamais bredouille. Je possédais une petite barque en aluminium et un bon moteur. Ça m'était bien utile. Parfois j'étais trop loin de chez moi pour rentrer après une journée de chasse. C'est comme cela que j'ai pris l'habitude de passer la nuit sur l'ancien terrain d'aviation. »

Austin jeta un coup d'œil à Zavala. L'Alaska est parsemée de terrains qui n'avaient d'aviation que le nom. « Où se trouvait ce terrain ? » demanda-t-il. « Vers le nord. Il datait de la Grande Guerre et servait d'escale aux avions que le pays livrait à la Russie. On y trouvait aussi des dirigeables pour la surveillance des sous-marins. Il n'en restait pas beaucoup. Il y avait une hutte où je pouvais faire du feu, me réchauffer et me sécher. J'entreposais du gibier et je le fumais en attendant l'heure de rentrer à la maison.

— Cela remonte à quand ?

— Oh, ça fait bien cinquante ans. Ma mémoire n'est plus ce qu'elle était. Pourtant, je me souviens du jour où ils m'ont dit de ne plus revenir.

— Ils ? »

Le vieil homme hocha la tête. « Pendant des mois, je n'ai vu personne. Puis, une fois, voilà que deux hommes blancs arrivent en avion. J'étais en train de préparer une truite. Ces deux-là n'avaient pas l'air commode. Ils me sortent leurs badges, disent qu'ils travaillent pour le gouvernement et qu'ils veulent savoir ce que je fabrique ici. Je leur donne du poisson, alors ils s'adoucissent et disent qu'il va y avoir un grand secret à la base et que je ne peux plus y aller. Mais ils veulent bien acheter la viande et le poisson frais que je leur apporterai. L'un d'eux m'a donné le fusil que vous avez vu pour que je puisse tuer du gibier. Je leur ai vendu des quantités de gibier et de poisson, mais jamais à la base. On se rencontrait à mi-chemin.

— Vous avez vu des avions ?

— Bien sûr, il en passait des tas dans un sens et dans l'autre. Un jour que je chassais, j'en ai entendu un qui faisait autant de raffut que des centaines de torrents. Gros comme ce village tout entier et d'une forme complètement dingue.

— Quel genre de forme ? »

Il s'avança vers le mur et décrocha un harpon. Touchant la pointe de métal acérée du bout de son doigt, il dit : « Quelque chose comme ça. »

Le regard d'Austin se durcit. « Pendant combien de temps avez-vous chassé pour ces hommes ?

— Quelque chose comme six mois, je pense. Un jour, ils se sont pointés et m'ont dit qu'ils n'avaient plus besoin de mes services. Que je devais rester à l'écart du terrain d'aviation. Ils ne voulaient pas que je marche sur une mine. Ils ont ajouté que je pouvais garder le fusil. Après, ils sont partis dare-dare. »

Zavala intervint : « Nous cherchions un vieux terrain d'aviation soi-disant construit sur une terre en forme de bec d'aigle, mais nous ne l'avons pas trouvé.

— Oh, je m'en doute bien, cet endroit était comme ça autrefois. Mais avec la glace et le vent, il a changé. L'été, les rivières débordent et inondent tout. La terre n'a pas le même aspect qu'à l'époque. Vous avez une carte ? »

Kurt sortit la carte de sa veste et la déplia.

Le gros doigt de grand-père Tinook se posa sur un secteur ombré au crayon. « C'est juste là », précisa-t-il. « Nous avons dû survoler cette région », supposa Zavala. « Dites-moi, fit Austin, ces hommes vous ont-ils donné leurs noms ?

— Bien sûr, ils ont dit qu'ils s'appelaient Riri et Fifi. »

Zavala gloussa : « Je suppose que Loulou était occupé ailleurs. »

Le vieillard haussa les épaules. « J'ai lu Donald le Canard quand je travaillais sur des bateaux de commerce à Anchorage. Ils s'imaginaient que j'avais passé ma vie à bouffer du lard de baleine. Je ne les ai pas détrompés.

— Vous avez probablement bien fait.

— Comme je disais, c'étaient des hommes pas commodes, et pourtant nous sommes devenus de très bons amis. Après la guerre, je suis retourné sur l'ancienne base. Je suppose qu'ils m'avaient parlé des mines juste pour me faire peur et m'empêcher d'approcher. J'avais l'impression qu'il y avait quelque chose de pourri là-bas. » Il s'interrompit et prit un air pensif. « Vous pouvez peut-être me le dire. Je n'ai jamais cessé de me poser la question. Quel était ce grand secret ? Nous ne combattions pas les Japonais. La guerre était terminée.

— Certains hommes ne peuvent vivre sans faire la guerre, répondit Austin. Quand ils n'en ont pas, ils en trouvent une.

— Ça me semble dingue, mais je ne sais quoi en penser. Bon, c'était il y a des années de cela. Qu'est-ce que vous allez chercher dans ce coin, les gars ? »

Austin ne trouva rien à répondre. Une fois n'était pas coutume. Il aurait pu dire qu'il était primordial de découvrir une étrange substance appelée anasazium avant que Gogstad mette la main dessus et joue un tour de cochon à la planète. Mais son hésitation avait en fait des causes plus profondes. L'histoire du père de Buzz Martin l'obsédait, elle offensait son sens de la justice.

Aussi se contenta-t-il de dire : « Il était une fois un petit garçon qui assistait aux funérailles de son père, alors que son père n'était pas mort. »

Le vieillard hocha la tête d'un air solennel comme s'il avait parfaitement compris.

Austin se reprit aussitôt. Il ne pensait plus qu'à la mission qui l'attendait. « Merci beaucoup de nous avoir conté votre histoire, dit Kurt en se levant. Et pour le déjeuner, aussi.

— Attendez », s'écria Clarence. Il regarda attentivement les statuettes de bois qu'il venait de sculpter, en prit deux et les tendit à chacun de ses invités. « Prenez-les. L'ours pour la force et le loup pour la ruse. »

Austin et Zavala remercièrent le vieil homme de sa générosité. « Ça me rassure de vous donner un peu de chance après ce que je vous ai dit. J'ai l'impression que si vous vous rendez sur cette vieille base, vous en aurez besoin. »

30

LA PREMIÈRE FOIS QU'ILS L'AVAIENT SURVOLÉ, le reflet aveuglant du soleil sur les flots les avait empêchés de remarquer le Bec d'Aigle. N'apparaissait qu'une fine bande de toundra, comme un croissant, à l'intérieur d'une plaine côtière inondée, au fond d'une baie en forme de poire. Zavala fit obliquer l'avion afin que la ligne sombre du profil du général MacArthur se dessine sous la surface translucide de l'eau. Austin leva les pouces. *C'est bien cela*. Puis les pointa vers le bas. *Atterris*.

L'avion descendit à quelque soixante mètres et survola la langue de terre incurvée mesurant quinze cents mètres de long sur sept cents de large. Un marais d'eau bourbeuse en rongeait les rives, déformant leur tracé originel. A cela, s'étaient ajoutés les ravages du vent et de la glace. « Essaie de te rapprocher de ces moraines », dit Austin en montrant les monticules peu élevés, sculptés par les glaciers qui commençaient là où la péninsule rejoignait la terre ferme.

Zavala toucha la visière de sa casquette de la NUMA. « Pas d'angoisse. Ce bébé est capable de se poser sur une tête d'épingle. Attends-toi à un atterrissage exemplaire. »

Austin avait toute confiance dans les talents de pilote de son partenaire. Zavala comptait des centaines d'heures de vol à son actif et avait piloté toutes sortes d'aéronefs. Pourtant, Austin avait parfois l'impression qu'il se comportait comme le chien Snoopy prenant sa niche pour un Sopwith Camel de la Première Guerre mondiale. Il évacua cette pensée de son esprit. De nouveau, Zavala décrivit un cercle au-dessus de la langue de terre, descendit en vol plané et réduisit sa vitesse jusqu'à ce que les flotteurs de l'avion effleurent l'eau peu profonde.

L'appareil s'apprêtait à se poser en douceur quand ils entendirent un choc sourd et puissant sous leurs pieds, suivi par un bruit douloureux de métal qui se déchire. L'avion se mit à tourner comme un manège de chevaux de bois. Les deux hommes furent projetés contre leurs ceintures de sécurité telles des poupées de chiffon. L'avion finit par retrouver un équilibre précaire. Pris de court, Zavala parvint malgré tout à couper le moteur.

Tandis que le tournoiement de l'hélice ralentissait, Austin se toucha la tête pour s'assurer qu'elle était encore bien posée sur ses épaules. « Si c'est ça un atterrissage exemplaire, je préfère ne jamais assister à un atterrissage *raté*. Et cette fameuse tête d'épingle, alors ? »

Zavala rajusta sa casquette de base-ball et remonta sur son nez ses lunettes de soleil à verres réfléchissants. « Désolé », dit-il avec une humilité dont il n'était guère coutumier. « Ils doivent fabriquer des épingles plus grosses qu'autrefois. »

Austin hocha la tête et proposa d'aller inspecter les avaries. Ils sortirent, grimpèrent sur les flotteurs et c'est là qu'ils eurent droit au comité d'accueil. Assaillis par un nuage de moustiques aussi gros que des condors et assoiffés de sang humain, ils furent contraints de se retrancher dans le cockpit. Après s'être copieusement aspergés de répulsif pour insectes, ils se hasardèrent à remettre le nez dehors. Quand ils émergèrent de l'avion, ils s'enfoncèrent dans soixante centimètres d'eau. S'approchant du flotteur de droite, ils en examinèrent le métal tordu. « Il va falloir qu'on trouve quelque chose à raconter à l'agence de location, mais on pourra quand même redécoller », fit Zavala. Il parcourut en pataugeant les quelques dizaines de mètres sur lesquels leur avion avait atterri. Quelques instants plus tard, il se pencha et dit : « Hé, regarde un peu ici. »

Austin s'avança vers un piquet métallique recouvert de quelques centimètres d'eau. Tout en haut du piquet, le métal endommagé était plus brillant ; des fils électriques en sortaient. « Félicitations, dit Austin. Je pense que tu as trouvé une balise d'atterrissage.

— Le flair infaillible de Zavala », déclara Joe comme s'il avait heurté à dessein la balise d'atterrissage. Il se mit à chercher tout autour et, quelques minutes plus tard, tomba sur une autre balise. La lentille et la douille de cette dernière étaient encore intactes.

Austin inspecta les alentours pour tenter de se repérer. On comprenait aisément pourquoi cette région reculée avait été choisie pour abriter un terrain d'atterrissage secret. Le terrain aussi plat que le pont d'un porte-avions avait nécessité peu d'aménagements. Il tourna son regard vers les collines. Le soleil éclaboussait une dentelle de ruisseaux se déversant dans le lac qui recouvrait la langue de terre.

Ils déchargèrent l'avion, jetèrent leurs sacs sur leurs épaules et marchèrent péniblement dans l'eau vers les collines distantes de moins de quatre cents mètres. Leurs bottes gardaient leurs pieds au sec, mais l'eau s'infiltrait dans leurs pantalons de Gore-Tex. Fort heureusement, la température avoisinait les dix degrés centigrades. De moins en moins profonde, l'eau se transforma bientôt en un marais spongieux, puis ils s'enfoncèrent dans le permafrost qui craquait sous leur poids. Devant eux, telles des taches colorées, s'étalaient renoncules, crocus sauvages et coquelicots. Ils tombèrent sur d'autres feux d'atterrissage, tous alignés en direction des collines. A un moment, ils s'arrêtèrent et observèrent un grand vol d'eiders ressemblant à une traînée de fumée sombre. Le silence surnaturel qui enveloppait ces lieux était tel qu'ils avaient l'impression de se trouver sur une autre planète.

Poursuivant leur randonnée, ils parvinrent au pied d'un monticule qui s'élevait abruptement du sol. La colline allongée et arrondie au sommet ressemblait vaguement à une miche de pain. A travers l'épaisse végétation qui la recouvrait presque entièrement, on apercevait des blocs de rochers noirs parsemés de lichens et de mousse. La butte se dressait là, solitaire, séparée des autres collines par plusieurs centaines de mètres. Austin trouvait cela étrange. Il fit part de son étonnement à Zavala.

« Tu as remarqué comme la terre est plate autour de cette éminence ?

— Si j'étais géologue, je serais peut-être capable de t'expliquer pourquoi.

— Ce qui m'intrigue le plus ce sont ces feux d'atterrissage. Ils mènent tout droit à cette colline. »

Pendant un instant, il en examina une partie exposée, recula son visage et fit courir ses doigts sur la surface brillante. Avec la lame de son couteau suisse, il gratta le rocher dont il détacha un morceau de la taille de sa paume qu'il observa attentivement. Puis dans un grand sourire, il le tendit à Zavala. « De la peinture », fit Zavala avec étonnement, en tâtant la surface dénudée par le couteau d'Austin. « De la tôle et des boulons. On s'est donné beaucoup de mal pour cacher ce truc. »

Austin recula de quelques pas et leva les yeux vers le sommet de la butte. « Clarence Tinook a parlé d'une ancienne base de dirigeables. Il y a peut-être un hangar à dirigeables là-dessous.

— C'est tout à fait sensé et, en plus, cela confirmerait notre théorie selon laquelle ils utilisaient une base existante. La question suivante est : comment y accéder ?

— Essaie de dire "sésame ouvre-toi" et croise les doigts. »

Zavala s'éloigna de quelques pas et murmura la fameuse phrase tirée d'*Ali Baba et les quarante voleurs*. Comme rien ne se passait, il fit un autre essai, cette fois en espagnol, sans obtenir davantage de résultats. « Connais-tu d'autres formules magiques ? » demanda-t-il à Austin. « Tu viens d'épuiser tout mon répertoire », dit Kurt en haussant les épaules.

Ils passèrent derrière le hangar. Surgissant du permafrost, on voyait apparaître les fondations de plusieurs petits bâtiments, peut-être d'anciennes huttes Quonset. Dans une décharge, s'entassaient des boîtes de conserve rouillées et du verre brisé. Mais ils cherchèrent en vain une entrée sur le monticule.

Ce fut Zavala qui tomba, au sens propre, sur l'entrée en question.

Austin marchait quelques pas devant son partenaire quand il entendit un cri et se retourna vivement. Joe avait disparu, comme avalé par la terre. Venant corroborer cette impression, l'écho fantomatique de sa voix surgit des entrailles de la terre. Il jurait dans la langue de ses ancêtres. C'était à vous donner le frisson. Revenant prudemment sur ses pas, Austin découvrit Zavala au fond d'un trou recouvert par la végétation. Austin était passé à côté sans le voir. « Tu vas bien ? » lança Austin.

Il y eut encore quelques invectives assourdies, puis : « Ouais, les branches qui recouvraient ce foutu trou ont amorti ma chute. Descends donc. Il y a des marches. »

Austin rejoignit Zavala au fond du puits profond de deux mètres cinquante environ. Joe se tenait devant une porte entrouverte faite d'un acier lourd riveté. « Laisse-moi deviner, grogna Austin. Le flair infaillible de Zavala.

— Quoi d'autre ? » dit Zavala.

Austin sortit de son sac une lampe halogène, petite mais puissante. D'un petit coup d'épaule, il poussa la porte qui s'ouvrit bruyamment et franchit le seuil, Zavala sur les talons. Ils reçurent en plein visage une bouffée d'air froid et fétide, comme s'ils se tenaient devant le climatiseur d'un mausolée. Le faisceau de lumière éclaira un corridor dont les murs et le plafond en béton, loin d'isoler l'endroit du permafrost, semblaient au contraire intensifier le froid. Remontant le col de leurs vestes, ils s'engagèrent dans le corridor.

Plusieurs portes ouvraient sur le couloir principal du bunker souterrain. Austin promena sa torche dans chacune des pièces. L'une d'entre elles devait être un dortoir puisqu'elle contenait des cadres de lit rouillés et des matelas tombant en poussière. Plus loin, se trouvaient une cuisine et un garde-manger. La dernière pièce était la salle des communications. « Ils sont partis en quatrième vitesse », fit remarquer Zavala. On aurait dit que les tubes à vide et les armoires radios avaient été détruits à coups de marteau.

Ils continuèrent leur inspection. Plus loin, dans le sol du couloir, s'ouvrait un large trou rectangulaire. Le grillage de métal qui le recouvrait était presque entièrement rongé par la rouille. Austin pointa sa torche vers le fond du puits. « Un système de ventilation ou de chauffage, sans doute.

— J'étais en train de penser à ce que Clarence Tinook disait au sujet des mines », dit Zavala. « Espérons qu'il s'agisse d'une fable destinée à éloigner les chasseurs et les pêcheurs », dit Austin. « Il a peut-être dit *mimes*, et pas *mines*.

— C'est pas plus rassurant », répondit Zavala.

Le corridor se terminait par quelques marches conduisant à une autre porte d'acier. Ils se dirent qu'ils étaient arrivés sous le hangar. Cette histoire de mines était peut-être une fable, mais Austin n'était pas entièrement rassuré quand il ouvrit la porte et la franchit après avoir respiré profondément. Il sentit aussitôt un changement dans l'atmosphère. Le froid était moins mordant et l'odeur moins nauséabonde que dans le bunker en béton. Recouvrant les relents de moisi, il renifla des émanations de gasoil, d'essence et de métal chauffé.

Sur le mur à la droite de la porte, il repéra un interrupteur. Un écriteau indiquait en lettres peintes : « Générateur ». Austin fit signe à Zavala d'actionner l'interrupteur. Au début, rien ne se passa.

Puis on entendit un déclic et une série de crépitements semblables aux hoquets produits par un vieux moteur qu'on allume. Très haut au-dessus d'eux, des lumières se mirent à briller faiblement avant de se décider à éclairer franchement les plafonds voûtés d'une vaste cave artificielle. Zavala resta sans voix. Au centre du hangar, se dressait un monstre aux ailes noires, pareil à ces anges vengeurs tout droit sortis des légendes nordiques.

Il s'avança vers l'arrière de l'engin en forme de cimeterre, tendit timidement la main pour toucher l'un des empennages verticaux qui descendaient de la queue du fuselage. « Superbe », murmura-t-il comme s'il parlait d'une jolie femme. « J'ai lu des choses au sujet de cet avion, j'ai vu des photos, mais je ne l'aurais jamais cru si magnifique. »

Austin s'approcha de lui et considéra l'immense surface d'aluminium moulé. « Soit nous sommes tombés sur le repaire de Batman soit nous venons de trouver l'aile volante fantôme depuis longtemps disparue », dit-il.

Zavala passa sous le fuselage. « J'ai lu quelque part que ces empennages ont été rajoutés pour renforcer la stabilité, quand ils sont passés des hélices aux réacteurs. Il mesure plus de cinquante mètres d'un bout d'une aile à l'autre.

— Soit la moitié de la longueur d'un terrain de football », précisa Austin.

Zavala hocha la tête. « C'est l'avion le plus grand de son époque bien qu'il ne fasse que quinze mètres du nez à la queue. Vise un peu ces réacteurs. Sur le modèle original, tous les huit étaient enfermés à l'intérieur du fuselage. Ensuite, ils ont suspendu ces deux-là sous l'aile afin de libérer de l'espace pour le réservoir. Cela correspond à ce que tu disais au sujet des modifications destinées à accroître son autonomie. »

Ils contournèrent l'engin pour se placer devant le nez. Vues sous cet angle, ses lignes aérodynamiques étaient encore plus impressionnantes. Malgré ses deux mille tonnes, l'avion semblait à peine peser sur son train d'atterrissage tripode. « Jack Northrop a vraiment fait fort quand il a conçu cette belle dame », répondit Austin.

« Je te crois. Regarde cette silhouette élancée. Il n'y a presque aucune surface détectable par radar. Ils l'ont même peint en noir comme les avions furtifs. Voyons l'intérieur », dit Zavala, impatient.

Ils empruntèrent une échelle sortant d'une trappe aménagée dans l'appareil et progressèrent le long d'une courte rampe. Comme le reste de l'avion, le pont de vol n'avait rien d'ordinaire. Zavala s'assit dans le siège tournant du pilote et, grâce à une commande manuelle, le haussa d'un mètre vingt jusqu'au bulbe de Plexiglas. Ils regardèrent étonnés le tableau de bord qui se trouvait à la gauche de la ligne centrale de l'aile. Les commutateurs et les instruments conventionnels étaient situés entre le pilote et le copilote dont le fauteuil se trouvait à un niveau inférieur. Les manettes des gaz, suspendues au-dessus de leurs têtes, ressemblaient à celles des hydravions de la Navy comme le *Catalina.* « Visibilité fantastique, dit Zavala. On dirait un véritable avion de combat. »

Austin s'était installé sur la droite, dans le siège du copilote. Les hublots placés sur la tranche avant de l'aile lui permettaient de voir ce qui se passait à l'extérieur. Tandis que Zavala caressait amoureusement les manettes, Austin partit explorer le reste de l'avion. Devant le siège de l'ingénieur de vol, situé trois mètres environ derrière celui du copilote, s'étalait une série de jauges impressionnante. Il aurait été incapable de s'y retrouver. Austin se dit que les choses étaient mal disposées, mais fut surpris par la hauteur du plafond, le petit dortoir et la cuisine. Toutes ces commodités indiquaient que l'avion était conçu pour de longues missions. Il essaya le fauteuil du bombardier et se tourna vers le hublot, en tentant de s'imaginer survolant le désert de Sibérie. Puis il se mit à quatre pattes pour visiter les soutes des bombes. Quand Austin regagna le cockpit, Zavala était toujours à la place du pilote, les mains sur les commandes. « Tu as trouvé quelque chose là-bas derrière ? » demanda-t-il à Austin. « Justement non », dit Austin. « Les emplacements des bombes sont vides.

— Pas d'obus ?

— Pas même une bombe à eau. » Il adressa un sourire à Zavala. « Alors, on est tombé amoureux fou de la vieille dame, pas vrai ? »

Zavala prit un air lascif. « Un véritable coup de foudre. Les vieilles dames m'ont toujours attiré. Je vais te montrer quelque chose. Cette petite chérie est loin d'être morte. » Ses doigts jouèrent sur le tableau de bord. Les cadrans et les jauges s'éclairèrent d'une lumière rouge. « Ses réservoirs sont pleins. Elle est prête à partir », dit Austin d'un ton incrédule.

Zavala hocha la tête. « Elle est sûrement branchée sur le générateur. Il n'y a aucune raison pour que ce truc ne démarre pas. Il fait froid et sec dans ce hangar et ils l'ont parfaitement entretenu jusqu'à ce qu'ils quittent les parages.

— En parlant de parages, si nous allions y jeter un coup d'œil ? »

Zavala sortit du cockpit comme à regret. Ils descendirent de l'avion et firent le tour du hangar. De toute évidence, l'espace avait été aménagé en fonction de la présence et des besoins de l'avion. Près de lui, se trouvaient des ascenseurs hydrauliques et des grues, de l'équipement d'essai, des pompes à fuel et à essence. Joe s'arrêta ébahi devant un mur où pendaient des outils aussi propres que des instruments chirurgicaux. Austin passa la tête dans une pièce de stockage et depuis la porte regarda ce qu'il y avait à l'intérieur avant d'appeler Zavala.

Du sol au plafond, étaient empilées des douzaines de cylindres brillants, pareils à celui qu'ils avaient trouvé sur la côte de Basse-Californie. Avec maintes précautions, Austin en souleva un pour le soupeser. « Il est bien plus lourd que le conteneur vide que je garde dans mon bureau.

— Anasazium ?

— Le flair infaillible d'Austin », dit Kurt avec un sourire. « Tu dois admettre que c'est la chose que nous cherchons depuis le début.

— C'est probable. Mais à présent je sais pourquoi Martin est tombé amoureux de cet avion.

— Espérons que cette passion ne te sera pas aussi fatale qu'à lui. Pour l'instant, voyons ce qu'il est souhaitable de faire. »

Zavala passa en revue le contenu de la pièce de stockage. « Il va nous falloir quelque chose de plus gros que le Maule pour emporter ces trucs. »

Austin répliqua : « La journée a été bien remplie. Rentrons à Nome. Nous appellerons des renforts. Je ne tiens pas à ressortir par où nous sommes entrés. Voyons s'il existe une autre issue. »

De nouveau, ils passèrent devant le nez de l'aile volante. L'avion, tourné vers le côté le plus large du hangar, faisait face au terrain d'atterrissage. Ils essayèrent une porte donnant logiquement sur l'extérieur, mais elle refusa de bouger car elle était couverte de végétation. Un grand pan de mur semblait pouvoir monter et descendre comme une porte de garage. Austin aperçut un interrupteur mural marqué « Porte ». Espérant qu'ils auraient autant de chance qu'avec le générateur, il appuya dessus d'un coup sec. Le bourdonnement d'un moteur se fit entendre, suivi de forts craquements et raclements assortis du crissement caractéristique émis par deux pièces de métal frottant l'une contre l'autre. Tournant à plein régime, les moteurs eurent raison des herbes folles qui bloquaient la porte à l'extérieur. Finalement elle s'ouvrit en vibrant puis s'arrêta brutalement. La voie était libre.

Il était près de minuit et le soleil, presque couché, répandait sur la toundra une lumière plombée. Les deux hommes sortirent puis se retournèrent. Tandis qu'ils contemplaient l'étrange avion tapi dans le hangar que le père de Buzz Martin avait surnommé *sa planque*, un fracas inattendu retentit derrière eux. Quand ils firent volte-face, ils virent un gros hélicoptère fondre sur eux comme un rapace.

L'engin passa au-dessus de l'hydravion, s'immobilisa puis effectua un tour complet sur lui-même. De l'avant de l'appareil jaillit un éclair. L'hydravion disparut dans un déploiement aveuglant de flammes jaunes et rouges. Des vagues de fumée noire s'élevèrent de la fournaise qui, quelques secondes plus tôt, était encore un avion. La toundra s'illumina sur des centaines de mètres. « Je crains que nous n'ayons perdu la caution de notre avion de location », dit Zavala.

S'étant acquitté de la première tâche figurant sur sa liste, l'hélicoptère pivota de façon à se positionner face au hangar. Depuis l'irruption de l'appareil, Austin et Zavala n'avaient pas bougé tant ils étaient sidérés. Puis Austin s'aperçut de leur vulnérabilité. Au moment où l'hélicoptère bondissait en avant, ils se mirent à courir vers le hangar. Des flammes blanches fusèrent des mitrailleuses placées de chaque côté de l'engin et des balles s'enfoncèrent dans l'eau et la boue, produisant de véritables geysers.

Dès qu'ils furent à l'intérieur du hangar, Austin appuya sur le commutateur pour refermer la porte. L'hélicoptère atterrit à quelques centaines de mètres d'eux. Des hommes en uniforme vert foncé en bondirent et se ruèrent vers le hangar, munis de leurs armes automatiques.

Malheureusement Zavala avait laissé sa mitraillette dans l'avion. Austin tenait en main son revolver Bowen et fit feu à deux ou trois reprises pour tenir en respect leurs assaillants. Puis la porte se referma d'un coup sec, rendant la fusillade à peine audible. « Nous ferions mieux de bloquer la porte arrière », dit Austin en se précipitant au fond du hangar, par où ils étaient entrés.

Ils remontèrent le corridor en courant en direction du puits. La serrure, rongée par la rouille, refusa de fonctionner. Espérant que leurs attaquants étaient aussi stupides que courageux, ils sortirent un matelas d'un dortoir et le traînèrent jusqu'à la bouche d'aération aménagée dans le sol, créant ainsi une trappe de fortune. Puis, très vite, ils s'en retournèrent et verrouillèrent la porte conduisant au hangar. Tout était silencieux, mais ils ne se faisaient aucune illusion. De toute évidence, leurs agresseurs ne voulaient pas endommager l'aile volante, mais avec quelques tirs de roquette bien ajustés ou des explosifs, les murs métalliques du hangar sauteraient comme le couvercle d'une boîte de sardines. « Qui sont ces types ? » dit Zavala en tentant de reprendre son souffle.

On entendit un coup violent contre la cloison du hangar, comme si quelqu'un en testait la solidité. Les yeux coraliens d'Austin balayèrent l'endroit d'un bout à l'autre. « Si je ne m'abuse, nous allons bientôt le savoir. »

31

ILS ÉTAIENT PRIS AU PIÈGE. D'abord, il y eut une explosion assourdissante dont l'écho se répercuta sur chaque centimètre carré de l'acier qui les entourait, comme si le hangar était une énorme cloche. Des éclats de métal brûlant et des herbes enflammées tombèrent en pluie de l'orifice qui s'était créé dans le haut de la façade. Un rayon de lumière entrait, mais l'épais coussin de végétation et de terre qui avait envahi les abords du lieu au cours des années avait étouffé l'explosion.

Austin leva les yeux vers la tôle déchiquetée et dit : « Ils visent haut pour ne pas détruire l'avion. Ils espèrent probablement nous faire peur.

— Et ça marche, dit Zavala. J'ai très peur, en effet. »

En fait, Zavala avait l'air de tout sauf d'un homme effrayé. Il aurait quitté depuis longtemps l'Equipe des missions spéciales s'il avait été sujet aux crises de panique. Son regard parcourut calmement l'intérieur du hangar, à la recherche d'une idée.

Les échos de l'explosion s'étaient à peine évanouis qu'un choc puissant retentit contre la porte d'acier, au fond du hangar. « Autant pour notre trappe », dit Austin.

Ils coururent jusqu'à l'arrière de l'avion, attrapèrent des caisses à outils, des bancs et des coffres de rangement, tout ce qu'ils pouvaient déplacer, et les collèrent contre la porte. Cette barricade de fortune n'arrêterait leurs assaillants que quelques minutes. Ce qui se passait à l'avant du hangar, là où le plus gros des tirs semblait concentré, les inquiétait davantage. Comme ils se précipitaient sous le fuselage, Zavala leva les yeux vers les réacteurs. Les tuyaux d'échappement noirs et béants dépassant à l'arrière de l'aile ressemblaient à des fûts de canon alignés sur les remparts d'un fort. Il saisit Austin par le bras. « Regarde, Kurt, ces gicleurs sont pointés vers le mur du fond. Si nous faisions tourner les moteurs, nous pourrions organiser un accueil des plus chaleureux aux types qui s'apprêtent à entrer par la porte de derrière. »

Sans se démonter, Austin fit quelques pas sous le ventre de l'avion. Il semblait ignorer les coups insistants venant du fond du hangar. Les mains sur les hanches, il se planta devant l'appareil, là où le bord effilé de l'aile formait une pointe, et leva les yeux vers le cockpit. « Même si par bonheur nous parvenions à sortir d'ici, où irions-nous ? J'ai peut-être une meilleure idée », dit-il pensivement.

A force de travailler avec Austin, Zavala en était venu à comprendre intuitivement la manière peu orthodoxe dont fonctionnait l'esprit de son partenaire. Il saisit au vol l'idée d'Austin. « *Tu plaisantes !* » s'écria-t-il.

Mais le regard d'Austin était on ne peut plus sérieux. « Tu as dit que les systèmes fonctionnaient. Si nous sommes en mesure de faire démarrer les moteurs, à quoi bon gaspiller du carburant ? Au lieu de nous amuser à dorer sur tranche une poignée de lascars, contentons-nous de leur fausser compagnie. Admets que j'ai raison », ajouta-t-il en remarquant la lueur qui venait de s'allumer dans les yeux de Zavala. « Ça te démangeait de piloter ce truc.

— C'est vrai, mais il y a pas mal d'impondérables. Les moteurs peuvent ne pas démarrer, le carburant s'est peut-être détérioré », dit Zavala. Il dressa la liste des autres inconvénients possibles, mais tandis qu'il parlait, les commissures de ses lèvres s'ourlaient d'un sourire. Il ne croyait pas une seconde aux désastres qu'il énonçait. Austin avait réveillé le désir qui sommeillait en lui d'expérimenter tous les engins volants ayant jamais existé. « Je sais que ce ne sera pas facile. Ces camions garés là-bas servaient probablement à tirer l'avion sur la piste d'envol. Nous ne disposerons pas d'un tel luxe. Il va falloir démarrer sur les chapeaux de roues.

— Je m'estimerai déjà heureux si je parviens à démarrer tout simplement. Ces réacteurs n'ont pas fonctionné depuis cinquante ans », dit Zavala. « Contente-toi de penser à cette scène d'un film de Woody Allen, où une Volkswagen démarre au quart de tour après des siècles passés dans une cave. Ce sera du gâteau. »

Zavala lui sourit de toutes ses dents. « Il ne s'agit pas exactement d'une Volkswagen », protesta-t-il pour la forme. On voyait qu'il était impatient d'essayer. Ce n'était plus une simple question de survie mais un défi à relever. « D'abord, il va falloir que je voie si je peux décider ce vieux coucou à bouger. Nous n'irons nulle part avec ces pneus à plat. Il faut les regonfler.

— J'ai vu des manches à air, mais nous ne disposons pas de beaucoup de temps.

— Nous commencerons par les deux roues extérieures placées sous le fuselage et celle du nez. Nous nous occuperons des roues intérieures si nous le pouvons. »

Ils détachèrent rapidement le manche à air et gonflèrent les pneus. Le vrombissement du compresseur était un peu plus lent que les battements de leurs cœurs. Austin s'arrêta pour écouter. Les coups avaient cessé et pourtant la porte de derrière était encore bien verrouillée. Cette trêve pouvait signifier que leurs attaquants s'apprêtaient à la faire exploser. Mais ils n'avaient pas le temps de s'en inquiéter. Une épouvantable déflagration retentit devant le hangar, dont le souffle les projeta à plat ventre sur le sol de ciment taché d'essence. Cette deuxième roquette avait agrandi le trou déjà existant. La fumée se dégageant des herbes enflammées vint stagner sous le plafond. « Nous n'avons plus le temps ! hurla Austin. Il faudra qu'on s'arrête dans une station-service pour vérifier la pression. Laisse la cale ouverte. Dès que j'entendrai tourner les moteurs, j'appuierai sur le commutateur qui commande la porte. Et pendant qu'elle s'ouvrira, je grimperai jusqu'à l'avion.

— N'oublie pas de détacher le cordon d'alimentation électrique relié à l'aile », dit Zavala tout en courant vers la cale.

La main posée sur le commutateur, Austin se posta près du mur. Il savait que leurs chances étaient minces, mais il espérait que la technologie américaine de la dernière guerre s'avérerait efficace.

Zavala se hissa péniblement sur le haut siège du pilote et regarda d'un air inquiet l'étrange tableau de bord. Son regard s'embua. Ce serait une formation accélérée. Il cligna les yeux et se détendit, tentant de se remémorer la technique de pilotage du *Catalina*. Il ne fallait pas se préoccuper de tous les cadrans, mais se contenter de surveiller les aiguilles indiquant les problèmes. Tous les systèmes fonctionnaient parfaitement. La console coincée entre les deux stations de pilotage comportait la radio et les jauges de carburant et de vitesse. Lorsque ses doigts s'envolèrent au-dessus des boutons, les cadrans s'allumèrent comme les ampoules d'un flipper.

Retenant son souffle, il appuya sur les manettes des gaz, l'une après l'autre. Les turbines démarrèrent dans un ronflement guttural se prolongeant en un hurlement strident quand elles furent toutes enclenchées. Satisfait de constater que les moteurs tournaient, il fit un signe de la main à Austin qui se tenait toujours près du mur. Austin lui retourna son geste.

Pendant que Zavala sautait sur le siège du copilote et réglait l'alimentation en carburant, Austin manœuvra le commutateur mural. Un étroit rai de lumière s'insinua sous la porte qui se soulevait. Kurt se précipita sous le ventre de l'avion, débrancha le cordon d'alimentation, puis, au moyen du marteau qu'il avait pris soin de mettre de côté en prévision de cette tâche, il fit voler les cales bloquant les roues. Ensuite, il dut trouver son chemin à tâtons à cause de la fumée, mais bientôt il se hissa jusqu'à l'avion et referma le panneau.

Les gaz d'échappement sortirent des moteurs comme une nuée ardente et s'engouffrèrent au fond du hangar. Tout ce qui n'était pas vissé au sol fut projeté contre la paroi par l'extraordinaire puissance du souffle ou fondu par la chaleur intense qui s'en dégageait. Le fracas était tel qu'on s'entendait à peine penser. Le hangar s'emplit de gaz et de fumées aussi brûlants que suffocants.

Le souffle court, Austin s'écroula sur le siège du copilote. « Elle est toute à toi, mon vieux. »

Joe leva le pouce. « Elle est un peu excentrique mais pas si mal pour une vieille fille. »

Les yeux de Zavala étaient rivés sur la porte en train de s'ouvrir. Gardant les freins serrés, il rabattit les manettes des gaz l'une après l'autre, jusqu'à obtenir toute la puissance. S'ils avaient pu se payer le luxe d'un équipage au grand complet, Zavala aurait demandé à l'ingénieur de vol si les moteurs tournaient correctement, mais dans les circonstances actuelles, il devait se contenter de se fier à son oreille exercée. Il était impossible de distinguer un réacteur de l'autre, mais leur ronronnement continu était plutôt bon signe.

Un instant, la porte sembla résister puis elle s'ouvrit totalement. Zavala desserra les freins ; l'avion fit un bond en avant. Il appuya doucement sur les commandes des gaz et quand il ressentit la puissance de poussée se chiffrant à plusieurs milliers de tonnes, il poussa un hurlement de triomphe. L'avion s'engagea à travers l'ouverture. Mais la jubilation de Joe fut de courte durée.

Le gros hélicoptère vert se trouvait en plein milieu de la ligne de décollage. Il avait atterri juste après avoir tiré la deuxième fois dans la façade du hangar et, à présent, il était posé sur la toundra à environ sept cents mètres de là. Des hommes en uniforme vert foncé étaient postés à l'extérieur du hangar, prêts à donner l'assaut, lorsque l'aile émergea tel un monstrueux oiseau noir sortant de sa coquille. Leur surprise se mua rapidement en terreur et ils s'éparpillèrent comme des feuilles dans le vent.

Appuyé contre son appareil, le pilote de l'hélicoptère fumait une cigarette quand il vit le gigantesque engin foncer sur lui. Il se réfugia très vite à l'intérieur de la cabine. Il devait prendre une décision sans attendre. S'il restait où il était, l'avion lui rentrerait dedans. Si, dans l'urgence, il lançait des roquettes ou se servait de ses mitrailleuses, il avait une chance de percer le mince fuselage de l'aile volante. Dernière solution : décoller immédiatement.

L'attention d'Austin fut distraite par un bruit caractéristique, comme si un pic-vert géant cognait sur le fuselage. Zavala crut qu'un des moteurs était en train de se détacher et ne fut qu'en partie soulagé lorsqu'Austin lui annonça : « Ils nous tirent dessus. Tu fais décoller ce tracteur ou tu comptes rouler comme ça jusqu'à Nome ? »

En raison de la disposition inhabituelle du tableau de bord, Zavala ne pouvait voir toutes les jauges. Il se dirigea vers l'hélicoptère pour garder l'avion en ligne droite et cria à Austin de lui annoncer la vitesse. « Quarante ! » hurla Austin.

Zavala fut surpris par l'accélération rapide de l'engin, en dépit de son énorme masse et de ses pneus à demi gonflés. Il lui fallut maintenir fermement les commandes pour éviter que le nez ne s'élève. « Soixante ! »

Le train d'atterrissage rencontra la surface du lac peu profond, mais la vitesse de l'avion continuait d'augmenter. « Quatre-vingts ! »

Tandis qu'Austin annonçait les vitesses, Zavala sentit le manche s'assouplir, ce qui signifiait que l'avion était sur le point d'atteindre sa vitesse de décollage. « Cent ! »

Zavala compta jusqu'à dix, puis tira sur le manche. Les pieds des deux hommes traversèrent presque le plancher de l'avion ; ils ne pouvaient s'empêcher d'appuyer sur des pédales d'accélérateur invisibles. L'énorme engin sembla bondir vers les cieux. Zavala s'était dit qu'ils éviteraient facilement l'hélicoptère, mais l'avion fit mieux que cela. Dès qu'il commença à s'élever, ils ne virent plus rien d'autre que l'azur.

Le pilote de l'hélicoptère avait enfin décidé de l'attitude à adopter. Hélas, c'était la mauvaise. Il avait à tort estimé que l'énorme engin en forme de chauve-souris qui s'avançait lourdement vers lui heurterait immanquablement son appareil, aussi décolla-t-il presque au moment même où l'aile quittait le sol.

Du siège du copilote, Austin vit nettement l'hélicoptère prendre de la hauteur et leur couper la voie. Zavala, lui, ne comprenait pas que la collision était imminente. Il ne pensait qu'à réussir son décollage. D'après ses calculs, l'accélération rapide de l'aile aurait pour effet d'arracher les revêtements du train d'atterrissage, trop lent à se rétracter. Ce train avait été conçu pour des avions à hélices, se déplaçant moins rapidement. Les pilotes compensaient ce défaut en rentrant le train pendant que l'avion n'était qu'à quelques dizaines de mètres du sol tout en redressant fortement le nez.

Sans cette manœuvre inhabituelle, la collision eût été inévitable. Mais, en l'occurrence, les deux engins se frôlèrent sans se percuter. On entendit pourtant un horrible froissement métallique lorsque le train d'atterrissage racla les rotors de l'hélicoptère qui se désintégrèrent. L'appareil plana un instant entre ciel et terre, immobile, avant de retomber brutalement sur le sol où il explosa dans une boule de feu. L'impact fit vaciller l'aile que Zavala parvint à redresser. Ils continuèrent à grimper dans le ciel puis se stabilisèrent à une altitude de mille cinq cents mètres.

S'apercevant qu'il avait oublié de respirer, Zavala dégonfla ses joues et remplit goulûment ses poumons d'air, si rapidement que l'effort lui donna le tournis. Austin lui demanda de faire un point sur les avaries tout en jetant lui-même un coup d'œil sur ce qu'il pouvait apercevoir du haut de son perchoir. Le fuselage était criblé d'impacts de balles. Des morceaux d'aluminium continuaient à se détacher, et un second réacteur commençait à fumer. « On dirait un bout de gruyère, mais ce vieil oiseau est un dur à cuire. »

Zavala mit le cap sur la région de Nome. Ils n'avaient pas besoin de voler en altitude aussi maintint-il l'avion à quelques centaines de mètres du sol. Au bout d'un moment, il se mit à rire. « Qu'est-ce qu'il y a de si drôle, *compadre* ? » lança Austin toujours juché au-dessus de son partenaire. Tout en parlant, il tripotait la radio. « J'étais juste en train d'imaginer leur tête au moment où ils nous verront débarquer à bord d'un bombardier furtif vieux de cinquante ans.

— C'est simple. Nous dirons que notre mission a tourné court et que nous avons été kidnappés par des extraterrestres », proposa-t-il.

L'arrivée de l'aile volante criblée de balles causa un grand émoi parmi les habitants de Nome. Ce fut l'événement le plus mémorable depuis la première course Iditarod. La nouvelle s'était répandue comme une traînée de poudre : un avion noir qui ne ressemblait à rien s'était posé sans train d'atterrissage sur un mouchoir de poche. Bientôt, il fut entouré par une foule de curieux. Austin avait appelé Sandecker depuis l'aéroport pour lui faire part de ses découvertes et lui demander des renforts conséquents. A son tour, Sandecker se mit en contact avec le Pentagone qui lui apprit qu'une équipe des Opérations spéciales était en manœuvres sur la base aérienne d'Elendorf, près d'Anchorage. Les soldats furent aéroportés vers Nome. Après qu'Austin eut expliqué la situation aux commandants des Opérations spéciales, au cours d'une réunion stratégique, ils décidèrent de partir en reconnaissance avec un hélicoptère pour se rendre mieux compte de l'étendue du problème. La force d'assaut principale les suivrait de près.

Curieuse coïncidence, Austin et Zavala regagnèrent la base secrète à bord d'un hélicoptère Pave Hawk. L'engin long de vingt mètres ressemblait comme un frère à celui qui avait patrouillé sur l'Aire 51, le lieu top secret qui, selon les mordus des OVNI, recèlerait certains vestiges extraterrestres et le vaisseau spatial qui se serait écrasé à Roswell, au Nouveau-Mexique. L'hélicoptère arriva seul, à une vitesse de deux cent trente kilomètres heure, volant à basse altitude au-dessus de la toundra, pour éviter de se faire repérer. Comme il parvenait en vue de la base, il fit un premier passage au-dessus de la piste d'atterrissage recouverte d'eau, en rasant le sol avec ses palpeurs de déplacement et de vibration. Ne décelant aucun signe de vie, il décrivit un large cercle. A son bord, se trouvait une équipe composée de huit soldats des Opérations spéciales, lourdement armés, et de deux passagers : Austin et Zavala. Tous observaient attentivement les cieux. Leur attente fut de courte durée.

Un avion apparut venant de la mer et passa au-dessus de la base. Le Combat Talon à quatre moteurs était spécialement conçu pour soutenir les Equipes d'Opérations spéciales dans certaines circonstances délicates. On vit plusieurs objets noirs tomber du fuselage et, quelques secondes plus tard, vingt-six parachutes s'épanouirent. Les parachutistes se posèrent en douceur sur les collines basses derrière le hangar de l'aile volante.

L'hélicoptère poursuivit son vol circulaire. L'avion transportait le premier contingent de l'opération commando. Si le premier groupe d'assaut rencontrait des problèmes, l'hélicoptère les couvrirait grâce à ses deux mitrailleuses 7. 62 mm et débarquerait les troupes de réserve à l'endroit où leur présence était la plus nécessaire.

Il y eut quelques minutes de tension extrême. Puis la voix du chef d'équipe au sol grésilla dans la radio de l'hélicoptère. « Tout va bien. Paré à atterrir. »

Le Hawk se dirigea vers la carcasse de l'hydravion mêlée aux cendres de l'hélicoptère détruit par l'aile volante et se posa juste devant le hangar dont la porte massive béait comme la bouche d'un patient sur le fauteuil d'un dentiste. Un contingent de soldats des Spécial Ops en tenue de camouflage, armés de fusils d'assaut M-16A1 et de lanceurs de grenades, autant de formidables machines à tuer, surveillait les parages pendant qu'un autre escadron explorait l'intérieur du hangar. Dès que l'hélicoptère toucha le sol, les soldats surgirent de ses portes latérales pour rejoindre leurs camarades.

Puis les deux hommes de la NUMA en descendirent à leur tour et entrèrent dans le hangar. L'espace semblait encore plus vaste à présent que l'aile volante n'y était plus. Des débris carbonisés, laissés par leur décollage, étaient éparpillés sur le sol. Les cloisons du fond, qui avaient reçu de plein fouet la pression et la chaleur dégagées par les réacteurs, étaient roussies et leur peinture cloquait. Ils contournèrent avec précaution les débris fumants et se dirigèrent aussitôt vers la pièce de stockage dont la porte était ouverte. Les boîtes ne s'y trouvaient plus. « Vide comme une bouteille de téquila un dimanche matin », dit Zavala. « C'est ce que je craignais. Ils devaient avoir un autre hélicoptère à leur disposition. »

Ils sortirent pour échapper à la fumée étouffante qui régnait entre les murs du hangar. Ayant trouvé une bande de terre plate et sèche, le Talon était en train d'atterrir quelque quatre cents mètres plus loin. Ils s'avancèrent jusqu'à la carcasse de l'hélicoptère, espérant qu'elle leur fournirait certains indices. A l'intérieur, il n'y avait que des cadavres carbonisés. L'officier qui avait mené la première vague d'assaut se présenta devant eux et leur serra la main. « Je ne vois pas pourquoi vous souhaitiez qu'on vous accompagne », dit-il, en désignant du pouce l'hélicoptère accidenté. « Vous avez fait du bon boulot, les gars.

— Nous ne voulions pas abuser de notre bonne étoile », répliqua Austin.

L'officier sourit d'un air radieux. « Cet endroit est propre comme un sou neuf. Nous avons vérifié le bunker souterrain, comme vous l'avez suggéré. On a trouvé deux cadavres au fond du puits que vous nous avez dit d'inspecter. Cela vous évoque-t-il quelque chose ? »

Austin et Zavala échangèrent un regard surpris. « Joe et moi avons installé un petit piège à tigres à l'intention de nos hôtes. Nous ne pensions pas qu'il fonctionnerait.

— Oh, il a bel et bien fonctionné. Rappelez-moi de ne jamais entrer chez vous sans m'être annoncé.

— Je m'en souviendrai. Désolé de vous avoir causé tout ce dérangement pour rien », s'excusa Austin. « On n'est jamais trop prudent. Vous savez ce qui est arrivé à Atka et Kiska. »

Austin hocha la tête. Il connaissait l'histoire des deux îles Aléoutiennes occupées par les Japonais. Après avoir été défaits lors de l'attaque de l'une de ces îles, les soldats américains projetèrent d'envahir massivement Kiska et découvrirent que les Japonais s'étaient tranquillement fait la malle la nuit précédente. « C'est exactement ce qui s'est passé ici. Les poules ont quitté le poulailler. »

De nouveau, l'officier considéra la carcasse tordue en émettant un petit sifflement : « Je dirais que vous leur avez coupé les ailes. »

Austin secoua la tête. « Malheureusement, il y avait dans le hangar une chose qu'ils ont emportée avec eux. En tout cas, merci pour votre aide, Major.

— Ce fut un plaisir. Les manœuvres c'est bien, mais rien ne vaut une bonne mission où l'on risque vraiment de se trouver sous le feu de l'ennemi.

— Si je peux vous rendre encore service dans l'avenir, je n'hésiterai pas. »

L'officier sourit d'un air crispé. « D'après ce que j'ai vu de ce vieux bombardier que vous avez ramené à Nome, je dirais que vous êtes homme à tenir vos promesses. »

L'opération s'étant terminée plus tôt que prévu, Austin et Zavala acceptèrent de se laisser conduire à Elendorf, où ils comptaient attraper un vol pour Washington. Quand les avions se posèrent à Nome pour refaire le plein, Zavala décida d'utiliser son charisme extraordinaire et le compte en banque de la NUMA pour tranquilliser le propriétaire du Maule malencontreusement détruit. Il sortait de l'agence de location, après avoir accepté d'acheter un nouvel avion à la compagnie, quand il vit Austin s'avancer vers lui à grands pas, le visage grave, et lui tendre un bout de papier. « Ça vient de tomber. »

Zavala parcourut le message de la NUMA : « Gamay et Francesca enlevées. Trout blessé. Venez immédiatement. S. »

Sans échanger un seul mot, ils se précipitèrent sur le tarmac pour rejoindre le Talon qui les attendait.

32

ALLONGÉ SUR SON LIT D'HÔPITAL, la poitrine et le nez enveloppés de bandages, Paul Trout ne cessait de se maudire. Il aurait dû faire plus attention. Quand Gamay et lui esquivaient les flèches des chasseurs de têtes, leur instinct de survie était fortement aiguisé. Mais depuis qu'ils avaient retrouvé le monde dit civilisé, leurs sens s'étaient émoussés. Ils n'avaient rien remarqué. Et pourtant les regards qui les épiaient, dans la camionnette garée devant leur maison de Georgetown, étaient bien plus féroces que tous ceux qu'ils avaient croisés dans la jungle.

Si l'on se fiait à l'inscription peinte sur la portière, le véhicule appartenait au service des travaux publics du District de Columbia. Les lettres étaient encore poisseuses au toucher. Le véhicule contenait le dernier cri en matière d'équipements de communication et d'espionnage. Penchés sur les moniteurs de télévision qui leur renvoyaient l'image des murs de brique de la maison, il y avait les frères Kradzik. Les jumeaux n'étaient pas très doués pour ce genre d'activité sédentaire. En Bosnie, ils avaient coutume d'employer des méthodes plus expéditives. Ils choisissaient leur cible, puis, avec deux camions bourrés de miliciens, débarquaient chez les gens en pleine nuit en défonçant la porte et tiraient les occupants terrifiés de leur lit. Les hommes étaient emmenés et fusillés, les femmes violées et assassinées, l'habitation systématiquement pillée.

Pour pénétrer chez les Trout, c'était une autre paire de manches. La maison était située dans une rue écartée, mais fréquentée par de nombreux piétons et soumise à un fort trafic automobile. Depuis leur retour, cette rue ne désemplissait pas. Le sauvetage d'une déesse blanche par deux scientifiques de la NUMA et leur fuite dramatique sous les flèches de sauvages assoiffés de sang auraient pu donner matière à un film d'aventures. Après que CNN eut divulgué la nouvelle, un grand nombre de journalistes s'étaient lancés sur les traces des Trout. Des reporters et des photographes travaillant pour le *Washington Post*, le *New York Times*, les chaînes de télévision, et une poignée de magazines people s'agglutinaient devant leur porte.

Gamay et Paul, chacun son tour, essayaient de leur faire comprendre poliment qu'ils voulaient prendre un peu de repos avant de répondre à toutes leurs questions lors d'une conférence de presse qu'ils donneraient le lendemain dans les quartiers généraux de la NUMA. Ils leur conseillaient de s'adresser au service de presse de la NUMA. Les photographes prenaient des clichés de la maison et, pour exposer leurs comptes rendus aux téléspectateurs du journal télévisé, les présentateurs se faisaient filmer devant la façade. Finalement toute cette fièvre médiatique retomba. Et le public mondial reporta son attention sur des sujets plus graves.

Dans le bureau du premier étage, Paul était occupé à taper pour la NUMA un rapport retraçant leur expérience amazonienne. Dans celui du rez-de-chaussée, Francesca et Gamay discutaient du projet de dessalement et de la manière de le remettre en train au plus vite. Après que Francesca eut annoncé qu'elle renonçait à regagner immédiatement São Paulo, les Trout lui avaient proposé de l'héberger pour la protéger des hordes de reporters. Quand la sonnette retentit à la porte, Gamay poussa un soupir de lassitude. C'était à son tour de répondre à la convocation du quatrième pouvoir. Les équipes de télévision étaient les plus acharnées. Comme Gamay s'y attendait, elle trouva sur le seuil un journaliste muni d'un carnet de notes et un cameraman avec sa steadycam en équilibre sur l'épaule. Un troisième individu portait un projecteur et une valise de métal.

Gamay résista à sa première impulsion, qui consistait à envoyer paître ces types, se força à sourire et dit : « A ce que je vois, vous n'avez pas entendu parler de la conférence de presse de demain matin.

— Faites excuse, répondit le reporter. Personne ne nous a prévenus. »

C'est étrange, pensa Gamay. Les chargés de relations publiques travaillant pour la NUMA connaissaient bien tous les organes de presse. Les journalistes les respectaient, sachant qu'ils leur offraient souvent matière à articles sensationnels, la NUMA n'étant jamais à court d'histoires stupéfiantes. Ce type vêtu d'un costume mal coupé n'avait rien de commun avec les beaux jeunes gens impeccablement peignés qui présentaient le journal télévisé. Il était petit et trapu. Ses cheveux étaient coupés ras et son large sourire ne pouvait masquer l'expression sournoise qui déformait son visage. En plus, depuis quand les chaînes embauchaient-elles des journalistes affligés d'un tel accent de l'Est? Elle regarda derrière l'épaule de l'homme, s'attendant à apercevoir un camion de télévision avec des antennes paraboliques sur le toit, mais remarqua seulement une camionnette municipale. « Désolée », fit-elle en tentant de refermer la porte.

Le sourire disparut et l'homme coinça son pied dans l'entrebâillement. D'abord surprise par ce geste, Gamay reprit vite ses esprits. Elle appuya de toutes ses forces contre le battant jusqu'à ce que l'individu grimace de douleur. Elle ramena son coude en arrière, s'apprêtant à le frapper au visage du plat de la main, quand ses deux acolytes se ruèrent contre la porte qu'ils enfoncèrent d'un coup d'épaule. Rejetée sur le côté, Gamay tomba sur un genou. Elle se redressa vite mais il était trop tard pour courir ou se battre. Elle baissa les yeux vers le canon du pistolet que tenait le soi-disant reporter. Le cameraman, qui s'était débarrassé de son équipement vidéo, s'avança vers elle et la saisit par le cou, lui coupant presque la respiration. Puis il la cogna contre le mur si violemment qu'un miroir doré du XIXe siècle s'écrasa sur le sol.

La poitrine de Gamay s'enfla de colère. Ce miroir lui avait coûté des semaines de recherches et des milliers de dollars. Oubliant sa peur, elle plia la jambe pour envoyer un bon coup de genou dans l'aine de son agresseur. Les doigts qui l'étouffaient se relâchèrent l'espace d'une seconde, puis une lueur assassine se remit à briller dans les yeux de l'homme. Elle rassemblait ses forces pour parer l'attaque quand le pseudo-reporter hurla quelque chose. Son assaillant recula et glissa un doigt en travers de sa pomme d'Adam, dans un geste dénué de toute ambiguïté. Gamay le fixait, c'est tout ce qu'elle pouvait faire, mais elle comprit d'instinct la signification de ce langage muet. L'homme n'hésiterait pas une seconde à lui trancher la gorge.

Son instinct ne la trompait pas. D'habitude, les Kradzik préféraient travailler seuls, mais de temps à autre, ils avaient recours à d'anciens compatriotes. Quand Brynhild Sigurd avait fait sortir les frères Kradzik de Bosnie, ils lui avaient expressément demandé de rendre le même service à dix de leurs compagnons les plus loyaux et les plus intrépides. Ces tristes individus se faisaient appeler les Douze Salopards, en référence au film américain du même nom. Mais à côté de cette bande de déjantés, les personnages du film auraient pu passer pour des boy-scouts. A eux tous, ils pouvaient se vanter d'avoir assassiné, mutilé, torturé et violé des centaines de victimes innocentes. Ces hommes vivaient aux quatre coins du monde mais ils étaient capables de se rendre n'importe où en quelques heures, si on les engageait pour commettre un meurtre ou participer à une opération clandestine. Depuis qu'ils travaillaient pour Gogstad, ils n'avaient jamais autant apprécié leur profession.

Ayant entendu le miroir se fracasser sur le sol, Francesca était rapidement passée du bureau à l'étroit vestibule. L'homme en costume aboya un ordre et, avant que Francesca ait pu faire un geste, on s'empara d'elle et la colla contre le mur, près de Gamay. L'homme à la valise rabattit d'un coup sec le couvercle de celle-ci et en sortit deux mitraillettes Skorpion de fabrication tchèque. Le faux reporter ouvrit la porte d'entrée. Un instant plus tard, un autre homme franchissait le seuil. D'abord Gamay trouva qu'il ressemblait à un troll géant. Malgré la chaleur, il portait une longue veste de cuir noir sur un pull à col roulé et un pantalon noir, ainsi qu'une casquette noire de style militaire.

Du regard, il mesura la situation puis lança à ses acolytes quelques mots qui semblèrent rencontrer leur approbation, à en juger d'après l'expression torve qui se peignit sur leurs visages. Gamay qui avait beaucoup voyagé à travers le monde supposa qu'ils parlaient le serbo-croate. Il aboya un ordre et l'un des hommes s'enfonça dans le couloir qui traversait la maison, armé d'un Skorpion dont la crosse repliée était coincée contre son biceps. Jetant d'abord des coups d'œil prudents dans les pièces qui s'ouvraient de chaque côté de lui, il parcourut toute la longueur du corridor. Son camarade grimpa les escaliers menant au premier étage.

L'homme en cuir se posta près du miroir, considéra le verre brisé puis se tourna vers Gamay. « Sept ans de malheur », fit-il dans un sourire tout droit sorti d'une aciérie. « Qui êtes-vous ? » demanda Gamay.

Il ignora la question. « Où est votre mari ? »

Gamay dit sans mentir qu'elle ne savait pas où était son mari. Il hocha la tête, comme s'il savait quelque chose qu'elle ignorait, la retourna face contre le mur. Elle s'attendait à recevoir un coup sur la tête ou une balle dans le dos. Au lieu de cela, elle ressentit comme une piqûre d'abeille dans le bras droit. Une aiguille. Les salauds ! Ils lui avaient enfoncé une seringue hypodermique. Elle jeta un coup d'œil vers Francesca et eut le temps de voir la seringue pénétrer dans le bras de son amie. Elle aurait voulu lui porter secours, mais son membre était comme mort. En quelques secondes, tout son corps fut paralysé. La pièce se mit à tournoyer et elle eut l'impression de basculer dans un abîme sans fond.

Paul lui aussi fut alerté par le bruit du miroir brisé. Du haut des escaliers, il vit l'homme étrangler Gamay. Il était sur le point de bondir vers eux quand il vit monter le dingue au manteau de cuir. Paul regagna son bureau, tenta d'appeler de l'aide mais le téléphone était coupé. Les fils avaient dû être sectionnés. Il descendit sur la pointe des pieds l'escalier de derrière menant à la cuisine. Il conservait un revolver dans le bureau, mais le seul chemin pour y parvenir passait par le couloir. Quand il vit les deux hommes armés se séparer, l'un montant les escaliers, l'autre se dirigeant vers lui, il se baissa pour passer inaperçu et pénétra dans la cuisine.

Il regarda autour de lui, en quête d'une arme. Les couteaux n'étaient pas à leur place et ne feraient pas le poids face à des pistolets mitrailleurs. Même s'il parvenait à blesser l'homme, ses complices se précipiteraient sur lui pour l'abattre dès qu'ils entendraient du bruit. Il lui fallait trouver un endroit où se débarrasser du type sans éveiller les soupçons de ses complices. La dernière fois que Gamay et lui avaient réaménagé la maison, ils avaient englouti un an de salaire pour refaire la cuisine. On y trouvait maintenant de magnifiques placards en chêne et un four digne d'un restaurant. Le changement le plus notable consistait en une chambre froide assez haute pour que Paul y entre sans se cogner la tête.

Ne voyant pas d'autre alternative, il se glissa dans le congélateur en laissant la porte entrebâillée. Puis il dévissa l'ampoule, coinça la porte avec, et se cala dans un renfoncement, près de l'ouverture. *Il était temps.* A travers la lucarne recouverte de givre, il vit l'homme pénétrer dans la cuisine, revolver au poing, s'arrêter et regarder autour de lui ; le congélateur entrouvert attira son attention. Il s'en approcha prudemment, écarta le battant avec son coude et entra. De la pointe de sa chaussure, il heurta l'ampoule qui se mit à rouler bruyamment sur le sol en bois. Le canon de l'arme décrivit un demi-cercle et le doigt de l'homme se contracta sur la détente. C'est alors que le ciel lui dégringola sur la tête. Ses genoux fléchirent et il s'écroula.

Trout reposa le jambon de Virginie congelé qui lui avait servi de matraque, s'empara du pistolet mitrailleur et sortit de la cuisine, bien conscient que ses deux compagnes et lui n'étaient pas sortis d'affaire. D'abord, il inspecta les escaliers menant de la cuisine vers le premier étage où il entendait résonner les pas de l'autre homme. Il s'occuperait de lui après s'être assuré que Gamay et Francesca étaient saines et sauves. Il s'engagea lentement dans le couloir. Le pistolet mitrailleur ne lui conférait qu'un avantage limité puisqu'il ne voulait pas prendre le risque de blesser les deux femmes en s'en servant contre les intrus.

Sur le point de s'engager dans le vestibule, il vit les autres hommes penchés sur les corps étendus de sa femme et de Francesca. C'est alors que, délaissant toute prudence, il se rua sur eux, sans remarquer l'individu qui arrivait derrière lui.

Il sentit une lame d'acier s'enfoncer entre ses côtes et lorsqu'il tenta de se retourner pour faire face à son agresseur, ses jambes flageolaient déjà. Il tomba le visage contre le tapis et se fractura le nez.

Au moment où Trout était sorti de la chambre froide, Melo qui était posté près de la porte de derrière pour empêcher toute fuite, l'avait vu apparaître. Il enjamba la mare de sang qui s'était formée autour du corps de Paul et s'avança vers son frère pour lui donner une tape dans le dos. « Tu as été bien inspiré de faire garder cette porte, frangin.

— Ça m'en a tout l'air », dit son jumeau, en regardant la silhouette étendue. « Qu'est-ce qu'on fait de lui ?

— Laissons-le se vider de son sang.

— D'accord. On peut faire sortir les femmes par-derrière sans être repérés. »

Il appela l'homme qui inspectait l'étage et lui dit de descendre. Puis ils transportèrent les femmes inconscientes vers un 4 x 4 Mercedes qui les attendait, les déposèrent sur la banquette arrière et démarrèrent, suivis quelques minutes plus tard par la fausse camionnette municipale. Le choc initial causé par le coup de couteau s'était transformé en douleur. Paul revint à lui peu de temps après. Rassemblant ses dernières forces, il se traîna jusqu'au bureau où se trouvait un téléphone cellulaire et composa le 911. Lorsqu'il rouvrit les yeux, il était dans un lit d'hôpital.

Paul se maudissait et cela l'épuisait. Il se rendormit donc. Quand il se réveilla, il sentit qu'il n'était pas seul dans sa chambre. De ses yeux embués, il vit deux silhouettes debout près de son lit et sourit faiblement. « Vous en avez mis du temps !

— Nous avons fait de l'avion-stop avec des chasseurs de l'Armée de l'air, du côté d'Elendorf et, dès que cela nous a été possible, nous avons mis cap à l'est, dit Austin. Comment te sens-tu ?

— La moitié droite de mon corps ne se porte pas trop mal, en revanche la gauche m'élance comme si on y avait appliqué des tenailles rougies au feu. Quant à mon nez, il pourrait aller mieux.

— La lame est passée à ça de ton poumon », dit Austin en rapprochant son pouce et son index pour donner une idée de la distance. « Il faudra un certain temps pour que ton muscle guérisse. Encore heureux que tu ne sois pas gaucher.

— Je me disais bien qu'il devait s'agir de quelque chose dans ce goût-là. Des nouvelles de Gamay ou de Francesca ? » demanda-t-il avec appréhension. « Nous pensons qu'elles sont toujours en vie, mais elles ont été enlevées par les crapules qui t'ont fait ça.

— La police a passé les aéroports et les gares au peigne fin. Le truc habituel, précisa Zavala. Nous allons commencer notre propre enquête. »

Dans les yeux bleus de Paul, l'expression de douleur fit place à une farouche détermination. Il balança ses longues jambes hors du lit et déclara : « Je viens avec vous. » L'effort qu'il venait de faire et la souffrance qui déchirait son corps lui donnèrent le vertige. Il s'immobilisa pour calmer les nausées qui montaient puis secoua légèrement la perfusion. « Je vais avoir besoin d'un coup de main, les gars. Et n'essayez pas de m'en dissuader », dit-il en remarquant l'expression inquiète d'Austin. « La meilleure chose que vous puissiez faire c'est de m'aider à sortir d'ici. J'espère que vous avez de l'influence sur l'infirmière d'étage. »

Austin connaissait assez Paul pour savoir que s'il refusait, il se traînerait hors de l'hôpital par ses propres moyens. Quand il rencontra le sourire de Zavala, il comprit qu'il n'obtiendrait aucune aide de son côté. « Je vais voir ce que je peux faire. » Il haussa les épaules. « Pendant ce temps, Joe, si tu aidais notre ami à enfiler quelque chose de plus décent que cette chemise d'hôpital », dit-il. Puis il fit demi-tour et se dirigea vers le bureau des infirmières.

33

DANS LA SALLE DE CONFÉRENCES située au vingt-troisième étage de l'immeuble de la NUMA, l'ambiance tenait de la veillée funèbre. L'amiral Sandecker avait été fort surpris de voir Trout se présenter à cette réunion de crise, étant donné les bulletins de santé inquiétants fournis par l'hôpital. L'océanographe dégingandé avait vraiment une sale mine, mais Sandecker garda ses réflexions pour lui. Rien de ce qu'il pourrait dire ne dissuaderait Paul de se joindre à la battue organisée pour retrouver Gamay et Francesca.

Sandecker adressa à Trout un sourire rassurant et promena son regard autour de la table. Ses collègues de la NUMA, Austin et Zavala, l'encadraient au cas où il tomberait de sa chaise. Le quatrième personnage assis près d'eux était un homme menu aux épaules étroites, auquel ses grosses lunettes cerclées d'écaille donnaient un air d'érudit. Il s'agissait de Rudi Gunn, directeur des opérations de la NUMA et bras droit de l'amiral.

Sandecker consulta sa montre. « Où est passé Yaeger ? » Sa voix se teintait d'une légère impatience.

Les talents informatiques très particuliers de Yaeger lui conféraient le droit d'enfreindre les codes vestimentaires de la NUMA, mais le président lui-même n'aurait pas osé se présenter en retard à une convocation de Sandecker. Surtout pour une réunion aussi importante que celle-là. « Il arrivera dans quelques minutes, répondit Austin. J'ai demandé à Hiram de vérifier une chose qui pourrait bien avoir un rapport avec notre discussion. »

Une pensée lui était venue, comme un papillon voletant sous son crâne. Après son retour d'Alaska, il s'était accordé quelques heures de sommeil et le repos avait dû lui rafraîchir l'esprit. En partant de Virginie pour rejoindre Washington, il avait réussi à emprisonner cette idée fugace dans un filet imaginaire. Quelques secondes plus tard, il appelait Yaeger sur son téléphone cellulaire. Le sorcier de l'informatique, lui-même au volant de sa voiture, venait de quitter le coin branché du Maryland où il vivait avec sa femme artiste et ses deux filles adolescentes. Austin exposa brièvement son idée, demanda à Yaeger de la creuser en lui promettant de le couvrir lors de la réunion.

Sandecker entra tout de suite dans le vif du sujet. « Nous avons un mystère sur les bras, messieurs. Deux personnes ont été enlevées par des agresseurs inconnus. Kurt, exposez-nous les faits, voulez-vous ? »

Austin hocha la tête. « La police du District de Columbia examine toutes les pistes. La camionnette municipale a été retrouvée abandonnée près du Washington Monument. Le véhicule avait été volé quelques heures plus tôt. On n'a découvert aucune empreinte. Tous les aéroports, toutes les gares ont été contrôlés. Avec l'aide de Paul, le FBI a établi un portrait-robot du chef de la bande, et Interpol le fait circuler.

— Je crains qu'ils n'aboutissent à rien, dit Sandecker. Les gens à qui nous avons affaire sont des professionnels. C'est à nous que reviendra la tâche de retrouver Gamay et le Dr Cabral. Comme vous le savez, Rudi était en mission à l'étranger. Je l'ai tenu au courant du mieux que j'ai pu, mais je suggère que vous lui fassiez un résumé chronologique de la situation. »

Austin s'attendait à cette demande. « Tout a commencé voilà dix ans avec la tentative ratée d'enlèvement sur la personne de Francesca Cabral. Son avion s'est écrasé dans la forêt tropicale vénézuélienne, et on l'a crue morte. Maintenant, revenons à notre époque. Sur la côte de San Diego, Joe et moi sommes presque littéralement tombés sur un banc de baleines grises mortes. Ces baleines avaient succombé à une exposition à une chaleur extrême émanant d'une usine sous-marine implantée en Basse-Californie. Pendant que nous inspections les lieux, l'usine en question a explosé. J'ai rencontré un parrain mexicain servant de prête-nom au véritable propriétaire, le groupe Mulholland basé en Californie. L'avocat du parrain m'a confirmé que cette société fait elle-même partie d'un consortium international appelé Gogstad Corporation. Le parrain et son avocat ont été assassinés peu après notre visite.

— Et de manière plutôt spectaculaire, si je me rappelle bien », nota Sandecker. « Absolument. Il ne s'agissait pas d'un simple attentat avec des coups de feu tirés à partir d'une voiture. Les meurtriers avaient bien monté leur coup et les tueurs ont employé une artillerie sophistiquée.

— Cela signifierait donc que ces individus sont des assassins bien organisés, dotés de ressources considérables », conclut Gunn, qui avait autrefois occupé le poste de directeur de la logistique à la NUMA et connaissait également les difficultés qui se présentent quand on veut monter n'importe quelle opération. « Nous en sommes arrivés à la même conclusion, acquiesça Austin. Ce genre de tactique et les moyens mis à disposition ne pouvaient émaner que d'une organisation aussi vaste que déterminée.

— Gogstad ? »

Austin hocha la tête. « Je ne suis pas sûr de comprendre la signification du nom Gogstad », dit Gunn. « La seule analogie que j'aie pu trouver est le logo de la compagnie, représentant le navire viking de Gogstad, découvert dans les années 1800. J'ai demandé à Hiram de se documenter sur cette compagnie. Il n'existe pas grand-chose. Même Max a eu du mal à trouver des informations, mais on peut dire qu'il s'agit d'un immense consortium étendant ses ramifications dans le monde entier. Il est dirigé par une femme nommée Brynhild Sigurd.

— Une *femme* », releva Gunn, surpris. « Quel nom intéressant ! Brynhild était l'une des Walkyries, ces créatures des légendes nordiques qui conduisaient vers le Walhalla les héros tombés au champ de bataille. Sigurd était son amant. Ce n'est pas son véritable nom, n'est-ce pas ?

— Nous ne savons pas grand-chose d'elle.

— Je sais que les multinationales sont parfois impitoyables en affaires, dit Gunn en secouant la tête, mais en l'occurrence, il s'agit de méthodes dignes des pires truands.

— Cela m'en a tout l'air », répondit Austin. Il se tourna vers Zavala. « Joe, pourrais-tu dire à Rudi ce que tu as découvert ?

— Je me trouvais en Californie lorsque Kurt m'a appelé pour me demander de me renseigner sur Gogstad », commença Zavala. « J'ai discuté avec un journaliste du *Los Angeles Times* qui connaît très bien Gogstad. En fait, cet homme dirigeait une équipe enquêtant sur cette corporation. J'ai appris qu'ils préparaient un papier sur le thème des "pirates de l'eau", comme il les appelait. Cet article se proposait de faire toute la lumière sur les méthodes employées par Gogstad pour s'approprier les réserves hydrauliques mondiales.

— Je n'arrive pas à croire qu'une seule et unique compagnie puisse monopoliser toute l'eau de la planète », s'étonna Gunn. « J'étais moi-même assez sceptique », repartit Zavala. « Mais j'ai bien écouté ce que disait ce journaliste, et son histoire n'était pas si abracadabrante que cela. Les compagnies appartenant à Gogstad ont utilisé les voies légales et profité de la privatisation de la Colorado River. En ce moment, sur tous les continents, l'eau passe du secteur public au secteur privé. Gogstad a truqué le jeu. Le journaliste m'a dit qu'il y avait eu des morts et des disparitions dans le monde entier durant ces dernières années. Des gens qui faisaient de l'ombre à Gogstad ou bien s'opposaient à ses prises de pouvoir. »

Gunn émit un léger sifflement. « Cet article fera sensation quand il sortira en première page.

— Cela n'arrivera pas de sitôt. Le journal a renoncé à le publier sans donner de raison. Les trois autres membres de l'équipe d'enquête ont disparu et mon ami doit rester caché.

— Vous êtes sûr qu'il n'y a pas d'erreur ? » fit Gunn alarmé.

Zavala hocha lentement la tête. Un silence se répandit dans la pièce, puis Gunn reprit la parole. « Il y a forcément un sens à tout cela », dit-il. « Laissez-moi réfléchir. » Il ne fallait pas se fier au physique peu avenant de Gunn. S'il était sorti major de sa promotion à l'Académie navale, ce n'était pas par accident. Cet homme était un authentique génie, et son esprit d'analyse avait de quoi troubler. Il se prit le front entre le pouce et l'index et s'abîma un instant dans une profonde réflexion. « Quelque chose a changé », s'écria-t-il abruptement. « Que voulez-vous dire, Rudi ? » fit Sandecker. « Leur méthodologie s'est adaptée. Supposons que notre hypothèse de départ soit bonne et que Gogstad se cache derrière tous ces assassinats et ces exactions. D'après Joe, ils agissaient sans faire de vagues. Il y avait des disparitions, de mystérieux accidents. Les meurtres du Mexicain et de l'avocat marron constituent un changement. Je crois que l'amiral a employé le mot spectaculaires pour décrire ces attentats. »

Austin eut un petit rire. « C'étaient de gentils câlins comparés à l'assaut que Joe et moi avons essuyé en Alaska. Un raid militaire en bonne et due forme.

— L'attaque perpétrée chez moi était du genre musclée, elle aussi », ajouta Trout. « Je crois comprendre où vous voulez en venir, Rudi », dit Sandecker. « Paul, quand a-t-on su que le Dr Cabral était en vie ?

— Presque aussitôt, dit Trout. Le Dr Ramirez a appelé Caracas depuis l'hélicoptère qui nous avait sauvés. Sans perdre de temps, le gouvernement vénézuélien a divulgué la nouvelle. Je pense même que CNN la diffusait dans le monde entier alors que nous étions encore dans la jungle.

— Les événements se sont précipités peu de temps après », dit Sandecker. « Pour moi, c'est clair. Ils ont appris que Francesca Cabral était vivante, et la nouvelle a agi comme un catalyseur. Puisqu'elle était sortie de la tombe, son procédé de dessalement de l'eau redevenait d'actualité. Ses compétences étant de nouveau disponibles, il ne restait plus qu'à s'emparer de la substance rare assurant le fonctionnement de son invention. De nouveau, le Dr Cabral projetait d'offrir sa découverte au monde. Les individus qui avaient rejeté cette idée dix ans auparavant ont simplement repris les choses au moment où elles s'étaient interrompues.

— Mais cette fois ils ont réussi », dit Austin. « OK, cela explique l'enlèvement de Francesca, dit Trout. Mais pourquoi ont-ils pris Gamay ?

— Cette équipe ne fait rien au hasard », répondit Austin. « Gamay a peut-être eu de la chance. S'ils n'avaient pas eu besoin d'elle, ils l'auraient sans doute tuée sur place. Te souviens-tu de quelque chose d'autre au sujet de l'enlèvement, Paul ?

— Je n'ai presque rien vu durant les premières minutes où ils étaient dans la maison. Le chef, le type en cuir noir, parlait avec un accent qui ne m'est pas inconnu. L'accent de ses complices était encore plus prononcé. »

Assis au fond de sa chaise, les doigts croisés devant lui, Sandecker écoutait la conversation, quand il se dressa d'un bond. « Ces truands sont du menu fretin. Nous devons aller directement au sommet et dénicher cette femme au nom wagnérien qui dirige Gogstad.

— C'est un fantôme, dit Austin. On ne sait même pas où elle vit.

— Elle et Gogstad sont la clé, dit Sandecker d'une voix ferme. Où se trouve leur siège social ?

— Ils ont des bureaux à New York, Washington et sur la côte Ouest. Il y en a peut-être une douzaine d'autres éparpillés en Europe et en Asie.

— C'est vraiment une hydre », dit Sandecker. « Même si nous localisions leur quartier général, cela ne nous avancerait guère. Selon toute apparence, Gogstad est une société parfaitement légale. Ils nieront les accusations que nous pourrons formuler. »

A ce moment, Hiram Yaeger se glissa tranquillement dans la pièce et prit un siège. « Désolé, dit-il, j'ai dû tirer un truc pour cette réunion. » Il regarda Austin qui se porta aussitôt à son secours. « Je pensais à ce qu'Hiram m'a montré l'autre jour. C'était un hologramme d'un navire viking. Le même navire est au centre du logo de Gogstad. Je me suis dit que ce vaisseau devait avoir une certaine signification pour qu'on lui accorde une place aussi prééminente. Aussi ai-je demandé à Hiram de piocher des renseignements sur Gogstad à droite et à gauche, d'aller voir plus loin que les maigres indications collectées par Max. »

Yaeger hocha la tête. « Comme Kurt me l'a suggéré, j'ai demandé à Max de remonter dans le temps et de passer en revue les liens historiques et maritimes que j'ignorais totalement jusqu'alors. Il existe des tonnes de documents sur le sujet, comme vous pouvez l'imaginer. Kurt m'avait conseillé de rechercher une connexion californienne, peut-être avec le groupe Mulholland. Max est tombée sur un article de journal fort intéressant, parlant du séjour en Californie d'un concepteur norvégien de navires anciens. L'homme aurait fabriqué une réplique du navire de Gogstad pour un riche client.

— Qui était ce client ? » demanda Austin. « L'article ne le disait pas. Mais il a été facile de retrouver sa piste. J'ai appelé l'architecte il y a quelques minutes pour lui demander de me parler de cette commande. On lui avait fait jurer le secret, mais c'était il y a des années de cela, et il m'a avoué sans réticence avoir construit la réplique en question pour une grosse femme vivant dans une grosse maison.

— Une grosse femme ?

— Il voulait dire *grande*. Une géante.

— On dirait une légende populaire scandinave. Et qu'en est-il de cette maison ?

— Il a prétendu qu'elle ressemblait à un manoir viking moderne. Elle se trouvait sur la rive d'un grand lac californien entouré de montagnes.

— Tahoe ?

— C'est ce que je me suis dit.

— Un grand manoir viking sur les rives du lac Tahoe. Ça ne devrait pas être trop difficile à trouver.

— C'est déjà fait. Max m'a connecté à un satellite commercial. » Yaeger distribua aux personnes présentes des exemplaires des photos satellite. « Il y a quelques vastes domaines autour du lac, des rendez-vous de chasse, des stations touristiques et des hôtels. Mais voilà ce que nous cherchons. »

La première image montrait les eaux limpides du lac Tahoe prises à haute altitude. On aurait dit une flaque. Un autre cliché offrait une vue plus rapprochée d'une partie de la rive. Les détails étaient assez nets pour que l'on remarque clairement le bâtiment immense et le terrain d'atterrissage pour hélicoptères situé non loin de là. « Cette masure appartient-elle à quelqu'un ? » dit Austin. « J'ai pu m'introduire dans les dossiers de l'inspecteur des impôts du coin et dans la banque de données de la perception. » Yaeger fit un grand sourire. Il jubilait littéralement. « Elle appartient à un trust immobilier.

— Cela ne nous avance pas à grand-chose.

— Attendez ! Le trust fait partie de la Gogstad Corporation. Alors que dites-vous de cela ? »

Sandecker leva le nez des photos. Durant toute la réunion, il avait gardé son fameux sang-froid mais n'en était pas moins furieux qu'on ait kidnappé l'un de ses équipiers préférés et blessé un autre. Il enrageait aussi qu'on ait enlevé la jolie Dr Cabral, après tout ce qu'elle avait enduré. De nouveau, les habitants de la planète avaient été privés d'une découverte scientifique vitale pour eux. « Merci, Hiram. » Il posa sur les assistants son regard bleu et autoritaire. « Eh bien, messieurs, dit-il d'une voix aussi acérée qu'un rasoir. Nous savons ce qu'il nous reste à faire. »

34

LES HOMMES QUI CONTEMPLAIENT Francesca étaient soit des jumeaux soit le produit d'une folle expérience de clonage qui aurait mal tourné. Le plus terrifiant en eux n'était pas leur aspect, certes répugnant. C'était leur silence absolu. Ils se tenaient assis à quelques mètres, de chaque côté d'elle, les bras appuyés au dossier de leurs sièges retournés. Ils étaient identiques en tout point, depuis leur laideur de gnomes jusqu'à leur engouement pour le cuir noir.

Elle préférait ignorer leurs yeux sombres, cerclés de rouge, leur front proéminent, leur denture métallique et la pâleur exsangue de leur visage de psychopathes. Eux l'observaient avidement, mais il n'y avait rien de sexuel dans leur expression torve. De même, on était loin de la sauvagerie à laquelle elle s'était habituée chez les Chulos. C'était un désir purement animal, la soif du sang. Elle promena son regard dans l'étrange pièce blanche et circulaire aux murs nus et à la température désagréablement basse. Au centre, se trouvait une console d'ordinateur. Elle se dit que ce meuble était d'une hauteur absurde et que les chaises démesurées, tout comme l'atmosphère glaciale, faisaient partie d'un stratagème destiné à impressionner les visiteurs qui, dans un tel environnement, devaient se sentir petits et insignifiants. Cet endroit pouvait se trouver n'importe où sur la terre.

Que faisait-elle dans cette chambre froide ? Francesca n'en avait pas la moindre idée. Elle avait vaguement conscience d'avoir été conduite d'un lieu dans un autre. A un certain moment, elle avait cru entendre vrombir des réacteurs d'avion, mais on lui avait injecté une nouvelle dose de somnifère et elle s'était sentie glisser dans le gouffre obscur de l'inconscience. Elle s'inquiétait également pour Gamay qu'elle n'avait pas revue. Après avoir senti une piqûre d'épingle au bras, elle s'était brusquement réveillée. On avait dû lui administrer un stimulant. Ses yeux s'étaient ouverts en papillonnant et elle avait aperçu les deux jumeaux. Un silence pesant régnait depuis quelques minutes, si bien que lorsque la porte s'ouvrit en grinçant et que la femme entra et fit signe aux jumeaux grotesques de se retirer, Francesca fut presque soulagée.

Francesca avait l'impression d'être entrée par erreur dans une baraque de fête foraine remplie de monstres ou sur le plateau de tournage d'un film de Fellini. Elle comprit alors pourquoi les meubles étaient si grands. La femme vêtue d'un uniforme vert foncé, qui se tenait devant elle, était une géante. Prenant place dans un vaste sofa, elle lui sourit aimablement mais sans chaleur. « Comment allez-vous, docteur Cabral ?

— Qu'avez-vous fait de Gamay ?

— Votre amie de la NUMA ? Elle est cantonnée dans sa chambre, avec tout le confort nécessaire.

— Je veux la voir. »

D'un geste lent, la femme avança la main vers l'écran de son ordinateur sur lequel elle tapota. L'image de Gamay apparut. Elle était allongée sur le côté sur un lit de camp. Francesca retint son souffle. Puis Gamay remua, tenta de se lever avant de retomber sur sa couche. « On ne lui a pas administré d'antidote comme on l'a fait pour vous. Elle va dormir et ne s'éveillera que dans quelques heures.

— Je veux la voir en personne pour m'assurer qu'elle va bien.

— Plus tard, peut-être. » La réponse n'appelait pas de réplique. La femme toucha l'écran qui s'éteignit.

Francesca regarda autour d'elle. « Où sommes-nous exactement ?

— Cela n'a pas d'importance.

— Pourquoi nous avez-vous conduites ici ? »

La femme ignora la question. « Melo et Radko vous ont-ils effrayée ?

— Vous voulez parler des deux champignons humains qui viennent de sortir de cette pièce ? »

Elle sourit de la comparaison. « Fine métaphore ! Mais il serait plus juste de les comparer à des champignons vénéneux. Malgré vos airs bravaches, je discerne de la peur dans vos yeux. Bon. Disons qu'ils *devraient* vous effrayer. Durant la campagne d'épuration ethnique en Bosnie, les frères Kradzik ont tué de leurs propres mains des centaines de personnes et organisé la mort de milliers d'autres. Ils ont détruit des villages entiers et fomenté d'innombrables massacres. Sans moi, ils seraient assis dans le box des accusés de la Cour internationale de La Haye, accusés de crimes contre l'humanité. Leurs forfaits n'ont rien à voir avec des crimes de guerre. Ils sont dépourvus de toute conscience, de toute morale et n'éprouvent aucun remords. Mutiler et tuer sont leur seconde nature. » Elle fit une pause pour laisser à ses paroles le temps de pénétrer l'esprit de son interlocutrice. « Me suis-je bien fait comprendre ?

— Oui. Je comprends que vous n'éprouvez vous-même aucun scrupule à engager des meurtriers.

— Exactement. Si je les ai pris à mon service c'est justement parce qu'ils étaient des meurtriers. Ma position est un peu comparable à celle du charpentier qui achète un marteau pour enfoncer des clous dans une planche. Les frères Kradzik sont le marteau.

— Les gens ne sont pas des clous.

— Certains oui. D'autres non, docteur Cabral. »

Francesca avait envie de changer de sujet. « Comment savez-vous mon nom ?

— Je vous suis et admire votre travail depuis des années, docteur Cabral. Vous êtes connue comme l'un des meilleurs ingénieurs hydrauliques au monde, et à mon sens, cette réputation bien méritée éclipse largement votre récente notoriété de déesse blanche.

— D'accord, vous savez qui je suis, mais vous, qui êtes-vous ?

— Je m'appelle Brynhild Sigurd. Bien que votre nom soit plus fameux que le mien, je suis moi aussi experte dans notre domaine de recherches commun : la substance la plus précieuse de la terre, son eau.

— Vous êtes ingénieur hydraulique ?

— J'ai étudié dans les meilleurs instituts technologiques européens. Après mes études, je suis venue en Californie où j'ai monté ma compagnie de consultants, qui est à présent l'une des plus grandes du monde. »

Francesca hocha la tête pour exprimer son ignorance. Elle pensait connaître tous les membres du cercle restreint de la recherche hydraulique. « Je n'ai jamais entendu parler de vous.

— C'est mieux ainsi. J'ai toujours agi dans l'ombre. Je mesure près de deux mètres dix. Ma taille fait de moi un monstre, un objet de dérision pour tous ces gens qui me sont infiniment inférieurs. »

En dépit de sa fâcheuse position, Francesca ressentit un léger élan d'empathie. « Moi aussi, j'ai eu ma part de tracasseries. Les imbéciles n'apprécient pas qu'une femme excelle dans leur discipline. Je n'y ai jamais prêté grande attention.

— Peut-être auriez-vous dû. Au fil du temps, j'ai transformé en atout le ressentiment que j'éprouvais face à ce monde qui me forçait à vivre cachée. Je me suis servie de ma colère pour me forger une ambition à laquelle rien ne résiste. J'ai acquis d'autres compagnies, toutes tournées vers l'avenir. Mais il restait un grain de sable dans l'engrenage. » Toujours le même sourire glacial. « Vous, docteur Cabral.

— Je ne me suis jamais considérée comme un grain de sable, Mme Sigurd.

— Pardonnez cette image, mais l'analogie est pertinente. J'ai compris, voilà plusieurs années, qu'un jour la demande mondiale en eau excéderait l'offre, et je voulais avoir la main sur le robinet à ce moment-là. Puis j'ai entendu parler de votre projet révolutionnaire de dessalage. Votre réussite aurait réduit à néant tous les projets que j'avais soigneusement élaborés. Je ne pouvais permettre qu'une telle chose se produise. J'ai donc imaginé de vous faire une offre, mais en étudiant votre personnalité j'ai compris que je ne viendrais jamais à bout de votre altruisme. Un sentiment fort peu réaliste, soit dit en passant. Aussi ai-je résolu de vous empêcher d'offrir le procédé au monde. »

Francesca sentit le sang lui monter aux joues. Sa voix jaillit dans un sifflement. « C'est *vous* qui êtes à l'origine de la tentative d'enlèvement dont j'ai été victime.

— J'avais cru pouvoir vous convaincre de travailler pour moi. Je vous aurais installée dans un laboratoire où vous auriez pu peaufiner votre invention. Malheureusement, quand vous avez disparu au cœur de l'Amazonie, mes plans sont tombés à l'eau. Tout le monde vous a crue morte. Puis j'ai lu non sans admiration le compte rendu de vos aventures parmi les sauvages, la façon dont vous êtes devenue leur reine. C'est alors que j'ai compris que nous étions, vous et moi, deux survivantes au milieu d'un monde hostile. »

Ayant réussi à contrôler la colère qui l'avait saisie au départ,

Francesca répondit sur un ton mesuré. « Qu'auriez-vous fait de mon procédé si je vous l'avais donné ?

— Je l'aurais gardé secret le temps de m'assurer le monopole sur l'eau mondiale.

— J'avais l'intention de faire don de mes découvertes à la planète sans rien demander en contrepartie, dit Francesca avec dédain. Mon but était de *soulager* les souffrances, pas d'en tirer profit.

— Intention louable mais allant à l'encontre de mes propres objectifs. Vous croyant morte, j'ai construit une usine au Mexique pour tenter de suivre vos traces. Elle a disparu dans une explosion. »

Francesca faillit éclater de rire. Connaissant la cause de l'explosion, elle eut envie de la lui cracher au visage. Mais elle s'en abstint et dit : « Je n'en suis pas surprise. Quand on travaille avec de hautes pressions et des chaleurs extrêmes, on risque gros.

— Aucune importance. Le laboratoire principal qui se trouve ici étudiait un autre aspect du procédé. Ensuite, voilà que tombe l'heureuse nouvelle de votre sauvetage. Vous refaites surface pour disparaître de nouveau. Mais je connaissais vos liens avec la NUMA. Nous surveillions les Trout depuis leur retour.

— Je regrette de vous dire que vous perdez encore votre temps.

— Je ne le pense pas. Il n'est pas trop tard pour mettre vos talents à mon service.

— Vous avez une étrange manière de recruter vos collaborateurs. Votre première tentative d'enlèvement m'a valu de passer dix ans dans la jungle. A présent vous me droguez, vous m'enlevez de nouveau et vous croyez peut-être que je vais me mettre en quatre pour vous ?

— Je suis en mesure de vous offrir des moyens techniques incomparables pour terminer vos recherches.

— Il existe une douzaine de fondations qui seraient trop heureuses de financer mes travaux. Même si j'étais tentée de travailler pour vous, ce qui n'est pas le cas, il subsisterait un obstacle majeur. Le procédé de dessalage suppose une métamorphose moléculaire complexe qui ne se produit qu'en présence d'une substance rare.

— Je suis au courant pour l'anasazium. Mes réserves ont été détruites lors de l'explosion de l'usine mexicaine.

— C'est vraiment trop dommage, dit Francesca. Le procédé ne

fonctionne pas sans cela. Seriez-vous donc assez aimable pour me permettre de partir...

— Vous serez heureuse d'apprendre que nous disposons de tout l'anasazium nécessaire au développement de votre procédé. Quand j'ai entendu parler de votre retour à la civilisation, je me suis procuré une quantité importante de ce précieux matériau. Juste à temps, devrais-je ajouter. La NUMA avait envoyé deux membres de son Equipe des Missions spéciales pour s'en emparer. A présent, plus rien ne m'empêche de mener mon projet jusqu'à son terme. Je serai bientôt en possession de toute l'eau douce existant sur cette planète. Brillante stratégie, n'est-ce pas ? Vous seule êtes en mesure de la juger à sa juste valeur, docteur Cabral. »

Francesca acquiesça du bout des lèvres, feignant d'apprécier le compliment. « Evidemment, en tant que spécialiste de l'eau, je serais curieuse de tenter un pari aussi ambitieux.

— Le monde va bientôt se trouver confronté à l'une des sécheresses les plus sévères de son histoire. On estime que ce fléau risque de se prolonger une centaine d'années, si nous nous basons sur ce que nous enseigne le passé. Les signes avant-coureurs sont déjà là. L'Afrique, la Chine et le Moyen-Orient sont touchés. L'Europe est en train de faire l'expérience de la soif. Je projette tout simplement d'accélérer le processus de désertification.

— Pardonnez mon scepticisme, mais c'est absurde.

— Vous trouvez ? » répondit Brynhild dans un sourire. « Les Etats-Unis ne sont pas épargnés. Les grandes villes situées dans le désert du Sud-Ouest, Los Angeles, Phoenix, Las Vegas, vivent grâce à la Colorado River. Or ce fleuve est à présent sous mon contrôle. Tous ces gens dépendent d'un réseau ténu de barrages, de réservoirs et d'ouvrages hydrauliques destinés à détourner le cours du fleuve. Les réserves en eau ne tiennent qu'à un fil. Toute perturbation dans l'approvisionnement aurait des conséquences désastreuses.

— Vous n'allez pas faire exploser un barrage ? » s'écria Francesca alarmée. « Comme ce serait primaire ! Non, le système classique de distribution de l'eau arrivant à un point de rupture, les grandes cités se sont rabattues sur les sources privées. Des sociétés-écran dépendant de Gogstad ont acheté des installations hydrauliques un peu partout dans le pays. Nous sommes aujourd'hui en mesure de créer artificiellement une situation de pénurie.

Quand nous le voudrons et où nous le voudrons. Il nous suffira de fermer le robinet. Ensuite, nous distribuerons l'eau à ceux qui sont assez riches pour se l'offrir, les grandes villes et les centres de haute technologie.

— Et que deviendront ceux qui n'en ont *pas* les moyens ?

— Il existe un vieux dicton dans l'Ouest : "L'eau coule vers l'amont si l'argent le veut. " Les riches ont toujours bénéficié d'une eau bon marché, aux dépens des autres. Grâce à mon plan, l'eau sera chère pour tout le monde. Nous agirons à l'échelle mondiale, en Europe et en Asie, en Amérique du Sud et en Afrique. Selon des méthodes relevant du capitalisme le plus pur. Le prix sera fonction du marché.

— Mais l'eau n'est pas une marchandise comme les côtelettes de porc.

— Vous avez passé trop de temps dans la jungle. Nous sommes à l'heure de la mondialisation, qui n'est rien de plus que l'extension des monopoles sur les secteurs de la communication, de l'agro-alimentaire ou de l'énergie. Pourquoi l'eau en serait-elle exclue ? Les nouveaux traités internationaux interdisent désormais aux Etats de contrôler leurs réserves hydrauliques. Elles reviennent au plus offrant, autrement dit Gogstad.

— Vous allez priver d'eau les milliers de gens qui ne pourront se maintenir sur le marché. Les pays trop démunis pour acquérir cette denrée de base connaîtront la famine et le chaos.

— Le chaos jouera en notre faveur. Il fera le lit de nos ambitions politiques. Gogstad n'aura aucun mal à renverser les gouvernements affaiblis par l'anarchie. Considérez cela comme du darwinisme hydraulique. La loi du plus fort. »

Son regard bleu et glacial sembla s'insinuer dans le crâne de Francesca. « N'imaginez surtout pas qu'en agissant ainsi je prends ma revanche sur les humiliations que j'ai subies en raison de ma taille. Je suis d'abord une femme d'affaires et je sais que la stabilité politique est le meilleur garant de la réussite. D'ailleurs, je n'ai pas lésiné sur les investissements. J'ai dépensé des millions pour construire une flotte de tankers destinés à transporter l'eau à partir des endroits où elle coule en abondance, en la remorquant dans d'immenses sacs. J'ai attendu ce moment pendant des années. Je n'osais rien entreprendre parce que j'avais peur de votre procédé. Il aurait pu anéantir mon monopole en l'espace de quelques semaines. A présent que je vous tiens, vous et l'anasazium, je peux frapper. Dans peu de jours, la moitié ouest de ce pays se trouvera à court d'eau potable.

— C'est impossible !

— Mais si. Vous verrez. Dès que nous aurons fermé les vannes de la Colorado River, tout se déroulera comme prévu. Ma compagnie contrôle l'essentiel des réserves mondiales. Nous tournerons simplement le robinet, si je puis de nouveau me permettre cette image. Graduellement d'abord, puis plus franchement. Si les gens se plaignent, nous leur dirons que nous faisons l'impossible pour les satisfaire.

— Vous imaginez bien ce que ça va donner », répondit Francesca d'un ton calme. « La majeure partie de la planète va se transformer en désert. Les conséquences seront terribles.

— Terribles pour certains, mais pas pour ceux qui sont aux commandes. Nous obtiendrons le prix que nous demandons.

— En réduisant les gens à leurs dernières extrémités, vous apparaîtrez vite comme le monstre que vous êtes.

— Au contraire. Gogstad leur proposera de leur fournir de l'eau venant d'Alaska, de Colombie Britannique et des Grands Lacs, grâce à la flotte de tankers que j'ai construite. Quand les magnifiques vaisseaux de Gogstad apparaîtront en vue des côtes, on nous acclamera comme des héros.

— Il semble que vous soyez déjà immensément riche. Cela ne vous suffit-il pas ?

— A longue échéance, mon projet profitera au monde. J'empêcherai que les peuples se battent pour l'eau.

— Une Pax Gogstad, imposée par la force.

— L'emploi de la force ne sera pas nécessaire. Je récompenserai ceux qui se plieront à ma volonté et punirai ceux qui s'y opposeront.

— En les laissant mourir à petit feu.

— Si c'est indispensable, oui. Vous devez vous demander ce que votre invention vient faire dans toute cette histoire.

— Je suppose que vous ne lui permettrez jamais de voir le jour. Elle détruirait votre démente machination.

— Tout au contraire, votre procédé tient une part importante dans mon plan. Je n'ai pas l'intention de me servir éternellement de mes tankers. Ils ne représentent qu'une étape. Bientôt nous disposerons d'une infrastructure fantastique qui amènera l'eau directement de la calotte polaire. De vastes régions agricoles transformées en déserts auront besoin d'une irrigation à grande échelle pour reprendre vie.

— Aucun pays ne pourra s'offrir cela. L'ensemble des nations courra à la faillite.

— Parfait. Ainsi je les achèterai pour une bouchée de pain. Pour finir, je construirai des usines de dessalage utilisant le procédé Cabral, mais je serai seule à en contrôler la production.

— En la vendant toujours au plus offrant.

— Bien sûr. A présent, permettez-moi de vous faire une nouvelle proposition. Je vous donnerai un laboratoire contenant tous les appareillages dont vous avez besoin.

— Si je refuse ?

— Alors je livrerai votre amie de la NUMA aux frères Kradzik. Elle connaîtra une mort lente et douloureuse.

— Gamay est innocente. Elle n'a rien à voir là-dedans.

— Cette femme est un clou comme les autres. Je l'enfoncerai si cela s'avère nécessaire. »

Francesca garda le silence pendant quelques instants, puis elle dit : « Comment puis-je vous faire confiance ?

— Vous ne pouvez pas me faire confiance, docteur Cabral. Vous devriez savoir qu'on ne peut se fier à personne. Mais vous êtes assez intelligente pour comprendre que votre vie m'est bien plus précieuse que celle de votre amie et que je ne demande qu'à négocier avec vous. Aussi longtemps que vous coopérerez, elle vivra. Vous acceptez ? »

Cette femme et les intentions inavouables couvant dans les sombres recoins de son esprit génial révoltaient Francesca. De toute évidence, Brynhild était une mégalomane et, comme la plupart de ses semblables, elle était totalement insensible aux souffrances d'autrui. Si Francesca avait réussi à subsister pendant dix ans dans une tribu de chasseurs de têtes, entourée de chauves-souris buveuses de sang, d'insectes et de plantes carnivores, c'était qu'elle possédait de grandes ressources intérieures. Elle pouvait se montrer aussi machiavélique que les êtres les plus retors. En vivant dans la jungle, elle avait acquis cette tranquille férocité qu'on observe chez le jaguar en quête d'une proie. Depuis son évasion, elle brûlait de se venger. Elle savait que ce désir était mauvais et déplacé, mais il la soutenait et l'aidait à conserver son équilibre mental. Elle choisit d'oublier pour un temps sa soif de vengeance. Cette femme devait être combattue et ses projets anéantis.

Réprimant un sourire, elle pencha la tête en signe de soumission et avec une émotion feinte dans la voix, déclara : « Vous avez gagné. Je vous aiderai à développer le procédé.

— A la bonne heure. Je vais vous montrer l'usine où vous travaillerez. Attendez-vous à un choc.

— Je veux parler à Gamay pour m'assurer qu'elle va bien. »

Brynhild appuya sur un bouton de l'interphone. Deux hommes en uniforme vert foncé apparurent. Francesca constata avec soulagement que ce n'étaient pas les Kradzik. « Conduisez le Dr Cabral chez notre autre invitée », ordonna Brynhild. « Puis ramenez-la-moi. » Elle se tourna vers Francesca. « Vous disposez de dix minutes. Je veux que vous vous mettiez au travail immédiatement. »

Francesca et ses gardiens déambulèrent à travers un labyrinthe de couloirs avant d'atteindre l'ascenseur qui les conduisit plusieurs étages plus bas. Ils s'arrêtèrent devant une porte sans inscription s'ouvrant grâce à un pavé de touches sur lequel il fallait composer un code. Les gardes restèrent à l'extérieur, Francesca pénétra dans la petite pièce sans fenêtres. Gamay était assise au bord de son lit de camp. Elle semblait groggy, comme un boxeur assommé de coups de poing. Quand elle vit Francesca, son visage s'illumina. Elle tenta de se lever, mais ses jambes vacillèrent et elle dut se rasseoir.

Francesca s'installa près d'elle et passa son bras autour de ses épaules. « Comment vous sentez-vous ? »

Gamay rabattit ses cheveux rebelles sur le côté. « J'ai les jambes en coton, mais je me sens bien. Et vous ?

— Ils m'ont administré un stimulant. Je suis réveillée depuis quelque temps. Les effets de la drogue qu'ils vous ont injectée vont bientôt se dissiper.

— Quelqu'un a-t-il fait allusion à ce qui est arrivé à Paul ? Il était à l'étage quand les kidnappeurs ont fait irruption dans la maison. »

Francesca hocha négativement la tête. Tentant d'oublier ses appréhensions, Gamay demanda : « Avez-vous une idée de l'endroit où nous sommes ?

— Non. Notre hôtesse ne l'a pas précisé.

— Voulez-vous dire que vous avez parlé à la personne qui m'a installée dans ce magnifique appartement ?

— Elle s'appelle Brynhild Sigurd. Ce sont ses hommes de main qui nous ont enlevées. »

Avant que Gamay ne réponde, Francesca pinça les lèvres et fit glisser son regard de gauche à droite. Gamay comprit le signe. Elles étaient écoutées et observées. « Je n'ai que quelques minutes. Je voulais seulement que vous sachiez que j'ai accepté de travailler avec Mme Sigurd sur mon projet de dessalement. Il faudra que nous restions ici jusqu'à la fin des recherches. Je ne sais pas combien de temps ça va prendre.

— Vous allez collaborer avec la personne qui nous a enlevées ?

— Oui », répondit Francesca en relevant le menton d'un air déterminé. « J'ai perdu dix ans de ma vie dans la jungle. Il y a plein d'argent à se faire, mais ce n'est pas cela le plus important. Je crois que Gogstad possède tous les moyens d'assurer la réussite de mon projet. Grâce à eux, il sera diffusé dans le monde d'une manière ordonnée et contrôlée.

— C'est vraiment ce que vous voulez faire ? Vous en êtes certaine ?

— Oui, absolument certaine », dit-elle.

La porte s'ouvrit et l'un des gardes fit comprendre à Francesca que la visite était terminée. Elle hocha la tête, se pencha vers Gamay et l'étreignit longuement puis se redressa vite et rejoignit les hommes qui l'attendaient. De nouveau seule, Gamay réfléchit à ce qui venait de se passer. A un moment, leurs regards s'étaient croisés, Francesca lui avait fait un clin d'œil. Il n'y avait aucun doute là-dessus. Il ne fallait pas s'arrêter à la déclaration stupéfiante de son amie ; elle recouvrait autre chose. Cette pensée la rassura un peu mais, pour l'heure, il existait des problèmes plus pressants. Elle se recoucha sur son lit de camp et ferma les yeux. D'abord, reposer son corps et son cerveau. Ensuite, imaginer un moyen de sortir d'ici.

35

L'HOMME FLOTTAIT DANS LES AIRS, à la verticale des eaux bleu cobalt du lac Tahoe, suspendu au dôme rouge et blanc de son parachute ascensionnel qui se gonflait à la manière des vieux parachutes d'autrefois. Relié par un câble de remorque au bateau-treuil qui filait soixante mètres plus bas, Austin se laissait tracter, bien installé dans son fauteuil inclinable Skyrider.

Il alluma sa radio portative. « Faisons un autre passage, Joe. »

Assis aux commandes du bateau, Zavala lui indiqua de la main qu'il avait bien entendu son ordre. Le bateau-treuil ParaNautique décrivit un large cercle tout en douceur et repartit longer les rives du lac californien.

Grâce à cette manœuvre tournante, Austin bénéficia d'une vue à 360° sur le plan d'eau. Le lac Tahoe se trouve au cœur de la Sierra Nevada, sur la frontière séparant la Californie du Nevada, à quelque quarante kilomètres au sud-ouest de Reno. Entouré de hauts pics couverts de neige en hiver, Tahoe est le plus grand lac alpin des Etats-Unis. Profond de plus de cinq cents mètres, long de trente-huit kilomètres, large de dix-sept, il est perché à plus de quinze cents mètres d'altitude, au creux d'une faille de l'écorce terrestre. Les deux tiers de sa surface de cinq cent vingt kilomètres carrés se situent en Californie. Au nord, il se déverse dans la Truckee River. A son extrémité sud, c'est une rivière de dollars qui s'écoule dans les coffres des grands casinos. John C. Freemont fut le premier Blanc à poser les yeux sur ce lac, alors qu'il était en mission de surveillance. Pour les anglophones, le nom indien désignant le lac, Da-ow, signifiant « beaucoup d'eau », sonne comme Tahoe. Cette prononciation est restée.

Comme le parachute ascensionnel entraînait Austin dans un vaste arc de cercle, il se mit à observer plus attentivement un secteur particulier du rivage et la forêt sombre dont les hautes futaies s'élevaient un peu en retrait. Il tenta d'imprimer l'image dans son esprit. Il eût préféré disposer d'une caméra vidéo ou encore d'un appareil photo, au lieu de se contenter de sa mémoire imparfaite, mais les abords du repaire de Gogstad étaient sans doute étroitement surveillés. Toute curiosité indue, comme le fait de braquer un objectif dans la mauvaise direction, risquait de déclencher l'alarme.

Il dépassa une longue jetée qui se projetait en avant de la côte rocheuse. Un hors-bord y était amarré. Derrière un édicule qui ressemblait à un hangar à bateaux ou à une cabane de stockage, des rochers noirs se dressaient à pic jusqu'à un plateau naturel boisé. A quelques centaines de mètres du rivage, le sol s'élevait de nouveau. Emergeant d'une forêt épaisse, on apercevait des tours, des toits et des tourelles qui rappelèrent à Austin les remparts des châteaux peuplant les contes de Grimm.

Soudain son regard fut attiré par un mouvement. Plusieurs hommes vêtus de sombre s'étaient précipités vers l'extrémité de la jetée. Il était trop loin pour voir ce qui se passait précisément, mais il se doutait un peu que lui et son parachute risquaient de figurer bientôt dans l'album de famille de Gogstad.

La jetée disparut derrière lui, le bateau-treuil l'ayant emporté quinze cents mètres plus au sud. Quand ils furent hors de vue, il demanda à Zavala de le faire redescendre. Le treuil ramena le Skyrider comme un petit garçon récupère son cerf-volant. Le siège inclinable tomba dans l'eau à grand renfort d'éclaboussures et se mit à flotter. Austin était soulagé d'avoir échappé à l'ancien gréement de style harnais qui lui eût valu une petite trempette dans le lac. Même en été, la température de l'eau ne dépassait pas les douze degrés. « Tu as vu quelque chose d'intéressant ? » s'enquit Zavala tandis qu'il aidait Austin à monter à bord du bateau-treuil. « Il n'y a pas de paillasson marqué Bienvenue sur le seuil, si c'est ce que tu veux dire.

— Je pense avoir aperçu un comité d'accueil sur le quai.

— Ils ont foncé à la minute même où nous sommes passés dans le secteur pour la deuxième fois. Nous avions raison, ils sont bien gardés. »

Ils s'étaient dit que le complexe bénéficiait d'un service de sécurité et qu'ils ne pourraient s'en approcher par la terre. Les choses les plus évidentes étant souvent les plus sûres, ils avaient persuadé le propriétaire du parachute ascensionnel et du bateau-treuil de leur prêter son équipement pour quelques heures. Une liasse de billets verts et leurs cartes de la NUMA ne furent pas inutiles pour conclure la transaction. Ils lui laissèrent entendre qu'ils enquêtaient sur la mafia, ce qui était plausible étant donné la proximité des casinos. Comme les affaires ne marchaient pas fort et qu'il se voyait assuré de gagner davantage en quelques heures qu'en une semaine de travail, l'homme avait accepté le marché.

Austin aida Zavala à arrimer le Skyrider et le parachute, puis il ouvrit un sac étanche dont il sortit un carnet d'esquisses et un crayon. S'excusant de la médiocrité de ses talents de dessinateur, il griffonna plusieurs croquis représentant ce qu'il avait aperçu du ciel. Ayant emporté avec lui les photos satellite fournies par Yaeger, il les compara ensuite à ses dessins. L'escalier qui montait du quai débouchait sur un sentier, au sommet de la colline. Le sentier, à son tour, s'élargissait en une route conduisant au bâtiment principal. La route bifurquait vers une piste d'atterrissage pour hélicoptères. « Un assaut frontal à partir du lac est parfaitement inenvisageable », dit-il. « Je mentirais si je te disais que ça me déçoit. Je garde en mémoire la fusillade que nous avons essuyée en Alaska », répliqua Zavala. « J'avais espéré apercevoir le fond du lac. Autrefois, ce plan d'eau était aussi clair que du cristal, mais ses rives ont connu un développement rapide qui a accéléré la croissance des algues et troublé les eaux. »

Zavala était penché sur un autre cliché. Après leur réunion stratégique dans les quartiers généraux de la NUMA, Austin avait demandé par téléphone qu'on lui envoie une photo satellite en couleurs du lac. Les eaux étaient entièrement bleues à l'exception d'un endroit situé sur la côte ouest où une tache rouge révélait la présence de températures élevées. L'eau chaude baignait quasiment la jetée Gogstad, semblable aux rejets qu'ils avaient repérés dans l'océan, sur la côte de Basse-Californie. « Les images ne mentent pas, dit Zavala. Mais il s'agit peut-être d'une source chaude. »

Austin fronça les sourcils. « OK, admettons que tu aies raison, poursuivit Zavala, qu'il y ait ici une usine sous-marine pareille à celle de Basse-Californie. Dans ce cas, une chose m'échappe. Il est bien question d'une usine de *dessalage,* n'est-ce pas ? Or il s'agit d'un lac d'eau douce.

— Je suis d'accord, c'est absurde. Pourtant il existe une seule manière d'en avoir le cœur net. Retournons voir si nos bagages sont arrivés. »

Austin démarra le moteur et mit le cap au sud du lac Tahoe. Ils glissèrent sur les eaux d'un bleu intense et s'arrêtèrent bientôt dans une marina où un personnage dégingandé, debout à l'extrémité d'une jetée étroite, les attendait en leur faisant des signes. Paul était resté à terre. Ses blessures, trop récentes, lui auraient rendu insupportables les rebonds d'un bateau. Austin s'arrêta le long du quai. De sa bonne main, Paul attrapa et arrima le filin qu'il lui lança. « Votre bagage est arrivé, annonça-t-il. Il est sur le parking.

— Ils ont fait vite », dit Austin. « Allons vérifier. » Zavala et lui se mirent en marche vers le parking. « Attendez », dit Paul.

Austin avait hâte d'ouvrir son colis. « Nous te mettrons au courant plus tard », lança-t-il par-dessus son épaule.

Paul secoua la tête avec résignation. « Au moins, j'aurais tenté de vous prévenir », marmonna-t-il.

Le camion à plateau était stationné sur le côté. La chose posée sur la remorque avait à peu près la forme et la taille de deux voitures garées l'une derrière l'autre. Elle était couverte d'un rembourrage de protection et d'une bâche de plastique noir. Austin s'avança pour jeter un coup d'œil. Soudain, la portière côté passager du camion s'ouvrit, révélant une silhouette familière. Jim Contos, le commandant du *Sea Robin*, vint vers lui d'un pas nonchalant. Un grand sourire éclairait son visage. « Oh, oh », fit Zavala. « Jim, dit Austin. Quelle bonne surprise !

— Mais qu'est-ce qui se passe, Kurt ? » Son sourire s'était évanoui. « C'est un cas d'urgence, Jim.

— Ouais, c'est ce que je me suis dit quand Rudi Gunn m'a appelé, pendant que j'effectuais des essais en mer, pour me demander d'amener dare-dare le SeaBus sur le lac Tahoe. Je me suis donc contenté d'obéir et j'ai quitté San Diego, curieux de voir qui allait nous réceptionner. »

Austin avisa une table de pique-nique et lui proposa de s'asseoir. Il exposa la situation en se servant des photos et de ses dessins pour donner à Contos une idée de la disposition des lieux. Le commandant demeura silencieux durant toute l'explication. Son visage hâlé se renfrognait davantage à chaque nouveau détail. « Tu sais tout », conclut Austin. « Quand nous avons constaté qu'il n'y avait apparemment qu'un seul moyen d'entrer, nous avons cherché quel était le sous-marin le plus proche de nous. Malheureusement, il se trouvait que c'était celui que tu étais en train de tester.

— Pourquoi jouer à colin-maillard ? » dit Contos, en faisant allusion aux audacieuses opérations secrètes sous-marines menées lors de la Guerre froide. « Pourquoi ne pas forcer l'entrée ?

— Tout d'abord, l'endroit est mieux gardé que Fort Knox. Nous avons étudié les voies d'accès par la terre. Le complexe est entouré d'une barrière métallique aussi tranchante qu'un rasoir ; de plus, elle est équipée d'un système d'alarme qui se déclenche au moindre souffle. Des patrouilles quadrillent le périmètre. Il n'existe qu'une route d'accès qui traverse une forêt épaisse et truffée de gardes. Si nous envoyions une troupe de SWATs armés de fusils étincelants, il y a fort à parier qu'ils se feraient tirer comme des lapins. Mais ce n'est pas tout. Imagine que nous nous soyons trompés, que les deux femmes se soient pas détenues ici, et que tout ce qui se trouve derrière ces barrières soit parfaitement légal...

— Tu n'y crois pas une seconde, n'est-ce pas ?

— Non, en effet. »

Contos contempla les voiliers qui glissaient paisiblement sur le lac, puis se tourna vers Paul qui les avait rejoints à la table. « Penses-tu que ta femme soit retenue à l'intérieur de ces bâtiments ?

— Ouais. Et j'ai bien l'intention de l'en faire sortir. »

Contos remarqua son bras en écharpe. « Je dirais que tu souffres d'un léger handicap. Et tes amis ici présents auront besoin d'aide pour lancer le SeaBus.

— C'est moi qui l'ai conçu », dit Zavala. « J'en suis parfaitement conscient, mais ce n'est pas toi qui l'as testé. Donc tu ne connais pas ses excentricités. Par exemple, les batteries sont supposées tenir six heures. En réalité, elles dépassent à peine les quatre heures. D'après vos dires, cette installation se situe à une certaine distance d'ici. Avez-vous la moindre idée de la façon dont vous allez amener l'engin jusqu'au point de lancement ? »

Austin et Zavala échangèrent un regard amusé. « En fait, nous avons déjà prévu un système de livraison, dit Austin. Aimerais-tu le voir ? »

Contos hocha la tête. Ils se levèrent et traversèrent le parking en direction du quai. Plus ils se rapprochaient de l'eau, plus Contos semblait étonné. Habitué à l'équipement dernier cri de la NUMA, il s'attendait à découvrir une sorte de barge high-tech équipée de grues. Il n'y avait rien de tel. « Où est votre fameux système de livraison ? » demanda-t-il.

Contos regarda le lac et ses yeux s'agrandirent lorsqu'il vit le bateau à aubes s'avancer vers eux. Le vaisseau rétro peint en rouge, blanc et bleu, et servant aux promenades touristiques, était orné de bruants et de drapeaux qui flottaient au vent. « Vous *plaisantez* ! », s'écria-t-il. « Vous allez lancer le sous-marin à partir de ce truc ? On dirait un gâteau de mariage flottant.

— Il est assez festif, en effet. Cette vieille coquille de noix traverse tous les jours le lac, dans les deux sens. Personne ne le remarque plus. C'est la couverture idéale pour une opération secrète. Tu ne penses pas, Joe ?

— J'ai entendu dire qu'ils servaient un petit déjeuner pas trop mal, à bord », répondit Zavala d'un air impassible.

Contrarié, Contos fixa le bateau qui s'approchait. Puis il fit brusquement volte-face et se dirigea vers le parking. « Hé, capitaine, où vas-tu ? » lança Austin. « Je retourne au camion prendre mon banjo. »

36

FRANCESCA SE TENAIT SUR LE PONT du navire viking dont les longs filins décrivaient une courbe majesteuse, de sa proue jusqu'à sa poupe gracieusement dressées, en passant par sa voile carrée et peinte. Malgré son épais plancher et sa quille massive, il semblait presque fragile. La jeune femme promena ses regards tout autour de l'immense salle éclairée par des torches. Sur les hauts murs de pierre étaient suspendues des armes médiévales. Elle se demanda comment une chose aussi splendide pouvait se trouver dans un cadre tout aussi laid que bizarre.

Debout près du gouvernail, Brynhild Sigurd prit le silence de Francesca pour de l'admiration teintée de respect. « C'est un chef-d'œuvre, n'est-ce pas ? Quand ils ont construit l'original, voilà près de mille ans, les Scandinaves lui ont donné le nom de skuta. Ils possédaient d'autres navires plus gros, les drakkars par exemple, mais celui-ci était le plus rapide. Je l'ai fait reproduire à l'identique, du plancher de chêne jusqu'au poil de vache enroulé qu'ils utilisaient pour le calfatage. Il mesure plus de vingt-quatre mètres de long sur cinq de large. L'original est exposé à Oslo. L'un de ses ancêtres a fait la traversée de l'Atlantique. Vous devez vous demander pourquoi j'ai pris la peine de le faire construire et installer dans le grand hall.

— Certaines personnes collectionnent les timbres, d'autres les vieilles voitures. C'est une affaire de goût.

— Il ne s'agit pas d'une simple lubie de collectionneur. » Otant sa main du gouvernail, Brynhild se campa devant Francesca qui ne put s'empêcher de frissonner en se voyant ainsi dominée par cette géante. Le corps imposant de Brynhild n'était qu'un amas de muscles, mais la menace qui émanait de sa personne n'était pas uniquement due à son physique hors normes. Elle semblait possédée d'une énergie phénoménale. « Si j'ai choisi ce bateau pour symboliser mon empire c'est qu'il incarne l'esprit viking. Les hommes qui le pilotaient autrefois étaient de farouches guerriers qui s'emparaient de tout ce qui leur faisait envie. Je viens souvent dans cette pièce, pour y trouver l'inspiration. Ainsi en sera-t-il pour vous, docteur Cabral. Suivez-moi, je vais vous montrer votre laboratoire. »

Après la brève visite qu'elle avait rendue à Gamay, Francesca avait rejoint le repaire de Brynhild sous bonne escorte, à travers un incroyable dédale de couloirs qui lui rappelèrent la croisière qu'elle avait faite jadis sur un paquebot. Les gardes l'avaient laissée seule avec la femme mais elle avait écarté l'idée de s'enfuir. A supposer qu'elle eût été capable de mettre cette géante hors d'état de nuire, chose hautement improbable, elle se serait vite perdue. De plus, elle se disait que les hommes en armes ne devaient pas être bien loin.

Elles pénétrèrent dans un ascenseur qui descendit avec une telle célérité que leurs genoux ployèrent. La porte s'ouvrit sur une salle où les attendait un véhicule monté sur monorail. Brynhild fit signe à Francesca de s'installer à l'avant. Elle-même s'assit à l'arrière, dans un espace spécialement conçu pour sa grande taille. Leur poids activa l'accélérateur. Le wagonnet passa par une ouverture avant de s'engouffrer dans un tunnel éclairé et se mit à filer à la vitesse d'une fusée. Fort heureusement, les ordinateurs de contrôle le firent ralentir et s'arrêter enfin dans une pièce ressemblant beaucoup à celle qu'elles venaient de quitter.

Cet endroit, lui aussi, était équipé d'un ascenseur, mais d'un modèle peu courant celui-là. Ses parois étaient en plastique transparent et sa forme ovoïde. Quatre personnes de moyenne corpulence y tenaient aisément. La porte se ferma dans un chuintement, la cabine traversa des zones obscures avant de plonger dans le bleu profond. A en juger d'après le miroitement fluide de l'ombre et de la lumière traversant les cloisons transparentes, elles s'enfonçaient dans l'eau. Le bleu de plus en plus foncé fut tout à coup percé par une vive lumière. On eût dit qu'un projecteur était braqué sur elles.

Quand la porte de l'ascenseur s'ouvrit, Francesca eut du mal à en croire ses yeux. Elles se trouvaient dans un espace circulaire violemment éclairé, mesurant plusieurs dizaines de mètres de diamètre. Un toit s'arrondissait au-dessus d'elles. Il était difficile de juger précisément de la superficie de cette salle emplie de tuyaux, de bobines et de cuves de toutes tailles. Une douzaine de techniciens en blouse blanche circulaient tranquillement entre les conduits et les réservoirs ou se tenaient penchés sur des écrans d'ordinateur. « Eh bien, qu'en pensez-vous ? » lança Brynhild en se rengorgeant. « C'est incroyable. » Francesca n'eut pas besoin de feindre l'admiration. « Où sommes-nous ? Au fond de la mer ? »

La géante sourit. « C'est ici que vous travaillerez. Venez, je vais vous faire visiter. »

L'esprit scientifique de Francesca reprit vite le dessus. D'abord déconcertée par la complexité de l'installation, elle se remit à raisonner. Certes, tous ces tuyaux semblaient partir dans tous les sens, mais il existait certainement un ordre sous cet apparent désordre. Quel que fût le chemin qu'elles empruntaient, les canalisations aboutissaient toutes au centre de la pièce. « Ces appareils servent à surveiller les diverses conditions affectant le matériau central », dit Brynhild en désignant le tableau de contrôle aux lumières clignotantes. « Cette installation sous-marine se dresse sur quatre jambes. Deux d'entre elles sont équipées de tuyaux d'adduction et les deux autres d'évacuation. Comme nous nous trouvons sous un lac d'eau douce, nous mélangeons d'abord l'eau que nous pompons avec du sel et des minéraux marins pris dans ces conteneurs. Le résultat ressemble à s'y méprendre à de la véritable eau de mer. »

Elles s'avancèrent vers le centre de la salle, occupé par un énorme réservoir cylindrique de quelque six mètres de diamètre sur trois de hauteur. « Je suppose que ce réservoir contient de l'anasazium », dit Francesca. « C'est exact. L'eau circule autour du cœur puis on la renvoie dans le lac par les deux supports d'évacuation. »

Elles retournèrent au centre de la salle. « Eh bien, que pensez-vous de l'avancée de nos travaux ? Sommes-nous sur la bonne voie ? »

Francesca examina les jauges. « Réfrigération, courant électrique, surveillance de la chaleur, tout est bon. Vous êtes proches, très proches.

— Nous avons soumis l'anasazium à la chaleur, au froid, au courant électrique mais avec un succès limité.

— Je n'en suis pas surprise. Il manque le composant sonique.

— Bien sûr. Des vibrations sonores.

— Votre idée est bonne, mais le procédé ne marchera pas à moins que le matériau soit soumis à un certain niveau d'ondes sonores venant d'un quatuor à cordes.

— Ingénieux. Comment en êtes-vous arrivée à cette technique ?

— Il a suffi de penser en termes non conventionnels. Comme vous le savez, il existait autrefois trois méthodes de dessalage de l'eau. L'électrodialyse et l'osmose renversée, où l'eau électrifiée passe à travers des membranes qui retiennent le sel. La troisième méthode était la distillation. L'eau s'évapore comme l'océan se transforme en vapeur sous l'action du soleil. Tout cela requiert énormément d'énergie, ce qui rend le coût du dessalage prohibitif. Mon procédé s'attaque à la structure moléculaire et atomique. Ce faisant, il crée sa propre énergie et s'alimente lui-même. Mais les forces doivent se combiner de manière parfaitement équilibrée. Il s'en faut d'un cheveu pour que cela ne marche pas.

— A présent que vous avez tout vu, pouvez-vous me dire combien de temps il vous faudra pour adapter cette installation à vos propres normes ? »

Elle haussa les épaules d'un air évasif. « Une semaine.

— Trois jours », dit Brynhild sur un ton catégorique. « Pourquoi cette limite ?

— Le conseil d'administration de Gogstad doit se réunir ici. J'ai invité des personnalités venant des quatre coins du monde. Je veux que ces gens assistent à une démonstration de votre procédé. Dès qu'ils l'auront vu fonctionner, ils rentreront chez eux et nous pourrons mettre en œuvre notre projet mondial. »

Francesca réfléchit un instant et proposa : « Je peux me débrouiller pour que tout soit prêt dans vingt-quatre heures.

— C'est nettement moins qu'une semaine.

— Je travaille mieux sous la pression. Mais je veux quelque chose en échange.

— Vous n'êtes pas en position de marchander.

— J'en suis consciente. Pourtant j'exige que vous relâchiez votre prisonnière. On l'a droguée. Elle ne sait ni où elle est ni comment elle est arrivée. Elle serait bien incapable de vous identifier ni de vous causer le moindre problème. Vous la tenez enfermée pour m'obliger à faire fonctionner cette usine. Dès que le procédé sera fin prêt, vous n'aurez plus besoin d'elle.

— C'est entendu, dit Brynhild. Je la laisserai partir dès que vous m'aurez présenté le premier gramme d'eau pure.

— Quelles garanties pouvez-vous me fournir que vous tiendrez votre promesse ?

— Aucune. Mais vous n'avez pas le choix. »

Francesca hocha la tête. « J'aurai besoin de certains équipements et d'une assistance parfaitement dévouée.

— Tout ce que vous voudrez », dit Brynhild. Elle fit un signe à un groupe de techniciens. « Le Dr Cabral doit obtenir tout ce qu'elle demande, comprenez-vous ? » Puis elle hurla un ordre et un autre technicien s'avança porteur d'une valise en aluminium toute cabossée. Brynhild s'en saisit avant de la tendre à Francesca. « Je crois que cela vous appartient. Nous l'avons trouvée dans la maison de vos amis. A présent, je dois vous laisser. Quand vous serez sur le point de tenter un premier essai, appelez-moi. »

Tandis que Francesca caressait tendrement la valise contenant le prototype de son procédé, Brynhild traversa la salle à grandes enjambées pour rejoindre l'ascenseur. Quelques minutes plus tard, elle avait réintégré son nid d'aigle, où elle avait au préalable convoqué les frères Kradzik à partir de son téléphone portable. Quand elle entra, ils étaient déjà là. « Après toutes ces années d'attente et de déceptions, le procédé Cabral sera bientôt à nous », annonça-t-elle d'un air triomphal. « Dans combien de temps ? » interrogea l'un des jumeaux. « Il y a des chances pour qu'il soit en état de fonctionner sous vingt-quatre heures.

— Non », corrigea l'autre jumeau. Ses dents métalliques luisaient. « Dans combien de temps pourra-t-on s'amuser avec la femme ? »

Elle aurait dû comprendre. Les deux frères n'étaient que deux machines à torturer et à tuer. Brynhild comptait se débarrasser de Francesca quand celle-ci ne lui serait plus utile. Sa méchanceté venait en partie de la jalousie qu'elle éprouvait face à la beauté et aux talents de Francesca. Mais elle voulait aussi se venger, purement et simplement. La Brésilienne lui avait coûté du temps et de l'argent. Quant à Gamay, elle n'avait rien de particulier contre elle. Seulement Brynhild ne faisait jamais les choses à moitié.

Le sourire glacial qui se dessina sur son visage fit descendre la température de la pièce de dix degrés supplémentaires. « Bientôt », promit-elle.

37

LE GARDE DE L'ÉQUIPE DE NUIT grillait une cigarette au bout de la jetée du Walhalla quand l'homme de relève le rejoignit et lui demanda un compte rendu des événements de la nuit passée. En plissant les yeux, l'ex-marine au teint basané regarda le lac où se réverbérait la lumière du soleil et, d'une chiquenaude, fit tomber sa cendre dans l'eau. « Il y a eu plus de trafic dans le secteur qu'au premier jour des soldes », répliqua-t-il avec l'accent traînant des natifs de l'Alabama. « Des hélicos n'ont cessé d'aller et venir toute la nuit. »

L'autre garde, un ancien béret vert, leva les yeux vers l'hélicoptère qui approchait. « On dirait que nous avons encore d'autres invités.

— Qu'est-ce qui se passe ? » demanda le type de l'Alabama. « Ils prennent le jour pour la nuit, ici !

— Une réunion de gros bonnets. Toute l'équipe est sur le pied de guerre et les mesures de sécurité autour du complexe sont aussi étroites que le cul d'une tique. » Il jeta un coup d'œil sur le lac. « Tiens, voilà la vieille *Tahoe Queen*. Pile à l'heure. »

Levant ses jumelles, il fit le point sur le bateau à aubes qui glissait lentement vers le nord du lac. La *Tahoe Queen* avait l'air de sortir d'une comédie musicale. Peinte en blanc, elle ressemblait à une grosse meringue flottante. Des ornements bleu clair séparaient ses deux ponts. Ses roues à aubes couleur rouge pompier fouettaient les eaux calmes du lac. Le bastingage du pont supérieur était orné de drapeaux rouges, blancs et bleus flottant dans la brise. « Eh ben », fit le garde en observant le pont. « Pas beaucoup de touristes à bord, aujourd'hui. »

Le garde n'aurait pas adopté un ton aussi badin s'il avait su que les yeux coraliens qui l'avaient observé la veille à partir du parachute ascensionnel étaient de nouveau posés sur lui. Dans la cabine de pilotage perchée comme une boîte à cigares au sommet du pont avant, Austin étudiait les deux hommes en se demandant s'ils avaient remarqué quelque chose. Ils étaient armés, mais leur attitude nonchalante évoquait plus l'ennui que l'inquiétude.

Le capitaine du bateau tenait la barre. Originaire d'Emerald Bay, il avait passé une bonne partie de sa vie à sillonner le lac et son visage était tanné par les embruns. « Voulez-vous que je réduise la vitesse de deux nœuds ? » demanda-t-il.

Le bateau à aubes était une charmante curiosité, un anachronisme conçu plus pour le confort que pour la vitesse. S'il ralentissait encore, il s'arrêterait, pensa Austin. « Mieux vaut maintenir l'allure, capitaine. Le lancement ne devrait pas poser de problème. » Il observa une nouvelle fois la jetée et vit que l'un des gardes s'en allait tandis que son collègue s'enfonçait dans l'ombre d'un abri. Austin espérait que le type piquerait un roupillon.

Il lui tendit la main. « Merci pour votre coopération, capitaine. J'espère que vos clients réguliers n'ont pas été trop déçus que nous ayons affrété votre bateau à la dernière minute.

— On me paie pour faire des allers-retours sur ce lac. Peu importe qui se trouve à bord. En plus, c'est bien plus excitant que de louer cette vieille barque à des touristes. »

L'excitation du capitaine valait son prix. La compagnie qui l'employait ne s'était pas montrée très enthousiaste à l'idée de perdre la recette d'une journée. Il fallut donc proposer un dédommagement et faire intervenir les huiles de Washington pour qu'elle accepte de prêter son bateau à aubes pour cette mission officielle. « Heureux de vous avoir aidé à gagner votre journée », dit Austin. « Faut qu'on y aille maintenant. Contentez-vous de poursuivre votre chemin à toute vapeur, après que vous nous aurez largués.

— Comment reviendrez-vous ?

— On s'en occupe », répondit Austin avec un large sourire.

Austin quitta la cabine de pilotage et descendit dans le spacieux salon aménagé sur le pont inférieur. En temps normal, il aurait été bondé. Des masses de touristes s'y seraient restaurés tout en contemplant le magnifique paysage. Ce jour-là, il n'y avait personne hormis Joe et Paul. Zavala avait déjà enfilé sa combinaison de plongée militaire Viking Pro à capuchon noir, et Trout était en train de passer en revue la liste de ce qu'ils emportaient. Austin s'habilla en toute hâte. Puis Zavala et lui franchirent une issue s'ouvrant dans la coque du bateau, prévue pour l'embarquement et le débarquement des passagers.

Sans la plate-forme de bois placée en travers de la poupe, ils seraient tombés directement dans le lac. Le radeau tanguait sur ses flotteurs de forme oblongue. La solide toile de nylon dont ils étaient faits pouvait supporter un poids de plusieurs tonnes. L'ensemble avait été assemblé dans les dernières heures de la matinée. Déjà à bord du radeau, Contos vérifiait qu'ils n'avaient rien oublié d'important dans leur hâte. « Qu'en dites-vous ? » s'enquit Austin. « Rien à voir avec le rafiot qui transportait Huckleburry Finn le long du Mississippi, dit Contos en hochant la tête. Mais ça peut aller, je pense.

— Merci d'apprécier sans aucune réserve nos talents de constructeurs », dit Zavala.

En quittant le radeau, Contos leur adressa un regard inquiet. « Ecoutez les gars, je vous en prie, essayez de ne pas perdre le SeaBus. C'est sacrément dur de mener un programme d'essai sans rien avoir à essayer. »

Sans sa bâche de protection, le SeaBus ressemblait à une grosse saucisse en plastique. C'était la version miniature d'un sous-marin touristique de Floride, conçu pour véhiculer des équipes travaillant à des profondeurs moyennes. Sa coque en acrylique transparent pouvait abriter six personnes et leur équipement. Elle reposait sur de grosses cales rondes supportant le ballast dur, le lest et les moteurs. Plus haut sur les côtés, se trouvaient des réservoirs de ballast additionnels et des bouteilles d'air comprimé. Les structures externes étaient attachées à la coque par un anneau solide. Le cockpit à deux places se situait à l'avant. Du côté de la proue, étaient placés les circuits électrique, hydraulique et mécanique du sous-marin ainsi qu'un sas permettant aux plongeurs d'entrer et de sortir pendant l'immersion.

Trout passa la tête hors de la poupe. « Nous arrivons en vue de la cible, dit-il en regardant sa montre. Trois minutes avant le lancement.

— Nous sommes fin prêts », fit Austin. « Et toi, Paul ?

— Au poil, cap'taine », dit-il avec un sourire contraint.

Trout ne se sentait pas très bien. Malgré ses airs bravaches de yankee, il s'inquiétait pour Gamay et voulait à tout prix participer à cette mission. Mais il savait qu'avec son bras blessé, il représenterait une gêne. Austin avait réussi à lui faire entendre qu'ils avaient besoin de quelqu'un pour faire le gué et appeler la troupe à la rescousse si jamais les choses tournaient mal.

On avait amené une grue pour faire passer le sous-marin du camion au radeau. Le bateau à aubes avait appareillé au petit matin, avant que la côte ne soit trop fréquentée. Il était resté caché au large jusqu'à l'heure de sa traversée quotidienne. Derrière lui, le radeau tanguait et roulait malgré son lourd chargement. Agenouillés à l'arrière sur leur sac de lest, Austin et Zavala devaient s'arc-bouter pour garder leur équilibre. Au signal, ils enfoncèrent ensemble leurs poignards de plongée dans les flotteurs de caoutchouc. L'air sortit dans un sifflement qui se transforma vite en un jaillissement de bulles. Coincés entre l'eau et le radeau, les flotteurs se dégonflèrent rapidement. Pendant que l'arrière du radeau disparaissait, ils décrochèrent les filins retenant le SeaBus, puis grimpèrent tant bien que mal sur l'écoutille avant, s'assurèrent que tout était bien arrimé et s'installèrent dans le cockpit.

L'avant du radeau se dressa. Puis, les sacs de lest se dégonflèrent, l'embarcation s'immobilisa et se mit à couler. C'était une manœuvre de lancement primitive pour un radeau aussi sophistiqué, mais elle fonctionna. Propulsé par le bateau à aubes, le SeaBus se maintint à la surface de l'eau pendant que le radeau, lui, s'enfonçait. Le submersible dansait dans le sillage du gros bateau, noyé par l'écume jaillissant des roues à aubes. Comme ils descendaient dans les profondeurs, l'eau passa progressivement du bleu vert au bleu sombre.

Austin ajusta le ballast et le sub se stabilisa à quinze mètres. Les moteurs mus par batterie firent entendre un gémissement lorsque Zavala donna un petit coup d'accélérateur et dirigea l'engin vers la rive. Par chance, aucun courant ne faisait pression sur la proue arrondie, presque mal dessinée, si bien qu'ils furent en mesure de conserver une vitesse constante de dix nœuds. En une demi-heure, ils eurent couvert les huit kilomètres qui les séparaient de la terre.

Zavala tenait les commandes. Austin, lui, consultait l'écran du sonar. La côte rocheuse s'enfonçait à pic dans l'eau sur plus de trente mètres. Puis on avait une sorte de plateau se projetant loin en avant. Le sonar repéra une vaste structure reposant sur cette saillie, située au-dessous de la jetée flottante. Quelques instants plus tard, ils levèrent les yeux et virent le soleil miroiter à la surface de l'eau. Austin espérait ne pas s'être trompé en pensant que le garde était trop engourdi par l'ennui pour remarquer les remous causés par le submersible. Sans descendre trop profondément, Zavala fit décrire au SeaBus une spirale pendant qu'Austin abandonnait le radar pour s'en remettre à l'observation visuelle. « Stabilise. *Vite* », ordonna Austin.

Zavala réagit instantanément. Le submersible se mit à tourner en cercle comme un requin affamé. « Nous approchons trop de la saillie, c'est cela ?

— Pas exactement. Dégage l'engin et descends encore de cinquante pieds. »

S'éloignant de la côte, le SeaBus pivota de telle façon qu'ils se retrouvèrent face à une autre saillie. « *Madre de dios*, s'exclama Zavala. Et moi qui croyais que l'Astrodrome était encore au Texas.

— Je doute que tu rencontres les Cowgirls de Dallas dans ce truc », répliqua Austin. « Il ressemble comme un frère à celui qui a fait *boum* en Basse-Californie. Je regrette d'avoir à l'admettre, mais tu avais raison, comme d'habitude.

— C'est juste un coup de chance.

— Je ne sais pas jusqu'où va ta chance. Il va falloir qu'on entre là-dedans.

— Une chose après l'autre. Je suggère que nous allions d'abord jeter un œil en dessous. »

Avec un hochement de tête, Zavala accéléra et fit glisser le SeaBus sous la structure massive dont la surface était constituée d'un matériau vert translucide émettant une lueur sourde. Quoi qu'en dise Zavala, toujours enclin à forcer le trait, cette installation aurait été tout aussi impressionnante sur la terre ferme. Comme celle du Mexique, elle reposait sur quatre pieds cylindriques définissant le périmètre occupé par l'ensemble de la structure. « Je vois des ouvertures dans les supports extérieurs », dit Austin. « Elles servent sans doute à aspirer l'eau et à la rejeter ensuite, comme on l'a déjà constaté en Basse-Californie. »

Zavala rapprocha le sous-marin du cinquième support, au centre même de l'édifice et alluma les deux projecteurs. « Pas d'ouvertures pour les canalisations dans celui-ci. Tiens ! Qu'est-ce qu'il y a ici ? » Il accéléra encore un peu pour placer le SeaBus près d'une dépression ovale, contrastant avec la surface lisse de l'ensemble. « On dirait une porte. Mais toujours pas de paillasson marqué Bienvenue.

— Ils l'ont peut-être oublié, lança Austin. Que dirais-tu de garer le bus et de leur faire une petite visite de bon voisinage ? »

Zavala posa délicatement le SeaBus à la surface de la saillie, à côté du pied servant de support. Ils se munirent de bouteilles d'air comprimé et de casques reliés aux communicateurs Divelink. Austin enfonça son gros Bowen et quelques munitions dans un sac étanche contenant déjà le Glock 9 mm censé remplacer le pistolet mitrailleur que Zavala avait perdu en Alaska.

Passant le premier, Austin rampa à travers le sas, inonda la chambre puis ouvrit l'écoutille extérieure. Quelques minutes plus tard, Zavala le rejoignait. Ils nagèrent jusqu'à la base du support, soulevèrent l'épais cylindre et s'accrochèrent aux barreaux placés de chaque côté de la porte. Sur la droite, ils virent un panneau de plastique transparent comportant deux gros boutons, l'un rouge l'autre vert. Le vert était éclairé.

Ils hésitèrent. « Et s'il était relié à une alarme ? » dit Zavala exprimant à haute voix ce que pensait Austin. « Je me faisais la même réflexion. Mais pourquoi imaginer de telles précautions de leur part ? On ne peut pas dire que les cambrioleurs pullulent dans le coin.

— Nous n'avons guère le choix, fit remarquer Zavala. Allons-y. »

Austin appuya sur le bouton vert. Si une alarme se déclencha, ils ne l'entendirent pas. Une paroi coulissa silencieusement, révélant une ouverture béante. Zavala fit un signe à Austin pour lui indiquer que tout allait bien et entra le premier. Ils se retrouvèrent à l'intérieur d'une sorte de grand carton à chapeaux. Une échelle métallique pendait du plafond. Sur le mur, dépassait un bouton en tout point semblable à celui de la première porte. Quand Austin appuya dessus, il bouscula accidentellement le sac contenant les armes, qui retomba dans le sas. « Laisse, dit-il, anticipant la question de Zavala. Nous n'avons pas le temps. »

L'issue externe se referma et un anneau de lumière s'alluma à l'intérieur. La salle fut rapidement vidée de l'eau qui l'emplissait puis une écoutille circulaire s'ouvrit d'un bruit sec dans le plafond. Leur présence ne semblait toujours pas avoir été détectée. Tout était calme. On n'entendait que le ronronnement des machines dans le lointain.

Austin grimpa à l'échelle et passa la tête par l'écoutille. Puis il fit signe à Zavala de le suivre. Ils débouchèrent dans une autre pièce circulaire, plus grande que la précédente. Plusieurs combinaisons de plongée vert foncé pendaient au mur. Des bouteilles d'air comprimé étaient empilées sur des étagères. Un grand placard contenait divers ustensiles spécialisés.

Austin ôta sa cagoule, son masque, sa bouteille et s'empara d'une brosse à long manche hérissée de filaments d'acier rigides. « Ils doivent utiliser ce truc pour nettoyer les issues d'accès, là-bas. Sans cela, elles seraient vite bloquées par les algues. »

Zavala s'avança vers une porte aménagée dans le mur arrondi et désigna deux autres interrupteurs rouge et vert. « Je commence à comprendre ce que ressentent les chimpanzés devant ces tests d'intelligence où ils doivent presser un bouton pour obtenir de la nourriture.

— Pas moi, dit Austin. Les chimpanzés sont trop malins pour se fourrer dans des endroits pareils. »

Au signal d'Austin, Joe appuya sur le bouton vert. La porte pivota et ils pénétrèrent dans une pièce rectangulaire occupée par des cabines de douche et des étagères. Austin prit un paquet enveloppé de plastique posé sur l'une d'elles. A l'intérieur, se trouvait un costume blanc fait d'une toile de nylon légère et composé de deux pièces. Sans dire un seul mot, ils se défirent de leurs combinaisons et passèrent rapidement les uniformes immaculés sur leurs sous-vêtements thermiques. Les cheveux blond platine d'Austin auraient pu constituer un handicap, aussi fut-il heureux de découvrir dans son paquet une casquette de plastique à sa taille. « De quoi ai-je l'air ? » demanda-t-il, sachant parfaitement que ce costume n'était guère adapté à sa large carrure. « Tu as l'air d'un gros champignon blanc sans saveur.

— C'est exactement ce à quoi j'essayais de ressembler. Allons-y. »

Autour d'eux, telle une caverne, s'étendait une salle au plafond élevé et incurvé, traversée de tuyaux et de conduits de diverses largeurs. Le ronronnement qu'ils avaient entendu quelques instants plus tôt était devenu si puissant qu'il leur blessait presque les tympans. Le bruit semblait venir de partout. « Bingo », murmura Austin.

Zavala dit : « Ça me rappelle une scène de ce film... tu sais, *Alien.*

— Je préférerais avoir affaire à de *vrais* extraterrestres », répliqua Austin.

Une silhouette vêtue de blanc émergea soudain de derrière une grosse canalisation verticale. Ils réagirent aussitôt en cherchant à tâtons leurs armes absentes, mais le technicien, qui tenait une jauge portative, leur adressa à peine un coup d'œil avant de disparaître dans le labyrinthe. L'immense salle était divisée en deux niveaux séparés par un échafaudage métallique et des passerelles. Ils décidèrent de grimper au premier, pour mieux voir l'ensemble de l'installation sans risquer de tomber sur d'autres laborantins. Ils escaladèrent les marches les plus proches d'eux et s'avancèrent vers le centre. Sous leurs pieds, les gens étaient trop absorbés par leur travail pour lever la tête. Depuis leur perchoir, l'usine était encore plus impressionnante. Elle ressemblait à une ruche futuriste grouillante de faux bourdons. « Il nous faudrait toute la journée pour nous repérer dans cet endroit », dit Austin. « Voyons si nous pouvons trouver un guide. »

Ils redescendirent au rez-de-chaussée par d'autres escaliers et se cachèrent derrière un gros tuyau. Trois techniciens, debout devant une grande console, leur tournaient le dos, concentrés sur leur tâche.

Deux d'entre eux s'éloignèrent, laissant leur collègue seul. Après avoir jeté un rapide coup d'œil pour s'assurer que personne ne l'observait, Austin s'approcha promptement de l'individu qui ne se doutait de rien et lui entoura la gorge de son bras musclé. « Pas un bruit ou je te brise la nuque », gronda-t-il avant d'attirer sa prise derrière le tuyau. « Je te présente notre nouveau guide », dit-il.

Zavala observa la personne qu'Austin désignait ainsi. « Tiens, nous nous sommes déjà rencontrés. »

Austin retourna le technicien vers lui. C'était *Francesca.* Dans les yeux de la jeune femme, la terreur se mua en soulagement. « Que faites-vous ici ? »

Plus ravi que surpris, Austin lui lança avec un grand sourire : « Nous avions rendez-vous, vous vous rappelez ? Mais nous n'avions pas encore fixé le jour ni l'endroit. »

Francesca sourit malgré son anxiété. Plus calme à présent, elle regarda autour d'elle et dit : « Nous ne pouvons pas rester ici. Suivez-moi. »

Ils zigzaguèrent à travers le labyrinthe avant d'aboutir dans une petite pièce meublée d'un bureau et d'une chaise en plastique. « J'ai demandé à disposer de cette salle pour pouvoir travailler tranquillement. Nous y serons en sécurité pendant quelques minutes. Si quelqu'un vient, essayez de donner le change. » Elle secoua la tête, éberluée. « Mais comment avez-vous bien pu faire pour entrer ici ?

— Nous avons pris le bus », rétorqua Austin. « Où est Gamay ?

— Ici c'est l'usine de dessalement. Gamay se trouve à l'intérieur du bâtiment principal. Ils l'ont enfermée dans une cellule du premier étage. Sous bonne garde.

— Comment y accède-t-on ?

— Je vais vous montrer. L'ascenseur qui permet de quitter le laboratoire conduit à un tram. La rame traverse un tunnel débouchant sur le bâtiment principal. Là, un autre ascenseur vous mènera jusqu'à son étage. Vous pensez pouvoir la sauver ?

— Nous ne le saurons qu'après avoir essayé », répondit Zavala avec un léger sourire. « Ce sera dangereux. Mais vous avez une chance. Les gardes sont très occupés en ce moment. Il se prépare une sorte de réunion. Vous devrez faire vite, avant que les invités n'affluent par ici.

— Quel genre de réunion ? » s'enquit Zavala. « Tout ce que je sais c'est qu'elle est très importante. En attendant, il faut que je me remette au travail. Tout doit être fin prêt, sinon ils tueront Gamay. »

Francesca passa la tête hors du bureau pour vérifier si le champ était libre puis les conduisit jusqu'à l'ascenseur. Elle paraissait épuisée, se dit Austin. Ses yeux rougis étaient cernés de noir. Elle leur souhaita bonne chance avant de disparaître dans le réseau de canalisations.

Sans perdre de temps, ils entrèrent dans un étrange ascenseur en forme d'œuf qui s'éleva à travers les eaux pour rejoindre la salle du tram décrite par Francesca. Ils montèrent à bord de la rame et traversèrent rapidement le tunnel jusqu'au terminus, puis ils pénétrèrent dans un couloir. L'autre ascenseur n'était qu'à quelques mètres d'eux. Le rai de lumière filtrant au-dessus de la porte indiquait que la cabine descendait. « On la leur joue méchant ou gentil ? » demanda Zavala. « Essayons gentil pour commencer. »

La porte s'ouvrit, un garde sortit, pistolet mitrailleur en bandoulière. Il considéra Zavala puis Austin d'un air soupçonneux. « Excusez-moi, dit poliment Zavala. Pourriez-vous nous dire où se trouve la femme de la NUMA ? On ne peut pas la rater. Une grande rouquine. »

Le garde s'apprêtait à lever son pistolet mitrailleur, si bien qu'Austin fut obligé de lui enfoncer son énorme poing dans le ventre. L'homme émit un bruit ressemblant à celui d'un ballon qui se dégonfle et ses jambes fléchirent. « Je croyais que tu serais gentil », nota Zavala. « J'ai été gentil », rétorqua Austin. Il attrapa l'homme par les bras, Zavala souleva ses pieds. Ils le traînèrent ainsi à l'intérieur de l'ascenseur. Zavala appuya sur le bouton de l'étage supérieur et arrêta la cabine à mi-parcours. Austin s'agenouilla, tapota la joue du garde. Les yeux de l'homme roulèrent dans leurs orbites et, quand ils virent le visage d'Austin, s'ouvrirent soudain tout grands. « C'est notre jour de bonté. Tu as une deuxième chance. Où est la femme ? »

Le garde secoua la tête. Austin n'était pas d'humeur à tergiverser. Il posa le canon de son arme sur le nez de l'homme, à l'en faire loucher. « Je n'ai pas l'intention de perdre mon temps », déclara Austin sur un ton posé. « Nous savons qu'elle est au rez-de-chaussée. Si tu ne nous dis pas où exactement, nous trouverons bien quelqu'un qui le fera à ta place. Compris ? »

Le garde hocha la tête. « Bon », fit Austin. Il remit l'homme sur ses pieds en le tirant par la peau du cou. Quant à Zavala, il appuya sur le bouton de l'étage inférieur. Quand ils sortirent de l'ascenseur, ils ne virent personne. Poussant le garde devant eux, ils s'engagèrent dans le hall désert. « Ils sont combien à la surveiller ? »

L'homme haussa les épaules. « La plupart des gardes sont en haut. Ils s'occupent des gros bonnets qui sont en train de débarquer pour la grande réunion. »

Austin aurait bien voulu connaître la raison de ce séminaire et l'identité des VIP en question, mais s'inquiétait davantage du sort de Gamay. Il planta son arme dans les côtes du garde. « Avance », ordonna-t-il.

En traînant les pieds, l'homme les mena le long d'un corridor puis s'arrêta devant une porte équipée d'un pavé de touches. Là il hésita, se demandant sans doute si on le croirait s'il prétendait ignorer la combinaison. Mais il lui suffit d'entrevoir les nuées sombres qui s'accumulaient sur le front d'Austin pour comprendre qu'il valait mieux filer doux. Il composa le code, la porte s'ouvrit. La pièce était vide. « Voilà sa chambre », dit le garde. Il semblait inquiet.

Poussant l'homme devant eux, ils entreprirent d'inspecter les lieux. De toute évidence, cette petite pièce était une cellule puisqu'elle ne s'ouvrait que de l'extérieur. Zavala s'avança vers le lit, ramassa quelque chose sur l'oreiller et sourit. « Elle était bien là. » Les quelques cheveux auburn qu'il tenait entre les doigts appartenaient sans aucun doute possible à Gamay.

Austin se retourna vers le garde. « Où l'ont-ils emmenée ?

— Je n'en sais rien », répondit l'homme de mauvaise grâce. « Mets-toi dans la tête que les prochains mots que tu diras seront peut-être les derniers. Donc réfléchis bien avant de parler. »

Le garde sentit qu'Austin n'hésiterait pas à l'abattre. « Je ne protège pas ces saligauds », dit-il. « De qui parles-tu ?

— Des frères Kradzik. Ils l'ont emmenée dans le Grand Hall.

— Qui sont ces types ?

— Deux tueurs qui font le sale boulot de la patronne », lâcha-t-il avec dégoût. « Dis-nous comment accéder au Grand Hall. »

Le garde leur indiqua la direction. Avant de partir, Austin lui promit de repasser le voir si jamais il les avait placés sur une mauvaise piste. Ils verrouillèrent la cellule en laissant l'homme à l'intérieur et coururent vers l'ascenseur. Ils ignoraient qui étaient les frères Kradzik et s'en souciaient peu. Une seule chose les obsédait. Le sort réservé à Gamay. Quel qu'il soit, il n'avait certainement rien d'enviable.

38

SUR LE PONT DU BATEAU DE GOGSTAD, les cinquante hommes attablés étaient vêtus de complets sombres et non pas d'armures. Et pourtant la scène aurait très bien pu se dérouler dans le cadre d'une cérémonie païenne, mille ans auparavant. Les flammes des torches se reflétaient sur les arêtes métalliques des armes médiévales couvrant les murs et projetaient des ombres vacillantes sur le visage des participants. Cet effet théâtral n'était pas fortuit. Brynhild avait conçu elle-même l'agencement de la salle. Ce décor convenait parfaitement à ses mises en scène.

Le conseil d'administration de Gogstad rassemblait quelques-uns des individus les plus puissants du monde. Tous les continents étaient représentés. Il y avait là des PDG de multinationales, des syndicalistes auxquels les négociations secrètes conféraient des pouvoirs plus étendus que ceux de certains gouvernements, et des politiciens, en fonction ou pas, qui devaient leurs brillantes carrières aux ploutocraties dirigeant leurs pays plus sûrement que les responsables officiels. Malgré leurs différences de race ou de couleur, tous ces individus étaient liés par un commun dénominateur : leur insatiable cupidité. Les expressions de leurs visages, leurs gestes étaient empreints de dédain ; d'eux tous émanait la même subtile arrogance.

Sur le pont du bateau viking, Brynhild présidait la tablée. « Bienvenue, messieurs, dit-elle. Merci d'avoir si vite répondu à mon invitation impromptue. Je sais que nombre d'entre vous ont fait un long chemin pour venir jusqu'ici, mais je vous assure que vous ne vous êtes pas déplacés pour rien. » Son regard passa d'un visage à l'autre, devinant avec délices la convoitise que dissimulaient mal ces sourires étudiés et ces yeux perçants. « Les personnes assemblées ici représentent le cœur et l'âme de Gogstad, une autorité invisible plus puissante que tous les gouvernements ayant jamais existé. Vous êtes plus qu'un cénacle ; vous êtes les prêtres d'une société secrète, comme les chevaliers du Temple.

— Pardonnez-moi d'interrompre déjà ce discours poignant et zélé », coupa un certain Grimley, un marchand d'armes anglais affublé d'un regard de poisson. « Vous ne nous apprenez rien de neuf. J'espère que je n'ai pas fait neuf mille kilomètres en avion pour vous entendre nous raconter que vous trouvez notre groupe extraordinaire. »

Brynhild sourit. Les membres du conseil étaient les seules personnes sur terre autorisées à lui parler d'égal à égal. « Non, Lord Grimley, je vous ai convoqués pour vous informer que notre projet avance plus vite que prévu. »

L'Anglais resta dubitatif. Comme importuné par une odeur déplaisante, il se mit à humer l'air avec son long nez. « Au départ, vous disiez qu'il vous faudrait des années pour vous assurer le monopole sur les réserves d'eau mondiales. Maintenant ce délai serait réduit à quelques mois, si je comprends bien.

— Non, Lord Grimley, notre réussite se compte en jours. »

Il y eut un murmure assourdi autour de la table.

Un sourire onctueux passa sur le visage de Grimley. « Ne tenez pas compte de ma remarque précédente, s'excusa-t-il. Je vous en prie, poursuivez.

— Avec plaisir, rétorqua Brynhild. Comme vous l'avez appris à la lecture de mes rapports mensuels, nos plans se sont réalisés sans difficultés majeures, mais avec lenteur. Chaque jour, une nouvelle source entrait en notre possession. Toutefois il a fallu du temps pour construire notre flotte de tankers. Les immenses sacs de stockage prévus pour le transport de l'eau à travers les océans ont posé un certain nombre de problèmes. Nous n'avons obtenu que récemment les moyens technologiques nécessaires à leur mise en chantier. Et tout dernièrement, nos projets ont éveillé la curiosité de l'Agence nationale marine et sous-marine. »

Un propriétaire terrien du nom de Howes fut le premier à bien percevoir la signification de cette dernière phrase. « La NUMA ? Comment ont-ils pu entendre parler de nous ?

— C'est une histoire compliquée. On vous fournira les rapports décrivant en détail l'intérêt que la NUMA nous porte. Pour l'heure, je me contenterai de dire que leurs agents sont très tenaces et ont bénéficié d'une certaine chance.

— C'est sérieux, fit l'Américain. D'abord l'enquête menée par ce journal et maintenant cela.

— L'article ne sortira pas, ni dans ce journal ni ailleurs. Tous les rapports d'enquête ont été détruits. En ce qui concerne la NUMA, nous avons repris les choses en main.

— C'est quand même sacrément inquiétant, s'écria Howes. Nous avons dépensé des millions pour que nos activités demeurent secrètes. Et tout cela risque de se révéler inutile sous peu.

— Je partage entièrement votre opinion, répondit Brynhild. Nous avons fait tout ce qui était en notre pouvoir pour préserver le secret, mais une opération de cette envergure et de cette durée ne pouvait rester éternellement cachée. La façade érigée dans le but de dissimuler nos activités aux yeux du public commence à se fendiller. Ce n'était qu'une question de temps, aussi ne suis-je pas surprise par ce qui se passe. Mais voilà une bonne raison pour se hâter.

— Voulez-vous dire par là que vous activez le rythme à cause de la NUMA ?

— Non. La raison est autre. Les événements ont fini par tourner en notre faveur. »

Heimmler, un banquier allemand, réagit le premier. « Je ne vois qu'une seule explication à ce changement de timing », dit-il avec l'expression d'un boa constrictor observant un lapin. « La méthode Cabral de dessalage de l'eau est opérationnelle. »

Brynhild attendit que les murmures autour de la table se calment. « Mieux encore, lâcha-t-elle triomphalement. Le Dr Cabral travaille pour nous sur son projet.

— *Cabral*, fit l'Allemand. J'ai lu des communiqués de presse qui la disaient en vie, mais...

— En vie et en pleine forme. Elle a accepté de collaborer avec Gogstad puisque nous contrôlons la seule réserve d'anasazium. En ce moment même, elle est dans notre laboratoire où elle prépare une démonstration. Dans peu de temps, je vous ferai assister au miracle. J'ai parlé au Dr Cabral avant de vous rejoindre ici. Elle sera prête dans une heure. En attendant, vous êtes conviés à déguster les quelques rafraîchissements qui vous attendent dans la salle de réception. Je dois aller vérifier les dispositifs de transport. Je vous retrouve tout de suite après. »

Comme les administrateurs sortaient du Grand Hall en file indienne, Brynhild se dirigea vers l'entrée du bâtiment principal. Plusieurs berlines vert foncé étaient alignées devant le vaste porche. Près de chaque véhicule, un chauffeur et un homme en armes. « Tout est paré ? » demanda-t-elle au garde posté près de la voiture de tête. « Oui, m'dame, nous n'attendons plus que vos invités. »

Le tram souterrain était le moyen de transport le plus rapide pour se rendre au laboratoire, mais il était surtout conçu pour véhiculer de petits groupes de techniciens. Quand il s'agissait de transporter un plus grand nombre de personnes, comme les membres du conseil d'administration par exemple, il valait mieux opter pour les berlines. Brynhild ne laissait rien au hasard. Elle s'installa à la place du passager dans la première voiture et ordonna au chauffeur de la conduire au lac. Quelques minutes plus tard, le SUV s'arrêtait au bord de la petite colline surplombant le plan d'eau. Elle descendit les quelques marches menant à la jetée et entra dans le hangar à bateaux. Ce bâtiment était un leurre. Il cachait en fait les ascenseurs desservant le laboratoire. Elle dépassa l'ascenseur rapide en forme d'œuf et pénétra dans le monte-charge. Quelques instants plus tard, elle traversait le laboratoire à grandes enjambées, en direction du centre de contrôle. Dans la salle en forme de dôme, l'excitation était à son comble.

Francesca travaillait à la console centrale. Quand elle vit Brynhild, elle dit : « Je m'apprêtais à vous appeler. Je suis en mesure d'effectuer la démonstration plus tôt que prévu.

— Vous êtes absolument sûre que cela marchera ?

— Je peux vous en donner un avant-goût dès maintenant, si vous le désirez. »

Brynhild réfléchit un instant avant de repousser sa proposition. « Non, j'ai hâte de voir leurs têtes quand nous leur montrerons comment fonctionne notre procédé. »

Francesca ignora l'emploi du mot « notre » pour qualifier son invention. « Je suis sûre qu'ils seront étonnés. »

Brynhild prit son petit téléphone portable pour ordonner le départ des navettes transportant les membres du conseil d'administration. Moins d'une demi-heure plus tard, ils étaient tous assemblés dans le labo autour du conteneur central. Brynhild leur présenta Francesca. Il y eut un murmure admiratif lorsque la jolie scientifique brésilienne s'avança vers eux. Tout en souriant aux hommes revêches qui l'entouraient, elle ne pouvait s'empêcher de les comparer à des reptiles affamés groupés autour d'un point d'eau. Elle n'avait pas oublié que leur soif de richesses et de pouvoir était à l'origine de son long exil au cœur de la jungle. Durant ces dix années passées chez les Chulos, des millions de gens auraient sans doute pu bénéficier de son invention. Au lieu de cela, ils étaient morts de soif.

Francesca n'avait jamais vu autant de mal concentré dans un même endroit, mais elle ravala son dégoût. « Je ne sais si certains d'entre vous ont un bagage scientifique, mais il n'est nul besoin de posséder ce genre de savoir pour saisir le principe basique régissant l'expérience à laquelle vous allez assister. Mon procédé est difficile à concrétiser, mais plutôt simple à concevoir. Les méthodes de dessalement existent depuis les Grecs Anciens. Jusqu'à présent, ces techniques utilisaient des procédés physiques : on chauffait l'eau pour obtenir de la vapeur, on la traitait à l'électricité, parfois même on la faisait passer à travers des filtres pour en extraire le sel, comme un enfant qui joue avec son tamis sur une plage. Pour ma part, j'ai estimé qu'il serait sans doute plus facile, à certains égards, de modifier la structure moléculaire des composants chimiques de l'eau salée à un niveau atomique et subatomique. »

Le banquier allemand au visage lisse déclara : « Votre procédé rappelle un peu l'alchimie, docteur Cabral.

— C'est une analogie fort pertinente. Bien que l'alchimie n'ait jamais atteint son but, elle a ouvert la voie à la chimie. Comme les alchimistes, j'ai essayé de transformer un matériau de base en or. Dans mon cas, il s'agissait d'or *bleu*. L'eau. Plus précieuse que n'importe quel minéral existant sur cette terre. Et pour réaliser cette transmutation, j'avais besoin d'une pierre philosophale. » Elle se tourna vers le cœur d'anasazium. « Dans ce conteneur, se trouve le catalyseur indispensable à la réussite de l'expérience. Quand l'eau salée entre en contact avec ce matériau, elle se purifie.

— Quand pourrons-nous assister à une démonstration de ce miracle ? » demanda Lord Grimley. « Si vous voulez bien me suivre », dit-elle en marchant vers la console. Ses mains dansèrent au-dessus du clavier. On entendit un grondement assourdi tandis que les pompes s'activaient et que l'eau affluait. « L'eau salée passe dans la canalisation que vous voyez au-dessus de vous. Elle se déverse dans le conteneur. Cela prend quelques petites minutes. »

Francesca conduisit le groupe de l'autre côté du catalyseur. Elle se tut un instant, laissant le suspense grandir, puis consulta une jauge et désigna un autre tuyau. « C'est par ici que sort l'eau potable. Vous pouvez sentir la chaleur engendrée par la transformation. »

L'Américain suggéra : « Si je comprends bien, cette chaleur peut être utilisée pour produire de l'énergie.

— C'est exact. A l'heure actuelle, nous rejetons l'eau chaude dans le lac, mais avec quelques aménagements, nous pourrions faire en sorte de convertir la chaleur en électricité. Cette énergie suffirait largement à faire tourner l'usine. Et il serait même envisageable d'en exporter le surplus. »

Un murmure courut parmi les administrateurs. L'aura de cupidité émanant de ces sinistres individus était presque tangible. L'eau ne leur suffisait pas. Ils étaient en train de calculer les milliards de dollars qu'ils pourraient amasser en produisant de l'énergie bon marché.

Elle s'avança vers une série de tubes hélicoïdaux pendus au-dessous d'un tuyau d'eau potable. A la base des tubes, un robinet et une pile de gobelets en carton. « Voilà l'unité de refroidissement qui abaisse la température de l'eau », expliqua-t-elle. Se tournant vers un technicien, elle demanda : « Quelle était la qualité de l'eau produite jusqu'à aujourd'hui ?

— Saumâtre, tout au mieux », répondit le technicien.

Francesca ouvrit le robinet, emplit l'un des gobelets, le tint devant la lumière à la manière d'un œnologue et en goûta une gorgée avant d'avaler d'un coup ce qui restait. « Encore un peu tiède, mais tout à fait comparable à n'importe quelle eau de source. »

Brynhild s'avança, se servit et but. « Le nectar des dieux », s'écria-t-elle, triomphale.

Les membres du conseil d'administration se bousculèrent autour du robinet comme du bétail assoiffé. On entendit des cris de stupeur et bientôt tout le monde se mit à parler en même temps. Pendant que les hommes s'abreuvaient à cette source comme à une fontaine de jouvence, Brynhild emmena Francesca loin du bourdonnement des voix.

« Félicitations, docteur Cabral. Il semble que le procédé soit un succès.

— Je le sais depuis dix ans », répliqua Francesca.

Brynhild pensait à l'avenir. Le passé lui importait peu. « Avez-vous enseigné à mes techniciens la manière dont il fonctionne ?

— Oui. Il m'a suffi de régler une ou deux petites choses. Vous étiez très proches du but, savez-vous ?

— Ainsi, nous l'aurions développé quand même ? »

Francesca s'accorda une seconde de réflexion. « Probablement pas. On peut comparer nos deux méthodes à des droites parallèles, très proches l'une de l'autre mais qui ne se touchent jamais. A présent que j'ai rempli ma part du marché, la balle est dans votre camp.

— Ah oui, le marché. » Brynhild saisit la radio accrochée à sa ceinture et l'alluma en souriant. Ses yeux bleus glacés soutinrent le regard de Francesca lorsqu'elle dit : « Prévenez les frères Kradzik que la femme de la NUMA leur appartient.

— *Attendez* ! » Francesca agrippa le bras musclé de Brynhild. « Vous avez promis... »

Brynhild l'écarta sans effort. « Je vous avais bien dit qu'on ne pouvait se fier à moi. Maintenant que vous avez fait la démonstration de votre procédé, votre amie ne me sert plus à rien. » Quand elle porta de nouveau le téléphone à son oreille, son sourire s'évanouit soudain, remplacé par un froncement de sourcils. « Que voulez-vous dire ? » lâcha-t-elle brusquement. La colère assombrissait son front. « Il y a combien de temps ? »

Elle replaça la radio dans sa ceinture. « Je m'occuperai de vous plus tard », promit-elle à Francesca. Puis elle tourna les talons comme un soldat et se dirigea vers l'ascenseur de service.

Francesca était sous le choc. Elle comprenait peu à peu à quel point elle s'était laissé abuser. La fureur contenue en elle depuis dix longues années se réveilla. Si Gamay était morte, plus rien ne l'empêcherait de passer à l'action, comme elle l'avait prévu. Les mâchoires serrées, investie d'une nouvelle détermination, elle fit demi-tour et s'enfonça dans le dédale des canalisations.

39

GAMAY FUT PRESQUE SOULAGÉE lorsque les deux gardes trapus vinrent la chercher. Elle était effondrée, ayant constaté que sa cellule était dépourvue d'issue. Impossible de s'en échapper à moins de faire exploser la porte. Elle se promit de demander à un agent de la NUMA de lui procurer quelques gadgets à la James Bond. Mais pour cela, il faudrait patienter un peu. Pour l'instant, elle n'avait d'autre choix que d'attendre qu'on la fasse sortir et s'enfuir à la première occasion.

Son cœur se serra quand les hommes la conduisirent sans ménagements à travers l'enchevêtrement des couloirs. Impossible de s'y diriger seule. Ils s'arrêtèrent devant deux lourdes portes de bronze, hautes de plus de deux mètres cinquante, dont la surface gravée présentait des scènes mythologiques. On y voyait quantité de crânes, auxquels s'ajoutaient pour égayer, quelques géants, nains, monstres, chevaux fougueux, arbres tordus et autres éclairs disposés autour du motif central, une sorte de drakkar aux lignes effilées.

Un garde pressa sur le bouton enchâssé dans le mur et les portes pivotèrent bruyamment sur leurs gonds. Son acolyte poussa doucement Gamay du bout de son arme, pour la faire entrer dans la pièce. « Nous n'y sommes pour rien », dit-il sur un ton d'excuse. Puis les portes se refermèrent avec un déclic. Elle regarda autour d'elle afin de repérer les lieux. « Charmant », murmura-t-elle.

Elle se trouvait dans une salle gigantesque, plus grande qu'un terrain de football, dont elle devinait les contours grâce aux torches disposées sur les murs. Au centre, éclairé par quatre grands braseros, se dressait un navire à la voile carrée, ressemblant à s'y méprendre au vaisseau gravé sur les portes.

Ses connaissances en archéologie marine lui permirent d'identifier aussitôt le navire. C'était un bateau viking ou du moins une excellente réplique. Etait-elle dans un musée ? Non, décida-t-elle, cet endroit ressemblait davantage à une crypte. Ce bateau servait peut-être de sépulcre comme c'était la coutume chez les Nordiques. Poussée par la curiosité mais surtout parce qu'il n'y avait rien d'autre à faire, elle entreprit de marcher vers lui.

Pendant qu'elle traversait le Grand Hall, deux paires d'yeux rougis étaient braqués sur elle. Quelques heures plus tôt, alors qu'elle moisissait dans sa cellule, ces mêmes yeux l'avaient épiée avec convoitise sur un écran de télévision. Les jumeaux Kradzik avaient passé des heures devant le moniteur, détaillant son corps, depuis ses magnifiques cheveux auburn jusqu'à ses longues jambes élancées. Leur voyeurisme n'avait rien de sexuel ; c'eût été trop naturel. Ils n'aimaient qu'une seule chose : faire souffrir. Ils étaient comme ces chiens qu'on dresse à tenir une friandise sur la truffe jusqu'à ce que leur maître leur permette de la gober. Depuis qu'ils savaient cette appétissante personne à leur portée, leurs instincts sadiques refaisaient surface. Gamay et l'autre femme leur avaient été promises. Comme Brynhild était occupée dans le laboratoire, ils avaient décidé de réclamer leur jouet.

Ils ordonnèrent que Gamay soit conduite dans le Grand Hall. Les gardes obéirent non sans réticence. Comme en Alaska, la petite armée qui protégeait Gogstad était composée d'anciens militaires, tous issus de corps d'élite. Dans leurs rangs, on trouvait des légionnaires français, des Special Forces américains, des SEALs, des fantassins de l'Armée rouge, des parachutistes britanniques et des mercenaires en tous genres. Une plaisanterie avait cours dans leurs baraquements. On disait que pour travailler chez Gogstad, il fallait au moins avoir été renvoyé à la vie civile pour manquement à l'honneur et qu'un séjour en prison représentait un bonus. Ils étaient prêts à tuer si on le leur ordonnait, mais se considéraient comme de simples professionnels exerçant leur métier. Les Kradzik étaient différents. Tout le monde savait ce qu'on racontait sur les massacres et les assassinats commis par les jumeaux en Bosnie. Des rumeurs couraient au sujet des missions très spéciales qu'ils avaient accomplies pour Gogstad. Mais les hommes n'ignoraient pas qu'ils étaient en outre très proches de Brynhild. Aussi, quand on leur commanda de livrer la prisonnière, obéirent-ils sans poser de questions.

Gamay venait de parcourir la moitié de la distance qui la séparait du navire quand elle entendit un bruit caractéristique. Celui de moteurs qui démarraient. Le staccato vrombissant se répercutant sur les murs de pierre s'intensifia. Des phares s'allumèrent à la droite et à la gauche du bateau et avancèrent lentement dans sa direction.

Des motos.

Gamay aperçut la silhouette des motards. Elle se sentait comme une biche coincée au milieu d'une autoroute. Puis les moteurs tournèrent de plus en plus vite. Dans un gémissement strident, les motos bondirent vers elle, telles deux fusées jumelles.

C'est alors que son regard tomba sur les lances acérées posées sur les guidons.

Les motards fonçaient sur elle comme de grotesques caricatures de jouteurs médiévaux. Les lances allaient s'enfoncer dans son ventre quand les motos s'écartèrent, firent un rapide demi-tour avant de repartir. Gamay pivota prestement pendant qu'elles passaient près d'elle en effectuant un tête-à-queue parfaitement contrôlé. Elles se retournèrent, leurs moteurs gémirent et, une fois de plus, leurs phares la fixèrent comme les prunelles luisantes d'un énorme félin en maraude.

Les Kradzik pilotaient les 250 Yamaha que les gardes de la sécurité utilisaient pour patrouiller dans l'immense domaine. Quant aux lances, elles venaient de la collection d'armes décorant le Grand Hall. Les jumeaux ne débordaient pas d'imagination et leurs pratiques, qu'elles s'exercent sur une jeune fille ou un vieillard, suivaient toujours le même rituel : intimider, terroriser, infliger de la douleur et tuer.

A la gauche de Gamay, une voix sortit des ténèbres : « Si tu cours vite... »

Puis sur sa droite : «... peut-être que tu nous échapperas. »

Quel bol, pensa Gamay. D'après les voix, il devait s'agir des deux débiles aux dents de métal qui avaient forcé la porte de sa maison. Il lui parut évident que leur suggestion n'était destinée qu'à pimenter un peu leur sport favori. Elle cria : « Je veux vous voir. »

Pour toute réponse, elle n'entendit que la pétarade des moteurs tournant au ralenti. Les Kradzik étaient déconcertés. D'habitude, leurs victimes tremblaient et suppliaient qu'on les laisse vivre. Personne ne s'amusait à discuter avec eux, et surtout pas les femmes sans défense. Intrigués, ils roulèrent vers Gamay et s'arrêtèrent à quelques mètres d'elle. « Qui êtes-vous ? » demanda-t-elle. « Nous sommes la mort », répondirent-ils en chœur.

Le répit fut de courte durée. De nouveau, les moteurs rugirent, les motos se dressèrent sur leurs roues arrière, retombèrent et, avec un double hurlement produit par le caoutchouc surchauffé, bondirent en avant, effectuèrent un autre tête-à-queue, puis commencèrent à décrire des cercles. Les jumeaux voulaient que Gamay tourne sur elle-même jusqu'au vertige. Ils voulaient qu'elle s'écroule comme une poupée de chiffon. Mais elle refusa d'entrer dans leur jeu et resta bien campée sur ses jambes, les yeux braqués droit devant elle, les bras serrés le long du corps. Le souffle de leur passage, saturé de gaz d'échappement, la faisait suffoquer. Il lui fallut rassembler tout son sang-froid pour ne pas prendre ses jambes à son cou. Ils l'auraient rattrapée en une seconde et précipitée à terre en la faisant trébucher avec leurs lances.

Quand ils virent qu'elle n'avait pas l'intention de courir, ils se rapprochèrent d'elle en biais. Une pointe de javelot la frôla et déchira le devant de son chemisier. Elle rentra le ventre. Il fallait trouver autre chose. Elle se mit à marcher lentement pour qu'ils ne modifient pas leur allure. Ravis de constater que le jeu reprenait en s'agrémentant d'une variante, les motards lui coupèrent la route chacun son tour, écartant leurs javelots à la toute dernière seconde. Elle continua d'avancer, assourdie par la plainte des moteurs, mais se gardant bien d'accélérer le pas. Gamay savait qu'ils la tueraient dès que l'envie leur en prendrait.

Elle entendit une moto arriver sur sa droite. Jouant le tout pour le tout, elle s'arrêta net. Surpris, le motard dut faire un écart. Son engin dérapa. Dès cet instant, l'inquiétante coordination qui semblait lier les deux hommes fut brisée. Ils se mirent à tourner en rond dans la plus grande confusion. Gamay en profita pour courir vers la proue du bateau. Elle aurait voulu sauter sur le pont mais les flancs du navire, au-dessus des orifices par lesquels sortaient les rames, étaient protégés par une barrière de boucliers rouges. Voilà pourquoi les Kradzik lui avaient permis d'avancer jusque-là. Ils savaient que les boucliers l'empêcheraient de grimper.

Le seul moyen d'accéder au pont consistait en une rampe installée près de la poupe. Ils espéraient probablement qu'elle se précipiterait dans cette direction, aussi, dès son premier mouvement, s'élancèrent-ils pour l'arrêter. C'est alors qu'elle saisit l'un des boucliers fichés dans le flanc du bateau et se retourna en le tenant devant elle, dos au navire. Le lourd bouclier, où le bois se mêlait au fer, était conçu pour un guerrier scandinave, pas pour une femme. Heureusement, Gamay était grande et athlétique, elle parvint donc à glisser son bras à travers les lanières et à le maintenir fermement.

Il était temps.

Tonk.

Les deux javelots heurtèrent le bouclier en même temps. Gamay fut projetée contre le flanc du bateau, le souffle coupé.

Les motos s'écartèrent, firent un rapide demi-tour et repartirent. Gamay baissa le bouclier, le posa sur le sol et le coinça avec le pied pour en extirper les lances. Elles étaient nettement plus légères que le bouclier et leurs fins manches de bois se terminaient par des pointes de bronze effilées. Ces armes étaient conçues plus pour le lancer que pour la joute.

Tenant les javelots à la verticale, serrant le bouclier contre elle, elle se tint prête. Comme ils avaient perdu leurs lances, elle se dit que les frères faisaient une feinte. Mais soudain elle vit quelque chose bouger dans l'obscurité. Une boule hérissée de pointes s'était mise à tournoyer au bout d'une chaîne. Elle vint percuter son bouclier. Bien que fermement campée sur ses jambes fléchies, Gamay fut projetée en arrière et retomba sur le genou droit, parvenant malgré tout à garder le bouclier devant elle. Ce réflexe lui sauva la vie. Le deuxième motard voulut lui assener le coup de grâce mais la boule s'écrasa sur le bouclier dont il volatilisa le revêtement.

Les frères avaient échangé leurs javelots contre des masses d'armes, ces objets mortels censés traverser les armures. Sans lui laisser le temps de se relever, les motos foncèrent sur elle. De nouveau, les boules de fer garnies de pointes heurtèrent le bouclier dont le bois la protégea tant bien que mal. Mais au deuxième coup, il se désintégra. Il ne lui resta plus entre les mains que les lanières de cuir et l'armature désormais inutile.

Elle s'empara alors d'un javelot et le tint droit devant elle. Les motards allaient et venaient sans se décider à passer à l'attaque. Enfin, l'un d'eux prit l'initiative. Gamay tendit la lance dans sa direction, comme une pointe de compas, et cessa de respirer. A la dernière seconde, le motard s'écarta. L'autre arrivait sur sa gauche. Elle pivota rapidement pour lui faire face mais fut distraite par une nouvelle attaque venant de la droite. C'était une manœuvre de flanc tout à fait classique. Ils n'agissaient pas, se contentant probablement de la tester pour observer sa réaction.

Une moto passa à quelques mètres d'elle, son conducteur se croyant hors de portée de sa lance. Au lieu de s'en servir pour piquer, Gamay ramena le javelot sur son épaule et le lança. La moto roulait vite. Elle avait visé trop bas. L'arme toucha les rayons de la roue avant qui la brisèrent en mille morceaux. Mais auparavant, le pneu mince et proéminent glissa sur le côté. La moto fit une embardée. Son pilote passa par-dessus le guidon. L'engin dérapa longuement, laissant derrière lui une traînée d'étincelles rouges et blanches. Gamay vit l'homme tomber. Il ne bougeait plus.

Le deuxième motard s'immobilisa, dirigea le faisceau de son phare vers la forme inerte, descendit de sa machine. Avant même de s'accroupir près du corps désarticulé, il avait compris que son frère était mort. Il avait ressenti la peur et la souffrance de son jumeau au moment où sa nuque s'était brisée. C'est alors qu'un gémissement s'éleva et s'enfla en un cri terrifiant. Un frisson parcourut l'échine de Gamay lorsque le dernier des Kradzik se mit à hurler comme un loup. Elle se dirigea vers l'arrière du bateau, espérant y dénicher une autre arme. Mais le tueur, devinant son intention, enfourcha sa moto en un clin d'œil. Elle pointa sa lance vers lui et, quand il arriva près d'elle, elle ressentit une secousse assortie d'un petit bruit métallique. Il avait tranché net la pointe du javelot avec une hache de combat à manche court. Il freina et s'avança, en tenant à deux mains la hache qu'il brandissait au-dessus de sa tête.

Gamay courut vers la poupe du bateau. Il eut tôt fait de la rejoindre et lui lança la moto dans les jambes. Elle tomba, ses coudes heurtèrent violemment le sol dur. Ses jambes, ses bras n'étaient plus que douleur, mais ce qui l'inquiétait le plus c'était la silhouette qui se dressait au-dessus d'elle. « Mon frère... est mort... »

Il parlait par saccades, comme s'il attendait que son jumeau complète ses phrases. « Tu as tué... maintenant je vais te tuer. Je vais commencer... par les jambes. L'une après l'autre. Puis les bras. »

Avec son pantalon et son gilet de cuir noir, il ressemblait à un bourreau des temps anciens. Ce qu'il venait d'énoncer le fit sourire. Ses dents brillèrent dans la pénombre. Gamay tenta de rouler sur elle-même, mais il l'en empêcha en écrasant sa botte sur son poignet. Elle se mit à hurler.

Gamay vit la hache se lever et, au même moment, entendit un vrombissement suivi d'un grognement de surprise. L'homme leva sa main libre vers sa tête, à l'endroit où dépassait le carreau d'arbalète qui venait de lui transpercer le crâne. Ce geste n'était qu'un dernier réflexe. Il était déjà mort. Ses yeux rougis se voilèrent. Il s'écroula. Gamay roula sur elle-même pour éviter la hache qui se ficha dans le sol. Ensuite, il y eut des bruits de pas précipités, des bras puissants la soulevèrent et elle aperçut le sourire familier de Zavala. Puis Austin apparut, tenant une vieille arbalète. « Comment ça va ? » demanda Austin. « Une bonne greffe de peau, et on n'y verra que du feu. » Elle remarqua l'arme à feu que Joe avait empruntée au garde. « Ce n'est pas que je veuille me montrer ingrate, mais pourquoi jouer à Guillaume Tell quand on possède un truc pareil ?

— Ce pistolet tire plusieurs balles à la fois », dit Zavala. « C'est génial pour contrer une attaque mais pas idéal pour un tir de haute précision. Evidemment, si Kurt avait raté son coup, je lui aurais prêté main forte. » Il s'agenouilla près du jumeau mort. « Tu étais censé atteindre la pomme, pas la tête.

— La prochaine fois, je viserai plus haut », dit Austin en se débarrassant de l'arbalète.

Elle leur déposa à chacun un baiser sur la joue. « Contente de vous voir, même si je dois endurer vos plaisanteries débiles. »

Austin inspecta le cadavre couché près de la moto. « On dirait que tu t'en sortais très bien toute seule.

— En effet, on était sur le point de me débiter en petits morceaux », répliqua Gamay, en se demandant comment elle pouvait rire d'une chose aussi horrible. « Où sommes-nous ?

— Sur le lac Tahoe.

— Tahoe ! Comment m'avez-vous dénichée ?

— Je t'expliquerai cela lorsque nous aurons retrouvé Francesca. Peux-tu marcher ?

— Je ramperais sur les genoux pour sortir de ce trou. Charmants costumes », dit-elle en examinant leurs casquettes et leurs vêtements blancs. « C'est ce qui vous a permis d'entrer ici, malgré les gardes ?

— Il n'y avait aucun garde.

— Je suppose qu'ils ne voulaient pas porter la responsabilité des agissements des jumeaux démoniaques.

— En réalité, nous sommes entrés en force. Et quand on t'a vue jouer au chat et à la souris avec ton ami, j'ai attrapé une arbalète sur le mur et attendu que tu le places dans la bonne position. Puis j'ai tiré. » Austin prit un pistolet sur l'un des cadavres. « Et si nous remontions en selle avant que la cavalerie n'arrive ? »

Gamay hocha la tête et, traînant la jambe, se dirigea vers la sortie. Les deux hommes la soutenaient. A cet instant, les portes s'ouvrirent et Brynhild entra. Bien que seule, elle n'en était pas moins impressionnante. Elle traversa le hall à grandes enjambées, jeta à peine un coup d'œil aux cadavres et se campa devant les trois agents de la NUMA, les mains sur les hanches, ses jambes musclées écartées, fichées dans le sol comme des troncs d'arbre. « Je présume que ceci est votre œuvre », dit-elle.

Austin haussa les épaules. « Désolé pour le désordre.

— Ces types étaient des idiots. Si vous ne les aviez pas tués, je m'en serais chargée. Ils ont désobéi à mes ordres et ont profané ce lieu sacré.

— Et pourtant, je sais combien il est difficile de trouver du bon personnel de nos jours.

— Ce n'est pas si difficile que vous le croyez. Les gens qui aiment tuer ne manquent pas. Comment êtes-vous entrés ?

— Par la grande porte. Où sommes-nous donc ?

— Ici se trouve le cœur et l'âme de mon empire.

— Vous devez être l'insaisissable Brynhild Sigurd », dit Austin. « C'est exact et vous, vous êtes Mr. Austin. Je connais aussi votre ami, Mr. Zavala. Je vous surveille depuis que vous avez visité notre usine au Mexique. Comme c'est gentil à vous de nous faire l'honneur d'une visite.

— Laissons cela. Il faut que vous nous donniez les coordonnées de votre décorateur. Que penses-tu de ce style, Joe ? Famille Adams première manière ou Transylvanien tardif ?

— Je pencherais pour du Munster moderne. La table basse en forme de bateau est d'un coquet !

— Sachez, messieurs, répliqua la femme, que ce bateau symbolise le passé, le présent et le glorieux futur. »

Austin partit d'un grand rire. « Judicieux symbole. Ce navire est coincé entre ces quatre murs, tout comme votre empire.

— Vous commencez à devenir fatigants, messieurs de la NUMA.

— C'est justement ce que je disais à Joe avant que vous n'arriviez. Nous ne voulons pas abuser de votre hospitalité. Si vous consentez à nous excuser, nous allons nous retirer. En selle, les gars. »

Zavala, qui marchait en tête, tenta de contourner Brynhild en la gratifiant de son célèbre sourire enjôleur. Brynhild avait beau être un monstre, c'était quand même une femme. Le fameux charme Zavala n'eut pas le moindre effet sur la géante. Elle tendit la main, l'agrippa par sa chemise et le secoua comme un prunier avant de le jeter à terre. Zavala se redressa vite. Toujours gentleman, quels que soient la taille ou l'âge de la femme à qui il avait affaire, il se remit à sourire. « Je sais ce que vous ressentez, mais après tout ce que nous avons vécu ensemble, pourquoi ne pas se quitter bons amis ? »

Brynhild répondit en le giflant du dos de la main. Joe vacilla, recula de quelques pas en essuyant le sang qui ruisselait de la commissure de ses lèvres. Brynhild recula son poing droit pour lui décocher un nouveau coup. C'est alors qu'Austin s'avança pour porter secours à son partenaire, les yeux fixés sur les mains de la géante. Ce qui l'empêcha de prévoir sa riposte immédiate. Lançant sa jambe gauche dans un mouvement classique de kickboxing, elle le prit par surprise. Sa botte le heurta à la poitrine si violemment que ses côtes craquèrent. Il s'écroula, ses dents s'entrechoquèrent.

Au moment où il vit tomber Austin, Zavala oublia qu'il était interdit de frapper une femme. « Ça fait deux coups en traître », dit-il d'une voix douce.

Joe avait financé ses études au New York Maritime College en pratiquant la boxe professionnelle comme poids moyen. Il avait remporté la plupart de ses combats, souvent par KO. Depuis l'université, il avait pris un peu de poids mais s'était maintenu au-dessous des 175 livres. Il mesurait un mètre quatre-vingt-cinq, ce qui donnait à Brynhild un avantage d'environ trente centimètres. Elle devait aussi peser vingt-cinq kilos de plus que lui. Et rien que du muscle.

Après son coup de pied, Brynhild retomba dans la position idéale pour amorcer un crochet droit assez puissant pour arracher la tête de Zavala. Retrouvant ses vieux réflexes de boxeur, il vit venir le coup et baissa la tête au bon moment. Le poing de Brynhild lui effleura le sommet du crâne. C'est alors qu'il lui envoya son gauche dans le ventre en frappant de si bon cœur qu'il faillit se casser le poignet. Son adversaire décontenancée lui allongea un gauche long et mou qui manqua sa cible. Zavala rentra le menton, leva les mains et tenta une combinaison de trois coups qui en avait précipité plus d'un au tapis, quand il était étudiant. Il enchaîna donc un rapide direct du gauche, un uppercut du droit et un crochet du gauche.

L'uppercut ne servit à rien, en revanche le crochet gauche atteignit Brynhild en pleine mâchoire. Ses yeux se voilèrent l'espace d'une seconde. Elle recula d'un pas pour accompagner l'avancée de Zavala et lui décocha en pleine poitrine une droite qui lui coupa le souffle. Tandis qu'il tentait de reprendre sa respiration, elle déjoua sa garde basse et le cogna au ventre. Zavala encaissa le coup sans trop de dommages, grâce à ses muscles abdominaux, voulut lui balancer une droite et un gauche à la mâchoire mais rata ses deux coups. D'abord surprise par la réaction rapide et experte de Joe, Brynhild savait maintenant à quoi s'en tenir sur les capacités de son adversaire. Elle se servirait de sa taille et de son envergure supérieures pour rester hors de portée de ses coups.

Devinant sa stratégie, Zavala tenta un uppercut au menton, mais à chaque essai son poing fouettait l'air, impuissant. Son œil gauche était à demi fermé et son nez saignait. Il projeta son gauche sur la gorge de Brynhild qui répliqua en l'assommant presque. Malgré sa stature impressionnante, elle était aussi vive que n'importe lequel des poids moyens qu'il avait combattus. Les vieux habitués du ring avaient coutume de dire qu'un homme grand et doué était capable de battre un homme petit et doué. Zavala se prit à espérer que le même truisme ne s'appliquait pas aux femmes.

Il s'obstinait, mais avait totalement perdu le rythme et ne balançait plus que des coups de poing cotonneux et désordonnés. Il ne tiendrait plus longtemps. Quand il tomberait d'épuisement, elle l'achèverait d'un ou deux coups de talon sur la nuque.

Il en était là de ses réflexions quand, de manière tout à fait inattendue, Brynhild baissa la garde. Avant que Zavala ne reprenne la situation en main, la géante s'écroula comme une masse. Joe, éberlué, resta planté là à essuyer la sueur qui lui coulait dans les yeux. Au-dessus du corps étendu de Brynhild, se dressait Gamay. Elle tenait à pleines mains un bouclier de bois pris sur le bateau. « Il existe plus d'une manière d'écraser une salope viking », dit-elle, les yeux brillants de fureur.

Austin était parvenu à se remettre sur ses pieds. Tenant ses côtes cassées, il regarda les autres et s'écria : « J'espère que nous nous portons mieux que nous n'en avons l'air.

— Je me porterai diablement mieux quand nous serons sortis d'ici », dit Zavala de ses lèvres tuméfiées. « Attendez », fit Austin en regardant autour de lui. « Nous avons besoin d'une diversion. »

Sans hésitation, il s'avança vers l'un des braseros disposés près du bateau, le prit par ses pieds de métal et jeta les charbons ardents sur le pont. Puis il monta à bord et empila les boucliers. Les flammes du feu de joie improvisé rongèrent le mât et léchèrent le bas de la voile de cuir qui, en quelques secondes, s'embrasa. Une fumée noire et pestilentielle montait en volutes vers le plafond le long duquel elle se mit à glisser.

Une fois cette tâche accomplie, Austin se dirigea vers les portes, suivi de ses deux compagnons. Ils restèrent près des battants à regarder la salle s'emplir de fumée. Quelques minutes plus tard, ils s'ouvrirent brutalement, et plusieurs gardes firent irruption dans la salle en hurlant. L'apport d'air frais aviva le feu et répandit les nuages de fumée noire dans tout le Grand Hall. Les hommes coururent droit vers le bateau sans voir les trois silhouettes indistinctes qui s'échappaient.

40

SOUS LE DÔME DE L'USINE sous-marine, Francesca sentait l'excitation monter en elle. Encore un petit détail et son plan serait accompli. Elle n'osait agir avant de savoir ses amis sains et saufs, d'autant plus qu'elle avait assisté à la sortie précipitée de Brynhild. Elle regarda autour d'elle. Cherchant à s'attirer leurs faveurs, les techniciens étaient occupés à faire des ronds de jambes devant les administrateurs qui tournaient autour du robinet, s'envoyant derrière la cravate des gobelets d'eau purifiée comme s'il s'agissait de champagne Moët et Chandon. La réception ne durerait pas éternellement. Quelqu'un remarquerait sûrement les regards qu'elle ne cessait de porter aux panneaux de contrôle.

Le bourdonnement des conversations cessa soudain. Francesca se retourna vers les trois étranges silhouettes qui avaient surgi de l'ascenseur de service. Quand elle reconnut ses amis, elle en eut le souffle coupé. Ils étaient presque méconnaissables. Gamay boitait, ses beaux cheveux auburn semblaient être passés dans un batteur à œufs. Ses bras et ses jambes étaient couverts d'ecchymoses. Les survêtements que portaient Austin et Zavala étaient maculés de sang et de suie. Le visage tuméfié de Zavala le faisait ressembler à Popeye.

Se frayant un chemin à travers la foule, ils s'avancèrent vers Francesca. Austin parvint à lui sourire. « Désolé d'avoir tant tardé. Nous avons rencontré quelques, euh, obstacles.

— Dieu merci, vous êtes là. »

Austin glissa son bras autour des épaules de la jeune femme. « Nous ne faisons que passer. Un taxi nous attend là-dessous. On vous emmène ? »

Francesca répondit : « Il me reste encore une chose à faire. » Elle se dirigea vers le panneau de contrôle, composa une série de chiffres sur le clavier de l'ordinateur et regarda les jauges pendant un moment. Satisfaite de voir que tout fonctionnait comme prévu, elle se retourna et dit : « Je suis prête. »

Zavala tenait les gens de Gogstad sous la menace de son arme, au cas où l'un d'eux se sentirait investi d'un courage inattendu. Austin dévisagea les administrateurs qui lui retournèrent son regard avec des expressions haineuses. A un moment, l'Anglais nommé Grimley s'avança vers Austin et, le regardant sous le nez, lui lança : « Veuillez nous dire qui vous êtes et ce que vous venez faire ici. »

Austin eut un rire sarcastique, posa la main sur la poitrine osseuse de l'homme et le repoussa vers les autres. « Qui est donc ce clown ? » demanda-t-il à Francesca. « Lui et ses amis symbolisent le mal qui règne dans le monde. »

En tant que philosophe amateur, Austin s'intéressait depuis longtemps à la question du bien et du mal, mais l'heure n'était pas aux discussions métaphysiques. Ignorant l'Anglais, il prit Francesca par le bras et l'entraîna vers la sortie. Il comptait rejoindre immédiatement le sous-marin. Gamay suivait. Zavala couvrait leurs arrières.

A peine eurent-ils fait quelques pas que les portes du monte-charge s'ouvrirent. Une vingtaine de gardes firent irruption dans le labo, encerclèrent rapidement les fugitifs et désarmèrent Zavala.

D'un pas majestueux, Brynhild sortit de l'ascenseur. Les hommes s'écartèrent pour la laisser passer. Ses cheveux blonds étaient hirsutes depuis qu'ils avaient rencontré le bouclier de Gamay, et son visage pâle était barbouillé de suie. Mais sa tenue négligée ne diminuait en rien sa prestance et la malveillance qui couvait dans ses yeux bleu clair. Tremblante de rage, elle désigna les agents de la NUMA comme si elle s'apprêtait à les foudroyer. « Tuez-les », ordonna-t-elle.

Il y eut des murmures de satisfaction lorsque les administrateurs virent le tour que prenaient les événements. Leurs yeux brillaient à l'idée du massacre qui se préparait. Mais au moment où les gardes levèrent leurs armes pour les décharger sur les trois intrus, Francesca s'avança devant ses amis en leur faisant un rempart de son corps. Sur un ton qu'elle n'avait plus adopté depuis la fin de son divin règne, elle clama : « Arrêtez !

— Dégagez de là, ou ils vous tueront aussi », ordonna Brynhild.

Francesca leva le menton et déclara : « Je ne le pense pas. »

Brynhild sembla prendre encore trente centimètres. « Qui êtes-*vous* pour oser *me* défier ainsi ? » rugit-elle.

Pour toute réponse, Francesca se dirigea vers les instruments de contrôle. Le tableau clignotait comme un flipper. Des lignes de chiffres traversaient l'écran de l'ordinateur. Quelque chose ne tournait pas rond, c'était évident.

Brynhild fondit sur Francesca comme un ange vengeur. « Qu'avez-vous fait ?

— Voyez par vous-même », dit Francesca en s'écartant.

Brynhild fixa les lumières colorées. « Qu'arrive-t-il ?

— Les instruments sont en train de faire une dépression nerveuse car ils sont confrontés à une sorte de réaction en chaîne.

— Que voulez-vous dire ? Parlez, ou je...

— Vous me tuerez ? Mais faites donc. Je suis la seule à pouvoir arrêter le processus. » Elle sourit. « Il y a une chose que vous ignorez au sujet de l'anasazium. Quand on le laisse tranquille, il n'est pas plus dangereux que le fer. Mais ses atomes deviennent hautement instables lorsqu'il est soumis à certaines conditions.

— Quel *genre* de conditions ?

— Une certaine combinaison associant température, courant électrique et vibration sonore. C'est justement à cette combinaison que le matériau est soumis en cet instant. A moins que je ne change les instructions, il explosera.

— Vous bluffez.

— Vraiment ? Voyez par vous-même. Les courbes de température ont dépassé les normes. Toujours pas convaincue ? dit-elle. Pensez à la mystérieuse explosion de votre usine du Mexique. La fois où vous m'en avez parlé, je savais précisément quelle en était la cause. Il a suffi de quelques livres de cette substance pour anéantir votre usine. Pensez à ce qui arrivera quand des centaines de livres atteindront la masse critique. »

Brynhild se tourna vers les techniciens assemblés autour d'elle et cria qu'on arrête la réaction en chaîne. Le chef d'équipe, qui n'avait cessé de regarder, fasciné, l'écran de l'ordinateur fou, recula, le front couvert de sueur, et dit : « Nous ne savons pas comment faire. Nous risquons simplement d'aggraver les choses. »

Brynhild arracha le pistolet mitrailleur que tenait le garde le plus proche d'elle et le pointa vers Gamay. « Si vous n'arrêtez pas cela, je tuerai vos amis l'un après l'autre. Elle d'abord.

— Et maintenant, qui bluffe ? répliqua Francesca. Vous projetez de les tuer de toute façon. Ainsi, nous mourrons tous ensemble. »

La peau blême de Brynhild devint d'une pâleur incroyable. Elle baissa son arme. « Dites-moi ce que vous voulez », demanda-t-elle, d'une voix tendue par la colère. « Je veux que ces trois personnes sortent d'ici saines et sauves. »

En tant qu'ingénieur, Brynhild avait appris à assembler les faits avant de prendre une décision. Si la réaction n'était pas stoppée, l'explosion qui en résulterait détruirait l'usine. Francesca était la seule à détenir la clé du problème. Brynhild laisserait partir les agents de la NUMA. Dès que la réaction serait stabilisée, elle s'occuperait de Francesca. Elle souhaitait se venger de la destruction de son bateau, mais cela ne pressait pas. Il lui avait fallu des années pour parvenir à ce moment.

Elle rendit le pistolet au garde. « D'accord, dit-elle. Mais vous, vous restez. »

Francesca poussa un soupir de soulagement et se tourna vers Austin. « Vous avez dit que vous étiez arrivés par le lac ?

— Oui. Des scaphandres autonomes et un sous-marin nous attendent juste sous le labo.

— Vous ne pourrez pas partir comme vous êtes venus », dit Francesca. « La chaleur est déjà trop importante. Vous seriez ébouillantés avant même d'atteindre le sous-marin.

— Nous allons tenter d'emprunter l'ascenseur pour gagner la jetée. Il y a un bateau là-bas.

— C'est la meilleure solution.

— Nous ne vous laisserons pas.

— Tout va bien. Ils ne me toucheront pas aussi longtemps que je leur serai utile. » Elle sourit pour donner le change. « J'attendrai impatiemment d'être sauvée de nouveau par des agents de la NUMA. » Et se tournant vers Brynhild : « Je les accompagne jusqu'à l'ascenseur.

— Pas de coups tordus », rugit la géante. Elle ordonna à deux gardes d'escorter le petit groupe.

Francesca pressa le bouton commandant l'ouverture de l'ascenseur ovoïde. « Vous êtes blessés. Je vais vous aider à entrer. » Quand ils furent tous installés à l'intérieur, elle se pencha et murmura : « Est-ce que l'un de vous a une arme ? »

Les gardes qui avaient confisqué le pistolet mitrailleur de Zavala n'avaient pas vu d'arme dans la main d'Austin et en avait trop rapidement conclu qu'il n'en possédait pas. Mais le revolver qu'il avait pris sur l'un des frères Kradzik était encore caché sous sa chemise. « J'en ai une, dit Austin, mais il serait suicidaire de s'en servir pour sortir d'ici.

— Je n'ai pas l'intention de le faire. L'arme, s'il vous plaît. »

Austin la lui tendit avec réticence. A son tour, elle chercha sous sa blouse et lui remit une enveloppe kraft. « Tout est là, Kurt. Conservez cette enveloppe au péril de votre vie », dit-elle. « Qu'est-ce que c'est ?

— Vous le saurez quand vous l'offrirez au monde. » Elle lui donna un long baiser. « Je suis désolée, mais il va falloir remettre notre rendez-vous », dit-elle avec un sourire. Puis elle se tourna vers les autres. « Au revoir mes amis. Merci pour tout. »

Une voix d'une telle fermeté ne pouvait que traduire une farouche détermination. Austin comprit soudain qu'elle n'avait pas l'intention de s'enfuir. « Entrez ! » hurla Austin, et il voulut lui attraper le bras.

Mais elle esquiva facilement son geste, s'écarta et consulta rapidement sa montre. « Vous avez exactement cinq minutes. Utilisez-les au mieux. »

Puis elle appuya sur le bouton. La porte se ferma et la cabine disparut rapidement. Tournés vers l'ascenseur, les gardes ne prêtaient pas attention à Francesca qui en profita pour sortir l'arme de sous sa blouse et tirer sur les commandes de l'ascenseur. Elle fit de même pour le monte-charge avant de laisser tomber le pistolet. Comme Brynhild se précipitait vers elle, escortée des autres gardes, une puissante sirène d'alarme se mit à retentir. Le vacarme provenait des haut-parleurs placés tout autour du dôme. « Qu'est-ce que vous avez fait ? » tonna Brynhild. « Ce signal indique qu'il ne reste que cinq minutes », lui cria Francesca. « Le processus est verrouillé. Rien ne l'arrêtera désormais.

— Vous disiez que vous stopperiez la réaction si je laissais partir vos amis. »

Francesca se mit à rire. « J'ai menti. Vous m'avez bien dit de ne jamais faire confiance à personne », lui lança-t-elle en lui ressortant ses propres paroles.

Les techniciens ayant compris le danger avant tout le monde, profitaient de la confusion pour se glisser silencieusement hors de la salle et rejoindre un étroit escalier d'urgence s'élevant en spirale dans un puits étanche qui conduisait vers la surface. Les administrateurs, les voyant s'enfuir, tentèrent de les imiter. Les gardes, eux-mêmes, oublièrent toute discipline sous l'effet de la peur. Repoussant les administrateurs à coups de crosse, ils ouvrirent le feu sur ceux qui n'obtempéraient pas. Des cadavres s'empilèrent devant la porte menant à l'escalier. Les gardes grimpèrent tant bien que mal sur les corps entassés, mais se retrouvèrent coincés dans l'espace étroit, chacun voulant passer le premier. En quelques secondes, la seule issue se trouva bloquée par des corps écrasés.

L'univers de Brynhild s'était écroulé si rapidement qu'elle ne parvenait pas à y croire. Elle concentra toute sa colère sur Francesca qui n'avait pas esquissé le moindre geste pour se sauver. Ramassant l'arme d'Austin, elle la tourna vers la jeune femme. « Vous allez mourir pour cela ! » hurla-t-elle. « Je suis morte dans la jungle il y a dix ans, à cause de vous. »

Brynhild pressa sur la détente et trois coups partirent. Les deux premiers manquèrent leur cible mais le troisième atteignit Francesca en pleine poitrine. Ses genoux fléchirent, elle tomba assise le dos contre le mur. Un sourire angélique se dessina sur son visage au moment où un voile noir tomba sur ses yeux. Puis elle mourut.

Brynhild jeta l'arme et s'avança vers le tableau de contrôle. Elle demeura désespérément plantée devant l'écran comme si elle pouvait arrêter la réaction par le seul pouvoir de sa volonté. Elle serra les poings et les leva au-dessus de sa tête. Son hurlement de rage se mêla au braillement rauque de la sirène.

Puis les atomes et les molécules torturés, emprisonnés dans le matériau s'échappèrent, libérant une formidable énergie. Volatilisé par les pressions internes, le conteneur central se changea en métal fondu. Brynhild fut aussitôt calcinée par l'énorme boule de feu qui transforma le laboratoire en une fournaise infernale.

La fumée surchauffée s'engouffra dans les cages d'ascenseur, le tunnel du tram et tous les couloirs du bâtiment, avant d'atteindre le Grand Hall où les vapeurs explosèrent en un déploiement de flammes tourbillonnantes qui embrasèrent les bannières couvrant les murs. Les cendres grises et fumantes du bateau de Gogstad trônant au cœur du Walhalla disparurent dans un déluge de feu.

41

Le Boston Whaler fendait le lac. Sa proue planait au-dessus de l'eau. Austin poussait au maximum les deux moteurs Evinrude 150. Son visage était un masque d'airain où se mêlaient la colère et la frustration. Il avait tenté de regagner le labo, mais l'ascenseur était tombé en panne après les avoir déposés dans le hangar à bateaux. Le monte-charge ne fonctionnait pas davantage. Il avait commencé à descendre par l'escalier quand Gamay l'avait tiré en arrière. « Ça ne sert à rien, dit-elle. Il ne reste plus assez de temps.

— Gamay a raison, renchérit Zavala. Nous avons moins de quatre minutes. »

Austin savait qu'ils disaient juste. Toute tentative était vouée à l'échec. En plus, il y laisserait la vie et mettrait en danger celle de ses amis. Il sortit le premier du hangar à bateaux et se retrouva sur la jetée. Le garde posté à l'extérieur sommeillait au soleil. Il se leva et tenta d'empoigner l'arme qu'il portait en bandoulière. Austin, qui n'était pas d'humeur à respecter les règles du Marquis de Queensbury, se rua sur l'homme terrifié et, d'un coup d'épaule dans le ventre, le fit basculer par-dessus la jetée.

Puis ils s'entassèrent dans le bateau. La clé se trouvait sur le contact et le réservoir d'essence était plein. Les moteurs démarrèrent au quart de tour. Ils larguèrent les amarres, Austin enfonça l'accélérateur et dirigea le bateau droit vers la côte du Nevada. Quand il entendit le cri de Zavala, il tourna la tête. Joe et Gamay regardaient derrière eux, vers la jetée. Le lac était couvert de bulles comme l'eau d'une bouilloire.

Il y eut un grondement assourdi et un geyser rouge sang de plusieurs dizaines de mètres de hauteur se projeta dans les airs. Ils se couvrirent le visage avec les mains pour se protéger de la pluie bouillante et du nuage de vapeur qui s'ensuivit. Quand ils osèrent regarder de nouveau, la jetée avait totalement disparu.

Une vague de plus de trois mètres roulait dans leur direction. « Ces bateaux sont censés être insubmersibles », dit Zavala d'une voix tendue. « C'est ce qu'ils disaient à propos du *Titanic* », lui rappela Gamay.

Austin fit pivoter l'embarcation afin que la poupe se présente face à la lame. Ils se tendirent, s'attendant à être engloutis, mais la vague se contenta de les soulever dans les airs avant de rouler sous eux. Austin se rappela alors que même un *tsunami* ne gonfle vraiment qu'au moment où il touche le rivage. Il se prit à espérer que la côte du Nevada ne subisse pas de dommages importants.

Sur la terre ferme aussi, il se passait de curieux phénomènes. Un filet de fumée s'élevait au-dessus de la forêt, juste à l'endroit où Austin avait aperçu les tourelles depuis son parachute ascensionnel. La fumée changea de forme, devenant plus épaisse et plus sombre. Austin ralentit pour observer les gros tourbillons noirs veinés de flammes rouges et jaunes qui s'élevaient très haut au-dessus des arbres. « Götterdämmerung », murmura-t-il.

Gamay perçut ses paroles. « Le crépuscule des dieux ?

— Je pensais plutôt à une *déesse*. »

Ils gardèrent le silence. On n'entendait plus que le ronronnement des moteurs et le sifflement de la proue fendant l'eau. Puis il y eut une sorte de ululement de hibou et quand ils se retournèrent, ils virent une grosse meringue rouge, blanche et bleue foncer sur eux à toute vapeur. La *Tahoe Queen* fit de nouveau retentir sa sirène. Sur le pont supérieur, on apercevait la haute silhouette de Paul. Il leur faisait des signes de la main. Austin lui rendit son salut, mit les gaz et dirigea le Whaler vers le bateau à aubes.

Epilogue

Désert lybien, six mois plus tard

LE DOYEN DU VILLAGE était maigre comme un coucou et son visage si buriné par des décennies de soleil du désert qu'on y aurait cherché en vain une place pour une ride supplémentaire. Après des années de malnutrition, sa mâchoire ne possédait plus que deux dents, l'une en haut, l'autre en bas, ce qui ne l'empêchait pas de sourire avec fierté. Il se tenait au cœur de son territoire, un groupe de masures d'argile jaune et quelques palmiers marquant la présence d'une oasis boueuse. Il se comportait comme le maire d'une grande ville s'apprêtant à couper le ruban lors de l'inauguration d'un chantier de travaux publics.

Ce village écarté se trouvait à l'ouest des grandes pyramides de Gizeh, dans l'une des régions les plus inhospitalières du monde. Entre l'Egypte et la Libye s'étendent des milliers de kilomètres carrés de sable brûlant, entrecoupés çà et là par des carcasses de panzers, vestiges de la Seconde Guerre mondiale. Quelques communautés éparpillées s'accrochent tant bien que mal à la vie, autour d'oasis trop souvent asséchées. Quand l'eau disparaît, les moissons dépérissent et les villages connaissent la famine. Depuis des siècles, les habitants de cette région vivaient entre subsistance et disette, un cercle infernal qui était sur le point de se briser.

En signe de reconnaissance pour les bienfaits dont on allait le gratifier, le village s'était paré de bannières colorées. On avait tressé des bandes de tissu à la queue des dromadaires. Une grande tente rayée de bleu et de blanc, les couleurs des Nations unies, avait été dressée sur la place, une étendue poussiéreuse au centre du camp. A la limite du village, étaient alignés plusieurs hélicoptères. Des diplomates de l'ONU et de plusieurs pays du Moyen-Orient et d'Afrique s'abritaient à l'ombre de la tente.

Près du doyen du village se dressait un édicule qu'on ne s'attendrait pas à rencontrer au milieu du désert. C'était une fontaine circulaire, formée d'un large bassin de marbre, et d'un autre plus petit surmonté d'une statue représentant une femme ailée. L'ouvrage était conçu de telle sorte que l'eau s'écoule des paumes tendues de la figurine.

Le doyen était prêt. Il prit solennellement la coupelle qu'il avait autour du cou, l'emplit d'eau et en prit une gorgée. Son sourire édenté s'élargit et d'une voix frêle et nasillarde, cria en arabe : « *Elhamdelillah lilmayya* ».

Les autres hommes du village le rejoignirent et burent chacun leur tour comme si la coupelle, et non la fontaine, était une source miraculeuse. Les femmes qui étaient restées en retrait coururent remplir leurs jarres d'argile. Les enfants qui traînaient autour de la fontaine prirent le geste de leurs mères comme un signal. Bientôt le bassin fut rempli de gosses nus qui riaient en s'éclaboussant à qui mieux mieux. Les diplomates et les fonctionnaires gouvernementaux délaissèrent leur abri pour s'assembler autour de la fontaine.

Dans l'ombre d'un palmier, l'équipe des missions spéciales de la NUMA et le skipper du *Sea Robin* regardaient la scène d'un air amusé. « Quelqu'un a-t-il compris ce que disait le vieil homme ? » demanda Zavala. « Mon arabe est assez limité, dit Gamay, mais je crois qu'il remerciait Allah pour l'eau, le merveilleux don de vie. »

Paul passa son bras droit autour des épaules de sa femme. « Dommage que Francesca ne soit pas là pour se voir sculptée dans le marbre. Cela me rappelle l'époque où elle était une déesse blanche. »

Austin hocha la tête. « Comme je la connaissais, elle n'y aurait pas prêté grande attention. Elle aurait vérifié la colonne d'eau et le dispositif d'irrigation, se serait assuré que la canalisation venant de l'usine de dessalage ne fuyait pas, puis serait partie en installer d'autres ailleurs.

— Je pense que tu as raison, répondit Paul. Dès que les autres pays verront comment fonctionne le procédé Cabral dans l'usine pilote de la Méditerranée, ils arriveront tous avec leurs gobelets. Le Bahreïn et l'Arabie Saoudite se sont déclarés prêts à mettre de l'argent dans le projet. Mais les Nations Unies ont promis de respecter la demande que Francesca a jointe aux plans qu'elle t'a remis et se consacreront en priorité aux pays africains du sub-Sahara.

— J'ai entendu dire que les Etats du sud-ouest des Etats-Unis et le Mexique ont pris l'intiative de construire des usines sur la côte californienne, précisa Austin. Cela devrait relâcher la tension pesant sur la Colorado River. »

Gamay dit : « Je pense que Francesca serait heureuse de voir d'anciens ennemis oublier leurs querelles et travailler main dans la main pour amener l'eau dans des régions ravagées par la sécheresse. Un tout nouvel esprit de coopération s'est fait jour. Peut-être y a-t-il un espoir pour l'espèce humaine.

— Je suis optimiste, dit Austin. Les Nations Unies ont promis de combattre leur habituelle lenteur bureaucratique. Elles ont fait du bon boulot en installant une raffinerie sur le nouveau gisement d'anasazium découvert au Canada. Les plans de Francesca sont étrangement simples. Cette usine s'est montée rapidement et pour un coût dérisoire. Même les pays les plus pauvres seront désormais en mesure de produire de l'eau potable.

— Quelle ironie, ne trouvez-vous pas? s'exclama Gamay. L'anasazium a été découvert à Los Alamos, dans les lieux mêmes où sont nées les armes de destruction de masse.

— Il s'en est fallu de peu qu'il ne tombe entre les mains de Gogstad », fit remarquer Austin.

Gamay frissonna bien que la température avoisinât les quarante degrés. « J'ai parfois l'impression que cette géante, ses deux ignobles hommes de main, et son horrible tanière n'ont été qu'un rêve.

— Ils étaient bien réels, malheureusement, et l'endroit que nous avons fui n'avait rien à voir avec la cité du Magicien d'Oz.

— J'espère seulement qu'une cellule maligne n'a pas survécu à la catastrophe et qu'elle ne grossit pas quelque part comme un cancer.

— C'est peu probable », dit Austin. Gogstad n'a plus de chef, plus de support scientifique et les hauts personnages qui étaient le moteur de la conspiration ont tous disparu. Les habitants de la planète ont compris ce qu'ils avaient failli perdre et revendiquent aujourd'hui leur souveraineté sur l'eau. »

Jim Contos avait écouté la conversation avec intérêt. « Merci de m'avoir invité. Comme ça, je sais que mes deux sous-marins ont été sacrifiés pour une bonne cause.

— Ça tombe bien que tu évoques le sujet, Joe. »

Zavala sourit, sortit une feuille de papier de la poche de sa chemise et la déplia. « Ce n'est qu'un avant-projet, dit-il, mais il te donnera une idée de ce que nous avons mis en route. »

Les yeux de Contos s'agrandirent d'étonnement. « Diable, c'est magnifique. »

Zavala fit une grimace. « Je n'irais pas jusque-là. La forme n'est pas très réussie mais il ira plus profond et plus vite et disposera de plus d'instruments et de fonctions mécaniques que n'importe quel sous-marin existant. Il va nécessiter des essais intensifs.

— Quand est-ce qu'on s'y met ? » rétorqua Contos. « Les préparatifs ont déjà commencé. J'ai rendez-vous avec les gens du Smithsonian. Ils projettent de créer un mémorial en hommage aux derniers pilotes de l'aile volante, et ils m'ont demandé d'organiser quelques défilés aériens, histoire de faire un peu de publicité pour leur campagne. Mais ensuite, je me consacrerai exclusivement aux essais.

— Qu'est-ce qu'on attend ? » demanda Gamay. « Bonne question, dit Austin. Le procédé de Francesca va transformer ce désert de sable en jardin, mais nous autres océanographes n'avons rien à faire ici. » Il se dirigea vers un hélicoptère bleu turquoise dont le flanc s'ornait des lettres « NUMA » imprimées en noir. « Hé, Kurt, où vas-tu comme ça ? » dit Zavala.

Austin se retourna. « Allez viens », dit-il tandis qu'un large sourire s'épanouissait sur son visage hâlé. « Si nous trouvions un endroit où nous tremper les pieds ? »

Dans la collection « Grand Format »

SANDRA BROWN
Le Cœur de l'autre

CLIVE CUSSLER
Atlantide
L'Or des Incas
Onde de choc
Raz de marée
Serpent

MARGARET CUTHBERT
Extrêmes urgences

LINDA DAVIES
Dans la fournaise
L'Initiée
Les Miroirs sauvages

ALAN DERSHOWITZ
Le Démon de l'avocat

JANET EVANOVICH
Deux fois n'est pas coutume
La Prime

JOHN FARROW
La ville de glace

GINI HARTZMARK
A l'article de la mort
Crimes au labo
Mauvaise passe
Le Prédateur
La Sale Affaire
La Suspecte

ROBERT LUDLUM
La trahison Prométhée
Le Complot des Matarèse
Opération Hadès

STEVE MARTINI
L'avocat
La Liste
Pas de pitié pour le juge
Principal témoin
Réaction en chaîne
Trouble influence

PETER MOORE SMITH
Les Ecorchés

DAVID MORRELL
Démenti formel
Double image
In extremis
Le contrat Sienna

PERRI O'SHAUGHNESSY
Amnésie fatale
Entrave à la justice
Intimes convictions
Le prix de la rupture

MICHAEL PALMER
De mort naturelle
Le Patient
Situation critique
Traitement spécial
Un remède miracle

JOHN RAMSEY MILLER
La Dernière Famille

LISA SCOTTOLINE
La Bluffeuse
Erreur sur la personne
Justice expéditive
Rien à perdre

SIDNEY SHELDON
Crimes en direct
Matin, midi et soir
Racontez-moi vos rêves
Rien n'est éternel
Un plan infaillible

Cet ouvrage a été réalisé par

FIRMIN DIDOT

GROUPE CPI

Mesnil-sur-l'Estrée

pour le compte des Éditions Grasset
en mars 2002

Imprimé en France
Dépôt légal : mars 2002
N° d'édition : 12282 – N° d'impression : 58829
ISBN : 2-246-61641-7
ISSN : 1263-9559